Das Buch

Kate und James, Julia und Hugh – zwei Paare, die neben ihrer Freundschaft noch etwas anderes miteinander verbindet: Die Frauen sind zwanzig Jahre jünger als die Männer. Viele Jahre ist das ohne Probleme gutgegangen, aber irgendwann, ganz plötzlich und unerwartet, spielt dieser Altersunterschied eine große Rolle und bringt Konflikte ans Licht, die lange unter der Oberfläche schwelten. Können die Kinder – der wilde Joss und die süßen Zwillinge – Kate und James, Julia und Hugh zusammenhalten? Oder stellt das Alter mit seinen beruflichen und privaten Auseinandersetzungen eine solch tiefe Kluft dar, daß eine Trennung der einzige Weg zu sein scheint? Eine schwere Zeit steht den Beteiligten bevor ...

Die Autorin

Joanna Trollope wurde im englischen Gloucestershire geboren, wo sie mit ihrem Mann heute wieder lebt. Nach Jahren im auswärtigen Dienst und als Lehrerin veröffentlichte sie 1987 ihren ersten zeitgenössischen Roman und schaffte sofort den Sprung auf die Bestsellerlisten. Heute ist Joanna Trollope eine der erfolgreichsten englischen Autorinnen.

Von Joanna Trollope sind in unserem Hause bereits erschienen:
Unter Freunden / Die nächsten Verwandten (2 Romane in einem Band)
Die Zwillingsschwestern

Joanna Trollope

Zwei Paare

Roman

Aus dem Englischen
von Gisela Stege

Ullstein

Ullstein Taschenbuchverlag
Der Ullstein Taschenbuchverlag ist ein Unternehmen der Econ Ullstein List
Verlag GmbH & Co. KG, München
1. Auflage 2002

Titel der englischen Originalausgabe: *The Men and the Girls* (Bloomsbury Publ. Ltd.,
London 1992)
Übersetzung: Gisela Stege
Umschlaggestaltung: Thomas Jarzina, Köln
Titelabbildung: Mauritius, Mittenwald
Gesetzt aus der Bembo
Satz: Dörlemann-Satz, Lemförde
Druck und Bindearbeiten: Ebner & Spiegel, Ulm
Printed in Germany
3-548-25411-X

Für Andrew

Erstes Kapitel

Er hatte seine Brille vergessen, deswegen übersah er die Gestalt, die in Dunkelheit und Regen mühsam neben ihm im Rinnstein einherstrampelte, und stieß sie langsam und sanft vom Rad. Als er hastig auf die Bremse trat, hörte er, wie die gesamte Berufsverkehrsschlange in der Beaumont Street auf die Hupe drückte und ein blökendes Konzert anstimmte.

Er sprang aus dem Wagen und lief um den Kühler herum auf die andere Seite.

»Entschuldigen Sie«, sagte James, als er sich über sie beugte. »Es tut mir ja so furchtbar leid.« Im Licht seiner Scheinwerfer blickte sie vom nassen Pflaster her zornfunkelnd zu ihm empor. Erschrocken und zugleich gerührt erkannte er, daß es sich um einen echt Oxforder Blaustrumpf handelte, ein Exemplar jener ständig schrumpfenden Spezies älterer, würdevoller, intellektueller Frauen, die, nur ihrem Verstand lebend, in winzigen Wohnungen und Zimmern ihr Dasein fristeten. Um sie zu befreien, griff er nach der Lenkstange ihres Fahrrads und kippte dabei den Inhalt ihres weidengeflochtenen Fahrradkorbs auf die Straße.

»O Himmel!« sagte er verzweifelt und versuchte alles wieder einzusammeln: eine Plastiktüte mit Büchern, ein Fahrradschloß mit Kette und eine Dose Katzenfutter.

»Sie sollten lieber nicht Auto fahren«, sagte sie vorwurfsvoll, während sie sich aufrappelte. Im Regen musterte sie ihn durch ihre Schubertbrille. Ihr Blick wanderte zu seinen grauen Haaren empor. »Sie sind eine Gefahr für die Allgemeinheit.«

Mit einer Hand hielt er ungeschickt ihr Fahrrad, mit der anderen ergriff er ihren Arm.

»Sind Sie verletzt? Habe ich Sie verletzt?«

»Nur meinen Stolz«, sagte sie nachdrücklich.

»Ich habe meine Brille vergessen ...«

»Interessiert mich nicht«, fuhr sie ihn scharf an. »Warum sollte mich das interessieren?«

»Kommen Sie mit mir nach Hause«, sagte James. »Ich wohne nur zwei Minuten entfernt. Ihr Fahrrad packen wir in den Kofferraum. Ich kann Ihnen einen Brandy anbieten.«

»O nein«, sagte sie. »Ich habe einen Termin.«

»Darf ich Sie hinfahren?«

»Es ist gleich hier in der Beaumont Street. Beim Arzt ...«

»Dann bringe ich Sie hin und erkläre ihm alles.«

Sie murmelte Unzusammenhängendes und kramte in ihrer Tasche. »Mein Taschentuch ...«

»Nehmen Sie meins. In der Brusttasche. Ich würde es Ihnen ja gern reichen, aber ich habe keine Hand frei.«

Sie schüttelte den Kopf. Unendlich behutsam begann er, sie und ihr Fahrrad den Bürgersteig entlangzuführen.

Ein Mann kurbelte sein Autofenster herunter und rief: »Woll'n Sie Ihre verdammte Karre da einfach stehenlassen?«

»Ja«, rief James zurück.

»O Gott«, sagte die Frau auf einmal, »o Gott, o Gott. Ich hasse Ärger und Probleme ...«

»Ich auch. Besonders, wenn ich sie selber verursacht habe.« Ihm fiel ein, daß er seine Brille zu Hause auf der Toilette auf einem Stoß alter Ausgaben von *Private Eye* liegengelassen hatte. Aber das konnte er ihr wohl kaum erklären.

»Darf ich fragen, wie Sie heißen? Und wo Sie wohnen? Darf ich Sie aufsuchen, um mich zu entschuldigen und mich nach Ihrem Befinden zu erkundigen?«

Sie zögerte. Nach diesem Schreck war sie zunächst zwar ärgerlich, gleich darauf aber ängstlich geworden. »Ich heiße Bachelor. Beatrice Bachelor.« Sie hielt inne, dann ergänzte sie: »Ich wohne in der Cardigan Street.«

»Ach, das ist ja ganz bei mir in der Nähe, fast nebenan«, sagte James.

Die Tür ging auf. Eine Praxishelferin in einem so lebhaft gemusterten Pullover, daß ihr Gesicht daneben fast völlig verblaßte, sagte: »Oh, Miss Bachelor, was für ein Abend! Was ist Ihnen zugestoßen?«

»Es war meine Schuld«, erklärte James. »Ich hab sie umgefahren.« Er betrachtete sie im hellen Licht der Praxis. Sie hatte einen Schmutzfleck auf der Wange, und das in den Nacken gerutschte Kopftuch legte ihr schütteres graues Haar frei, das sich ein wenig aus dem Knoten gelöst hatte. »Mein Name«, sagte James, der das sinnlose Bedürfnis empfand, ihn als Akt der Reue preiszugeben, »ist James Mallow.«

»Ja«, sagte die Praxishelferin und nahm Miss Bachelor energisch beim Arm, »mag sein.« Damit drückte sie ihm die Tür vor der Nase ins Schloß.

*

Als James nach Hause kam, war alles dunkel, nur in Onkel Leonards Fenster im ersten Stock schimmerte es noch rötlich. Als Leonard Mallow fünf Jahre zuvor zu ihnen gezogen war, hatte Kate ihn gefragt, in welcher Farbe er gern seine Vorhänge hätte, und er hatte prompt geantwortet: »Rot, meine Liebe. Natürlich rot. So rot, wie du sie nur kriegen kannst.« Er war ein Mann mit dezidiertem Geschmack. Er liebte Cricket, die Arbeiten von John Buchan, Anchovispaste und Mrs. Cheng, die zierliche, gelassene Chinesin, die Kate beim Putzen zur Hand ging; er haßte Fortschritt, Materialismus und Mädchen mit kurzen Haaren. Er war fünfzig Jahre seines langen Junggesellenlebens Lehrer gewesen und erklärte mit unüberhörbarer Erleichterung im Ton, daß er die Jungs satt habe.

James schloß die Haustür auf. In der Diele war es dunkel, unter der Küchentür schien jedoch noch Licht hervor, und man hörte das Dröhnen von Rockmusikbässen. »Bist du das?« rief Onkel Leonard von oben herunter.

»Ich bin's, James.«

»Scheußlicher Abend ...«

»Brauchst du mir nicht zu sagen. Bin gleich oben.«

»Hat keine Eile«, rief Leonard liebenswürdig. »Laß dir nur Zeit. Ist überhaupt nicht eilig.«

James öffnete die Tür zur Linken und machte Licht. Der Raum, der jetzt schon seit einem Vierteljahrhundert sein Arbeitszimmer war, erwachte zu dem vertrauten, geliebten Leben, die breiten Schiebefenster an beiden Schmalseiten, der grüne Teppich, die Lampen und unaufgeräumten Tischchen, die abgenutzten Ledersessel, der Schreibtisch (der Mahagoni-Schreibtisch seines Vaters, aus Südafrika mitgebracht) und die Bücher, die endlosen Regale mit Büchern, die sich, vom Fußboden bis zur Decke, dicht an dicht an den beiden Längsseiten des Zimmers entlangzogen und nur über dem Schreibtisch einen Platz frei ließen, wo ein Gemälde hing, das Kate sehr liebte: das Bild eines wunderschönen Moguls in blumenbesticktem Mantel und Silberschuhen. James wanderte von einem Fenster zum anderen und zog die Vorhänge zu. Da Mrs. Cheng heute den Teppich gesaugt hatte, lag der Flor in gleichmäßigen Streifen wie ein Rasen. Das Zimmer roch, wie er es liebte, nach Leder, Papier und Möbelpolitur. Er betrachtete die Ledersessel und wünschte sich, Miss Bachelor säße, eine Tasse Tee oder ein Glas Brandy in ihren nicht allzu sicheren Händen, in einem davon und wärmte ihre altjüngferlichen Glieder an seinem Gaskamin. Ihm war ganz elend vor Gewissensbissen. Wenn er schon jemanden umfahren mußte – hätte es nicht eine robuste, widerstandsfähige Person sein können, die vom Pflaster aufsprang und ihn wütend beschimpfte? Warum mußte es eine Miss Beatrice Bachelor sein, mit Wollhandschuhen und Beinen wie dürre Stecken? Er seufzte. Er wünschte, Kate wäre zu Hause; er brauchte ihre herzliche Wärme und ihr Verständnis.

Langsam ging er hinaus und stieg, unterwegs die Lampen anknipsend, die Treppe zum oberen Stockwerk hinauf. Die Tür von Leonards Zimmer war angelehnt, ein Zeichen, daß er für Besucher zu sprechen war. Wenn er schlafen, das Kreuzworträtsel lösen oder das lange, komplizierte Ritual des An- und Auskleidens vollziehen wollte, machte er die Tür fest zu und rief, sobald jemand anklopfte: »Verschwinde!«

»Ah«, sagte er, als James hereinkam. Er saß in seinem gewohnten Sessel, einem Lehnsessel von einzigartiger Unansehnlichkeit, mit hölzernen Armlehnen und einer tiefen Sitzfläche, die aussah, als verberge sie einen Nachttopf. »Ah. Du siehst furchtbar abgespannt aus.«

»Ich hab jemanden umgefahren«, sagte James. »Im Schritttempo zwar, deshalb ist die Frau auch nicht verletzt, aber ich hab ihr einen furchtbaren Schreck eingejagt. Ich fühl mich gräßlich.«

»Whisky«, sagte Leonard und winkte mit seiner langen, schmalen Hand zu einer Ansammlung von Flaschen auf der Kommode hinüber. »Bedien dich.«

»Ich hab sie bei einem Arzt abgeliefert«, erzählte James, der nach Leonards Zahnputzglas griff und es nach Spuren von Zahnpasta untersuchte, bevor er Whisky hineingoß. »Morgen werde ich sie besuchen. Sie wohnt in der Nähe von St. Barnabas.«

»Nein, nein!« Wieder winkte Leonard mit der Hand. »Da drin weiche ich meine Dritten ein. Da drüben, bei den Flaschen, muß noch ein sauberes Glas sein.«

»Entschuldige.«

»Du hast deine Brille vergessen. Ich hab sie auf dem Klo gesehen.«

»Deswegen hab ich sie ja umgefahren. Deswegen und wegen der Dunkelheit und des Regens.«

»Du bist doch erst sechzig – oder?«

»Einundsechzig.«

»Kein Grund, daß irgendwas nachläßt, mit einundsechzig. Die Augen müßten noch funktionieren.«

»Ich stehe noch nicht am Rand des Grabes«, sagte James und machte es sich in Leonards zweitem Sessel bequem, einem knarzenden Schalensitzmöbel aus Korb mit einem klumpigen, mit Cretonne bezogenen Kissen. »Ich bin genauso vergeßlich wie immer, sonst nichts. Ich meine, ich bin ständig in Gedanken versunken, die nichts mit dem Autofahren oder dem Rasenmähen zu tun haben. Das macht Kate wahnsinnig. Sie hat mich schon oft gefragt, warum ich meine Intelligenz nicht genausogut auf das Beladen der Waschmaschine konzentrieren könne wie auf das Schreiben und Unterrichten.«

»Und warum kannst du das nicht?«

»Weil mich das nicht so sehr interessiert, vermutlich.«

Leonard klatschte sich mit der gefalteten Zeitung aufs Knie.

»Hat mir gefallen, dein Artikel, heute. Bin natürlich nicht deiner Meinung. Kann Subventionen nicht ausstehen. Kein Wunder, daß das Theater vor die Hunde geht.«

»Ich hab mich nicht hundertprozentig für Subventionen ausgesprochen in dem Artikel. Es müßte eine gewisse Ausgewogenheit herrschen, hab ich geschrieben ...«

»Das Beste, was ich je gesehen hab«, fiel ihm Leonard unvermittelt ins Wort, »war ›Journey's End‹. Großartiges Stück. Tiefgang. Echten Tiefgang hat das Ding.«

»Wo ist Kate?«

»Keine Ahnung. Eben noch hier, dann wieder weg. Krach, bumm, Tür geknallt. Du kennst das ja.«

James musterte seinen Onkel aufmerksam. In seinem ganzen Leben hatte sich niemand liebevoller um Leonard gekümmert als Kate. Es war Kates Idee gewesen, ihn aufzunehmen, als sich herausstellte, daß ihn der jahrelange Aufenthalt in Schulheimen unfähig gemacht hatte, allein zurechtzukommen. Leonard jedoch, der sich durchaus darüber im klaren war, daß er Kate viel verdankte, und sie sogar lieben gelernt hatte, konnte ihr zwei Dinge nicht verzeihen. Erstens ihre Herkunft. Er wußte, daß er seiner Meinung nicht Ausdruck verleihen durfte, wußte auch, daß er darin altmodisch war, aber James war in Leonards Augen ein geborener Gentleman, während Kates Vater Pedell an einem College und ihre Mutter eine irische Auswanderin aus County Cork war. Diese Tatsachen steckten in Leonards Kopf so fest wie Steine im harten Boden; diese Tatsachen und natürlich jene andere, die eigentlich mehr ein Felsblock war als ein Stein.

»Leonard ...«, sagte James. Er leerte sein Whiskyglas. »Ich geh jetzt besser mal runter und sehe nach Joss.«

»Wir haben ihre Hausaufgaben gemacht«, verkündete Leonard und griff nach der Zeitung, um James zu zeigen, daß er ohnehin keine Lust mehr hatte, sich mit ihm zu unterhalten. »War in Null Komma nichts erledigt.«

»Findest du das gut? Wie kann ihr das im Unterricht helfen, wenn ihr im Galopp durch ihre Aufgaben jagt und so einen ganz falschen Eindruck von ihren Fähigkeiten erweckt.«

Leonard liebte es, Joss' Hausaufgaben zu machen. Er steckte die Nase in seine Zeitung. »Kümmer du dich um deine eigenen Angelegenheiten«, meinte er.

James ging ins Treppenhaus hinaus. Kate hatte es im letzten Winter frisch gestrichen, in einem weichen, hellen Weizengelb. Sie hatte das Ganze mit der ihr eigenen Verve in Angriff genommen, während James hinter ihr hergezogen war, um die gelben Farbspritzer von den weißen Holzteilen zu entfernen und die Ränder rings um die Lichtschalter zu säubern. Das störte sie überhaupt nicht, sie nahm so etwas niemals persönlich und lachte höchstens darüber. Das Treppenhaus war eines der wenigen Dinge, die sie geändert hatte, nachdem sie eingezogen war, sonst schien sie meistens entweder zu sehr in die Kunst des Lebens vertieft zu sein, um sich um Heimgestaltung zu kümmern, oder zu feinfühlig, um James' Haus ihren persönlichen Stempel aufzudrücken.

Es war sein Haus. Er hatte es vor nahezu dreißig Jahren gekauft, lange bevor die kunterbunt bebaute viktorianische Gegend von Oxford, die Jericho genannt wurde, vom Slum zum bürgerlichen Viertel aufstieg. Es war ein niedriges, zweigiebliges rotes Haus mit gotischem Eingang und breiten, von blaugelben Backsteinen gerahmten Schiebefenstern. Über der Tür stand in energischem Schwarz »Richmond Villa«. Möglicherweise war es für einen Buchdruckermeister der großen Universitätsdruckerei in der Walton Street erbaut worden, und James liebte es sehr. Und er liebte die taktvolle Art, mit der Kate es behandelte.

Er ging nach unten. Das Stampfen der Musik hinter der geschlossenen Küchentür war dem traurigen, klagenden Gejammer einer nasalen Stimme gewichen, einer Stimme, wie sie hinter den hohen Mauern eines nordafrikanischen Souk zu hören sein mochte. James hielt inne. Er legte die Hand auf den Türknauf. Hinter der Tür würde er seine Stieftochter Joss antreffen, die zweifellos dabei war, mehr als achtlos ihre gewohnten Cornflakes zu verdrücken, von denen sie zu leben schien. Und sie war noch nicht einmal seine Stieftochter, denn ihre Mutter hatte sich während der ganzen acht Jahre, die sie nun schon bei James in der Richmond Villa lebte, kategorisch geweigert, ihn zu heiraten.

*

Joss hatte ein kleines weißes Gesichtchen und einen grauenhaften Haarschnitt. Ihre Haare hatten denselben rötlichen Ton wie die ihrer Mutter, aber sie hatte sie, der augenblicklich herrschenden Mode in ihrer Klasse gehorchend, rigoros kurz geschnitten. Da sie ihren Haarschnitt insgeheim selber gräßlich fand, verteidigte sie ihn fast hysterisch. An die Wand ihres Schlafzimmers hatte sie das Poster eines weiblichen Rockstars gepinnt, der Haare wie ein Sträfling hatte, unter ihrem Bett verwahrte sie jedoch eine Schachtel mit Ausschnitten aus Zeitschriften, Fotos von Mannequins mit wilden Haarmähnen, die verführerisch glänzten und im Wind wehten. All diese Mädchen trugen hochelegante Schuhe. Joss' Füße dagegen steckten in schweren, schwarzen Stiefeln mit dicken Sohlen und praktischen Messingösen.

»Onkel Leonard sagt, er hat dir deine Schulaufgaben gemacht.«

Joss gähnte. »Er kann's. Ich kann's nicht. So einfach ist das.«

James fühlte sich einem Streit jetzt nicht gewachsen.

»Wo ist Mum?«

»Keine Ahnung. Im Heim vermutlich.«

Das Heim neben der St. Margaret's Church, das eine Freundin von Kate gegründet hatte, war ein Haus für mißhandelte Frauen, in dem Kate regelmäßig als freiwillige Helferin arbeitete. Sie kümmerte sich um die Kinder und hörte zu, hörte zu, hörte endlose Stunden zu. Dort hatte sie auch Mrs. Cheng gefunden, die, als sie sie zum erstenmal traf, mit ihrem von blauroten Prellungen aufgequollenen gelben Gesicht wie ein armes, kleines Stiefmütterchen gewirkt hatte. Sie hatte Mrs. Cheng einen Teilzeitjob in der Richmond Villa verschafft und ihr dann ein Zimmer in einer Pension und einen zweiten Job als Putzfrau in einer Zahnarztpraxis in der Beaumont Street besorgt. Mrs. Chengs Dankbarkeit manifestierte sich in unermüdlichem Eifer bei der Arbeit für Kate, der sich vor allem darin ausdrückte, daß sie jene Berge von Unordnung abzutragen versuchte, die überall dort entstanden, wo Kate sich aufhielt. Joss hatte Mrs. Cheng einmal auf ihrem Zimmer in der Pension besucht. Es sei sehr kahl und rieche komisch, hatte sie anschließend berichtet.

»Am liebsten«, sagte Onkel Leonard, »würde sie ja hier im Besenschrank unter der Treppe wohnen und in einem Eimer Fischköpfe kochen.«

»Ich fange mit dem Abendbrot an«, sagte James jetzt und steuerte auf den Kühlschrank zu.

»Gut«, sagte Joss. James konnte besser kochen als Kate. Seine Produkte blieben getrennt, und jedes bewahrte seine Farbe und Beschaffenheit. Kates dagegen sahen fast immer gleich aus und fühlten sich auch gleich an, so daß der Geschmack jedesmal wieder zur Überraschung gedieh, und zwar nicht immer zur angenehmen.

»Ich habe mir einen Hut gekauft«, sagte Joss unvermittelt. Sie hatte es eigentlich nicht erzählen wollen und errötete über ihre Unbedachtheit. In den Secondhandshops der Walton und der Little Clarendon Street irgendwelche Kopfbedeckungen zu kaufen, war eine Leidenschaft von ihr, die sie genauso geheimzuhalten trachtete wie ihre Fotos von Haaren und Schuhen.

»Ach, wirklich?«

»Ja.«

»Was für einen Hut? Zeigst du ihn mir?«

Wütend auf sich selber stieß Joss ihm mit dem Fuß eine Plastiktüte zu. Es war eine alte Supermarkttüte, ziemlich abgenutzt und stark zerknittert. James hob sie auf und entnahm ihr eine kleine, schwarze Samtkappe, ähnlich wie sie die Highlander tragen, an der mit zwei Straßschleifen ein grober, schwarzer Schleier befestigt war.

»Wirklich hübsch. Sehr elegant.«

»Ich hasse das Ding. Ich wünschte, ich hätt's nicht gekauft.«

James hütete sich, sie beim Wort zu nehmen und ihr vorzuschlagen, es in den Laden zurückzubringen.

»Ich wünschte, Frauen trügen noch immer Hüte. Das ist sexy.«

»Ätzend«, sagte Joss.

James steckte die Kappe in die Tüte zurück. Er öffnete den Kühlschrank – viel zu klein, daran hatte sich seit acht Jahren nichts geändert – und hockte sich davor.

»Wie wär's mit einer riesigen Pfanne mit allem, was ich hier drin finde?«

Verstohlen zog Joss die Tüte mit dem Hut zu sich heran.

»Ich hab keinen Hunger.«

»Aber ich. Und Onkel Leonard hat immer Hunger. Mum sicher auch.«

»Ich bring das schwarze Ding hier zurück. Es ist scheußlich.«

James erhob sich und begann Lebensmittel aus dem Kühlschrank auf den Tisch zu packen.

»Du könntest sie Mum zum Geburtstag schenken.«

»Was für'n Geburtstag?«

»In zwei Wochen. Sechsunddreißig wird sie.«

»Du hast gesagt, das Ding wär sexy . . .«

»Ist es auch.«

»Aber ich kann doch *Mum* nichts schenken, was sexy ist!«

Die beiden schauten einander an. Joss stellte sich Kate mit dieser Kappe vor und wie James sie dabei ansah, und ihr wurde fast übel. James stellte sich dasselbe vor und war gerührt. Er war der erste, der den Blick abwandte. »Wie du willst«, sagte er und griff zu einem Körbchen mit welken Pilzen.

Die Haustür ging auf und schickte einen heftigen Schwall kalter Zugluft unter der Küchentür hindurch, dann fiel sie ins Schloß.

»Aha«, sagte James voller Genugtuung. Joss stopfte die Kappe hastig in den schwarzen Beutel zurück, in dem sie ihre Schulbücher mit sich herumschleppte.

Kate öffnete die Küchentür und kam, klatschnaß vom Regen und ohne Kopfbedeckung, hereingestürmt. Ihr drahtiges rotes Haar hielt die Tropfen wie in einem Labyrinth von Zweigen gefangen.

»Sauwetter!« sagte sie, ließ ihre Handtasche auf den Boden fallen und anschließend eine Einkaufstüte voller Lebensmittel, die sofort umkippte, so daß Mandarinen und eine riesige, bräunliche spanische Zwiebel herauskullerten.

James ging zu ihr und gab ihr einen Kuß.

»Vorsicht! Ich bin naß! Durch und durch, bis auf den Schlüpfer. Hallo, Jossie.«

»Geh du erst mal in die Badewanne. Ich fange gerade an, das Abendessen zu kochen. Währenddessen kannst du baden.«

»Wo warst du?«

»Im Heim. Was glaubst denn du? Der übliche nachweihnachtliche Ansturm armer Würmer. Alle sagen, daß sie sich vor Weihnachten mehr fürchten als vor jedem anderen Tag im Jahr.«

James begann Kate aus ihrem Regenmantel zu schälen.

»In der Tat, durch und durch naß. Joss, du läßt für Mum jetzt schnell ein heißes Bad einlaufen, ja? Und sagst du Onkel Leonard, daß wir in einer halben Stunde essen können?«

Joss stand auf. »Kann ich skilaufen fahren? Mit der Schule?«

Kate warf ihr einen kurzen Blick zu. »Nein«, antwortete sie. »Ich hab kein Geld.« Dann bedachte sie James, um jedes Angebot von seiner Seite abzublocken, mit einem durchdringenden Blick. »Das weißt du doch. Aber es tut mir leid. Es tut mir leid, daß ich kein Geld habe.«

»Ja«, sagte Joss. Sie hatte von Anfang an keine großen Hoffnungen gehegt, und obwohl sie sich fest vorgenommen hatte, eine Szene zu machen, brachte sie es jetzt nicht übers Herz. Als sie hinausging, ließ sie die Tür offen, wohl wissend, daß James sie hinter ihr schließen mußte.

»Ich bin froh, daß du wieder da bist«, sagte James.

Kate hockte auf dem Boden neben ihren Taschen, eine schlanke, kleine Gestalt in schwarzen Jeans. »Ich auch. Es war so traurig heute. Das kommt vermutlich auch von dem tristen Wetter Anfang Januar, aber irgendwie hat man sich im Heim heute nicht wie in einer Zufluchtsstätte gefühlt, sondern wie in einem trostlosen Wartezimmer, wo Formulare ausgefüllt werden und die Menschen Schlange stehen müssen. Und alle haben sie geraucht. Ich schäme mich, weil ich das Gefühl habe, überempfindlich zu sein, aber manchmal stört es mich wirklich sehr.« Sie steckte die letzten Mandarinen in die Tüte zurück und stand auf.

»Da wir gerade von schämen sprechen ...« James wandte sich wieder seinen Pilzen zu. »Ich schäme mich auch. Weißt du, was mir passiert ist?«

»Nein. Erzähl«, sagte Kate.

»Als ich losfuhr, um meinen Artikel an die Zeitung durchzufaxen, hatte ich meine Brille vergessen und habe in der Beaumont Street eine Frau angefahren – nicht sehr schlimm, nicht sehr kräftig, aber ich hab sie von ihrem Fahrrad gestoßen.« Kate hörte schweigend, aufmerksam zu, und James war dankbar für ihr unausgesprochenes Mitgefühl. »Das Schlimme ist, daß sie so zerbrechlich war, eine von diesen gebrechlichen alten Akademikerinnen mit Haarknoten. In ihrem Fahrradkorb hatte sie Katzenfutter. Zum Glück wollte sie ohnehin zum Arzt, also hab ich sie hingebracht und werde morgen natürlich nach ihr sehen. Aber der Gedanke an sie läßt mich nicht mehr los, und es tut mir so unendlich leid.« Er hielt inne und wartete darauf, daß Kate ihn beruhigte, vielleicht sogar zu ihm kam, ihn in die Arme nahm, ihre nasse Wange an seine Brust schmiegte und ihm sagte, so etwas hätte jedem passieren können, vor allem an einem solchen Abend. Aber sie tat es nicht. Sie sagte nichts und rührte sich nicht. Überrascht sah er sie an. Sie musterte ihn mit einem Blick, der ihm völlig fremd war, ein kalter, fast verächtlicher Ausdruck lag darin.

Er wollte etwas sagen, doch ehe er den Mund aufmachen

konnte, sagte Kate in einem Ton, der zu ihrer Miene paßte: »Du dummer alter Mann.« Anschließend herrschte wieder Schweigen. Und beide blickten einander entgeistert an.

*

Mit geschlossenen Augen lag Kate in der Wanne. Sie hatte Joss gebeten, dazubleiben und sich mit ihr zu unterhalten, aber Joss hatte gesagt, sie habe keine Zeit, und war in ihr eigenes Zimmer gestapft. Kate konnte es ihr nicht übelnehmen: Joss war zwar erst vierzehn, aber sie war nicht dumm und konnte deutlich unterscheiden, ob sie bleiben sollte, weil ihre Mutter wirklich mit ihr sprechen oder weil diese nur nicht mit ihren Gedanken allein bleiben wollte. »Tut mir leid«, sagte sie, »ich hab zu tun.« Ihre Stimme klang ganz leicht nach Cockney und Kates ganz leicht nach Oxfordshire, während James' Stimme, nun ja, eben ganz anders klang. Kates Mutter behauptete, James habe einen Oxfordakzent. James! Warum hatte sie das nur zu ihm gesagt? Das hatte sie nicht gewollt, war sich gar nicht klar darüber gewesen, daß sie so etwas sagen würde. Dumm war in Ordnung, Mann ebenfalls, aber alt – voller Gram zog Kate in der Wanne die Knie hoch. Er hatte niedergeschmettert gewirkt, fast so, als hätte sie ihn geohrfeigt. Sie hatte ihn niemals geohrfeigt, sie hatte ihm gegenüber kaum jemals die Stimme erhoben; er gehörte nicht zu der Sorte Mann, und sie nicht zu der Sorte Frau. Und doch erkannte sie nun, da sie ihn als dummen, alten Mann bezeichnet hatte, entsetzt, daß sie es ernst gemeint hatte. Aber es *war* das Verhalten eines dummen, kurzsichtigen, zerstreuten alten Mannes, im Dunkeln und im Regen ohne Brille Auto zu fahren und Leute von ihrem Fahrrad zu stoßen. O Gott, dachte Kate und fragte sich plötzlich angstvoll, wohin ihre Gedanken führen mochten. Was ist nur mit mir los?

Als sie ihn kennenlernte, hatte sie keine Sekunde an sein Alter gedacht. Und wenn die fünfundzwanzig Jahre Altersunterschied zwischen ihnen überhaupt etwas ausmachten, so höchstens als eine Art besonderer Reiz, und die ganze Geschichte war von Anfang an so natürlich und so wundervoll gewesen, daß sie sich niemals fragte, was mit ihr los sei. Sie hatten sich in einem Pub in der Nähe der Holywell Street kennengelernt. James war mit seinem alten Freund Hugh Hunter dort gewesen, und Kate mit einem Freund, der aber nicht Joss' Vater war, denn der hatte sich, kaum daß sie schwanger war, kurzerhand in sein heimatliches Kanada abgesetzt. Hugh Hunter hatte, als er sich durch die Menschenmenge drängte, ein wenig Bier auf Kates Schulter verschüttet, und James war der einzige gewesen, der über ein Taschentuch verfügte. Auf Kate wirkte er phantastisch, groß und hinreißend selbstsicher in seinem Pullover mit dem Polokragen unter dem alten Tweedjackett. Sie blickte ihm offen ins Gesicht und dachte an den Duke of Wellington; vielleicht war es seine Nase. Er tupfte ihre Schulter trocken und sagte: »Ich heiße James Mallow.«

»Meine Mutter kommt aus Mallow«, hatte Kate erwidert. »Mallow in County Cork. Im Sommer gingen ihre Eltern mit ihr und ihren Schwestern immer auf dem Glashaboy River rudern.«

James notierte sich ihre Telefonnummer. Am Tag darauf rief er sie an und lud sie ins Kino ein. Dann lud er sie zum Sonntagslunch in die Richmond Villa ein. Er wollte sie nicht helfen lassen, sondern setzte sie mit einem Glas Wein an den Küchentisch, während er eifrig hackte und schnitt. Sie saß da und betrachtete, während er arbeitete, seine Hände und Unterarme mit den bis zu den Ellbogen hochgerollten Hemdsärmeln, bis sie nicht mehr zusehen konnte, weil sie so begierig darauf war, mit ihm ins Bett zu gehen, daß es sie kaum noch auf ihrem Stuhl hielt. Und nach dem Lunch ging James tatsächlich mit ihr ins Bett, und es war etwas ganz Besonderes. Es war, fand Kate, wie diese Sexszenen in Romanen, über die man sich mokiert, weil man es nicht für möglich hält, daß so etwas tatsächlich passiert. Aber es war so. An jenem Sonntagnachmittag im Frühling, Kate war damals achtundzwanzig, James dreiundfünfzig und Joss sechs, war es im Bett einfach sensationell gewesen.

Als es schließlich vorüber war, zeigte James Kate sein Arbeitszimmer im unteren Stock. Verwundert sah sie, wie sauber alles war, doch nicht die Sauberkeit an sich verblüffte sie, sondern die Tatsache, daß alles so sauber und so *alt* war. In Kates Kindheit waren, von den paar Erbstücken ihrer Mutter einmal abgesehen, nur neue Sachen jemals sauber gewesen. Alte Sachen waren von Haus aus abgenutzt, schmutzig, fleckig, klapprig. Hier war es genau umgekehrt. Die alten Sachen glänzten wie neu. Kate saß in James' drehbarem Schreibtischsessel und blickte zu dem Gemälde eines eleganten, dicken, hellbraunen Fürsten empor, der Perlen im Turban und um den Hals trug und dessen Hand auf einem Säbel ruhte, den er in einer Seidenschärpe trug.

Zwei Wochen später war sie bei ihm eingezogen. Heute konnte sie sich nicht mehr erinnern, ob James sie wortwörtlich dazu aufgefordert hatte, aber damals hatte sie sich so sehr danach gesehnt, mit ihm zusammenzuleben, daß es ihr gleichgültig war, ob er sie darum bat oder nicht. Für Joss, die noch niemals zuvor allein geschlafen hatte und die zwei Jahre lang nicht duldete, daß das Licht ausgemacht wurde, richtete James ein eigenes kleines Schlafzimmer her. Wenn er in seinem Arbeitszimmer am Schreibtisch saß und an seinen Zeitungsartikeln arbeitete oder seine Schüler unterrichtete, schlich Kate mit aufgeregter Ehrfurcht auf Zehenspitzen im Haus umher. Nichts durfte verändert werden, sie mußte alles so respektieren, wie James es wollte. Selbst später, als ihr klar wurde, daß er sie lieben gelernt hatte und daß sie ihm gegenüber durchaus offen sein konnte, hatte sie doch nicht den Wunsch, etwas zu ändern. Die Villa gehörte James. Kate schwang sich, wie James sehr schnell und voller Dankbarkeit erkannte, niemals zum Richter auf. Kate besaß eine ungeheure Fähigkeit, alles zu akzeptieren, wie es war.

Sie akzeptierte die Gewohnheiten eines Mannes, der seit zwanzig Jahren daran gewöhnt war, allein zu leben, sie akzeptierte seinen Wunsch nach Ordnung, auch wenn sie ihm mit ihrem eigenen Verhalten nicht nachzukommen vermochte. Für James akzeptierte sie die Tatsache, daß Joss ein weitaus strenger geregeltes Leben führen mußte als bisher, sie akzeptierte Onkel Leonard, und sie akzeptierte, ohne ihn zu fragen, daß James ihr dafür die Freiheit ließ, die sie brauchte, um das zu tun, was sie tun wollte. Und dazu gehörte es, unverheiratet zu bleiben.

»Ich habe eine Heidenangst davor, bemitleidet zu werden«, sagte Kate. »Und noch mehr davor, jemandem eine Last zu sein.«

»Aber das wärest du nicht. Ich möchte dich heiraten, weil ich dich liebe und weil ich will, daß du mir gehörst. Wenn du so willst, möchte ich, daß du meine Last bist. Ich möchte die Verantwortung für dich tragen.«

»Heute vielleicht. Möglicherweise auch morgen. Aber nicht ewig. Ich könnte es nicht ertragen, dich zu enttäuschen.«

»Aber du würdest mich nicht enttäuschen. Ich kenne dich doch. Du bist genau die Frau, die ich mir wünsche.«

»Trotzdem, James. Nein.«

»Deine Gründe sind so fadenscheinig.«

»Nicht für mich. Für mich sind sie kristallklar und so unerschütterlich wie Granit.«

Und so ging es weiter, Wortgefecht um Wortgefecht. Allmählich hörte er auf zu fürchten, daß sie ihn eines Tages verlassen würde, wenn sie nicht mit ihm verheiratet war. Als sie ihre freiwillige Arbeit mit Problemfamilien begann, mit jungen Drogensüchtigen, die in Horsley kampierten, mit mißhandelten Frauen, sagte sie, das sei das Mindeste, was sie tun könne. »Ich habe so viel Glück, daß es geradezu unanständig ist.« Drei Tage pro Woche arbeitete sie bei einer Freundin in einem kleinen Pasta-Restaurant als Kellnerin, Spülerin, Buchhalterin. Damit bezahlte sie Kleidung und Extrawünsche für Joss und sich selbst; es wäre ihr lieber gewesen, wenn sie auch Kost und Haushaltsausgaben davon hätte bestreiten können, doch als sie das James gegenüber erwähnte, blieb er stur.

»Nein. Und keine weiteren Diskussionen. Du kannst mich als Neandertaler bezeichnen, aber ich will für euch beide sorgen. Sollte jemals die Zeit kommen, da ich das nicht mehr kann, werde ich's dir sagen, aber bis dahin halt bitte den Mund und iß.«

Kate richtete sich in der Wanne auf und griff nach der Seife.

Dann begann sie sich hektisch, fast brutal zu waschen, als müsse sie viel mehr von ihrer Haut runterscheuern als nur ihre Müdigkeit und den Schmutz des vergangenen Tages. Als sie fertig war, ließ sie das Wasser ablaufen, stellte die Dusche auf kalt und spülte sich so lange ab, bis es eindeutig unangenehm war. Dann frottierte sie sich kräftig trocken, zog Jeans, einen alten Pullover von James und weiße Sportsocken an und ging ohne Schuhe hinunter.

James hatte den Tisch gedeckt und Kerzen auf die Arbeitsplatte gestellt. Außerdem hatte er die Mandarinen in eine grüne Glasschale gelegt, die Hinterlassenschaften des Tages weggeräumt und eine Flasche Wein geöffnet. Es duftete appetitanregend nach Abendessen, und Radio Three spielte freundlicherweise Vivaldi. Als Kate hereinkam, stellte James die Musik ab und musterte sie.

Kate biß sich auf die Lippe. »Bitte, verzeih mir. Ich weiß nicht, warum ich das gesagt habe. Ich habe es wirklich nicht gewollt.«

Er machte eine kleine Handbewegung. »Vergiß es. Spielt keine Rolle. Außerdem hast du vermutlich recht.«

Sie warteten einen Augenblick, um zu sehen, ob irgend etwas, das einer von ihnen gesagt hatte, dazu beitrug, die Atmosphäre zu lockern. Das war nicht der Fall. Das Telefon klingelte. Aus Gewohnheit – James haßte das Telefon – ging Kate an den Apparat. »Hallo?« fragte sie. »Ah, hallo, du bist es. Ich weiß. Schlimm. Ich war völlig durchnäßt. Bleib dran, ich geh ihn holen.«

Sie reichte James den Telefonhörer, als sei es eine Friedensgabe.

»Es ist Hugh«, sagte sie.

Zweites Kapitel

Hugh Hunter saß in seiner perfekt eingerichteten Landhausküche auf einem Barhocker aus Korbgeflecht und telefonierte. Die perfekte Einrichtung war Julia zu verdanken, der es mit sicherem Instinkt gelang, niemals zu übertreiben. Es war ein langgestreckter, niedriger Raum mit weißen Wänden, Korkfußboden und genau den richtigen Holzmöbeln, Krügen und Regalen mit praktischen Küchengeräten. Da gab es Terracotta-Kannen, blauweiße Craquelé-Teller und alte Kupferpfannen, aber nirgendwo zuviel und nichts davon demonstrativ zur Schau gestellt. Alle Gäste, die ins Church Cottage kamen, drifteten stets nach und nach in die Küche, weil die Atmosphäre dort so verlockend war, und saßen auf Patchworkkissen in Windsorsesseln neben dem Aga-Ofen, um Julia dabei zuzusehen, wie sie eine Sauce anrührte oder den Zwillingen ihren Tee verabreichte. Hinter dem Cottage hatte Hugh zwar ein Arbeitszimmer, wo er telefonieren konnte, und ein weiteres Telefon stand in Reichweite eines bequemen Lehnsessels im Wohnzimmer, zumeist aber, und vor allem, wenn es ein privates Gespräch war, saß er in der Küche auf einem Barhocker, den Ellbogen auf die gewachste Ulmenholztheke gestützt, auf der sein Weinglas und ein Aschenbecher standen.

»Ich will mich nur 'n bißchen ausheulen«, sagte Hugh zu seinem ältesten Freund James Mallow.

»Kannst du es kurz machen? Wir wollen gleich essen.«

»Julia hat mir Bœuf Bourguignon gekocht und ist dann losgezogen, um irgendwas aufzunehmen. Ich hätte sie nie dazu überreden sollen, sich an Interviews zu versuchen.«

»Unsinn!« sagte James prompt. »Du platzt doch vor Stolz.«

»Stimmt.«

»Und mit Recht.«

»Stimmt ebenfalls«, sagte Hugh. Er war stolz. Auf die eine

oder andere Art war er immer stolz auf Julia gewesen. Als sie ihm die Zwillingssöhne schenkte, hatte er wahrhaftig geglaubt, vor Stolz zu platzen.

»Hör zu, mein Freund«, sagte James, »du ißt jetzt dein Bœuf Bourguignon und liest was Erbauliches, und am Sonnabend treffen wir uns im King's Head.«

»Überheblicher Idiot«, sagte Hugh und legte den Hörer auf. Er dachte nach. James hatte angespannt geklungen. Vermutlich ging es um Joss, der es, wenn sie wollte, immer wieder gelang, auch die nachsichtigste Familie auf die Palme zu bringen. Warum mußten die meisten Teenager so schwierig sein? Würden die Zwillinge auch so werden? Würden sich diese zauberhaften kleinen vierjährigen Blondschöpfe mit den ernsten Gesichtchen in Klischees kompliziert-anarchischer Heranwachsender verwandeln? Wenn ja, wie traurig und wie unendlich, wie furchtbar langweilig!

Hugh öffnete die unterste Klappe des Aga. Dort stand das Essen in einem olivgrün glasierten Topf aus der Provence. Vorsichtig nahm er ihn heraus und stellte ihn auf die Bastmatte, auf der Julia für ihn gedeckt hatte. »Salat im Kühlschrank«, stand auf ihrem Zettel. »Hinterher Käse. Könntest du den Brie bitte zuerst aufessen?« Das war typisch für Julia: energisch, dabei aber überaus höflich und voller Charme. Sie waren seit sieben Jahren verheiratet, Jahre, in denen Hugh abends häufig ohne Julia ausgegangen oder über Nacht in London geblieben war. Heute jedoch war mit Ausnahme gelegentlicher Fälle, in denen Julia ihre Eltern besuchte, der erste Abend ihrer Ehe, an dem sie ihm Gleiches mit Gleichem vergalt.

Hugh stellte das Radio an. Vivaldi. Ihm war nicht nach Vivaldi, ihm war nach etwas Härterem. Walton oder Britten vielleicht. Das Church Cottage verfügte über ein ausgeklügeltes Musiksystem, das das gesamte Erdgeschoß versorgte, doch Hugh hatte jetzt einfach keine Lust, die richtige CD rauszusuchen und in den Player zu schieben. »Das dauert höchstens zwei Minuten«, sagte er sich. »Ich weiß«, antwortete er sich selbst. »Ja, ja, ich weiß. Aber ich hab eben keine Lust.«

Er holte den Salat aus dem Kühlschrank, kleine, gekräuselte Blätter, helle und dunkle, mit gehackten Walnüssen bestreut. Außerdem gab es braunes Baguette sowie ungesalzene Butter in einer rechteckigen, weißen Porzellandose, auf deren Deckel friedlich eine Kuh ruhte. Gemächlich arrangierte er sein Abendessen rings um das Gedeck auf dem Tisch. Es wirkte perfekt, es duftete köstlich. Aus irgendeinem Grund hätte Hugh am liebsten die Porzellankuh gepackt, den Deckel von der Butterdose genommen und Asche hineingeklopft. Er füllte sein Glas mit Wein auf – ein schweres, wunderschönes Glas, das sie gemeinsam in Venedig gekauft hatten – und verschüttete ein wenig auf die helle Tischplatte. Eine Weile ließ er die rote Pfütze dort stehen, dann zog er sie mit dem Finger zu einer roten Schlange auseinander. Wieder dachte er an Joss Bain. Er benahm sich genauso wie Joss. Der Gedanke an Joss brachte ihn auf James. Er setzte sich auf einen Stuhl mit Patchworkkissen, begann sich Bœuf auf den Teller zu löffeln und wünschte, James wäre da, äße mit ihm, ermahnte ihn, nicht zu rauchen, sähe ihn gereizt und zugleich liebevoll an.

Sie hatten sich in Cambridge kennengelernt, wo sie beide Dozenten im Fachbereich Geschichte gewesen waren. James war in Südafrika geboren, in Grahamstown am Eastern Cape, sein Vater, der Mitte der zwanziger Jahre dorthin ausgewandert war, arbeitete dort als Lehrer. Kurz vor dem Zweiten Weltkrieg war die Familie nach England zurückgekehrt, und James' Vater, der den gesamten Krieg überlebt hatte, war dann in einem Kriegsgefangenenlager in Italien an einer virulenten Dysenterie gestorben. Leonard, sein jüngerer, körperlich zarter Bruder, war der Familie zu Hilfe gekommen, hatte für James das Schulgeld bezahlt und seine Schwägerin mit ihrem späteren Mann bekannt gemacht, dem Quästor der Schule, an der er selbst unterrichtete. So war James in der Überzeugung herangewachsen, daß es im Leben keine andere erwägenswerte Karriere gebe als den Lehrberuf.

Hugh war ganz anders groß geworden. Sein Vater, ein Asthmatiker, kam während des Krieges zu beträchtlichem Wohlstand – durch Schwarzmarktgeschäfte, wie Hugh immer vermutete –, starb 1948, in dem Jahr, in dem Hugh nach Cambridge ging, und hinterließ gerade eben genügend Geld, daß davon seine Schulden beglichen und einer bis dahin unbekannten Geliebten mit ihrem achtjährigen Kind nach seiner Anweisung eine Passage nach Australien sowie ein geringer Geldbetrag gezahlt werden konnten. Hughs Mutter, eine harte Frau mit unverkennbarer Courage, verkaufte das Haus der Familie, gab Hugh die Hälfte des Erlöses und bezog mit seiner Schwester eine Wohnung in ihrer Heimatstadt Huddersfield. Als gelernte Schneiderin eröffnete sie eine kleine Werkstatt, die zu einer größeren Werkstatt und dann zu einer bedeutenden Firma heranwuchs. Als sie starb, hinterließ sie den größten Teil ihres Geldes der Tochter, die das Asthma des Vaters geerbt hatte und zu schwächlich war, um mehr als stundenweise zu arbeiten, während Hugh zweihunderttausend Pfund bekam. Damit hatten er und Julia das Church Cottage erworben und von Grund auf renoviert.

In Cambridge war James ebensosehr von dem Wunsch besessen, etwas anderes als Lehrer zu sein, wie Hugh sich danach sehnte, Schauspieler zu werden. Er war Mitglied der Theatergesellschaft und schloß sich nach seinem Examen als angehender zweiter Bühnendirektor für fünfundzwanzig Schilling pro Woche einer Tourneetruppe an, eine Gage, die nach sechs Monaten auf die Equity-Mindestgage von sechs Pfund und zehn Schilling angehoben wurde. Seine Mutter mißbilligte das zutiefst, nach ihrer Ansicht wimmelte es beim Theater nur so von Schwulen und Hochstaplern. Während der ganzen drei Jahre, die er beim Theater war, erschien sie nicht ein einziges Mal, um sich eine Vorstellung anzusehen, und wenn seine zarte, kurzatmige Schwester kam, mußte sie so tun, als sei sie anderswo gewesen. »Es lohnt sich nicht, deswegen Krach zu riskieren«, hatte sie beim erstenmal in ihrem weichen Yorkshire-Singsang gesagt und Hugh ein Freßpaket überreicht. »Sie versteht es, einen Krach über ganze vierzehn Tage und länger hinauszuziehen. Ich werde wiederkommen, aber erzählen werd ich's ihr nicht.«

Als in den Fünfzigern das private Fernsehen gegründet wurde und Hugh seinen ersten Vertrag mit einer der großen Gesellschaften bekam, war seine Mutter zwar auch nicht eben begeistert, befand aber, daß das schon eher etwas sei. Sie hatte gewollt, daß er nach dem Abschluß in Cambridge Anwalt wurde, sie hatte gewollt, daß er sich verbesserte.

Da Hugh Hunter und das Fernsehen einander liebten, wurde er zum Starmoderator einer der ersten nationalen Nachrichten- und Kommentarsendungen. Bei seinen Kollegen ebenso wie beim Publikum wurde er H. H. genannt, im Laufe der Zeit wurde seine Sendung dann in »H. H.'s Themen« umgetauft und erhielt Preise. Er besaß eine Wohnung in der Nähe der Studios, einen MG und eine Reihe attraktiver Freundinnen, Mädchen der sechziger Jahre mit riesigen, bemalten Augen, und manchmal setzte er die gerade aktuelle von ihnen in den MG und fuhr mit ihr nach Oxfordshire zu der alten Rektorei am Windrush River, in der James mit seiner Ehefrau lebte.

James' Frau war weitaus älter als er. Und überdies ziemlich reich. Sie hatte das Haus am Windrush gekauft und trug den größten Teil der Unkosten, damit James die Möglichkeit hatte zu tun, was er wollte. Er versuchte sich auf verschiedenen Gebieten, eröffnete eine Buchhandlung, schrieb einen Thriller, betrieb Imkerei auf kommerzieller Basis, aber nichts davon konnte ihn so recht befriedigen. Höchstwahrscheinlich entsprang seine Unzufriedenheit der Abhängigkeit von seiner Frau, und das wußte er auch, aber er machte ihr niemals Vorwürfe deswegen. Er war ihr von Herzen zugetan; sie hatte zu den Eltern an der Schule gehört, an der sein Stiefvater Quästor war, und ihn vor den Ansprüchen und der Tyrannei der Mallows gerettet. Sie lebten absolut harmonisch in ihrem Haus am Flußufer und waren nur in einem Punkt unterschiedlicher Meinung: Hugh Hunter. Schließlich gab Hugh es um des lieben Friedens willen auf, nach Oxfordshire zu kommen, und traf sich mit James in London. Als James zweiunddreißig war und seine Frau an einem Gehirntumor starb, war Hugh der erste, der zu ihm kam, um ihn zu trösten.

Seine Frau hatte James genügend Geld hinterlassen, um ein bescheidenes Haus zu kaufen – der Rest ging an ihre Kinder –, sowie einen Brief, in dem sie schrieb, sie fürchte, ihm mit ihrem Reichtum keinen guten Dienst erwiesen zu haben; sie wünsche ihm von nun an ein erfülltes Leben und eine sehr glückliche zweite Ehe. An den Tagen, an denen Hugh nicht in die Studios mußte, suchten er und James ganz Oxford nach passenden Häusern ab, denn James hatte behauptet, wenn er noch länger auf dem Land leben müsse, werde er verschimmeln. Nach vier Monaten fanden sie die Richmond Villa. »Das ist ja ein Alptraum«, sagte Hugh. »In so einem grauenvollen Kasten kannst du unmöglich wohnen wollen!« Für James aber war es Liebe auf den ersten Blick.

Das Haus hatte ihm Glück gebracht. Da er zu seinem Kummer feststellen mußte, daß ihm das Unterrichten Spaß machte, nahm er eine Stelle an einem der vielen Tutorial Colleges der Stadt an. Außerdem kam er dahinter, daß er, wenn er auch keine Romane schreiben konnte, so doch immerhin schreiben konnte. Versuchsweise verfaßte er für auswärtige Zeitschriften und Zeitungen ein paar Artikel über soziale und politische Themen, die auch herausgebracht wurden. Er baute die Richmond Villa ein wenig um, damit sie bequemer wurde, legte so etwas wie einen Garten an und schloß Freundschaften. Dabei entwickelte er auf gemächliche, eher zufällige Art und Weise einen Lebensstil, der ihm, wie er bald erkannte, die erste echte Freiheit schenkte, die er je kennengelernt hatte. Diese Freiheit wurde für ihn so kostbar, daß er, obwohl er sich in eine Reihe romantischer oder sexueller Abenteuer stürzte (beides zusammen schien er bei einer einzigen Frau nicht finden zu können), niemals den Wunsch verspürte, die Richmond Villa mit einem anderen Menschen zu teilen. Hugh spöttelte über ihn und behauptete, er werde allmählich zu einem alten Griesgram von Hagestolz mit Suppenflecken nicht nur auf der Krawatte, sondern auch im Hirn. James musterte Hughs Sonnenbankbräune und seine immer jüngeren Freundinnen und gab gelassen zurück, was er auch sein möge, es sei jedenfalls besser als ein mittelalterliches Fossil von einem Trendy.

Sie gewöhnten sich daran, sich wöchentlich zu treffen. Anfang der Siebziger – Hughs Blütezeit – wurde »H. H.'s Themen« am frühen Donnerstagabend von den meisten Privatkanälen gesendet, so daß Hugh ein langes Wochenende hatte. Am Samstag traf er sich in schönster Regelmäßigkeit mit James in Oxford, mit der Begründung, es koste James eine ganze Woche, irgendwohin zu fahren. Manchmal besuchte er ihn in der Richmond Villa, zumeist aber setzten sie sich in Erinnerung an ihre Anfangszeit in Cambridge in ein Pub. Später ging James dann mit Hugh in Jericho oder am Oxford Canal spazieren und mokierte sich über Hughs Entsetzen darüber, daß jemand tatsächlich freiwillig in diesen trostlosen Backsteinstraßen in Hörweite der Eisenbahn leben könne. »Ich höre gern die Züge fahren«, sagte James.

Hugh war aufrichtig zu James. Ihm gegenüber gab er niemals vor, wie er es sonst gern tat, Richard Dimbleby gekannt zu haben, obwohl er ihn nur einmal bei einem Lunch mit zehn Personen erlebt hatte. Und versuchte auch seine Besorgnis nicht vor ihm zu verbergen, als »H. H.'s Themen« auf den Montag verlegt, später von fünfundvierzig auf dreißig Minuten verkürzt und dann ganz eingestellt wurde. Als er vierzig wurde, bekam er spürbar Angst vor dem Altwerden und pflegte bei James Trost zu suchen. Er wirkte immer noch jünger als James, jünger, sportlicher und gepflegter, doch seine zunehmenden Ängste ließen ihn in der Öffentlichkeit so nervös werden, daß er zu Überreaktionen neigte. Er behauptete, das in London beheimatete Fernsehen sei ausgebrannt und die Provinzsender seien ganz groß im Kommen. James konnte ihn gut verstehen.

Als James Kate kennenlernte, war das ein furchtbarer Schock für Hugh. Weil er sich selber so verloren und verraten fühlte, vermochte er weder sie noch ihren positiven Einfluß auf James anzuerkennen. Er hielt sich von Oxford fern und durchlitt mehrere schlimme Monate in London – schlimm, weil er fest davon überzeugt war, daß sein Berufs- wie auch sein Privatleben sich unaufhaltsam auf einen gähnenden schwarzen Abgrund hinbewegten. Dann klingelte das Telefon. Es war ein Angebot, das

Angebot, eine ähnliche Sendung wie »H. H.'s Themen« bei Midland Television zu präsentieren, einem Sender, dessen Leiter, Maurice Hirshfeld, in den ersten, glücklichen Jahren des Privatfernsehens während der späten Fünfziger und frühen Sechziger ein Freund und Kollege von ihm gewesen war. »Wir haben einen weiten Weg hinter uns«, sagte Maurice. »Erinnern Sie sich? Wir haben in einem umgebauten Kino angefangen.« Hugh wurde ein Zweijahresvertrag angeboten, der beliebig verlängert werden konnte.

Seine Produktionsassistentin bei der neuen Sendung, »Die Midlands«, war eine junge Frau namens Julia Ferguson. Sie war ganz anders als die Mädchen, mit denen Hugh die Autobahnen unsicher gemacht hatte, eine kühle, ruhige Person mit glatt zurückgebürstetem Haar und einer riesigen, hellen Brille. Sie trug Kostüme und sehr wenig Schmuck, sprach Französisch und Spanisch und las lateinamerikanische Romane; in ihrer Gegenwart wurde Hugh abwechselnd heiß und kalt, weil er einerseits offenbar Luft für sie war, während sie ihn andererseits ernsthaft um Rat bat und anschließend danach handelte. Innerhalb eines Jahres waren sie verheiratet, ohne ein einziges Mal eingehend über den Altersunterschied gesprochen zu haben, der sie trennte: Hugh, weil er sich davor fürchtete, Julia, weil es für sie nicht wichtig war.

Hughs Mutter starb zwei Monate nach der Heirat, die sie mißbilligte. Julia sei so kalt wie ein Fisch, erklärte sie. Mit ihrem Erbe suchten sie sich ein Haus auf halbem Weg zwischen den Midland Studios und Oxford, denn Julia hatte beschlossen, daß sie Kinder haben würden, die in Oxford zur Schule gehen müßten. So fanden sie das Church Cottage inmitten seiner einen Morgen großen Obst- und Blumengärten, ein in den Sechzigern umgebautes Landhaus aus dem siebzehnten Jahrhundert, das sich noch einige Reliquien aus der Zeit bewahrt hatte – hier eine Wand mit Rupfenbespannung, dort einen Vorhang nach einem Design von William Morris.

Julia war sehr gewissenhaft, eine geborene Planerin. Innerhalb von zwei Jahren wurde das Haus auf den Standard der achtziger Jahre gebracht – mit einer behutsamen Verneigung vor seinen Ursprüngen im siebzehnten Jahrhundert. Sobald das erledigt war, setzte Julia die Pille ab und wurde prompt schwanger. Zwei Tage nach Hughs siebenundfünfzigstem Geburtstag kamen im John Radcliffe Hospital Edward und George zur Welt, und weitere zwei Tage später wurde Hughs Vertrag verlängert. In seiner ersten Sendung nach der Geburt der Zwillinge hielt Hugh aus dem Stegreif eine gefühlsselige und äußerst erfolgreiche Ansprache an die Zuschauer über die Tatsache, daß einem jeden von uns einmal im Leben ganz unerwartet ein *annus mirabilis* geschenkt werde, und über die – wenn er es so ausdrücken dürfe – fast fromme Dankbarkeit, die so etwas auslöse. Daraufhin bekam er ganze Säcke voll Zuschriften, und die Manager von Midland Television, die, was die Verlängerung seines Vertrags betraf, geteilter Meinung gewesen waren, konnten sich ein wenig zurücklehnen.

James gratulierte Hugh schriftlich zur Geburt der Zwillinge, woraufhin ihre Freundschaft erleichtert auf die alten Gleise zurückfand. Kate und Julia, nahmen sie an, würden sich schon miteinander vertragen. Jede von ihnen hatte, aus unterschiedlichen Gründen, der anderen gegenüber gewisse Hemmungen, aber es paßte nicht zu Kate, jemanden nicht zu mögen. Wie dem auch sei, da waren die Zwillinge. Blond, pummelig und fröhlich, hatten sie mühelos einen Fanclub um sich gesammelt, zu dem auch Joss Bain gehörte.

»Bist du eifersüchtig?« hatte James Kate gefragt. »Bist du eifersüchtig auf Julia?«

»Nicht, weil sie Kinder hat«, sagte Kate. »Aber weil sie die Zwillinge hat, bin ich eifersüchtig auf sie. Man müßte aus Stein sein, wenn man es nicht wäre.«

Bei allem, was die Zwillinge betraf, war Hugh aus Wachs und aus Butter, und so war es Julia, die schalt, bestrafte, Vitamine verabreichte und sehr früh mit dem Lese-Unterricht begann, während Hugh mit ihnen spielte und sie verwöhnte. Wenn er beunruhigt oder gereizt war oder eine Ablenkung brauchte, ging er entweder die Zwillinge suchen, oder er dachte intensiv an sie. Sein Büro in den Studios war vollgestopft mit Fotos von ihnen, der gesamte Mitarbeiterstab schickte ihnen Geburtstagskarten, und vor Weihnachten durften sie während der ersten halben Stunde an der Betriebsfeier teilnehmen und wurden wie kleine Welpen herumgereicht. Die beiden ließen sich das so gutmütig gefallen, wie sie sich alles gefallen ließen, solange sie einander nicht aus den Augen verloren. Manchmal hätte Hugh schon weinen mögen, wenn er nur an sie dachte, während er in einem Zimmer des Church Cottage saß und sie in einem anderen.

So waren sie natürlich auch Hughs Heilmittel für diesen Abend. Ein einziger, kurzer Blick auf sie, wie sie einander zugewandt in ihren beiden Betten lagen, würde ihn trösten und beruhigen. Als er an sie dachte, bereute Hugh seine schlechte Laune. Gewissenhaft räumte er Teller und Besteck in die Spülmaschine, stellte die Butter in den Kühlschrank zurück, ließ heißes Wasser mit Spülmittel in den Topf aus der Provence laufen, wischte die getrockneten Reste der Rotweinschlange vom Tisch und verschloß seine Zigaretten energisch in einer Schublade, die er, wie er sich eisern vornahm, nicht wieder öffnen würde, es sei denn im Notfall. Dann drehte er das Licht herunter – alle Lampen im Church Cottage waren mit Dimmerschaltern ausgerüstet – und ging nach oben. Er wollte sich die Hände waschen und die Zähne putzen, bevor er nach seinen Söhnen sah.

Seine Söhne. Sie lagen genauso, wie er es sich vorgestellt hatte: George mit der Wange auf einem gestrickten Schweinchen, Edward tief in sein Kopfkissen gekuschelt. Julia mißbilligte Kopfkissen, aber Hugh hatte wegen der psychologischen Trostwirkung um sie gekämpft.

»So etwas brauchen sie nicht. Sie sind anders als Einzelpersonen. Sie sind Zwillinge.«

»Trotzdem«, sagte Hugh. »Sie sind immer noch Individuen; egal, was sie sind, sie brauchen ihren eigenen Bereich, und eigene Tröster, wie immer sie aussehen mögen, gehören dazu.«

Er beugte sich über die beiden. Sie waren noch klein genug,

um nach Babys zu duften statt nach Jungens. Julia pflegte sie perfekt, stets waren sie sauber gewaschen und in bunte, weiche Stoffe gekleidet. Von ihren glänzenden blonden Köpfen bis zu den blankgeputzten Lederstiefeln wirkten sie immer wie nagelneu. Julia duldete keine Turnschuhe bei ihnen, sondern kaufte ihnen französische Stiefel in Rot und Blau.

»Hallo, ihr beiden«, flüsterte Hugh und betrachtete sie liebevoll.

George regte sich. Er schlug die Augen auf und sah den Vater an. »Will kein Schwein«, sagte George und warf das gestrickte Schwein zu Boden. Gleich darauf war er wieder eingeschlafen. Unten im Haus – den Apparat im oberen Stock stöpselte Julia abends stets heraus – klingelte das Telefon.

Ohne große Begeisterung stieg Hugh die Treppe hinab. »Wenn man über fünfzig ist«, sagte er immer wieder zu Julia, »lernt man dieses Folterinstrument hassen.« Er ging nicht in die Küche, sondern ins Wohnzimmer, das ruhige, elegante Wohnzimmer mit dem hellen Sisalteppich und den Kelims an den Wänden.

»Ja?« sagte Hugh. »Hugh Hunter.«

»Hugh? Hier ist Maurice.«

Hugh kramte in der Hosentasche nach Zigaretten. Sie lagen in der Küchenschublade.

»Entschuldige, daß ich Sie noch so spät anrufe, aber ich wollte Ihnen persönlich . . .«

»Was denn?«

». . . die gute Nachricht melden«, sagte Maurice Hirshfeld betont. »Die *gute* Nachricht.«

Hugh schluckte. Er versuchte, nicht an seine Zigaretten zu denken. »Und die wäre?«

»Wir haben ihn! Er hat zugesagt. Heute abend hat er unterzeichnet.«

Hugh ließ sich in den cremefarbenen Kattunsessel neben dem Telefon fallen.

»Kevin McKinley.«

»Ja. Ist das nicht wundervoll? Ich hab Ihnen ja immer wieder gesagt, ein Mann wie Kevin als Geschäftsführer kann unserem Image nur dienlich sein.«

»Er hat eine Serie gemacht«, wandte Hugh ein, »*eine* Serie, Maurice, die ein Riesenerfolg geworden ist, mehr nicht ...«

»Er ist genau im richtigen Alter, er hat die richtigen Verbindungen, er hat in Amerika gearbeitet ...«

»Und ich bin überzeugt, daß er Midland als Sprungbrett zur BBC betrachtet, zum Intendanten. Was für einen Vertrag hat er bekommen?«

»Wenn man Peanuts bezahlt, kriegt man nur Affen.«

Hugh schwieg.

»Wir werden alle davon profitieren, Hugh«, fuhr Maurice fort. »Unsere Lizenz ist verlängert worden, und nun haben wir Kevin.«

Hugh atmete tief durch und schloß die Augen. Seine lange Bekanntschaft mit Maurice war seine höchste Trumpfkarte bei Midland Television, und Maurice würde – er wagte kaum daran zu denken – in zwei Jahren in den Ruhestand gehen, zwei Jahre bevor Hugh, wäre er Steuerberater oder Anwalt geworden, sich ebenfalls vom Beruf zurückgezogen hätte. Um seiner selbst willen durfte er sich jetzt nichts anmerken lassen.

»Wunderbar«, sagte Hugh also. »Freut mich, Maurice. Großartige Nachrichten.«

»Ich wußte, daß Sie sich freuen würden. Deswegen wollte ich's Ihnen ja auch persönlich mitteilen.«

Lügen, Lügen. Das ganze Gespräch nichts als Lügen.

»Nächste Woche möchte er alle wichtigen Mitarbeiter kennenlernen. Könnten Sie's Dienstag vielleicht einschieben?«

»Selbstverständlich ...«

»Ausgezeichnet«, antwortete Maurice. Die Erleichterung darüber, daß dieser Anruf beinahe ausgestanden war, verlieh seiner Stimme ein wenig Wärme. »Dann sehen wir uns am Dienstag. Ich wünsche Ihnen ein schönes Wochenende.« Und hastig setzte er hinzu: »Geht's den Jungens gut?«

»Großartig.«

»Wunderbar. Prächtig. Fabelhaft.«

Hugh legte den Hörer auf und ging in die Küche. Er zog die Schublade auf und nahm die Zigaretten heraus, dann holte er sich sein Glas aus der Spülmaschine und schenkte sich noch einmal ein. Mit Glas und Zigaretten setzte er sich auf den Barhocker. Er sah das Ganze deutlich vor sich: Kevin McKinley, wie er sein eigenes Gehalt bestimmte, sich einen ausgiebigen Urlaub sowie eine Limousine mit Chauffeur bewilligte, Kevin McKinley, wie er sagte: »Und Sie werden mir natürlich die volle Pension bezahlen.« Die Kevin McKinleys dieser Welt, dachte Hugh, sind nicht geneigt, einen Moderator, der über sechzig ist, mit freundlichen Augen zu betrachten, ja nicht mal Moderatoren, die noch weit unter sechzig sind (und sich unwillkürlich zwei bis drei Jahre jünger machen, wenn sie nach ihrem Alter gefragt werden) und vom Publikum geliebt werden. »Und die Zuschauer lieben mich wirklich«, sagte Hugh, in sein Weinglas starrend. »Ganz ehrlich. Das schreiben und sagen sie mir immer wieder.«

Draußen auf dem Kies vor dem Fenster knirschten Autoreifen. Julia. Hugh war nicht sicher, ob er jetzt schon bereit war, ihr gegenüberzutreten; er hatte das Gefühl ... das Gefühl ... Ja, welches Gefühl? Unglücklich fühlte er sich, unglücklich, verängstigt und erschüttert. Und er wollte nicht, daß Julia ihn so sah, obwohl das natürlich im Laufe von sieben Jahren schon öfter geschehen war. Bei einem so unsicheren Leben wie dem seinen – wie hätte es anders sein können? Aber das hinderte ihn nicht daran, dieses Leben zu mögen. Er saß auf seinem Barhokker, drückte seine Zigarette aus und wartete auf ihren schnellen, leichten Schritt.

»Hallo, Hugh«, sagte Julia, die von der Garage hereinkam, strahlend. »Wieso diese sauertöpfische Miene?«

Er streckte die Arme nach ihr aus. »Ich bin eben nicht für einsame Abende geschaffen ...«

Sie schnalzte mit der Zunge, ließ sich aber einen Moment von ihm umarmen. »Ist alles gutgegangen?« erkundigte er sich.

Sie nickte. »Ich bin mit einem Feuerwehrwagen gefahren. Es war faszinierend.« Sie wandte den Kopf ab und sagte bescheiden: »Ich war ganz gut, haben sie alle gesagt.«

»Du warst verdammt noch mal großartig, haben sie wohl gemeint.«

Sie löste sich aus seiner Umarmung. »Ich muß mir endlich Kontaktlinsen anschaffen. Mit diesem Nasenfahrrad komme ich nicht mehr zurecht.«

»Ich liebe dein Nasenfahrrad.«

»Du bist ja auch nicht die Fernsehkamera. Wie geht's den Kindern?«

»Schlafen tief und fest.«

Sie nahm den Kessel und füllte ihn am Spülstein mit Wasser.

»War dein Abendessen gut?«

»Köstlich.«

Er beobachtete sie liebevoll. Sie hatte ihren engen, dunkelblauen Mantel noch nicht ausgezogen, und ihr hellblondes Haar – das Haar der Zwillinge – hing ihr, unten so gerade abgeschnitten wie ein Vorhang, lang über den Rücken.

»Es war ein wirklich scheußlicher Abend. Ich mußte unter einem Schirm stehen und bin überzeugt, daß meine Nase rot war. Ich hab beschlossen, die Serie ›Night Life‹ zu nennen. Nächste Woche, in Oxford, geht's um eine fahrbare Suppenküche.«

»Das solltest du Kate sagen. Stadtstreicher sind ihre Spezialität. Sie weiß, wo sie zu finden sind.«

»Ich glaube«, sagte Julia ruhig, während sie den Wasserkessel einstöpselte, »die suche ich mir lieber selbst. Tee?«

»Nein, danke.«

Sie musterte ihn forschend.

»Was ist passiert?«

»Maurice hat angerufen«, antwortete Hugh.

Julia zog den Mantel aus und legte ihn gefaltet über einen der hölzernen Lehnstühle. Sie trug einen Pullover mit Polokragen und einen kurzen Rock; ihre bewundernswerten Beine steckten in engen Wildlederstiefeln. Jetzt ging sie zu Hugh hinüber und umarmte ihn.

»Ach Hugh . . . Es ist Kevin McKinley, nicht wahr?«

»Nicht ganz.«

Julia schwieg. Nach einer Weile sagte Hugh an ihrer Schulter: »Im Sommer muß mein Vertrag wieder erneuert werden.«

»Ich weiß.«

»Das Wasser kocht . . .«

»Der Kessel schaltet sich automatisch ab.«

»Maurice ist ein guter Freund«, sagte Hugh ein wenig bedrückt.

»Maurice hängt seine Fahne immer nach dem Wind«, entgegnete Julia. »Der tritt jetzt auf der Stelle, bis er in den Ruhestand geht.«

»Immerhin ist er noch Präsident, Liebling . . .«

Julia gab Hugh aus ihren Armen frei und ging zum Wasserkessel. Unterwegs nahm sie einen blauweißen Becher von seinem Haken am Küchenschrank und warf einen Beutel Kamillentee hinein.

»Maurice wird mich nicht im Stich lassen«, sagte Hugh.

Julia goß kochendes Wasser in ihren Becher.

»Weißt du, was?« sagte Hugh. Er hatte sich auf seinem Barhocker aufgerichtet und trank energisch einen Schluck Wein.

»Nein, sag's mir«, antwortete Julia, deren Gedanken schon wieder zu der Erinnerung an diesen Abend zurückgekehrt waren, an das Lob des Regisseurs.

»Die Kevin McKinleys dieser Welt«, sagte Hugh und sah Julia mit jenem offenen Blick an, der vor der Kamera so wirkungsvoll war, »kommen und gehen. Zumeist gehen sie, weil sie keinen Tiefgang haben. Aber eines steht wohl fest, einwandfrei fest. Daß nämlich, was die Situation im Fernsehen betrifft, das Pendel wieder zu mir zurückschwingen wird.«

*

Lange nachdem Hugh eingeschlafen war, lag Julia immer noch wach. Als sie die hohe Standuhr im Flur zwei schlagen hörte, wurde ihr klar, daß es sich um eine ernsthafte Schlafstörung handelte, also schlüpfte sie lautlos aus dem Bett, zog sich Hausschuhe an und ging in die Küche hinunter.

In der Küche war es sogar jetzt, um zwei Uhr nachts, noch

warm. Das lag an dem Aga, dem dunkelblauen Aga, den Julia mit so großer Sorgfalt ausgesucht hatte. Hugh hatte sie damit aufgezogen; Hugh war einer der wenigen Menschen in ihrem Leben, der über sie spöttelte, aber inzwischen nahm sie es nicht mehr ernst, sondern begann es sogar zu mögen. »Miss Unbefleckte Empfängnis«, nannte er sie, »Miss Perfektes Understatement. Miss Blankgewichste Schuhe.« Mit seinen fröhlichen Anzüglichkeiten schaffte er es immer noch, sie zum Erröten zu bringen.

An diesem Abend war sie aus reiner Freude errötet.

»Großartig«, hatte der Regisseur zu ihr gesagt, als sie fertig war. »Ich habe kaum etwas zu beanstanden. Wunderbar, wenn man mit jemandem zusammenarbeitet, der seinen Verstand benutzt.« Und später hatte er noch gesagt: »Sie werden es weit bringen, Julia.«

»Nein«, hatte sie erwidert. »Nein, dies ist nur ein Experiment. In Wirklichkeit bin ich zweifache Mutter.«

Daraufhin hatten sie beide gelacht, und er hatte gesagt: »Soll das heißen, daß Mütter keine Menschen sind?« Und dann: »Wir sehen uns nächste Woche. Ich freue mich schon.«

Julia setzte sich in einen der Windsorsessel und stemmte die Füße gegen eine der schweren, heißen Türen des Aga. Als sie dem Regisseur erklärt hatte, sie experimentiere nur, war sie nicht ganz ehrlich gewesen, denn sie neigte von Natur aus nicht zum Experimentieren. Seit die Zwillinge auf der Welt waren, war ihr klargeworden, daß es mit Hughs Karriere bald schon zu Ende gehen und sie allmählich ganz auslaufen würde. Das würde ein furchtbarer Schlag für ihn sein. Julia machte sich zwar darauf gefaßt, aber sie wußte nicht so recht, wie sie ihm helfen konnte, das zu ertragen. Sein schwindender Ruhm als Fernsehpersönlichkeit hatte nichts mit ihrer Liebe zu ihm zu tun: Sie hatte sich in ihn verliebt, weil er sich nicht im geringsten vor ihr fürchtete, sondern sie sogar zum Lachen brachte. Er war musikalischer als sie, er war gebildeter, er war, natürlich, erfahrener. Und er hatte in jeder Hinsicht einen echt katholischen Geschmack. Einmal, als sie einander erst etwa eine Woche kannten, hatte sie ihn gefragt, welche Musik ihm am besten gefalle, und er hatte prompt und absolut aufrichtig geantwortet: »Mozart für den Morgen und Tina Turner für den Nachmittag.«

»Was findest du eigentlich an ihm?« hatte die Mutter Julia gefragt. Sie hatte gewollt, daß Julia einen Großgrundbesitzer heiratete und sich Labradore hielt.

»Er macht mir Freude«, hatte Julia geantwortet.

Ich hätte nichts dagegen, wenn er überhaupt nicht arbeitete, sagte sich Julia, während sie eine kühlere Tür für ihre Füße suchte, es würde mir nur für ihn leid tun. Aber wir müssen leben, und wir müssen anständig leben, ich werde nicht mehr zurückstecken. Wir müssen uns kleiden und ernähren. Hugh hat keine Pension und außer diesem Haus kein Kapital. Also hängt bald alles an mir.

Ihre Gedanken, die eigentlich nie anders konnten, formierten sich zu einem Plan. Wenn die »Night Life«-Serie zu einem Erfolg gedieh und zu weiteren Aufträgen führte, vorzugsweise unter Vertrag, würde sie sich nach einem zuverlässigen jungen Mädchen mit Führerschein umsehen, das sich um die Zwillinge kümmern konnte ...

Die Küchentür ging auf. »Ich kann's nicht ausstehen, wenn ich nicht schlafen kann«, sagte Hugh.

Julia streckte die Hand nach ihm aus.

»Was hast du vor«, fragte Hugh, »daß du hier sitzt und wie vierzehn aussiehst? Was führst du im Schilde?«

»Gar nichts führe ich im Schilde ...«

»Wirklich nicht?«

»Ich schmiede Pläne.«

»O ja«, sagte Hugh mit gedämpfter Stimme, »das hatte ich befürchtet.«

Drittes Kapitel

Meine Lotusblume«, sagte Onkel Leonard zu Mrs. Cheng. »Meine kleine gelbe Gefahr, wo zum Teufel haben Sie meine Pantoffeln gelassen?«

»Unter Bett«, antwortete Mrs. Cheng. »Immer unter Bett.«

»Und wie«, fragte Leonard, schwer auf seinen Stock gestützt, und schnaubte verächtlich durch die Nase, »wie soll ich da mit meiner lahmen Hüfte und der kaputten Pumpe drankommen? Soll ich vielleicht auf dem Boden rumrutschen, bis ich die verdammten Dinger gefunden habe?«

Mrs. Cheng fuhr gelassen fort, so flink Staub zu wischen wie eine mechanische Puppe.

»Tun doch immer.«

»Tu ich nie. Soll ich den ganzen Tag in den verdammten Socken rumlaufen?«

»Scheint so.«

Leonard war bester Laune. Er liebte die Tage, an denen Mrs. Cheng kam, und diese Woche brauchte er, weiß Gott, ein bißchen Aufmunterung.

»Hier herrscht zur Zeit dicke Luft«, vertraute er ihr an. »So dick wie radioaktiver Niederschlag. James hat 'ne alte Jungfer von ihrem Fahrrad gestoßen, und peng – Atompilz.«

»Nicht interessiert«, sagte Mrs. Cheng und begann, sämtliche Pillenfläschchen vom Glasregal über Leonards Waschbecken zu räumen.

»Aber«, fuhr Leonard fort, während er mit dem Griff seines Stocks unterm Bett herumstocherte und die Pantoffeln zutage förderte, »war ja auch ziemlich idiotisch, ohne Brille loszufahren.«

Mrs. Cheng ließ Wasser ins Becken laufen und begann die Hähne zu polieren.

»Heute ist er sie besuchen gegangen, die alte Jungfer. Kate hat was dagegen. Warum eigentlich? Liebt die Lahmen und die Blinden, will aber nicht, daß James 'ne harmlose alte Schachtel besucht. Was soll das?«

»Geht Sie nichts an«, antwortete Mrs. Cheng. »Wollen Sie Kaffee?«

»Ja, aber nicht Ihren. Chinesen können keinen Kaffee machen. Ist Ihnen klar, was für einen miesen Kaffee Sie machen?«

Mrs. Cheng stellte die Pillenfläschchen zurück.

»Für Sie gut genug.«

»Ich liebe widerspenstige Weiber«, sagte Leonard. »Ich liebe Wortgefechte. Kate ist widerspenstig. Glauben Sie etwa, sie meint, James und die alte Jungfer Bachelor hätten, was das Alter betrifft, zuviel gemeinsam? Ha!«

»Sie sind älter als alle beide«, sagte Mrs. Cheng. »Machen mehr Ärger als alle zusammen.«

Leonards Miene drückte Genugtuung aus. »Darauf können Sie wetten. Wo bleibt mein Kaffee? Es ist zehn nach elf. Wofür bezahlt Kate Sie eigentlich, Sie unnütze chinesische Landpomeranze?«

Mrs. Cheng nahm Staubwedel und -tücher und begann die Schnur um den Staubsaugergriff zu wickeln.

»Ich krieg das Doppelte«, antwortete sie, »weil ich *Sie* ertragen muß.«

*

Miss Bachelor verwahrte die äußerst faden Kekse, die sie James zum Kaffee angeboten hatte, in einer achteckigen, mit orientalisch anmutenden Reihern und Pfingstrosen verzierten Blechdose. Es war eine abgenutzte Dose, so abgenutzt wie alles andere in Miss Bachelors vollgestopftem Einzimmerapartment im Erdgeschoß – bis auf das Radio, das nagelneu war und mit dem sie zu ihrem Entzücken während ihrer langen, schlaflosen Nächte den BBC World Service empfangen konnte.

Ihr Zimmer war nicht nur vollgestopft, sondern auch deprimierend, denn sie hatte kein Gefühl dafür, wie man ihm ein wenig Charme verlieh, und ebensowenig verstand sie sich zu kleiden. Aber das war ihr klar, und sie nahm es mit Gelassenheit. »Wie Sie bemerken«, sagte sie zu James, »scheine ich keinen praktischen Sinn für Schönheit zu besitzen. Es ist mir unmöglich, die Begeisterung, die ich empfinde, wenn ich etwas Schönes sehe, in mein eigenes Leben zu übertragen.« Ihre Möbel waren entweder spätviktorianisch, also schwer und erdrükkend, oder das, was James' Mutter als Pensionsstil bezeichnet hätte – viel Plunder und ein bißchen Chichi, alles mit einer Schicht wie dünne Sauce überzogen. Ihr Bett war mit einem Überwurf aus schlaffem, rotbraunem Rippenstoff bedeckt, und ihre unbequemen Sessel hatte sie in scheußliche Decken aus zusammengenähten Häkelquadraten in jenen grellen Farben gehüllt, die man gewöhnlich mit Acryllack in Verbindung bringt. Der Teppich war schmutzig, an den Fenstern hingen ungefütterte Vorhänge, nur die Wände durchbrachen die Häßlichkeit, denn sie waren mit Ansichtskarten und größeren Reproduktionen all jener italienischen Kunstwerke bedeckt, die Miss Bachelor so sehr liebte – Gemälde von Bellini und Giorgione, Statuen von Michelangelo, Basreliefs von Ghiberti und della Robbia.

Das Haus in der Cardigan Street gehörte Miss Bachelors Schwägerin, die ihr dieses Zimmer überlassen hatte. Inzwischen hatte sie James dreimal die Tür geöffnet. Sie war eine unfrohe, strenge Frau, eine Witwe, die nur für ihre Hypochondrie lebte. Über Beatrice' Intelligenz ärgerte sie sich ebenso, wie sie sich über die ihres Mannes geärgert hatte, und daß Beatrice einen ansehnlichen männlichen Besucher hatte, der ihr Sherry und einen Topf mit Hyazinthenzwiebeln brachte, die kurz vor dem Aufblühen standen, war für sie ein weiterer Stein des Anstoßes.

»Miss Bachelor«, sagte James bei seinem dritten Besuch herzlich, »Sie sehen großartig aus.«

»Sie hat sich sicher maßlos über Sie geärgert«, sagte Beatrice. »Wird sie das an Ihnen auslassen?«

»Versuchen wird sie's. Sie wird mir meine Butter verstekken oder meine Katze hinauslassen, aber ich habe zu meinem

Schutz ein undurchdringlich dickes Fell entwickelt. Und darüber ärgert sie sich am meisten.«

Beatrice hatte mehrere dunkle Prellungen an den Beinen, die man sogar durch ihre häßlichen, dicken Strümpfe hindurch sah. James hatte sich geschworen, sie so lange zu besuchen, bis diese blauen Flecken verschwunden waren. Nach den ersten Minuten seines ersten Besuchs hatte Beatrice erklärt, sie wünsche nicht mehr von dem Unfall zu sprechen.

»Er hat uns beide einen Verlust an Würde eingetragen, und wenn wir uns gegenseitig daran erinnern, werden wir nur von neuem leiden.«

Über die Hyazinthen freute sie sich sehr, den Sherry akzeptierte sie mit gemischten Gefühlen. »Es hat eine Zeit in meinem Leben gegeben«, erzählte sie unvermittelt, »da habe ich viel davon getrunken, sehr viel sogar. Ich bin damals allein nach Griechenland gereist und habe mich in verschiedene Abenteuer gestürzt. Die Erinnerung daran ist ziemlich ... anregend. Aber sie beunruhigt mich auch.«

James beugte sich vor. »Was für Abenteuer?«

Beatrice wandte den Blick ab.

»Fernfahrer?« fragte James.

Beatrice schwieg.

»Ach, Miss Bachelor«, sagte James, »allmählich bin ich froh, daß ich Sie angefahren habe.«

Sie war, wie er entdeckte, nicht nur intelligent, sondern auch tapfer und unkonventionell. Sie hatte an einer Mädchenschule in Oxford klassische Literatur unterrichtet, den Lehrberuf jedoch vorzeitig aufgeben müssen, um sich um ihre alten Eltern zu kümmern, die beide eine endlose, qualvolle Zeit zum Sterben brauchten. »Ich habe sie geliebt«, sagte sie ruhig zu James, »aber trotzdem habe ich sie nie leiden können.« Sie hatten nur ein kleines Erbe hinterlassen, gerade so viel, daß Beatrice' Bruder und seine Frau das kleine Haus in Jericho kaufen und Beatrice ein Zimmer darin überlassen konnten. »Mein Bruder war hoffnungslos unpraktisch, ein Antiquar und, wie ich gestehen muß, ein sehr schwacher Charakter. Meine Schwägerin unterhielt ihn, indem sie als Sekretärin in einer Anwaltskanzlei arbeitete, und ich habe meine Pension beigesteuert, die allerdings mit bloßem Auge praktisch nicht erkennbar ist.«

»Nicht genug, um noch einmal nach Griechenland zu reisen?«

»Ach, Griechenland«, sagte Beatrice. »Das hat mich nie sehr viel gekostet. Jedenfalls nicht an Geld.«

James freute sich darauf, Kate davon zu erzählen. »Meinst du, sie hat ein paar richtige Schoten erlebt? Meinst du, sie haben sie dafür bezahlt? Sie in ihren Lastern über den ganzen Peloponnes mitgenommen, sie mit Ouzo und Oliven abgefüllt und unter den Tischen der Tavernen geliebt?« Aber Kate wollte nicht antworten. Sie blieb störrisch und kalt. In ihren Augen machte James sich und Miss Bachelor zum Narren, und sie sagte ihm, daß sie nichts mehr davon hören wolle.

»Eifersüchtig?« sagte Onkel Leonard.

»Eifersüchtig? Auf Beatrice Bachelor? Sei nicht albern.«

»Ich bin nicht albern. Ich bin alt und weiser, als man es mir ansieht.«

»Ein alter Unruhestifter bist du.«

Leonard ließ die Zeitung sinken und sah ihn an.

»Du bist ein seltsamer Kauz, James.«

War er seltsam? War es seltsam, sich sonderbar wohl zu fühlen in diesem häßlichen Zimmer mit den kleinen, an die Wand gepinnten Tupfern von Schönheit und Kultur, bei Beatrice Bachelor? War das etwa seltsamer, als sich an den Orten aufzuhalten, die Kate frequentierte, dort, wo all diese armen Menschen hausten, die von der modernen Gesellschaft so hoffnungslos abhängig gemacht worden waren? Und wenn er seltsam war – oder sie –, warum wollte sie nicht darüber sprechen?

»Ich lebe mit einer Frau zusammen, die fünfundzwanzig Jahre jünger ist als ich«, erzählte er Beatrice. »Sie hat eine vierzehnjährige Tochter. Und außerdem haben wir einen fünfundachtzigjährigen Onkel.«

»Eine reiche Familie.«

»Ja. Ja, ich glaube schon. Aber wenn man selber so lebt, hat man natürlich nicht das Gefühl, reich zu sein. Man hält es für ganz normal.«

»Sie müssen die Langeweile schätzen lernen«, sagte Miss Bachelor. »Und Sie müssen mir diese Vierzehnjährige schicken. Ich mag kleine Mädchen. Und da ich selbst eins gewesen bin, mag ich schwierige kleine Mädchen besonders gern. Und Vierzehnjährige sind, wenn sie einiges erhoffen lassen, immer schwierig.«

*

»Ich will aber nicht dahin«, sagte Joss.

»Du mußt natürlich nicht«, sagte Kate. Sie war müde und gereizt. Sie hatte den ganzen Tag in der Küche des Restaurants ausgeholfen, weil der Koch krank war, und da sie ohne Gummihandschuhe ganze Berge von Chilis gehackt hatte, waren ihre Finger und Nagelbetten flammend rot und pochten schmerzhaft.

»Ich hasse alte Frauen. Außerdem, was soll das überhaupt?«

»Ich sagte, du mußt nicht gehen.«

Aber Joss wollte gehen. »Was hat er vor? Was will er von mir?«

In bin so einsam, dachte Joss. Sie drehte an dem kleinen Silberstecker, den sie sich in den Nasenflügel hatte setzen lassen. »O Gott«, hatte Onkel Leonard gesagt, »das sieht ja aus wie 'n Riesenfurunkel!« Woraufhin Joss sofort zum Badezimmerspiegel gestürzt war. »Super sieht es aus!« hatte sie ihn angeschrien. Jetzt fingerte sie voll Trotz und Unsicherheit daran herum.

»Ich gehe nicht, ich gehe nicht! Er kann ja gehen, wenn er will, aber ich nicht!«

Ich wünschte, dachte Kate und hielt ihre brennenden Hände unter den Wasserhahn in der Küche, ich wünschte, er würde nicht gehen. Ich wünschte, er wäre nicht so fasziniert. Er wirkt dadurch irgendwie sonderbar, ein bißchen trottelig, *alt* und trottelig. Wenn er sich eine Junge angelacht hätte, würde ich wild werden, das weiß ich, aber irgendwie bringt mich die

Tatsache, daß er von einer Alten fasziniert ist, ebenso auf die Palme, und das dürfte nicht sein. Niemals.

»Ich werde nicht ...«, begann Joss abermals.

Kate fuhr herum. Kate, die niemals schrie, schrie nun: »Himmel noch mal, Joss, verschwinde endlich!«

Joss zuckte zusammen. Dann fluchte sie. Zitternd wandte sich Kate wieder zum Spülstein um. Die Küchentür fiel hinter Joss ins Schloß, und Kate hörte sie mit ihren aggressiven Stiefeln herausfordernd die Treppe hinaufstapfen.

Ich bin müde, dachte Kate. Es ist Januar, und ich bin müde. Ich glaube nicht, daß ich viel mehr wert bin als vier Pfund die Stunde, aber an so einem Abend wie heute habe ich das Gefühl, daß es eine leichtere Art und Weise geben muß, fünfundzwanzig Pfund zu verdienen. Während sie die Chilis hackte, hatte sie zwischendurch im Restaurant ausgeholfen und an den drei hinteren Tischen bedient, die Susie, die reguläre Kellnerin, nicht mochte, weil dort, so weit vom Fenster entfernt, niemand sie richtig sehen konnte; sie lebte in der ständigen Hoffnung, gesehen, von ihrem Leben als Kellnerin erlöst und in eine Prinzessin verwandelt zu werden. Diesmal kamen während der Mittagszeit keine interessanten Leute an Kates Tische, nur zwei langweilige, gepflegte Damen, ein einzelner Herr mit einem Buch und drei flüsternde Schülerinnen. Und an den Vordertischen hatten zwei Paare Platz genommen, die Kate sogar noch mehr ärgerten als die scharfen Chilis. Dieser arme Mann, dachte Kate jetzt, als sie ihre tropfnassen Hände unter dem Wasserstrahl hervorzog, um zu sehen, ob sie noch brannten, dieser arme junge Mann! Und dann Julia.

Der junge Mann war zuerst gekommen, ein Student nach dem Examen vielleicht, nicht jung genug jedenfalls, um noch zu studieren, und mit ihm ein auffallendes junges Mädchen, das dicke Ohrringe und fast hüfthohe Stiefel trug. Sie lachte, als sie hereinkam, und Kate dachte, wie schön, welch eine Erleichterung, an einem trüben Tag wie heute Menschen zu sehen, die so glücklich sind, daß sie lachen. Aber sie lachte nicht mit ihm, sie lachte über ihn, und kurz darauf, noch während sie ihre Tagliatelle alla Carbonara aßen, begannen sie zu streiten. Wie es schien, stritt sich das junge Mädchen nicht nur gern, sondern hatte besonderen Spaß daran, es an öffentlichen Orten zu tun, wo andere Leute aufblicken und zusehen konnten, wie sie mit den Händen gestikulierte und herausfordernd ihre Haare zurückwarf. Sogar der einzelne Herr mit dem Buch war auf sie aufmerksam geworden. Der junge Mann war allerdings auch nicht sehr viel beherrschter gewesen als sie. Kate hatte gehört, wie er sagte: »Nicht hier! Du kannst doch hier nicht so was sagen!« Schließlich war das junge Mädchen entrüstet aufgesprungen und auf die Straße hinausgelaufen, und der junge Mann hatte gesagt, vielen Dank, ich möchte keinen Kaffee, hatte bezahlt und war ihr gefolgt.

Fünf Minuten später, während Susie unten in der Küche war und Kate den beiden gepflegten Damen Kaffee einschenkte, kam er zurück. Kate glaubte, er hätte etwas vergessen. Er kam zu ihr an die Espressomaschine, und sie blickte ihn fragend an. »Ich wollte mich nur bei Ihnen entschuldigen«, sagte er.

»Wie bitte?«

»Wir haben uns vollkommen danebenbenommen.« Dann wandte er sich an die anderen Gäste. »Es tut mir sehr leid. Wir waren äußerst unhöflich.«

Verblüfft starrten sie ihn an.

»Es ist sehr nett von Ihnen, daß Sie zurückgekommen sind«, sagte Kate.

»Ich habe ein schlechtes Gewissen, ich glaube ...« Er stockte. Er hatte ein schmales Gesicht, dichtes, dunkles Haar, und seine Augen, fand Kate, waren sehr traurig. »Ich muß jetzt gehen«, fuhr er fort. »Ich wollte nur sagen, daß es mir leid tut, wenn wir ... wenn wir jemandem das Mittagessen verdorben haben. Das war's.« Bevor er sich zum Gehen wandte, lächelte Kate ihm zu. Er erwiderte das Lächeln, und dieses Lächeln ließ sein ganzes Gesicht aufleuchten, so daß es fast schelmisch wirkte, irgendwie bezaubernd. Er nickte Kate noch einmal kurz zu und ging hinaus. Im selben Augenblick drängten zwei weitere Personen herein: ein Mann in schwarzer Lederjacke; und Julia.

Julia kam geradewegs auf Kate zu. Sie lächelte. »Ich bin bewußt mit Rob hergekommen. Er habe Heimweh nach Italien, hat er gesagt, und da hab ich ihn kurzerhand mit hergebracht.«

»Gut«, antwortete Kate ein wenig schwach. Julia trug eine graue Flanellhose, ein Tweedjackett, einen cremefarbenen Pullover und Perlen in den Ohren. Kate dachte an die Saucenflecken auf ihrer Schürze und an ihre schmerzenden roten Hände.

»Rob ist mein Regisseur«, erklärte Julia. Rob lächelte Kate zu. Er hatte ein freundliches, zerknautschtes Gesicht und trug eine getönte Brille.

»Herzlich willkommen«, sagte Kate. »Wo möchten Sie sitzen?«

»Möglichst nicht neben der Toilettentür«, antwortete Rob.

»Dann also hier«, sagte Kate und ging voraus. »Hier. Susie wird sich gleich um Sie kümmern.«

»Nicht du?« fragte Julia. Ihre Miene war unschuldig.

»Ich müßte eigentlich in der Küche schuften«, sagte Kate. »Sonst werfe ich die Hierarchie über den Haufen.«

Wieder lächelte Julia. »Was kannst du uns empfehlen?«

»Die Gnocchi«, sagte Kate. »Wir haben sie erst vor einer Stunde gemacht.«

»Was macht Joss?«

»Führt sich schrecklich auf. Die Zwillinge sind vermutlich ganz brav.«

»Ja«, sagte Julia. »Ja, das sind sie.« Kate hatte auf einmal das Gefühl, es sei Zeit, sich zurückzuziehen, also ging sie und beobachtete nur von Zeit zu Zeit aus der Ferne, wie die beiden aßen und sich unterhielten, während Rob ausführliche Notizen in seinem Reporternotizbuch machte.

Als sie gingen, gab Julia Kate einen Kuß und bat sie, James einen lieben Gruß zu bestellen; dann blieb Kate seltsamerweise äußerst gereizt zurück. Warum, fragte sie sich, als sie Tellerstöße in den Geschirrspüler packte, warum bloß, wo dieses Treffen doch eindeutig nicht den Hauch eines romantischen Tête-àtête hatte? Warum sollte es mich stören, daß Julia auf eine so offene und sachliche Art und Weise mit einem Fernsehregisseur zu Mittag ißt, und warum stört es mich, daß James ein harmloses Interesse an einem Menschen findet, der ihn vorübergehend fesselt? Möglich, daß er älter wird, daß Julia auf eine Karriere aus ist – na und? Kate hatte immer gewußt, daß James älter werden und daß diese Tatsache ihn verändern würde, genauso wie sie sich ändern würde, wenn sie ins mittlere Alter kam. Doch dieser Gedanke war immer von Liebe erfüllt gewesen, weil sie wußte, daß sich James' Wesen im Kern niemals ändern würde und daß das Drumherum keine Rolle spielte. Und was Julia betraf, so hatten Kate und James sich oft über sie und ihre fabelhafte Tüchtigkeit unterhalten und waren sich einig gewesen, welch ein Gottesgeschenk es war, daß ein Mann wie Hugh, dessen berufliche Aussichten von seinem Alter abhingen, einen Menschen wie Julia hatte, der sofort das Ruder übernehmen konnte, wenn er gezwungen war aufzuhören. Warum also freute sie sich jetzt nicht, da Julia anscheinend genau das tat und James all die Phantasie und Herzenswärme zeigte, die sie schon immer so sehr an ihm geliebt hatte? *Warum?* Sie hatte sich immer über den Erfolg anderer Menschen gefreut, immer, hatte sich stets darauf verlassen, daß sie dazu fähig war. Doch als sie nun in der Richmond Villa am Spülstein stand, empfand sie, nicht anders als vorhin in der Spülküche, wo sie schmutzige Teller gestapelt hatte, nur eiskalten Zorn. Und diese Gefühle erschreckten sie.

Sie trocknete sich die Hände ab und begutachtete sie. »So kleine Händchen«, sagte James immer und nahm sie beide in eine von seinen Händen. Furchtbar sahen sie aus. Sie überlegte, ob sie hinaufgehen und die Salbe holen sollte, die der Arzt Leonard im Winter verschrieben hatte, als er Bronchitis hatte, damit er sich nicht durchlag. Damals hatte Kate ihn gepflegt, das heißt, soweit er es ihr gestattet hatte.

»Ich hab zwar keine Haare und Zähne mehr, aber ich hab immer noch meine Würde. Wenn ich mich im Badezimmerspiegel betrachte, sage ich mir: Leonard, alter Knabe, du solltest dein Gesicht bügeln lassen. Und es wäre mir lieber, wenn ich nur das sähe.«

Kate verließ die Küche und ging durch den Flur. Die Tür von James' Arbeitszimmer war zu. Dahinter hörte man die stokkende, monotone Stimme eines Schülers, der einen Essay vorlas, eines verschlossenen, krummrückigen Jungen, der seine Englischprüfung wiederholen wollte und den James, da er James war, immer wieder ermutigte. Müde und langsam stieg Kate die Treppe hinauf. Der Riß im Teppich auf der siebenten Stufe wurde größer und ließ die altmodische, festgetretene Filzunterlage durchscheinen. Aus Joss' Zimmer kam die übliche, dröhnend hämmernde Musik und aus Onkel Leonards das Quäken von Radionachrichten. Kate klopfte.

»Warte!«

Kate wartete. Sie hörte Schlurfen und Stöhnen, dann wurde das Radio abgeschaltet.

»Herein!« rief Leonard.

»Sieh mal«, sagte Kate und zeigte ihm ihre Hände.

Leonard sah hin. »Du brauchst meine Hinternsalbe. Was hast du gemacht?«

»Chilis gehackt.«

Leonard kramte in einer Schublade. »Auf der Straße kannst du mehr Kohle verdienen.«

»Weiß ich.«

»James wieder da?«

»Ja.«

»Weißt du, wo er war?«

»Ja«, antwortete Kate ruhig.

Leonard holte eine riesige weiße Plastikdose mit dem Aufdruck »Oily Cream B. P.« heraus und reichte sie Kate. »Was meinst du, warum er zu ihr geht?«

»Weil er sich für sie interessiert und weil er ein schlechtes Gewissen hat.«

»Und warum paßt dir das nicht?«

Kate sah ihn an. »Keine Ahnung.«

»Aber es paßt dir nicht.«

»Ich bin müde«, sagte Kate. »Es ist Januar.« Sie schraubte den Deckel der Dose auf und holte mit dem Finger einen Batzen Creme heraus. »Ich hatte vergessen, wie schleimig dieses Zeug ist.«

»Kate«, sagte Leonard. Er sah zu, wie sie ihre Hände eincremte. »Kate. Wenn du ihn, verdammt noch mal, endlich heiraten würdest, hättest du jedes Recht, dagegen Einspruch zu erheben.«

*

Julia kam zehn Minuten früher nach Hause, als sie es versprochen hatte. Da der Donnerstag Hughs freier Tag war, hatte er sich, ohne große Begeisterung, bereit erklärt, sich um die Zwillinge zu kümmern, während Julia mit Rob Shiner zum Mittagessen ging. Julia hatte erwogen, ihren Mann mitzunehmen, um ihm einen Gefallen zu tun, hatte es, ihr selbst und ihrer beider Zukunft zuliebe, aber dann doch nicht getan. Sie hatte ihm einen Shepherd's Pie unten in den Aga geschoben, Töpfe mit Gemüse vorbereitet und einen Becher griechischen Joghurt im Kühlschrank hinterlassen, den die Zwillinge, wie sie auf ihrem Zettel schrieb, mit einem Teelöffel flüssigem Honig zum Nachtisch essen sollten. Hugh erklärte ihnen, daß sie keinen Honig essen müßten. Da sie jedoch immer Honig aßen, wußten sie zunächst nicht, was sie sonst verlangen sollten, bis Hugh etwas von Marmelade sagte, die sie nur selten erlaubt bekamen. Da gingen ihnen urplötzlich die ganzen Möglichkeiten dieses neuen Spiels auf, und so zogen sie zunächst Marmelade und Erdnußbutter in Betracht, dann jedoch (sehr viel lustiger) Schaumbad oder Matsch und dann (so komisch, daß George vom Stuhl fiel und sich auf dem Fußboden vor Lachen krümmte) »Kacka«. Von da an wurden sie immer wilder und alberner, rasten wie Expreßzüge in der Küche herum und schrien unanständige Wörter, bis Edward sich zur Krönung des Vergnügens ein Kissen auf den Kopf legte, das prompt in einen Teich aus Joghurt fiel, den er nicht gegessen hatte. Daraufhin wurden sie alle sehr schnell wieder nüchtern, denn das klebrige Kissen erinnerte sie an

Mummy. Klebrige Kissen und Mummy paßten irgendwie nicht zusammen.

»Paßt auf, das waschen wir«, sagte Hugh.

Die Zwillinge zogen Stühle an den Spülstein, um ihm zu helfen, und spritzten in großen, gelblichen Kreisen Spülmittel auf das Kissen, bis es kein leichtes, weiches, buntes, trockenes, gemütliches Kissen mehr war, sondern ein trauriger, dunkler, schwerer, nasser Klumpen. Sie drückten und schüttelten es und legten es schließlich auf die heiße Platte des Aga, wo es in sich zusammenfiel wie ein Omelett.

»Das wird schon noch«, meinte Hugh. »Sobald es trocken wird, ist es genauso schön wie früher.«

Die Zwillinge waren da nicht so sicher. Als Hugh mit ihnen in ihr kleines Spielzimmer ging – hell und sauber, mit einem großen Pinnbrett aus Kork und einem riesigen, niedrigen Tisch, auf dem sie mit der Eisenbahn spielen und malen konnten –, um ihnen eine Nach-Mittagessens-Geschichte zu erzählen, wurden sie wie kleine Babys, kletterten auf seinen Schoß und steckten die Daumen in den Mund. Seiner Geschichte, einer besonders kitschigen Erzählung von einem bösen Welpen und einem guten Kätzchen, die sie sich ausdrücklich gewünscht hatten, hörten sie kaum zu, weil sie weit intensiver damit beschäftigt waren, sich um den besten Platz auf Hughs Schoß zu kabbeln. Nachdem der böse Welpe das nagelneue Pantöffelchen eines kleinen Mädchens zerkaut hatte, gab Hugh auf und erklärte, sie würden jetzt einen Spaziergang machen. Sofort schrien sie »Ja, ja, ja!« und versuchten Kopfstand zu machen. Sekundenlang mußte sich Hugh energisch ins Gedächtnis rufen, daß er sie liebte.

Der Spaziergang war kein Erfolg. George trug eine Socke, die ständig in seinem Gummistiefel runterrutschte, und Edward jammerte, der Wind tue seinen Ohren weh, wollte aber seine Mütze nicht tragen. Es war ein trüber, unwirtlicher Tag, die flachen Felder von Oxfordshire lagen im Winterschlaf. Unten am Fluß sahen sie einen reizbaren Schwan und ein oder zwei ganz gewöhnliche Enten, davon abgesehen war die Landschaft ohne jedes Interesse und Leben. Pflichtschuldigst trottete Hugh ein oder zwei Kilometer weit vor sich hin, während die Zwillinge entweder um ihn herumtobten und ihm vor die Füße liefen oder zurückhingen und über ihre Socken und Ohren jammerten, aber sie waren, wie er sich immer wieder vor Augen hielt, seine lieben, fröhlichen, folgsamen Zwillinge, die, wie man allgemein bestätigte, so leicht zu haben waren, wie man das mit vier Jahren als Junge, mit zwei multipliziert, nur sein konnte.

Als sie nach Hause kamen, plärrten die Zwillinge, weil sie fernsehen wollten, was sie gewöhnlich nur an auserwählten Tagen durften. Rebellisch sagte sich Hugh, es sei ihm egal, ob heute ein auserwählter Tag sei oder nicht, und stellte den Fernseher an. Ein riesiger, purpurroter Gorilla stürzte aus dem Bildschirm auf sie zu, schwang ein Buschmesser und schrie: »Kill, kill, kill!« Hingerissen seufzend sanken die Zwillinge gemeinsam auf den Teppich und steckten den Daumen in den Mund. Sie sahen aus, wie Hugh seiner Erinnerung nach selbst ausgesehen hatte, als er Dope geraucht hatte: äußerlich entspannt, innerlich aber voll konzentriert.

Er ging in die Küche. Nach der mittäglichen Toberei standen die Stühle ungeordnet im Raum herum wie verlassene Tanzpartner, und die Hälfte des Geschirrs, das sie benutzt hatten, befand sich noch inmitten des verschütteten und verschmierten Joghurts auf dem Tisch. Das Kissen auf dem Aga war zu einem flachen, trockenen Kuchen geschrumpft. Hugh nahm es auf und schüttelte es. Die Federn raschelten wie Cornflakes und fielen an einem Ende zu einem kleinen Häufchen zusammen, so daß er einen fast leeren Bezug in der Hand hielt. Er versuchte es aufzuplustern, legte es schließlich behutsam auf den Windsorstuhl zurück und warf lässig eine zusammengefaltete Zeitung drauf.

Anschließend begann er den Tisch abzuräumen. Alles schien mit einer klebrigen Masse überzogen zu sein, sogar die Bastmatten. Er spritzte Spülmittel auf den Tisch, um die klebrige Schicht abzuwaschen, aber es war die konzentrierte Version, und die

Tischfläche verschwand unter einer dichten Decke aus nicht zu bewältigendem Schaum. Hugh wischte und wischte und wischte. Der Schaum löste sich zu blasigen Wolken auf, die zwar leichter, aber auch viel dicker waren, in der Küche umherzufliegen begannen und ihn unwiderstehlich zum Niesen reizten. Mit einem Fischmesser kratzte er die Reste vom Tisch, trocknete die Platte dann kräftig mit mehreren sauberen, gebügelten Geschirrtüchern und trat zurück, um sein Werk zu begutachten. Die Tischfläche, normalerweise hell und glänzend wie Julias Haar und das der Zwillinge, wirkte stumpf, verschmiert und schmutzig.

»Gottverdammte, beschissene Scheiße!« fluchte Hugh.

Er steckte sich eine Zigarette an und rammte die Geschirrteile in die Spülmaschine. Dabei brach er den Griff eines Bechers ab. Nebenan, im Wohnzimmer, steigerte sich das Gebrüll des Gorillas, und plötzlich dämmerte es Hugh, daß das Telefon in den dreieinhalb Stunden, seit Julia fort war, seltsamerweise keinen Ton von sich gegeben hatte. Er haßte es, wenn es klingelte, war aber andererseits zutiefst niedergeschlagen, wenn es stumm blieb. Aus einer Eingebung heraus zog sich Hugh den Barhokker an die Kommode, ließ sich mit seinem Aschenbecher dort nieder und wählte James' Nummer.

»Richmon' Villa«, meldete sich Mrs. Cheng.

»Ist Mr. Mallow da?«

»James weg«, antwortete Mrs. Cheng.

»Und Miss Bain?«

»Kate Arbeit.«

»Wann wird Mr. Mallow zurück sein?«

»Weiß nicht«, sagte Mrs. Cheng. »Sagt mir nicht. Sie wollen Nachricht hinterlassen?«

»Nein«, sagte Hugh. »Nein. Ich möchte keine Nachricht hinterlassen. Ich möchte mit jemandem *reden.*«

Dann kam Julia nach Hause und hatte Apfeltorte vom französischen Bäcker in St. Giles mitgebracht. »Hallo, Hugh! Waren die beiden schlimm?« Und er antwortete unglücklich, aber dankbar, er glaube, es sei seine Schuld, er habe sie ermuntert. Er zwang sich, sie zu fragen, ob ihr Lunch ein Erfolg gewesen sei. Das war der Fall.

»Wir haben die nächsten drei Sendungen geplant. Es ist erstaunlich, aber wenn man mit einem Menschen spricht, der nur so von Ideen überschäumt, hat man selbst plötzlich lauter gute Einfälle. Ich weiß noch, daß ich das auch gedacht habe, als ich dich kennenlernte, ich weiß noch, daß ich dachte, es sei in Ordnung, unkonventionelle Ideen zu haben.«

»Und nun hast du dich an mich gewöhnt.«

»Natürlich, in gewissem Sinne, weil du kein Fremder mehr für mich bist. Was ist mit diesem Kissen passiert?«

»Es wurde Opfer eines ausgelassenen Spiels. Sei den beiden bitte nicht böse.«

Julias Blick wanderte vom Kissen zu ihm. »Ich bin ihnen selten böse. Ich erkläre ihnen die Dinge. Hat jemand angerufen?«

»Keine Menschenseele.«

Julia ließ das Kissen fallen. Sie ging zu Hugh und legte ihm die Hände auf die Schultern. Ihre Augen hinter der riesigen Brille wirkten ebenfalls riesig, ihr Blick war ernst.

»Hugh, Liebling, ich weiß, daß das alles sehr schwer für dich ist, ich weiß, daß es dir schwerfällt, dich zu ändern. Aber wir müssen leben, nicht wahr? Wir müssen leben, den Kindern eine Ausbildung ermöglichen, und wir brauchen all die schönen Sachen, an die wir gewöhnt sind, den Urlaub und so weiter. Ich glaube, es war nicht zu vermeiden, daß sich unsere Rollen im Laufe der Zeit ein bißchen verschieben, daß wir uns anpassen müssen, daß sich der Schwerpunkt verlagert. Ich schaffe das. Es macht mir nichts aus, etwas mehr Last auf mich zu nehmen. Meine Gefühle für dich ändern sich nicht, wenn ich mehr auf mich nehmen muß. Aber deinen Groll, den kann ich, glaube ich, nicht auch noch ertragen.«

»Ich grolle nicht. Ich bin lediglich ein winziges bißchen verzweifelt.«

»Aber warum? Du hattest eine so großartige Karriere, dein Name ist zum Markenzeichen geworden, du hast noch immer einen sehr guten Job. Warum also bist du verzweifelt?«

Hugh nahm ihre Hände von seinen Schultern, hielt sie einen Augenblick fest und ließ sie dann los. »Weil ich, mein bezauberndes Kind, ganz einfach nicht mehr erfolgreich bin. Und wenn wir aufhören, erfolgreich zu sein, kommt der Moment, da sich der Stachel in unsere Seelen bohrt.«

*

Während Julia die Zwillinge badete und ihnen, wie jeden Donnerstag, die Haare wusch, fiel ihr ein, daß sie Hugh nichts von ihrer Begegnung mit Kate erzählt hatte. Kate, fand Julia, hatte nicht besonders gut ausgesehen. Obwohl sie so liebenswürdig wie immer gewesen war, hatte sie abgespannt und müde gewirkt. Insgeheim erschien Julia – wenn sie Kates freiwillige Arbeit auch sehr bewunderte – diese Arbeit im Pasta Please ein klein wenig affektiert. Na ja, sie würde Hugh beim Abendessen von Kate erzählen, und dann würde sie mit ihm ein ernsthaftes und konstruktives Gespräch darüber führen, was er im Leben alles noch tun konnte, um das Gefühl, erfolgreich zu sein, das für ihn offenbar so lebenswichtig war, zurückzubekommen.

*

Nach dem Abendessen in der Richmond Villa rief Kates Freundin Helen an. Helen führte das Heim für mißhandelte Frauen. Sie redete wie ein Wasserfall, um Kate nahezubringen, daß sie, da sie selbst immer mehr Zeit und Aufmerksamkeit für das Spendensammeln aufwenden müsse, einen Menschen brauche, der bereit sei, ihr beträchtlich bei der Verwaltung zu helfen, obwohl sie natürlich höchstens ein Taschengeld dafür bezahlen könne. Daher müsse es ein Mensch sein, dem es finanziell so gut gehe, daß er das Gefühl habe, der Gesellschaft einen schwierigen, unentgeltlichen Einsatz zu schulden. Dann hielt sie inne und wartete darauf, daß Kate sich dazu bereit erklärte. Kate wand ihre Beine um die Beine des Küchenstuhls, auf dem sie saß. Sie hatte zwar ein sehr schlechtes Gewissen, tat Helen aber trotzdem nicht den Gefallen. Daraufhin lobte Helen Kate in den höchsten Tönen. Kate habe, sagte sie, immenses Verständnis,

Mitgefühl und unerschütterliche gute Laune bewiesen, und die Tage, an denen sie im Mansfield House arbeite (nach Katherine Mansfield genannt, die Helen ganz besonders verehrte), seien stets Tage, auf die sie sich freue. Danach hielt sie abermals inne und wartete.

»Tut mir leid«, sagte Kate. Sie wollte noch etwas anderes sagen, wollte, wie sie es wohl vor kurzem noch getan hätte, erklären, daß sie sehr gerne helfen würde, und mehr noch, daß sie es wirklich ernst meine. Aber sie brachte kein Wort heraus.

»Ich hab dich angerufen«, sagte Helen, ohne den Vorwurf in ihrem Ton zu kaschieren, »weil ich dachte, ich könnte mich darauf verlassen, daß du meine Notlage erkennen und mir helfen würdest.«

»Ich möchte ja, aber ich kann nicht.«

»Und warum nicht? Was ist los?«

»Es gibt hier«, antwortete Kate vorsichtig, »ziemlich viele Veränderungen.«

»Sag nichts! Sag bloß nicht, daß James dich rauswirft . . .«

»Nein, nein. Das nicht.«

»Aber . . .?«

»Helen, wenn ich es logisch erklären könnte, würde ich's tun. Ich werde dir weiterhin an den gewohnten Tagen helfen, aber mehr ist mir jetzt wirklich nicht möglich. Es tut mir leid, aber es geht ganz einfach nicht.«

»Ich verstehe«, sagte Helen, die überhaupt nichts verstand, und legte den Hörer auf.

Kate zog die Knie an, bis ihre Füße auf der Sitzfläche standen, und schlang die Arme um ihre Beine. Ich verändere mich, dachte sie, ich verändere mich. Wieso habe ich Helen abblitzen lassen, obwohl ich weiß, was sie tut, wie schwer sie arbeitet? Wie konnte ich nur? Aber ich hab's getan, und ich werde sie jetzt auch nicht anrufen und alles zurücknehmen. Was geschieht mit mir? Ich habe das Gefühl, daß ich alles an mir verliere, das mir etwas wert ist, daß ich härter werde, daß ich in einer Falle sitze. Kommt das alles nur daher, daß ich mit einem Mann zusammenlebe, der ein bißchen unflexibel, ein bißchen alt ist? Ich muß verrückt sein. Einundsechzig ist nicht alt. Einundsechzig ist gar nichts. Es ist falsch von mir, James für alt zu halten. Und es ist falsch von mir, Helen nicht helfen zu wollen. Hilfe, dachte Kate und bohrte sich die Knie fast in die Achselhöhlen, Hilfe! Wohin ist all die Liebe verschwunden?

Die Tür ging auf. James steckte den Kopf herein.

»Hallo, Kate. Alles in Ordnung?«

Sie hob den Kopf, sah ihn an und zwang sich zu einem Lächeln.

»Ich war Helen gegenüber am Telefon gerade sehr wenig hilfsbereit.«

»Gut«, sagte James, der Helen als sehr herrschsüchtig empfand.

»Nein.« Kate schüttelte den Kopf. »Nein. Überhaupt nicht gut.«

Viertes Kapitel

Die Penniman Agency residierte in London in zwei kleinen, aber eleganten Räumen am Bedford Square. Vivienne Penniman, zu der Zeit, als Hugh Hunter ins Fernsehen einstieg, ein Rank-Starlet, hatte die Agentur mit dem klugen Realismus einer Schauspielerin gegründet, deren Karriere offenkundig eine gewisse Lebensdauer beschieden war, die danach jedoch unweigerlich versanden mußte. Ziel der Agentur war es, gewinnbringende öffentliche Auftritte für Prominente zu organisieren, damit diese sich ein finanzielles Polster für spätere, härtere Zeiten schaffen konnten; Zeiten, in denen die Öffentlichkeit, durch eine zufällige Bemerkung an sie erinnert, etwa sagen würde: »Ach, lebt der auch noch? Himmel, ich dachte, der wäre schon längst weg vom Fenster. Heutzutage sieht man ja überhaupt nichts mehr von ihm – oder?«

Schauspieler und Schauspielerinnen, Fernsehgrößen, Fußballer und weniger gefeierte Tennisspieler kamen zu Vivienne Penniman, die ihnen Möglichkeiten bot, Supermärkte, Tankstellen, Sportanlagen, Freizeitzentren und dergleichen zu eröffnen oder für sie zu werben. Je nach der Position, die der jeweilige Star gerade am Firmament der Öffentlichkeit besetzte, vermochte sie ihm für einen Auftritt von höchstens zwei Stunden einen vier- oder fünf-, häufiger jedoch einen drei- oder vierstelligen Betrag zu bieten – nach Abzug ihrer zehn Prozent, versteht sich. Einige ihrer Klienten nahmen ihre Dienste unbeschwert und gänzlich nüchtern in Anspruch, genossen das Bad in der Menge und machten sich keinerlei Illusionen über die Kurzlebigkeit ihres Erfolges. Andere zeigten sich resigniert, aber professionell; sie betrachteten das Ganze als ein notwendiges Übel, beklagten aber dennoch die Tatsache, daß sie nicht mehr in aller Munde waren. Wieder andere fühlten sich gedemütigt und ärgerten sich, waren unfähig, auf die mehreren hundert Pfund pro Auftritt zu verzichten, konnten sich andererseits aber nicht mit der Art abfinden, wie sie dieses Geld verdienten. Hugh Hunter, der zur letzten Gruppe gehörte, hatte es immer weit von sich gewiesen, jemals Vivienne Pennimans Dienste in Anspruch zu nehmen.

Aber Julia hatte ihn dazu überredet. Sie war sehr lieb zu ihm gewesen, kein bißchen herablassend, sondern voller Mitgefühl und Energie. Hugh entdeckte überrascht, wie energisch sie war. Also gut, hatte sie zu ihm gesagt, dieses ist unser Problem, und hier sind ein paar Möglichkeiten, die uns meiner Meinung nach helfen werden, es zu lösen. Wenn du eine bessere Idee hast – wunderbar, wenn nicht, solltest du dir meine anhören. Dann hatte Julia Hugh auf Vivienne Penniman aufmerksam gemacht.

Eine Zeitlang erging sich Hugh in Erinnerungen an Vivienne. »Sie war wahnsinnig hübsch. Ich weiß noch, wie sie mit einem ganzen Schwarm von Rank-Girls ins Studio kam. Es war, als säße da ein riesiger Blumenstrauß. Sie wurden gebeten, ihre Zukunft vorauszusagen, und wir erklärten ihnen, daß wir sie in zehn Jahren wieder einladen und sehen würden, was aus ihnen geworden sei. Es war sehr komisch, nicht nur, weil sie so naiv und hoffnungsvoll waren, sondern wegen der Kameras. Wir hatten damals natürlich nur ein Set davon im Studio, das wir für alle Aufgaben benutzen mußten. Am Tag zuvor hatten wir sie zum Filmen einer Hochseeregatta eingesetzt, und nun hörte man jedesmal, wenn sich die Kamera drehte, das Meeressalz knirschen.«

Julia ließ sich nicht ablenken. »Hugh«, sagte sie in jenem liebevollen, ruhigen, erwachsenen Ton, in den sie auch verfiel, wenn die Zwillinge wieder einmal kurz davor waren, Scherereien zu machen.

»Ich weiß«, sagte er. »Ich werd ja auch hingehn. Aber dräng mich bitte nicht so sehr.«

»Ich dränge dich nicht. Ich versuche dich nur darauf hinzuweisen.«

»Du hast ja recht. Ich weiß, daß du recht hast. Aber es ist

furchtbar, qualvoll schwer, gegen den eigenen Instinkt anzukämpfen.«

»Dafür habe ich Verständnis.«

Hugh füllte sein Weinglas auf und trank einen Schluck. »Bitte nicht«, sagte er. »Sei bitte nicht so lieb und verständnisvoll und vernünftig. Bitte, Julia, mein Liebling, sei nicht so beschissen perfekt.« Dann war er mit seinem Glas in sein kleines, kaltes Arbeitszimmer auf der Rückseite des Cottage hinübergegangen und hatte in den Akten von fünfunddreißig Jahren nach Vivienne Pennimans Telefonnummer gesucht.

*

»Hugh«, sagte Vivienne. Sie erhob sich hinter ihrem Schreibtisch und streckte ihm beide von Armbändern klirrenden Hände entgegen. Die ehemalige Blume von einem jungen Mädchen war zu einer eindrucksvollen Schönheit mit üppigem Busen, kräftigen, wohlgeformten Beinen und einer vollen, gefärbten Mähne herangereift. Sie trug Schwarz und zu viele Perlen für den Vormittag. »Ach, Hugh! Nach so vielen Jahren!«

Sie beugte sich über den Schreibtisch und drückte ihm einen Kuß auf die Wange, dessen überwältigender Duft ihn unvermittelt in all die teuren, verlassenen Theatergarderoben der fünfziger Jahre zurückversetzte. »Und wie erfolgreich Sie waren, mein Lieber.«

»Mit Betonung auf der Vergangenheitsform.«

»Bemerkungen dieser Art sind hier strengstens verboten. Wenn Sie nicht noch ganz oben wären, hätte ich Sie nicht mal empfangen. Aber ehrlich, Sie hätten vor Jahren schon herkommen sollen. Ihre Agenten könnte ich ohrfeigen! Eine Agentur wie meine nimmt denen gewiß nichts weg, aber sie weigern sich, ihre Schützlinge zu mir zu schicken, obwohl es für die das beste ist. Am liebsten nehme ich jemanden, wenn er noch im Aufstieg begriffen ist, und empfehle ihm, alles, was er bei mir verdient, klug zu investieren. Wenn sein Stern dann allmählich zu sinken beginnt, verfügt er über einen beachtlichen Notgroschen.«

»Ich bin ein Spätzünder«, sagte Hugh.

Vivienne musterte ihn, als begutachte sie ein prämiertes Schwein. »Das sind Sie wirklich. Aber Sie können durchaus noch ein paar Blumentöpfe gewinnen. In den Midlands mit Sicherheit.«

»Tankstellen in Bicester, Hotels für Handlungsreisende in Birmingham . . .«

»Genau«, sagte Vivienne munter. Sie drückte einen Knopf auf ihrem Schreibtisch. »Ich werde Ihnen ein paar Vorschläge machen, und dann werden wir sehen, ob wir was Passendes für Sie finden.«

Ein junges Mädchen kam herein, ein flottes junges Ding, das ganz aus Haaren und Lebensfreude zu bestehen schien. Hugh betrachtete sie. Sie schenkte ihm ein breites, distanziertes Lächeln. Sein Blick wanderte zu dem Plastikordner. Vivienne hatte sich auf ihrem Sessel zu einem Computerbildschirm umgedreht.

»Bis später«, sagte das junge Mädchen und ging hinaus.

Vivienne tippte auf ihrer Tastatur herum. Hugh sah ihr zu. Das Telefon klingelte und wurde im Vorzimmer abgenommen.

»Na, so ein Glück!« sagte Vivienne, ohne sich umzudrehen. »So ein Glück! Wir haben unmittelbar außerhalb von Wolverhampton einen fabelhaften neuen Golfplatz, gesponsert von einer japanischen Autofirma. Jeglicher Komfort, sechsunddreißig Löcher. Sie haben einen Golfstar engagiert, der ihn eröffnen wird, aber sie wollen ein bekanntes Fernsehgesicht an seiner Seite, jemanden, der ihm die passenden Fragen stellt.« Sie wandte sich zu Hugh um. »Das schaffen Sie doch mit links. Die übernehmen sämtliche Unkosten und zahlen Ihnen dreihundert Pfund.« Sie sah ihn an. Ihr Ausdruck veränderte sich. »Bitte lächeln, Hugh!« sagte sie.

*

Joss wußte sofort, daß das nur Miss Bachelor sein konnte. Sie hatte so eine altmodisch-vornehme Stimme, trug einen schauderhaften Mantel und fragte bei Mr. Patel, dem Lebensmittelhändler, nach Nice Biscuits, französisch ausgesprochen, aber

Joss glaubte nicht, daß dieses Wort etwas mit Nizza zu tun hatte. Sie hatte eigentlich immer gedacht, daß diese Dinger so hießen, weil sie überhaupt nicht *nice* waren, sondern fade.

»Und bitte eine Ochsenschwanzsuppe«, sagte Miss Bachelor zu Mr. Patel. »Nur eine Dose. Und braune Stiefelwichse und einen halben Liter Milch.«

Mr. Patel war äußerst höflich zu Miss Bachelor. Andere Kunden, durch Supermärkte erzogen, holten sich ihre Waren selbst und legten sie in einen Drahtkorb, Miss Bachelor dagegen schien von einer derartigen Selbständigkeit nicht viel zu halten, und Mr. Patel tat ihr den Gefallen, sie zu bedienen. Mr. Patel stammte aus einer in zweiter Generation christlichen indischen Familie, sein Vater war vor dem Zweiten Weltkrieg in Rawalpindi bekehrt worden, und zwar von einem Missionar, der ganz ähnlich wie Miss Bachelor aussah und dessen Foto im Familienalbum der Patels klebte. Es hätte Mr. Patel sehr bekümmert, wenn er gewußt hätte, daß Miss Bachelor Atheistin war.

»Ist das alles?« fragte Mr. Patel und stellte einen Karton Milch auf die Theke. Dabei behielt er Joss im Auge, die mit ihrem Päckchen Kaugummi spielte. Nach Mr. Patels Erfahrung war sie jetzt genau in dem Alter, in dem Jugendliche kaum Hemmungen vor Ladendiebstahl hatten.

»Ein Viertel Pfefferminzbonbons«, sagte Miss Bachelor, »und eine Büchse Mausmix.«

»Miaumix«, berichtigte Mr. Patel sie freundlich.

Joss schnaubte verächtlich. Miss Bachelor wandte sich zu ihr um. Eine Zeitlang musterte sie Joss eingehend; dann sagte sie: »Ich glaube, du bist Josephine. Habe ich recht?«

Joss erstarrte. Niemand, aber auch wirklich niemand rief sie jemals bei ihrem richtigen Namen, ihrem gräßlichen, ekelhaften, beschämenden Namen. »Ich heiße Joss«, knurrte sie.

»Da wir uns bisher nicht vorgestellt wurden«, sagte Miss Bachelor, »ist es wohl kaum angebracht, daß ich deinen Kosenamen benutze, richtig?«

Joss wußte nicht recht, was tun. Sie blickte zu Boden und

wünschte, sie hätte so viele Haare, daß sie sich wie hinter einem schützenden Vorhang dahinter hätte verstecken können.

»Setzen Sie das Kaugummi auf meine Rechnung«, sagte Miss Bachelor. »Ich werde es bezahlen. Ich persönlich mag das Zeug zwar nicht, aber Kauen ist eindeutig besser als Rauchen.«

»Ich will nicht, daß Sie es bezahlen«, sagte Joss.

»Ich aber, denn ich möchte, daß du mir meine Einkäufe nach Hause trägst.«

Mr. Patel packte die Lebensmittel in eine Tragtasche, die noch von Weihnachten übriggeblieben und mit einem Bild von zwei verschmutzten Kindern geschmückt war, die einen Schneemann bauten. Dann reichte er sie Joss. Unendlich langsam und sorgfältig holte Miss Bachelor ihr Geld heraus und zählte es auf die Theke.

»Noch zwei Pence bitte«, sagte Mr. Patel geduldig.

Draußen auf der Straße wurde Joss auf einmal von einer akuten Angst überfallen, daß jemand sie mit Miss Bachelor sehen könnte. Zwar wohnten nur wenige ihrer Schulfreunde in Jericho, und jetzt, zur Teestunde, war es bereits dunkel, aber Joss senkte trotzdem tief den Kopf und wickelte sich mit der freien Hand unbeholfen ihren schwarzen Schal um Wangen und Ohren.

»Es freut mich aufrichtig, dich kennenzulernen«, sagte Miss Bachelor. »Ich hatte deinen Stiefvater gebeten, dich zu mir zu schicken.«

»Er ist nicht mein Stiefvater.«

»Wie würdest du ihn denn bezeichnen?«

Joss fiel nichts ein.

»Wäre es dir lieber, wenn ich ihn den Liebhaber deiner Mutter nennen würde, was er ja, genaugenommen, wohl auch ist?«

Das wollte Joss nun wirklich nicht. Unwillkürlich schnappte sie hörbar nach Luft. Dann sagte sie mit ein wenig erstickter Stimme: »Er heißt James ...«

»Ich habe natürlich nicht daran geglaubt, daß du kommst«, sagte Miss Bachelor. »Ich dachte mir, daß du das entschieden ablehnen würdest. Schließlich bin ich furchtbar altmodisch. Aber ich war mir sicher, wir würden uns schon irgendwie kennenlernen, auch wenn ich niemals geglaubt hätte, daß es so bald geschehen würde.«

»Wieso?«

»Drück dich bitte genauer aus.«

»Wieso sollten wir uns kennenlernen müssen?«

»Wir *müssen* nicht. Aber ich dachte, es würde uns vielleicht Freude machen. Daß es mir Freude machen würde, wußte ich, und daß du dich auch mit dem Gedanken anfreunden würdest, konnte ich mir durchaus vorstellen. Ich habe eine Katze, und wenn du mich nicht magst, wirst du die sicher mögen.«

Sie bogen in die Cardigan Street ein. Dort pfiff ihnen ein scharfer Wind um die Ohren, und Miss Bachelor stemmte sich ihm entgegen. »Ich hasse den Winter.«

»Ja«, brummte Joss. Sie nahm sich vor, die Tragtasche in der Wohnung abzusetzen, die Katze zu begrüßen und zu machen, daß sie davonkam. »Ich werde meinen Gaskamin einschalten, und dann rösten wir Toast«, sagte Miss Bachelor.

»Ich muß Schularbeiten machen«, sagte Joss.

»Das wird nach dem Toast besser gehen«, entgegnete Miss Bachelor. »Das nächste Mal könnten wir sie dann zusammen machen.«

»Das ist nicht nötig«, sagte Joss unhöflich. »Dafür hab ich Onkel Leonard.«

Vor einer schmalen Haustür blieb Miss Bachelor stehen und fingerte unter dem Mantel nach einem Schlüssel, den sie an einem Bindfaden um den Hals trug.

»Fünfzehn Minuten, Josephine, länger werde ich dich nicht aufhalten. Dann kannst du gehen, und wenn es dir so wenig bei mir gefällt, brauchst du niemals wiederzukommen.«

*

Joss kam zu spät zum Abendessen. Aber sie kam nicht nur zu spät, sie hatte tatsächlich vergessen, daß es so etwas wie eine Feier geben sollte, weil Kate Geburtstag hatte. Erst als sie in die

Küche platzte und die drei dort bei Kerzen und einer Flasche Wein sitzen sah, fiel es ihr wieder ein. Als sie hereinkam, blickten sie auf.

»Wo warst du?« fragte James.

»Ist doch egal«, fiel Kate ihm hastig ins Wort.

»Wo warst du?« wollte Onkel Leonard wissen, als hätte James diese Frage nicht schon gestellt.

Kate zeigte auf den Stuhl neben dem ihren. »Komm, setz dich. James hat Brathähnchen für uns gemacht.«

Joss spürte einen Kloß in ihrer Kehle. »Ich hab keinen Hunger.« Das stimmte, sie hatte Toast gegessen, war bis obenhin abgefüllt mit Toast, den sie Scheibe um Scheibe auf eine altmodische Gabel – die ein bißchen aussah wie eine Teufelsgabel – gespießt und vor Miss Bachelors Gaskaminfeuer geröstet hatten. Und Miss Bachelor hatte nichts dagegen gehabt, daß sie die Butter direkt aus der Packung auf den Toast strich.

Ein wenig verkniffen fragte Kate: »War's denn schön?«

Joss nickte. Es war absonderlich gewesen, aber es hatte ihr von dem Moment an gefallen, als Miss Bachelor sagte: »Du und ich, wir beide haben etwas gemeinsam. Wir bieten beide einen kläglichen Anblick, aber du kannst noch etwas aus dir machen. Letzten Endes wirst du bezaubernd sein, das kannst du mir glauben.« Miss Bachelor zeigte auf ihre Ansichtskarten und Fotos. »Ich bin nämlich Expertin für alles Schöne.« Joss hatte sich auf ihr Bett gekniet und die Marienbilder betrachtet, eine Maria nach der anderen, in blauen, goldenen, rosa Gewändern, jede mit einem Jesuskind. Die Jesuskinder mochte Joss nicht. Sie fand, ein Jesuskind müsse aussehen wie George und Edward Hunter, mit einem sehr sanften, rundlichen Babygesicht und blonden Haaren, aber einige von diesen Jesuskindern sahen alt aus, schwer und weise. Die Marien dagegen waren wunderschön. Joss vermutete, daß Miss Bachelor fromm war; alte Frauen wie sie waren eigentlich immer fromm.

»Ich bin Atheistin«, sagte Miss Bachelor zu Joss, »aber ich bin der christlichen Religion dankbar für die Inspiration, die sie für die Meister der italienischen Renaissance gewesen ist.«

»Was ist das, eine Atheistin?«

»Schlag's doch nach«, antwortete Miss Bachelor und zeigte auf ein Lexikon in ihren Bücherregalen. Joss gehorchte – mit einiger Mühe zwar, weil sie den Umgang mit Lexika nicht gewohnt war, dann jedoch war sie zutiefst verblüfft.

»Sie glauben nicht an Gott!«

»An keinen Gott. Früher einmal war ich ganz furchtbar viktorianisch, das heißt eine Agnostikerin, dann aber begann ich an eine gewisse Spiritualität zu glauben, nur eben nicht an einen Gott.«

»Ich trau mich nicht, nicht daran zu glauben«, sagte Joss.

»Das«, sagte Miss Bachelor, »ist Aberglauben.«

Sie begannen zu diskutieren. Das gefiel Joss, weil die Diskussion niemals persönlich wurde, obwohl sie doch alles nur von ihrem eigenen Standpunkt aus zu betrachten vermochte.

»Hör endlich auf, ständig ›ich‹ zu sagen«, sagte Miss Bachelor.

»Das kann ich nicht...«

»O doch, das kannst du. Du brauchst nur ein bißchen zu üben. Du mußt lernen, die Muskeln deines Verstandes zu trainieren.«

Joss begann sich zu begeistern. »Schwer von Begriff«, hatte sie immer wieder von Onkel Leonard gehört. »Dumm und einfach schwer von Begriff. Begriffsstutzig.« Sie wußte genau, daß er das nicht ernst meinte, daß Beleidigungen von Onkel Leonard im Grunde Lobesworte waren, und dennoch hatte er ihr, wenn er mit einschüchterndem Tempo und absolut mühelos ihre Matheaufgaben löste, das Gefühl gegeben, tatsächlich begriffsstutzig zu sein.

»Ich bin begriffsstutzig«, sagte Joss zu Miss Bachelor.

»Dummes Zeug«, erklärte Miss Bachelor. »Absoluter Unsinn. Alles, was dir fehlt, ist ein bißchen Hirntraining.«

»Wovon habt ihr geredet?« wollte James wissen und stellte ihr einen Teller Brathähnchen vor die Nase. Mit Erbsen, Röstkartoffeln und kleinen Speckröllchen in Brotsauce. Joss fielen fast die Augen aus dem Kopf.

»O Gott«, stöhnte sie.

»Wie bitte?«

»Aber ich kann das nicht alles essen ...«

Sie sah Kate an. Kate wirkte geknickt. »O Gott«, rief Joss, »dein Geschenk!« Und stürzte hinaus.

»Sei ihr nicht böse«, sagte James zu Kate.

»Ich möchte auch mal einen Blick auf die alte Bachelor werfen«, meldete sich Onkel Leonard zu Wort.

»Ich bin ihr nicht böse«, sagte Kate in stiller Verzweiflung in ihren Teller hinein.

Joss kehrte mit einer alten, zerknitterten Supermarkttüte zurück und drückte sie Kate in die Hand. »Tut mir leid, daß ich's nicht extra eingepackt habe, tut mir leid, daß es so spät kommt, tut mir leid, daß es nicht neu ist, tut mir leid ...«

Kate zog den schwarzen Hut mit dem Schleier und den glitzernden Straßschleifen heraus. »Oh!«

»Ist der nicht zauberhaft?« fragte James. Er griff zum Weinglas. »Setz ihn auf.«

»Nein«, sagte Kate. »Nein!« In ihrem Gesicht arbeitete es. Sie hielt den Hut weit von sich ab. »Vielen Dank«, sagte sie zu Joss.

»Er gefällt dir nicht ...«

»Doch, doch. Natürlich ...«

»Er gefällt dir nicht!« schrie Joss und versuchte ihr den Hut zu entreißen. Mit seiner knochigen Hand packte Onkel Leonard ihren Arm. »Benimm dich gefälligst!«

»Sie findet ihn scheußlich ...«

»Wirklich nicht«, widersprach Kate fast flüsternd. »Ach, Jossie, hör doch auf. Er ist so hübsch, es ist ein wunderschönes Geschenk.«

»Dann setz ihn auf«, sagte James. Er sah Joss an, die grünlichweiß geworden und noch immer in Onkel Leonards festem Griff gefangen war. Arme Joss ...

»Ich kann nicht«, sagte Kate. Sie ließ den Kopf hängen und legte den Hut behutsam auf Joss' leeren Stuhl neben den ihren. Dann stand sie auf, ging langsam hinaus und zog die Tür hinter sich ins Schloß.

Leonard ließ Joss' Arm los. »Da soll mich doch gleich der ...«

»Halt den Mund!« sagte James und ging zu Joss. Er berührte sie nicht. Es gehörte zu der schweigenden Übereinkunft, die zwischen ihnen bestand, daß sie sich nicht berührten. Jetzt aber sehnte er sich danach, sie in den Arm zu nehmen. »Es liegt nicht an dir«, versuchte James sie zu trösten, »und es liegt nicht an dem Hut. Möglicherweise liegt es an mir, aber möglicherweise liegt es auch an etwas ganz anderem. Aber es ist eindeutig nicht deine Schuld.«

»Du hast gesagt, ich soll ihn ihr schenken«, rief Joss trotzig.

»Ich weiß.«

»Und was ist jetzt?«

»Lauf ihr nach«, sagte James, »los, lauf! Wahrscheinlich ist ihr jämmerlich zumute. Sie wird sicher mit dir reden wollen.«

»Ich will aber nicht . . .«

»Joss«, sagte James mahnend.

Sie sah zu ihm auf, mit den Augen ihres Vaters im Gesicht ihrer Mutter, unter den Haaren ihrer Mutter.

»Nun lauf schon!« sagte James liebevoll.

Seufzend wie ein Tornado wandte sie sich ab und schlich hinaus. Mit lautem Krach fiel die Tür hinter ihr ins Schloß.

Onkel Leonard hielt James auffordernd sein Weinglas hin. »Gott sei Dank, sie sind weg«, sagte er. »Alle beide.«

*

»Ich wollte eigentlich gar nicht zu ihr gehen«, sagte Joss zu Kate, »aber sie hat mich darum gebeten. Sie hat mich gebeten, ihre Einkäufe zu tragen – vor Mr. Patel, deswegen mußte ich es tun.«

»Klar.« Kate hockte auf ihrer Bettkante, auf der Kante des Bettes, in dem sie und James schliefen, und knüllte ein Papiertaschentuch zu einem festen kleinen Ball. »Es war nett von dir, ihr zu helfen.«

Joss stand vor Kate und bohrte ihre Schuhspitze in den weichen Afghanen. »Der Hut sollte doch bloß ein Scherz sein . . .«

»Er ist wunderschön, wirklich. Und er gefällt mir.«

»Er ist gräßlich. Ich bring ihn zurück.«

»Bitte nicht«, sagte Kate. Sie wollte, daß Joss ein bißchen

näher kam, damit sie ihre Tochter hier, in diesem kalten Schlafzimmer, in all ihrem Elend in die Arme nehmen konnte. »Ich benehme mich unmöglich«, meinte sie. »Keine Ahnung, was mit mir los ist. Miss Bachelor . . .«

»Die ist okay«, fiel Joss ihr in jenem aufmunternden, beruhigenden Ton ins Wort, den sie manchmal auch den Zwillingen gegenüber anschlug.

»Was will James bei ihr?«

»Keine Ahnung.«

»Wie ist es bei ihr? Wie sieht ihr Zimmer aus?«

»Trostlos«, sagte Joss. »Alt. Alles uralt.«

Alt, dachte Kate und erschauerte. Sie streckte die Arme nach Joss aus. »Komm, drück mich mal.«

Joss trat vor und blieb stocksteif vor ihr stehen.

»Ich wünschte, ich wäre wieder vierzehn«, seufzte Kate an der Schulter ihrer Tochter. »Wie du.«

Joss antwortete nicht. Über ihr Alter dachte sie immer nur in winzigen Zeiträumen nach, etwa, wenn sie sich fragte, ob ein Junge, in den sie verschossen war, sie für drei Monate jünger oder älter hielt. Kate war jetzt sechsunddreißig, aber das hatte nichts zu bedeuten, denn Mums waren nun mal in so einem Alter.

»Wir müssen runter«, sagte Kate. »James hat eine Torte für mich gekauft. Ich werde . . . Ich werde meinen Hut aufsetzen, zu Ehren der Torte.«

»Großer Gott«, sagte Joss und löste sich von ihr. »Tu das bloß nicht!«

Kate stand auf. Sie strich sich die Haare aus dem Gesicht, so daß die indianischen, in Messing gefaßten Perlmuttarmreifen, die Joss ihr zu Weihnachten geschenkt hatte, klirrten.

»Der Hut gefällt mir, Joss. Wirklich. Ich konnte es nur nicht ertragen, als ich ihn herausholte und sah, wie James . . .« Sie unterbrach sich. »Also komm. Komm mit nach unten und hilf uns, meine Torte zu essen.«

*

Später, als sie das Geschirr spülten, klingelte das Telefon. Wie gewöhnlich ging Kate an den Apparat.

»Es ist Hugh.« Sie hielt James den Hörer hin. »Er klingt beschissen.«

»Mir geht's beschissen«, sagte Hugh zu James. »Von vorne bis hinten und rundum beschissen.«

Mit dem Fuß angelte sich James einen Stuhl und setzte sich. »Was ist?«

»Hast du Lust, dir was über meine neue Karriere anzuhören?«

James schloß die Augen. Er hielt den Hörer ein Stück weit vom Ohr ab; Hughs Stimme war immer noch klar und deutlich zu hören.

»Ich werde Tankstellen eröffnen, James, Tankstellen, Bowlingbahnen und Klohäuschen für Behinderte. Ich werde Hugh Hunter sein, der Megastar der Minimärkte, ich werde ganze Massen von zehn Neugierigen anlocken und Hunderte daran verdienen. Ach, James ...« Hughs Stimme brach. »Ach, James, was hat denn bloß alles für einen verdammten *Sinn* gehabt?«

James machte die Augen auf und sah Kate an. Sie trocknete gerade eine Handvoll Gabeln ab und legte sie mit leisem Klirren auf den Tisch. Seinen Blick erwiderte sie nicht.

»Wo bist du?« fragte James. »Zu Hause?«

»Nein. Nein, da konnte ich's nicht aushalten. Ich wäre auch von niemandem zu ertragen gewesen. Ich bin in der Kneipe, unserer Stammkneipe.«

»Warte dort«, sagte James. »Ich bin gleich da.«

»Du bist ein wahrer Freund ...«

»Aber du darfst *nicht* sentimental werden.«

»Versprochen.«

»In zwanzig Minuten. Höchstens. Aber bitte trink vorläufig nichts mehr.«

Er legte den Hörer auf und erhob sich. »Tut mir furchtbar leid«, sagte er zu Kate, »noch dazu an deinem Geburtstag.« Er hielt inne. An Kates Geburtstag, an seinem eigenen Geburtstag ebenso wie an zahlreichen anderen besonderen und weniger besonderen Tagen hatten sie sich geliebt. Wenn er jetzt zu Hugh rüberfuhr, würde er erst nach Mitternacht zurückkommen, und Kate würde schon schlafen oder wenigstens sehr müde sein, zu müde für Sex. »Ich weiß, daß dies von A bis Z ein ganz und gar verunglückter Geburtstag ist. Ich hatte gehofft, ich könnte nachher wenigstens etwas gutmachen, aber Hugh . . .«

»Macht nichts«, fiel Kate ihm ins Wort.

»Gib mir einen Kuß. Einen Kuß, bevor ich gehe.«

Sie kam um den Tisch und küßte ihn flüchtig, unverbindlich.

»Du bist mir böse.«

»Nein.«

»Was soll ich tun? Soll ich Hugh anrufen und ihm sagen, er soll sich zusammenreißen, wir werden uns ein anderes Mal treffen?«

»Nein.«

»Kate . . .«

»Ich mag Geburtstage nicht«, sagte Kate. »Ich mag keine Meilensteine. Fahr du nur zu Hugh. Der arme Hugh.« Sie schenkte James ein unsicheres Lächeln. »Aber fahr vorsichtig.«

»Katie«, sagte er, »ich wünschte, du würdest mit mir reden.«

Sie wandte sich ab und griff nach den Autoschlüsseln, die wie gewohnt am Knauf eines Oberschrankes hingen. »Wenn du zurückkommst, werde ich wohl schon schlafen.«

»Muß das sein? Könnten wir nicht . . .«

»Ich werde schlafen«, unterbrach Kate ihn hastig. »Ich bin todmüde. Morgen muß ich ins Restaurant. Vielen Dank für mein Dinner, mein Geburtstagsdinner.«

Als James hinausgegangen war, um den Wagen zu suchen, stieg Kate mit schwerem Herzen die Treppe hinauf. Leonards Tür stand halb offen, und Kate sah Joss auf dem roten Teppich sitzen, den Mrs. Cheng für Leonard auf einem Trödelmarkt erstanden hatte. Joss trug den ausgefransten Tweedmantel, den sie immer als Morgenrock benutzte.

»Lad sie doch ein«, sagte Leonard gerade. »Bitte sie, mich zu besuchen. Ich werd ihr schon was über Atheismus erzählen.«

»Sie kann wahnsinnig gut diskutieren«, sagte Joss.

»Ich aber auch«, sagte Leonard.

»Sie verliert nie die Beherrschung ...«

»Ich auch nicht.«

»Doch, tust du wohl. Du gehst ständig auf die Palme. Und außerdem sagst du ständig ›ich‹.«

»Impertinentes Gör!«

»Du solltest lernen, die Muskeln deines Hirns zu trainieren«, sagte Joss.

»Ha!« rief Leonard. »Erwischt! Das stammt nicht von dir! Dazu bist du verdammt noch mal zu dumm. Du plapperst nur nach, was die alte Schachtel Bachelor gesagt hat.«

»Du solltest sie nicht so nennen!«

»Ach so«, höhnte Leonard, »du bist in James' Lager übergelaufen!«

Kate schlich weiter zu ihrem eigenen Zimmer. Leise drehte sie den Knauf; als die Tür aufging, schlug ihr eine frostige Welle kalter Luft entgegen. Sie machte Licht, schloß die Tür hinter sich und lehnte sich dagegen. Sie betrachtete das Bett, das sie mit James teilte, seit sie noch nicht einmal dreißig war. Jetzt war sie sechsunddreißig. In vier Jahren würde sie vierzig sein und James fünfundsechzig. Sie betrachtete das Bett voller Unbehagen. Es ist alles meine Schuld, dachte Kate, diese Kälte, diese Atmosphäre und daß wir einander nicht mehr verstehen. Irgend etwas geschieht mit mir, irgend etwas ist mit mir los, und damit mache ich alle unglücklich. Wie komme ich dazu? Ich habe keine echten Sorgen, keine solchen Sorgen wie Hugh, der arme Hugh, sie hat.

Langsam ging sie ins Zimmer hinein und betrachtete sich im Spiegel über der Kommode, in der James seine Wäsche aufbewahrte. Sie mußte sich auf die Zehenspitzen stellen, weil James so viel größer war als sie und den Spiegel für sich in Augenhöhe angebracht hatte. Was sie darin sah, gefiel ihr nicht. Ihr Haar wirkte strohig, ihr Gesicht eingefallen, und die Augen mit den dunklen Wimpern, die sie von ihrer Mutter geerbt hatte, sahen aus wie schwarze Glasperlen. Bald werde ich jemandem sehr weh tun, dachte Kate. Werde ich etwas zerbrechen, weil etwas zerbrochen werden muß, und bis es wieder zusammengefügt ist, werde ich für jeden eine Belastung sein, aber so weit darf es gar nicht erst kommen, weil kein Mensch seine Zerbrochenheit anderen, unschuldigen Menschen zumuten darf.

Sie ging zum Fenster, um die Vorhänge zuzuziehen. Die Straße war leer, eine blauschwarze Mondlandschaft, auf der das häßliche, orangefarbene Licht der Straßenlaternen fahle Teiche bildete. Im Haus gegenüber im ersten Stock saßen der weiße Mann und die schwarze Frau, die niemals ihre Vorhänge schlossen, einander an einem Tisch voller Papiere und Aktenordner gegenüber. Die Frau hatte sich kleine bunte Perlen ins Haar geflochten, die im Licht der Lampe über ihren Köpfen schimmerten. Kate beneidete sie darum, wie sie mit ihrer exotischen Perlenfrisur dort drüben auf der anderen Straßenseite so friedlich mit ihrem in sein Tun vertieften Partner zusammensaß und arbeitete. Abrupt zog sie, um nicht länger zusehen zu müssen, die Vorhänge zu und blieb dort stehen, mit beiden Händen die Säume gepackt, die Stirn auf ihre Fäuste gelegt.

»Das einzige«, flüsterte Kate vor sich hin, »das einzige, was ich jetzt noch tun kann, ist ganz einfach weggehen.«

Sie ließ die Vorhänge los und glitt zu Boden. Na und? Ja, wirklich – na und? Sie hatte immer gewußt, daß sie das letzten Endes tun mußte.

Fünftes Kapitel

Beatrice Bachelor saß auf einem blauen Samtsofa im Randolph-Hotel. Sie war, überlegte sie, seit mindestens zwanzig Jahren nicht mehr in diesem Hotel gewesen, obwohl es von ihr zu Hause bis hierher nur fünf Minuten zu Fuß waren. Deshalb hatte sie zur Feier des Tages neue Strümpfe angezogen und ihre Cairngorm-Brosche angesteckt.

James Mallow hatte sie zum Tee eingeladen, damit sie einen seiner Freunde kennenlernte, dem, wie James sagte, der Kopf zurechtgerückt werden müsse. Und Beatrice, deren gesellschaftlicher Horizont sich in den vier Wochen, seit sie von James angefahren worden war, schwindelerregend erweitert hatte, war der Einladung zum Tee im Randolph freudig gefolgt.

»Du bist eine alte Närrin«, sagte ihre Schwägerin säuerlich. Sie stand an der Küchentür und sah zu, wie Beatrice sich ihr Paisleytuch für jeden Tag über den grauen Haarknoten band. »Die machen sich doch nur lustig über dich.«

Beatrice schwieg. Sie musterte sich ohne große Begeisterung im Flurspiegel und summte ein kleines Lied: »O Lord and Father of Mankind«. Wie ärgerlich diese Kirchenlieder waren, wenn sie einem ständig durch den Kopf gingen, obwohl man an kein einziges Wort von ihrem Text glaubte!

»Ich werde gegen sechs zu Hause sein«, sagte Beatrice. »Der Kater ist in meinem Zimmer; bitte laß ihn nicht hinaus.« Der Kater war keineswegs in ihrem Zimmer, sondern lag sicher im luftgekühlten Vorratsschrank auf den sauberen Küchentüchern, und Beatrice wußte das. »Auf Wiedersehen, meine liebe Grace«, sagte sie mit einem Anflug von Dreistigkeit zu ihrer Schwägerin.

Zu ihrer eigenen Überraschung kam sie sich nun, im Randolph, ganz und gar nicht wie eine Törin vor, sondern vollkommen normal. Das Ganze bereitete ihr sogar Vergnügen.

Der Tee war ein Ritual, das sie ohnehin schon immer geliebt hatte. Wenn man zum Tee ausreichend aß, brauchte man sich um die weitere Ernährung des Tages nicht mehr zu kümmern und konnte einen wunderbar langen, ungestörten Abend genießen. Vor den Abenden hatte sich Beatrice noch nie gefürchtet, denn sie war es gewöhnt, mit diesen Stunden nichts anderes als Bücher, Musik und Alleinsein zu verbinden. Sehr reizvoll dagegen erschien ihr der Gedanke, den Tee in einem Hotel und in Gesellschaft einzunehmen. Als James hereinkam, beugte er sich über Beatrice und küßte sie auf die Wange. Das hatte er noch nie getan, deswegen war sie sekundenlang leicht verwirrt und stotterte ein wenig, als sie James' Freund begrüßte, einen sehr attraktiven, gesund wirkenden, elegant gekleideten Mann mit rosigem Gesicht.

»Sie müssen über ein äußerst versöhnliches Naturell verfügen«, sagte Hugh zu Beatrice, »daß Sie es diesem Idioten gestatten, sich Ihnen auch nur zu nähern, nachdem er Sie in hohem Bogen vom Rad gestoßen hat.«

»In hohem Bogen nicht«, widersprach Beatrice, die sich inzwischen wieder gefaßt hatte, »nur flach auf die Nase.«

Hugh schenkte ihr sein wundervolles Lächeln. »Ich möchte einen richtigen Fünf-Uhr-Tee, Sie nicht auch? Mit allem Drum und Dran. Einen richtig schön altmodischen Tee.«

Beatrice warf ihm einen kühlen Blick zu, um ihn merken zu lassen, daß sie es ablehnte, verwöhnt oder nachsichtig behandelt zu werden. »Selbstverständlich«, antwortete sie.

»Aber das ist so langweilig.« James griff zur Speisekarte. »Immer dasselbe, ein bißchen hiervon, ein bißchen davon. Ich werde mir jetzt eine Kellnerin suchen und ihr erklären, daß wir die Auswahl selbst treffen wollen. Also, was für Sandwiches nehmen wir?«

»Gurke«, sagte Beatrice.

»Eier und Kresse«, sagte Hugh, der noch immer seine Rolle spielte. »Und ein Cremehörnchen. Oder ein Éclair.« Er nahm in einem Lehnsessel Platz.

»Lassen Sie sich nichts von ihm gefallen«, sagte James zu

Beatrice. Dann ließ er die beiden allein, so daß für Hugh nur noch die Hälfte des Publikums übrigblieb.

»Ich hab das Gefühl«, sagte Beatrice, »daß ich James' Freunde in der falschen Reihenfolge kennenlerne. Ich hätte Miss Bain bestimmt vor Ihnen kennenlernen sollen.«

»Haben Sie das denn nicht?«

»Nein.«

»Oh, Kate ist wundervoll!« sagte Hugh mit übertriebener Begeisterung. »Sie hat das mitfühlendste Herz der gesamten Christenheit.«

»Ich hoffe nur, daß ihr Herz nicht ausgebeutet wird.«

»Warum sagen Sie so etwas?«

»Weil die Menschen meiner Erfahrung nach voraussetzen«, sagte Beatrice, »ein mitfühlendes Herz sei eine unerschöpfliche Quelle, aus der zu trinken sie das Recht, ja nahezu die Pflicht haben. Bevor meine Mutter starb, sagte sie einmal zu mir: ›Wie gut, Beatrice, daß du Gelegenheit hast, deine Begabung für Krankenpflege anzuwenden.‹ Daraufhin bin ich in die Küche gelaufen und habe vor Wut buchstäblich gezittert.«

Hugh vergaß sein wundervolles Lächeln und beugte sich vor. »Sie haben sie gepflegt?«

»Sie und meinen Vater. Sechs Jahre hat es gedauert, bis sie beide gestorben waren. Dabei war es absolut überflüssig.«

»Überflüssig?«

»Sie hatten beide Krebs. Ihr Leben verkümmerte zum simplen Dahinvegetieren, aber sie haben sich trotzdem gegen mich gewehrt. Sie zogen Schmerzen, Demütigungen und den Verlust aller körperlichen und geistigen Fähigkeiten der einzig vernünftigen Lösung vor.«

James, der gerade zurückkam, hörte Hugh fragen: »Welcher einzig vernünftigen Lösung?«

Beatrice warf James einen Blick zu. Dann sagte sie gelassen zu Hugh: »Euthanasie. Ich bin für Euthanasie. Ich habe meinem Bruder Sterbehilfe geleistet.«

»Allmächtiger!« sagte Hugh und sank in seinen Lehnsessel zurück.

James dagegen nahm schweigend Platz und blickte Beatrice unverwandt an.

»1937 wurde ich Mitglied der Euthanasie-Gesellschaft«, fuhr Beatrice fort. »Da war ich zwanzig. Ein Studienfreund nahm mich zu einer Anstalt in Esher mit, wo sein Bruder verwahrt wurde, und der Anblick dieser unglücklichen Insassen hat mich entsetzlich mitgenommen. Damals war ich Agnostikerin und erkannte die menschliche Spiritualität natürlich nicht an, heute dagegen, da ich sie anerkenne, bin ich fester denn je davon überzeugt, daß es falsch ist, den Menschen zu schaden, indem man ein Leben verlängert, in dem es weder Selbstbestimmung noch die Fähigkeit zur Lebensfreude mehr gibt.«

Eine zierliche malaysische Kellnerin kam mit einem schwer beladenen Tablett zu ihrem Tisch und begann, Tassen und Teller abzuladen.

»Bitte, stellen Sie die Teekanne hierher«, sagte Beatrice. »Ich werde selbst einschenken.«

Die Herren schwiegen. Die Kellnerin stellte die Gurkensandwiches, die Eier-Kresse-Sandwiches sowie einen Teller mit Keksen ab. »Entschuldigen Sie«, wandte sie sich an Beatrice, »kein Éclair. Keine Cremeschnitten.« Sie lächelte. Die Hälfte ihrer Zähne war vergoldet.

»Vielen Dank, das macht gar nichts«, antwortete Beatrice und begann den Tee einzuschenken. Die Kellnerin entfernte sich, und Beatrice sagte: »Ich habe Sie anscheinend verunsichert.«

»Selbstverständlich haben Sie das«, meinte James. »Mir schwirrt der Kopf.«

»Sie haben ihm geholfen?« fragte Hugh zögernd. »Sie haben Ihrem Bruder beim Sterben geholfen?«

»Milch? Zucker? Selbstverständlich. Auf seine Bitte hin und mit der Hilfe eines ganz ausgezeichneten Arztes. Mein Bruder hatte ebenfalls Krebs. Die Erfahrungen, die er mit der Chemotherapie gemacht hatte, veranlaßten ihn, sich gegen eine neuerliche Anwendung dieser Methode zu entscheiden, die ihm höchstens ein paar weitere Jahre äußerst beschränkten Lebens beschert hätte.« Sie nahm die Eier-Kresse-Sandwiches und bot sie Hugh an. »Ich finde, Sie sollten eins davon essen, und ich finde außerdem, daß wir das Thema wechseln sollten.«

»Unter zwei Bedingungen«, sagte Hugh, der sichtliche Mühe hatte, sich zusammenzureißen. Er nahm ein Sandwich.

»Ja?«

»Daß wir eines Tages darauf zurückkommen können. Und daß Sie erwägen, und sei es nur für einen Moment, im Fernsehen darüber zu sprechen.«

»Also Hugh!« James war empört.

»Warum denn nicht?« fragte Hugh, an Beatrice gewandt.

Sie sah ihn an. Sie dachte an das Gesicht ihres Bruders an jenem letzten Abend, die Ruhe, die sich darauf abzeichnete, die Erleichterung. Er hatte ihre Hand gehalten. »Gott sei Dank, daß es jetzt bald vorüber ist«, hatte er zu ihr gesagt. »Aber sag's Grace nicht, bitte, niemals, sonst wirst du leiden, und kein Mensch, der das getan hat, was du getan hast, mit so großem Mut und so großem Verständnis, verdient es, leiden zu müssen.«

»Ja, warum denn nicht?« sagte Beatrice. »Schließlich ist es zwar ein sehr privates Problem, aber bestimmt kein Geheimnis. Und das ist ein großer Unterschied.« Sie nahm sich ein Sandwich und musterte es. »Ganz ausgezeichnet. Sie haben die Kruste abgeschnitten.«

*

Aus irgendeinem Grund war das Pasta Please an jenem Tag voll besetzt. Die Gäste waren schon früh zur Mittagszeit hereingeströmt, und nun, gegen vier, saßen noch immer Leute da, die den Zucker aus ihren Espressotassen löffelten. Susie, die Kellnerin, klagte über Menstruationsbeschwerden und wollte früher gehen.

»Sie hat Bauchkrämpfe«, sagte die Restaurantbesitzerin zu Kate. »Die hat sie ziemlich regelmäßig in der ersten Woche eines jeden Monats, wenn ein gewisser Softwarevertreter hier ist. Ich würde sie ja feuern, aber während der übrigen Zeit arbeitet sie ziemlich gut, und ehrlich gesagt habe ich keine Lust, mich nach einem Ersatz für sie umzusehen.«

»Da müßtest du nicht lange suchen«, sagte Kate.

Christine, die Restaurantbesitzerin, war gerade dabei, eine Rechnung auszustellen. Sie hatte Kate am Swimmingpool von Marston Ferry kennengelernt, wo sie einander mehrfach begegnet waren. Jetzt hielt sie inne. »Wie meinst du das?« fragte sie.

»Ich meine, daß ich einspringen könnte«, antwortete Kate. »Ich brauche einen Vollzeitjob.«

»Warte«, sagte Christine. Sie legte die gefaltete Rechnung auf eine Untertasse und beschwerte sie, wie es in ihrem Restaurant üblich war, mit zwei italienischen, in Seidenpapier gewickelten Mandelplätzchen. Dann ging sie zu ihren letzten Gästen hinüber und stellte die Untertasse vor sie auf den Tisch. »Hoffentlich hat es Ihnen geschmeckt«, hörte Kate sie zu ihnen sagen.

»Sicher«, sagten sie höflich und zuvorkommend, »gut hat es geschmeckt.« »Wunderbare Ravioli«, ergänzte einer von ihnen. »Alles ganz frisch, natürlich«, erklärte Christine. Sie holte die Mäntel der Gäste vom Garderobenständer neben der Tür, half ihnen hinein und öffnete ihnen die Tür. Als sie gegangen waren, schloß sie die Tür, verriegelte sie und drehte das Schild an der Tür auf »Geschlossen« um. Dann kam sie zu Kate zurück.

»Was ist passiert?« fragte sie.

Kate begann die Teller zu stapeln, um sie in die Küche hinunterzutragen.

»Hör auf damit!« sagte Christine energisch. »Hör endlich auf rumzuhantieren und sprich dich aus.«

»Ich muß James verlassen«, sagte Kate. »Es hat keinen Zweck mehr, daß ich bleibe. Früher oder später werde ich ihm weh tun, und das könnte ich nicht ertragen. Ich muß endlich selbständig werden, ich muß endlich allein leben. Und mich auf mich selbst besinnen.«

»Ach, Kate«, sagte Christine mit leicht gereiztem Unterton. Auch sie war eine alleinerziehende Mutter, und auch sie lebte mit einem Mann zusammen, den sie mit Nachdruck als ihren Lebensgefährten bezeichnete. Sie kannte James. Sie mochte ihn. Er wirkte wie ein loyaler Mann, und nach ihrer langjährigen Erfahrung legte Christine sehr großen Wert auf Loyalität.

»Ich bin nicht neurotisch«, meinte Kate. »Ich lasse mich nicht gehen. Nur wenn ich bliebe, würde ich mich gehenlassen.«

»Aber du hast seit Jahren nicht mehr allein gelebt.«

»Ich werde mit Joss zusammenleben. Also bin ich nicht allein.«

»Wäre das nicht nur vorübergehend?«

»Ich weiß es nicht. Ich weiß nur, daß mir keine andere Wahl bleibt.«

»Aber wenn ich dir Susies Job anbiete, müßte ich genau wissen, daß es nicht vorübergehend ist. Ich kann nicht alles über den Haufen werfen, nur weil du's dir plötzlich anders überlegst und meinst, du brauchst den Job doch nicht, weil du dich mit James wieder vertragen hast. Ich würde dich wirklich gern einstellen, weil du in jeder Hinsicht besser bist als Susie, aber du müßtest dich verpflichten, Kate. Es geht nicht anders.«

»Das würde ich tun«, antwortete Kate.

»Für ein Jahr«, sagte Christine. »Mindestens bis zur nächsten Weihnachtszeit.«

Kate schluckte. Es dürfte nicht so leicht sein, einen Job zu finden, dachte sie bedrückt, zur Strafe für mich müßte es mir sehr schwerfallen, einen neuen Job zu finden. »Danke, Christine.«

»Es ist eine sehr lange Arbeitszeit, Kate.«

»Das ist mir klar.«

»Und keine Softwarevertreter.«

Kate schüttelte den Kopf und versuchte sich ein Lächeln abzuringen.

»Wo willst du wohnen?«

»Darüber habe ich noch nicht nachgedacht.«

»Unter vierzig Pfund pro Woche wirst du noch nicht mal ein Zimmer kriegen, das ist dir doch wohl klar. Und das wird dann so eine Art Studentenbude sein. Ein absolutes Grauen.« Christine dachte an die Richmond Villa, in der sie mehrmals zu Besuch gewesen war. »Du mußt wirklich verrückt sein!«

»Kann sein«, sagte Kate, »aber ich bin wirklich lieber verrückt, als daß ich ein schlechtes Gewissen habe.«

»Warum in aller Welt solltest du ein schlechtes Gewissen haben?«

»Weil ich mich verändert habe. Aus irgendeinem Grund bin ich eine ganz andere geworden, ein Mensch, den ich überhaupt nicht mag. Und solange ich so bin, stoße ich jeden vor den Kopf.«

»Für die Wechseljahre ja wohl zu jung – oder?«

»Ja«, sagte Kate. »Ich kann nichts und niemanden dafür verantwortlich machen: Es ist ganz allein meine Schuld.«

»Und was ist mit Joss?«

Kate überlegte. »Die arme Jossie. Sie ist so an mich gewöhnt, und außerdem ist sie fast so unerträglich wie ich selbst. James wird froh sein, wenn er uns los ist.« Sie nahm die Teller und ging zur Souterraintreppe.

»Da sei dir mal nicht so sicher«, sagte Christine. Dann folgte sie Kate in die Küche hinab, wo der Koch gerade seine blauweißkarierte Arbeitshose aus- und Jeans anzog. »Schlaf noch mal drüber, Kate. Am Freitag können wir dann ausführlich reden.«

»Am Freitag geht sie mit mir aus«, warf der Koch ein. »Stimmt doch, Kate, oder? Braucht 'n bißchen was Junges, Knackiges.«

»Na, dann kommst du ja nicht in Frage, Benjie.«

»Du solltest mich sehen«, sagte der Koch, »wenn ich so richtig loslege. Und freitags leg ich immer so richtig los.« Er zog den Reißverschluß seiner Jeans hoch und griff nach seiner Lederjacke. »Verdammte Weiber. Ihr seid es, die mich in die Arme all dieser Kerle treibt. Nur ihr verdammten Weiber.« Er hielt inne, um Kate einen nach Knoblauch duftenden Kuß aufzudrücken. »Ta-ra.« Gleich darauf schlug die Souterraintür hinter ihm ins Schloß.

Eine Stunde später folgte ihm Kate die Treppe zur Straße hinauf. Sie und Christine hatten aufgeräumt, die Tische für den Abend gedeckt und dabei nicht mehr viel gesprochen; Christine hatte nur kurz von ihrem Sohn Justin erzählt, der ein so begabter Fechter war, daß er möglicherweise ins Juniorenteam von Oxfordshire aufgenommen wurde. Als Kate schließlich die

Schürze abnahm und in ihre Jacke schlüpfte, hatte Christine gesagt: »Also, jetzt denk mal ernsthaft darüber nach, und am Freitag reden wir dann.« Und Kate hatte geantwortet: »Du bist eine wirklich gute Freundin«, woraufhin Christine lächelnd gesagt hatte: »Frauen halten eben zusammen.« Dann hatten sie beide gelacht. Jetzt stieg Kate die Souterraintreppe zur Straße hinauf, hielt ihre Nase schnuppernd in die Februardämmerung hinein und verspürte unvermittelt eine gewisse Leichtigkeit des Herzens, als sei ihr eine Last von der Seele genommen.

»Verzeihung«, sagte jemand.

Kate wandte sich um. Es war ein Mann.

»Ich wollte Sie nicht erschrecken, aber ich habe hier gewartet. Auf Sie, meine ich. Ich konnte nicht in Erfahrung bringen, an welchen Tagen Sie hier arbeiten, also hab ich mich ständig hier rumgetrieben, aber immer kam nur dieses andere Mädchen, die Blondine ...«

»Susie«, sagte Kate. Im Licht der Straßenlaterne und der Beleuchtung über dem Reklameschild des Restaurants erkannte sie den jungen Mann, der mit dem höhnischen, auffallenden jungen Mädchen im Lokal gewesen war. Er trug wieder den weiten, dunklen Mantel und hatte den Kragen hochgeschlagen.

»Aha. Susie.«

»Kann ich etwas für Sie tun?« fragte Kate. »Haben Sie etwas bei uns vergessen?«

»Nein, nein. Es ist nur so, Sie waren so freundlich ...«

»Das glaube ich eigentlich nicht«, sagte Kate energisch. »Ich glaube kaum, daß ich etwas gesagt habe. Ich war viel zu verblüfft, um irgend etwas zu sagen.«

»Sie haben mich freundlich *angesehen.* Das hat mir sehr viel bedeutet. Wie Sie sich wohl vorstellen können, war mir ziemlich gräßlich zumute.«

»Nun, das freut mich«, sagte Kate. Sie zog ihre Handschuhe aus der Jackentasche und begann sie überzustreifen.

»Es ist ja nicht nur, weil Sie so freundlich waren«, fuhr der junge Mann fort. »Es ist viel mehr. Mir hat Ihr Aussehen so gut gefallen. Ehrlich. Sie gefallen mir.«

Kate wandte sich zum Gehen. »Ich muß jetzt wirklich nach Hause.«

»Bitte!« Der junge Mann streckte die Hand aus. »Sie brauchen keine Angst zu haben. Ich bin nicht verrückt. Ich bin nur nicht sehr geübt darin, so was zu tun, weil ich's noch niemals zuvor getan habe. Ich heiße Mark. Mark Hathaway. Ich leite das englische Seminar an einem Privatcollege. Alles ganz offen und ehrlich, wie Sie sehen.«

»Na schön.« Kate mußte lachen. »Guten Abend, Mark Hathaway.«

»Und Sie?«

»Kate.«

»Kate – und weiter?«

»Kate Bain«, sagte Kate.

»Darf ich Sie nach Hause bringen, Kate Bain?«

Kate zögerte. Nun, da es am Abend nicht mehr schon um halb fünf stockdunkel war, zog Leonard nicht mehr so früh die Vorhänge zu, sondern saß wie ein alter Reiher am Fenster und beobachtete die Straße.

»Ich glaube, lieber nicht.«

»Sind Sie verheiratet?«

»Nein.«

»Warum wäre es dann so schlimm, wenn ich Sie nach Hause begleiten würde?«

»Die ganze Sache hier ist mir zu zwielichtig«, antwortete Kate. »Ein ziemlich seltsames Gefühl.«

»Ich finde, es ist ein aufregendes Gefühl.«

Sie ging einen Schritt weiter. »Ich gehe jetzt. Vielen Dank für Ihr Angebot, aber ich gehe jetzt. Allein.«

Er folgte ihr. »Bitte, darf ich Sie wiedersehen? Werden Sie mit mir zu Mittag essen?«

»Ich glaube nicht . . .«

»Hören Sie . . .« Er ergriff ihren Arm. »Bitte, sehen Sie mich an. Ich bin ein anständiger Kerl, den Sie mit Ihrem Aussehen und Ihrer ganzen Art bezaubert haben. Gehen Sie mit mir Kaffee trinken, nur ein einziges Mal, und wenn es kein Erfolg ist, werde ich Sie nie wieder belästigen, Ehrenwort.«

Kate entzog ihm ihren Arm. »Nun gut«, sagte sie. »Aber nur auf einen kleinen Kaffee.«

»Am Donnerstag?«

»Ja.«

»Ich erwarte Sie vor der Tür des Golden Cross. Um Viertel nach elf.«

»Müssen Sie nicht unterrichten?«

»Doch. Aber nicht am Donnerstag um Viertel nach elf.« Damit trat er zurück, so daß das Licht einer nahen Straßenlaterne auf seinen zerzausten, dunklen Kopf fiel. »Auf Wiedersehen, Kate Bain, Miss. Bis Donnerstag.«

*

Als sie die Richmond Villa erreichte, nachdem sie zuvor noch Koteletts zum Abendessen gekauft und James' einzigen Anzug von der Reinigung abgeholt hatte (wer würde in Zukunft seinen Anzug abholen? Er selbst, natürlich. O Gott, bloß nicht darüber nachdenken), wartete Leonard schon auf sie. James war mit Hugh gekommen und auf einen Drink wieder gegangen, und Leonard konnte es kaum erwarten, ihr das Neueste zu erzählen.

»Dreimal darfst du raten ...«

»Was ist passiert?« Kate sah sich in der Küche um. Mrs. Cheng hatte Fußboden, Wasserhähne und Arbeitsflächen wie üblich blitzblank geputzt und die zahlreichen Hinterlassenschaften des Lebens, die sich hier angesammelt hatten, zu einem Berg auf dem Tisch aufgehäuft, der sie nun vorwurfsvoll anblickte.

»Rücksichtsloses gelbes Bauernweib«, schimpfte Leonard, der in dem Haufen herumstöberte. Eine kleine Lawine geöffneter Briefe glitt auf den Boden.

»So etwas darfst du nicht sagen. Nicht mal im Scherz!«

»Das stört sie nicht. Sie bewundert mich. Hat 'ne Haut wie 'n Rhinozeros. Und jetzt rate.«

Kate begann kleine Häufchen aus dem Berg wieder auf Kommode und Arbeitsplatten zu verteilen, wo sie normalerweise ihren Platz hatten.

»Ich komm nicht drauf.«

Leonard beugte sich, auf seinen Stock gestützt, zu ihr vor. Er hatte einen wundervollen Tag hinter sich: zunächst drei ganze Stunden mit Mrs. Cheng und nun diese wahrhaft köstliche kleine Klatschgeschichte.

»Die alte Schachtel Bachelor ist für Euthanasie!«

Kate hatte innegehalten, um einen Brief von Joss' Schule zu lesen, in dem ihr mitgeteilt wurde, daß man versuche, einen Schüleraustausch mit einer High School in Kiew zu organisieren, und fragte, ob man mit ihrer elterlichen Mitarbeit rechnen könne.

»Euthanasie?«

»Euthanasie, mein liebes, halbgebildetes Dummköpfchen, nennt man gemeinhin die direkte, schmerzlose Tötung unheilbar physisch oder psychisch Kranker.«

Kate blickte auf. »Weiß ich.«

»James und Hugh haben die alte Beatrice zum Tee eingeladen. Ins Randolph sogar. ›Worüber habt ihr euch unterhalten?‹ hab ich James gefragt. Und er hat geantwortet: ›Über Euthanasie. Sie ist für Euthanasie.‹«

»Na und?« fragte Kate ungerührt.

»Gar nichts und. Ich dachte nur, du hättest das gern gewußt.«

»Warum sollte ich das wissen wollen?«

»Ich dachte nur, du wärst gern über James auf dem laufenden.«

»Hör auf!« fuhr Kate ihn wütend an. »Hör sofort auf! Das habe ich nie gewollt, und ich will es auch jetzt nicht. Was James treibt, geht mich nichts an.«

Leonard zögerte. Er war zu weit gegangen. Wieder beugte er sich Kate entgegen.

»Heirate ihn«, sagte Leonard. »Er will das, und du willst es auch. Also tu's. Heirate ihn.«

Kate wandte sich ab. »Ich kann nicht.«

»Aber wieso nicht? Warum zum Teufel kannst du nicht?«

»Ich kann's nicht erklären. Du würdest es nicht verstehen.«

Leonard atmete seufzend aus. Dann hinkte er zur Tür. »Wenn das so ist«, sagte er im Hinausgehen, »solltest du gehen. Das wäre das einzig Anständige.«

*

Später am selben Abend, als sie in der Badewanne saß, während sich James am Waschbecken die Zähne putzte, sagte Kate: »Wie ich hörte, wart ihr zum Tee im Randolph.«

James spuckte aus und beugte sich nieder, um sich am kalten Hahn den Mund mit Wasser zu füllen.

»Ich habe Hugh mit Beatrice bekannt gemacht. Ich wollte ihn ablenken, und das ist mir gelungen. Ihn graust vor seinem Golfplatz.«

Mit übertriebener Gründlichkeit begann sich Kate einen Fuß zu waschen.

»Ihr habt über Euthanasie gesprochen, sagt Leonard.«

Im Spiegel über dem Waschbecken begutachtete James seine Zähne.

»Sie mögen zwar nicht alle meine eigenen sein, aber sie sehen immerhin so aus. Sehe ich aus wie einundsechzig oder wie hunderteinundsechzig?«

»Du willst mir also nicht von Miss Bachelor erzählen«, sagte Kate und wandte sich dem zweiten Fuß zu.

James drehte sich um und sah sie an.

»Was möchtest du denn wissen?«

Kate zog ein finsteres Gesicht. »Gar nichts.«

»Kate, mein Liebling«, sagte James, »ich werde dir alles erzählen, was du wissen möchtest. Das weißt du.«

»Ohne Leonard hätte ich nie was von dieser Einladung zum Tee erfahren ...«

»Ich hab dir nichts davon erzählt, weil du mir unzweideutig klargemacht hast, daß du nichts davon hören willst. An meiner Freundschaft mit Beatrice ist überhaupt nichts Verstohlenes, es sei denn deine Einstellung zu ihr. Jawohl, wir haben Tee getrunken. Jawohl, wir haben über Euthanasie gesprochen, und nun ist Hugh ganz wild begeistert von seiner Idee, eine Fernsehsendung darüber zu machen.« Er ging hinüber und ließ sich vor der Wanne auf die Knie nieder. Dann streckte er die Hand aus und berührte Kates Brust. Sie zuckte zurück.

»Katie.«

Sie schüttelte den Kopf.

»Warum denn nicht?«

Sie wandte den Kopf ab.

»Ach, Katie«, sagte James traurig und stand auf. »Ich wünschte, du würdest wenigstens mit mir sprechen.«

Kate senkte den Kopf. »Ich wünschte, ich könnte.«

»Du lachst nicht mehr. Seit Wochen hab ich dich nicht mehr lachen gehört.«

»Nein«, sagte Kate. Mit beiden Händen umklammerte sie den Schwamm, bis ihre Knöchel weißlich schimmerten. »Nein. Ich hab vergessen, wie man lacht.«

*

Der Rapswell Golf and Country Club schickte Hugh einen Wagen, einen Mercedes mit höflichem Fahrer, der Hugh schüchtern um ein Autogramm für seine Tochter bat. Hugh diskutierte erst mit Julia und dann mehrmals mit sich selbst darüber, was er anziehen sollte, und wählte schließlich einen Blazer, in dem er, wie er behauptete, wie der Moderator einer Game-Show aussah.

»Zu viele Knöpfe. Jetzt fehlt mir bloß noch ein Toupet und 'ne Rothaarige im rückenfreien Kleid.«

»Großartig siehst du aus«, sagte Julia tiefernst.

»Wo sind deine Golfschläger?« fragte George.

»Ich soll da über Golf reden, nicht selber spielen.«

»Ich würde da nicht so sicher sein, Mr. Hunter«, sagte der Fahrer später. »Die werden alle möglichen Sachen von Ihnen verlangen. Das ist 'ne ziemlich wilde Gesellschaft, da oben in Rapswell.«

Hugh schnitt ein spöttisch-entsetztes Gesicht. »Ich könnte niemals einen Golfball treffen. Nicht mal einen Wasserball könnte ich aus zwei Schritt Entfernung treffen.«

Gemütlich fuhren sie durch die nördlichen Cotswolds. Hugh, der neben dem Fahrer Platz genommen hatte, um ansprechbar zu wirken (»guter, alter Profi«, lobte er sich selbst), fühlte sich, während sie so dahinrollten, immer wohler, immer gelassener, fast so, als habe er einen richtigen Auftritt vor sich. Seine Stimmung hatte nach der außergewöhnlichen Teestunde im Randolph ohnehin eindeutig einen Aufschwung genommen, und er hatte einen großen Teil des darauffolgenden Abends damit verbracht, für einen Fernsehproduzenten, den er kannte und auf den er sich verlassen konnte, ein Memo über sein geplantes Projekt zusammenzustellen. Er hatte nicht die Absicht, Kevin McKinley anzurufen, jedenfalls nicht, bis die Sendung ausgestrahlt werden sollte und es zu spät war, sie wieder herauszunehmen, die ITC zu Rate zu ziehen und ein Nein zu riskieren. Außerdem hatte er lange über Miss Bachelor nachgedacht. Er verstand jetzt, warum James sie zu seiner Freundin erkoren hatte. Sicher konnte man über Beatrice sagen, sie sei eine typische alte Jungfer, ausgetrocknet, verstaubt, ein geschlechtsloser Bücherwurm, aber dennoch verfügte sie über eine sehr starke Anziehungskraft, die Anziehungskraft eines Menschen mit intellektuellem Selbstbewußtsein und einer Prise Originalität und Witz. »Natürlich, warum nicht?« hatte sie Hugh auf seinen Vorschlag geantwortet, im Fernsehen aufzutreten. Keine Aufregung, keine altdamenhafte Ziererei, keine Angst davor aufzufallen. »Natürlich, warum nicht?« hatte sie gesagt. Bravo, dachte Hugh, bravo, Miss Bachelor.

»Wir sind gleich da, Sir«, verkündete der Fahrer.

Durchs Fenster betrachtete Hugh die Landschaft. Anstelle der langweiligen Folge von Feldern und Bungalows sah er nun eine gepflegte Anordnung grüner Hügelchen und geschwungener, gelber Sandgruben.

»Hat Millionen gekostet«, erklärte der Fahrer stolz. »Der beste Platz in den ganzen Midlands. Allwetter-Greens, Clubhaus, Jacuzzi und Fitneßraum, was Sie wollen. Und die Bunker sind mit Sand aus Saudi-Arabien gefüllt.«

»Ist Saudi-Sand besser als unserer?«

Der Fahrer gab sich schockiert. »Aber natürlich, Sir. Eingeflogen haben sie den. Der ist nicht einfach aus Bournemouth geholt worden.«

Der Wagen bog ab, zwischen geschwungenen Mauern hindurch, die an einem Tor mit riesigen, von Löwen mit Schilden gekrönten steinernen Pfosten endeten. Steintafeln trugen die gemeißelte Aufschrift: »Rapswell Golf and Country Club. Members Only«.

»Hunderte stehen schon auf der Warteliste«, sagte der Fahrer. »Halb Birmingham will Mitglied werden.«

Der gepflegte Zufahrtsweg war von noch gepflegteren Rabatten gesäumt, letztere geschützt von einer stachelbewehrten Kette, die zwischen niedrigen, polierten Pfosten aufgehängt war.

»Sieht ganz ordentlich aus«, meinte Hugh.

»Ich sage Ihnen, Mr. Hunter«, sagte der Fahrer ehrfürchtig, »es ist einfach super.«

Vor dem Clubhaus, einem weitläufigen, mit Veranda versehenen Bau, der ohne weiteres nach Texas gepaßt hätte, warteten heftig erregt der Vorsitzende des Clubs und der gesamte Vorstand. Der Golfstar war von einer Magen-Darm-Grippe niedergeworfen worden und hatte erst vor einer Stunde abgesagt. Sie waren verzweifelt. Sie hatten jeden Ersatzmann angerufen, der ihnen einfallen wollte, aber keiner stand so kurzfristig zur Verfügung, das heißt kein so bekannter. Voller Nervosität drängten sie sich um Hugh, den sie in all ihrer Besorgnis und Enttäuschung beinah brutal hin und her zerrten.

»Na ja«, sagte Hugh, »dann werden Sie sich mit mir begnügen müssen.«

»Mr. Hunter«, begann der Vorsitzende, »verzeihen Sie, aber ...«

»Warum nicht?« Hugh lächelte ihm milde zu. »Warum nicht? Ich bin zu jeder Schandtat bereit. Ich hab in meinem ganzen

Leben noch nie Golf gespielt, aber Schauspieler bin ich seit über dreißig Jahren.« Er winkte zu den Fernsehkameras hinüber, die etwas abseits der Gruppe warteten. »Morgen, Freunde!«

Einer der Kameramänner, der ihn kannte, winkte zurück. Die Vorstandsmitglieder sahen einander an.

»Ihnen bleibt doch keine Wahl«, sagte Hugh. »Sie haben noch eine halbe Stunde bis zum Anstoß. Ich werd's schaffen, das versichere ich Ihnen, ich werde diesen Club eröffnen, wie noch nie ein Club eröffnet worden ist. Wer von Ihnen gibt mir eine kleine Golflektion, das heißt natürlich vor der Kamera? Anschließend machen wir einen Rundgang durch die gesamte Anlage. Wenn Sie wollen, aale ich mich im Jacuzzi. Mir wird schon was einfallen.« Er beugte sich vor und tätschelte dem Vorsitzenden den Arm. »Nun kommen Sie schon«, sagte er beruhigend, »haben Sie Vertrauen zu mir.«

*

George und Edward Hunter hockten in ihren dunkelblauen, rotpaspelierten Morgenröcken auf einem Sitzsack vor dem Fernseher. Normalerweise durften sie so spät nicht mehr fernsehen, heute aber wurde eine Ausnahme gemacht, weil Hugh in der »Midland Rundschau« auftreten sollte, der täglichen regionalen Nachrichtensendung. Hinter George und Edward saßen Hugh und Julia auf einem cremefarbenen Sofa. Hugh hielt ein Glas Whisky in der Hand, Julia eine Weißweinschorle.

Auf dem Bildschirm erschien eine in Stein gemeißelte Schrift: »Rapswell Golf and Country Club. Members Only.« Dann sagte eine Stimme, Hugh Hunter, der bekannte Fernsehstar, habe heute in Anwesenheit von über achthundert Zuschauern den Club eröffnet. Es folgten Bilder von einem riesigen Gebäude, von einem Raum voller Sofas, in dem eine Menge Leute mit Gläsern in der Hand herumstanden, und von einem Mädchen mit einer Unmenge Zähnen, das einen Bademantel und darunter einen Badeanzug trug. Und dann kam Hugh.

»Du hast deine Jacke ausgezogen!« stellte Edward vorwurfsvoll fest.

»Es ging nicht anders«, antwortete Hugh. »Warte nur ab.«

Sie warteten ab. Und sahen, wie Hugh von einem Mann mit grauem Schnurrbart lernte, einen Golfschläger zu halten. Sahen Hugh den Schläger schwingen, den Ball verfehlen, sich durch den Schwung wie ein Clown um sich selbst drehen, scheinbar die Kontrolle verlieren und umfallen. Sie sahen, wie er sich aufrappelte, einen neuen Versuch wagte und in den Armen einer Dame in rotem Kostüm landete, die so sehr lachen mußte, daß sie sich selbst kaum auf den Beinen zu halten vermochte. Dann sahen sie, wie er einen weiteren Golfball in eine Sandgrube schlug und von dem Mann mit dem Schnurrbart ausgeschimpft wurde, bloß daß der Mann mit dem Schnurrbart die ganze Zeit lachte und ganz und gar nicht ärgerlich wirkte. Dann sahen sie, wie Hugh, von einer Menschenmenge verfolgt, in das große Gebäude lief und in eine Art riesige Badewanne sprang, und von da an wurde die Kamera immer schneller, während Hugh, weiterhin von den vielen Leuten verfolgt, in etliche Zimmer hineinhastete und wieder herauskam, und man hörte sehr laute und sehr schnelle Musik, und plötzlich gab es einen großen Tusch, und die Kamera richtete sich auf Hugh, der hechelnd und mit verdrehten Augen in einem riesigen Sessel lag. Die Zwillinge jubelten und quietschten und fielen von ihrem Sitzsack.

»Ich muß sagen«, meinte Hugh, »ich war ein absoluter Erfolg.«

»Ich verstehe ...«

»Sie wollen, daß ich den Weihnachtsball moderiere.«

»Ich verstehe ...«

»Sie haben meine Gage verdoppelt. Für den Weihnachtsball könnte ich sie noch mal verdoppeln.«

»Ach, Hugh!« Julia ergriff seine Hand und lächelte ihm liebevoll zu.

»Vor langer Zeit, bevor du geboren wurdest, hab ich so was Ähnliches mal bei einer Pantomime in Kiderminster gemacht. Ich hatte völlig vergessen, daß ich das noch kann.« Er beugte sich zu den sich am Boden wälzenden, kichernden Zwillingen hinab. Er war unendlich glücklich. »Also, was ist – war ich komisch?«

»Ja!« schrie Edward. Er rappelte sich auf und begann im Zimmer herumzutoben. »Ich bin du, ich bin du, ich bin du!«

George schloß sich ihm an. Eine Lampe, deren Schnur sie im Vorüberlaufen mitnahmen, wackelte gefährlich auf ihrem Tisch.

»Aufhören!« rief Julia, aber sie lächelte.

»Das bist du!« schrie George, sprang in einen Sessel und verteilte die Kissen im Raum. »Das bist du in dieser Wanne!« Er warf sich auf den Rücken und strampelte mit den Beinen in der Luft.

»Erstaunlich«, sagte Hugh, der noch immer Julias Hand hielt und ihm zusah, »erstaunlich, nicht wahr, daß man sechshundert Pfund und eine Kiste Champagner bekommt, nur weil man sich haargenau so aufführt!«

»Aber die Leute haben dich geliebt, das sieht man deutlich, sie haben dich geliebt.«

Für einen Moment wandte er den Blick ab, dann trank er einen großen Schluck Whisky.

»Ja«, antwortete er. Seine Stimme klang zufrieden und zuversichtlich. »Ja, verdammt noch mal, das haben sie.«

Sechstes Kapitel

Mark Hathaway bestellte für Kate einen Cappuccino mit geriebener Schokolade auf der Schaumhaube. Er trug Jeans, einen schwarzen Pullover von undefinierbarer Eleganz und wirkte, fand Kate, wie ein französischer Filmstar. Und er wirkte jung. Seine Jugendlichkeit beunruhigte Kate; möglicherweise war er ja jünger als sie.

»Großartig sehen Sie aus«, sagte er.

»Könnten wir«, fragte Kate, »vielleicht mit einem etwas unverfänglicheren Thema beginnen?«

»Zum Beispiel?«

»Mit Einzelheiten über uns selbst.«

»Detailliert?«

»Wenn Sie wollen.«

»Gut.« Er grinste. »Einssiebenundsiebzig, siebzig Kilo. Geboren in Hereford, Mitglied im Kirchenchor der Kathedrale, Minor Public School, Oxford, Lehrerausbildung, wieder Oxford, Single. Vater tot, Mutter lebt noch, ein Bruder verheiratet mit zwei Kindern. Gehalt angemessen, Berufsaussichten dito. Ruhelos. Sie sind dran.«

Kate schluckte. »Sechsunddreißig, Single, vierzehnjährige Tochter, geboren in Oxford, Gesamtschule in Oxford, keine weitere Schulbildung, keine beruflichen Qualifikationen. Beide Eltern leben noch, aber ich sehe sie kaum, weil meine Mutter katholisch ist und es mißbilligt, daß ich seit acht Jahren mit einem Mann zusammenlebe, ihn aber nicht geheiratet habe. Zwei ältere Brüder, einer in London, einer im Norden. Ein Meter sechzig, fünfzig Kilo. Ruhelos.«

»Mann!« Mark sah sie an. Sie trank einen Schluck Kaffee und lehnte sich zurück.

»Ihnen ist natürlich klar, was mich am meisten interessiert«, sagte Mark.

»Mein Leben mit James«, sagte Kate ohne Koketterie.

»Genau. Acht Jahre. Das ist wie eine Ehe.«

»Ich weiß.«

»Warum haben Sie ihn nicht geheiratet?»

»Weil ich immer der Meinung war, es sei nicht richtig.«

»Richtig? Wie richtig? Moralisch richtig? Emotional richtig? Angemessen?«

»Alles«, antwortete Kate.

»Und das ist immer noch Ihre Meinung?«

»Im Augenblick mehr denn je.«

»Gott sei Dank!«

»Er ist sehr viel älter als ich. Fünfundzwanzig Jahre älter.«

»Du meine Güte! Wie ein Vater. Haben Sie nicht...« Er hielt inne, dann fuhr er fort: »Fehlt Ihnen nicht der Kontakt zu einem jüngeren Menschen, einem Menschen Ihres Alters?«

»Ich weiß es nicht«, sagte Kate. »Den hab ich schon lange nicht mehr gehabt. Seit acht Jahren nicht. Ich war immer nur mit James zusammen.«

»Darf ich fragen, ob Sie ihn lieben?«

»Ich habe ihn geliebt.«

»Und nun?«

»Jetzt dürfen Sie nicht weiterfragen«, sagte Kate. »Ich kenne Sie ja gar nicht.«

»Dann werde ich Ihnen von mir erzählen, damit Sie mich kennenlernen. Darf ich?«

Sie sah ihn an. Er lächelte, aber sein Blick war besorgt, beinahe flehend.

»Na schön.«

»Eigentlich will ich gar nicht unterrichten«, erzählte Mark, »aber ich möchte auch nicht aus Oxford weg, und Sie wissen ja, wie Oxford ist, wie tyrannisch und bis obenhin vollgestopft mit Bildung. Ich hab ein kleines Haus in Osney, von dem ich zwei Zimmer vermiete, und ich hab einen ganz angenehmen Job. Das junge Mädchen, mit dem Sie mich gesehen haben, war eine Sache der Hormone, nicht des Herzens – ich habe mich fast noch nie verliebt, nur einmal vielleicht, vor einigen Jahren.

Ich mag Jazz, Kino und Kochen, und jetzt mag ich rothaarige Frauen.«

Kate lächelte ihm zu. »Ich kann leider nicht mit Ihnen gleichziehen. Einen so hübschen kleinen Katalog wie Sie habe ich nicht.«

»Das wäre mir auch nicht recht. Ich möchte lieber selbst alles herausfinden. Mit der Zeit.« Er warf einen Blick auf seine Uhr. »Die mir leider jetzt davonläuft.« Er sah sie an. »Am Montag arbeite ich nur halbtags. Darf ich Sie am Montag wiedersehen? Hab ich den Kaffeetest bestanden?«

Sie zögerte. Er stand auf und zog seinen Mantel an, dann beugte er sich einen Augenblick zu ihr hinab.

»Kommen Sie«, sagte Mark, »nun kommen Sie schon, Kate. Nehmen Sie die Finger aus den Ohren und lauschen Sie auf den Ruf der Wildnis!«

*

Kate nahm den Bus nach North Oxford. Seit mehr als einer Woche war sie nicht mehr im Mansfield House gewesen, und dieses Versäumnis belastete ihr Gewissen. Außerdem hatte sie das Gefühl, Mansfield House werde ihr den Kopf wieder zurechtrücken, sie wieder auf den rechten Weg bringen, indem es ihr vertraute Schemata und Prioritäten in Erinnerung rief. Und sie würde mit Helen reden.

Daß Helen wundervoll war, verstand sich von selbst. Als starker Mensch, unermüdlich und lebhaft, nötigte sie allen, die ihr helfen wollten, Bewunderung ab, doch auf jene, die sie nicht bewundern wollten, wirkte sie einschüchternd. Sie selbst hatte keine Kinder, und ihre Ehe war angesichts der Anforderungen, die die Dinge stellten, für die sie sich einsetzte, in die Brüche gegangen; daher ihre Überzeugung, daß die Männer einer Beziehung, die von ihnen verlangte, ihren Teil des Vertrags zu erfüllen, einfach nicht gewachsen waren. Da sie sexuell jedoch sehr rege war, ging eine ganze Reihe von Liebhabern durch ihre Hände, zumeist wesentlich jüngere Liebhaber, von denen sie, solange sie die Nummer eins waren, sprachlose Bewunderung und Zustimmung erwarten konnte, doch keiner von ihnen vermochte sich lange zu halten. Wenn wieder einmal einer von ihr fortgeschickt worden war, lungerte er in der Hoffnung, Helen zu begegnen, zumeist noch eine Zeitlang ums Mansfield House herum oder lauerte Kate oder irgendeiner Bewohnerin auf, um sich zu erkundigen, ob sie ihm, äh, wohl ein bißchen auf die Sprünge helfen und ihm sagen könnte, was eigentlich schiefgelaufen sei. Dabei hatte Kate gelernt, daß es, so hart es auch sein mochte, auf lange Sicht das beste war, die Wahrheit zu sagen.

»Tut mir leid, Matt, aber sie hat die Nase voll von Ihnen.«

»*Die Nase voll* – von mir?«

»Jawohl.«

»Aber sie hat niemals die Nase voll!«

»Nicht vom Mansfield House, nicht von ihrer Arbeit.«

»Nur von mir ...«

»Ja, Matt. Nur von Ihnen.«

»Und wenn ich mir einen Job suche?«

»Das würde nichts ändern. Wenn sie von jemandem die Nase voll hat, ist es aus.«

»Das soll wohl heißen, die Nase voll von Männern. Von *Weibern* hat sie niemals die Nase voll ...«

»Nein.«

»Dann ist sie 'ne verdammte Lesbe!«

»Nein.«

»Ich geb's auf.«

»Ja, das sollten Sie. Das müssen Sie sogar tun. Geben Sie auf und verschwinden Sie.«

Kate hatte Helen schätzen gelernt. Sie war eine Frau, die stets die Führerrolle übernahm und sehr ungern auf andere hörte. Kate wiederum hatte nichts dagegen, ihr zu folgen, Befehle entgegenzunehmen, stellvertretender Befehlshaber zu sein. Wenigstens hatte sie fünf Jahre lang nichts dagegen gehabt. Schließlich genoß sie den großen Vorteil, beim Betreten des Mansfield House zu wissen, daß sie es am Ende des Tages wieder verlassen konnte; und genau dieses Bewußtsein hatte

Kate das Gefühl vermittelt, sooft wie möglich dort sein zu müssen. Außerdem war dies eine Arbeit, in der sie gut war; sie war gelassen, niemals herrschsüchtig und sehr geduldig, wenn es darum ging, die Frauen dazu zu bringen, das Haus selbständig zu führen, damit sie wieder lernten, ihr Leben in die eigenen Hände zu nehmen.

»Du weißt ja nicht, wie das ist«, sagten die Frauen immer wieder. »Du weißt ja nicht, was für ein Gefühl das ist, so wenig von sich selbst zu halten, daß man sich vom Leben nichts Besseres erhofft, als wieder von einem Mann mißhandelt zu werden.«

Das wußte sie natürlich nicht. Was konnte eine Frau, die mit dem höflichen, warmherzigen James zusammenlebte, schon davon wissen, wie es war, mit so starken Minderwertigkeitsgefühlen, mit einer so gräßlichen Furcht zu leben?

»Es war immer eine Erleichterung, wenn er mich schlug«, hatte eine Frau zu ihr gesagt, »weil dann wenigstens die Angst vor den Schlägen vorüber war. Das Warten, das war immer das schlimmste.«

Kate war niemals geschlagen worden. Auch Helen war niemals geschlagen worden. »Und eben deshalb«, sagte Helen zu Kate, »müssen wir diesen Frauen helfen.« Kate hatte ihr immer zugestimmt, nein, mehr noch, sie hatte immer das Gefühl gehabt, daß sie dankbar sein mußte, die Gelegenheit zum Helfen zu haben. Nun aber ... Nun, da sie im Bus saß, der sich die Woodstock Road entlangquälte, empfand sie Widerwillen anstelle von Zustimmung und Dankbarkeit. Nicht, daß ihr die mißhandelten Frauen nicht mehr leid taten oder daß sie nicht mehr erkannte, wie wundervoll James war; es war nur so, daß sie beides nicht mehr so richtig zu empfinden vermochte. Ich kann meinen Verstand einfach nicht mehr dazu bringen, dachte sie bei sich, und auch meine Gefühle nicht. Ich hab doch nicht etwa Angst – oder? Ich hab doch keine Angst, Helen zu helfen? Ich glaube nicht. Aber vor dem Alter hab ich auf einmal Angst, sogar eine furchtbare Angst. Obwohl ich wirklich nicht weiß, warum. Ich weiß nur, daß diese Angst mich von James entfernt.

Der Bus hielt kurz vor Ende der St. Margaret's Road. Kate stieg aus und blieb an diesem späten Vormittag einen Augenblick auf dem unwirtlichen Bürgersteig stehen. Sie war erfüllt von einem irrationalen Neid auf die anderen Fahrgäste im Bus, die gemütlich weiter nach Norden ihrem langweiligen, aber behüteten Leben zurollten, das nicht von Verwirrungen und Ängsten geschüttelt wurde. Ein scharfer Wind ließ Kies und Müll um Kates Knöchel tanzen. Sie dachte an Mark. Mark war zweiunddreißig. Vor vier Jahren war sie auch zweiunddreißig gewesen, und als sie zweiunddreißig war, war sie glücklich gewesen. O Gott, dachte sie jetzt, du jammernde Kuh, du verwöhnte, jammernde Kuh! Energisch schwang sie sich ihre Tasche über die Schulter und machte sich auf den Weg zum Mansfield House.

Im Mansfield House war der Teufel los. Ein Ehemann, ein kleiner, blasser Ehemann, dem ein flüchtiger Betrachter nicht einmal zugetraut hätte, einer Fliege etwas zuleide zu tun, hatte die Gelegenheit, daß die Haustür irrtümlich offenstand, beim Schopf ergriffen und wollte seine Frau zurückholen. Gefunden hatte er sie in ihrem Schlafraum, den sie mit ihren Kindern und einer weiteren Familie teilte, in dem sie in dem Moment aber, damit beschäftigt, die Betten zu machen, zufällig mit einem Kleinkind allein war. Anfangs hatte er gebettelt, dann geschrien, und sie hatte zwar seinen Bitten widerstehen können, nicht aber seinem Geschrei und war schließlich gerettet worden, als er die schluchzende Frau die Treppe hinabzerrte. Zu dritt hatten ihn die Frauen von ihr wegziehen und zur Haustür hinausbugsieren müssen, und alle Kinder im Haus waren aus ihren Zimmern gekommen, um das Theater zu beobachten, das ihnen so vertraut und so verhaßt war, und einer der kleinen Söhne des Ehemanns hatte in seiner qualvollen Verwirrung sogar versucht, mit seinem Vater zu gehen, und den Aufruhr dadurch noch verdoppelt.

Als Kate im Mansfield House eintraf, saß der Ehemann draußen auf dem Bürgersteig und rief nach seinem Sohn. »Komm zu Daddy, Paul, komm zu Daddy! Daddy kümmert sich um dich,

Paul, Daddy liebt dich, Paul!« Kate war über ihn hinweggetreten.

»Scheißweib!« sagte der Mann.

Drinnen wimmelte es von erregten Frauen. Niemand vermochte Helen zu finden.

»Kate!« rief jemand. Alle wandten sich ihr zu. Sie blickte auf. Sie stand in der Diele unmittelbar hinter der Haustür und blickte auf diese Masse von Gesichtern, diese Masse weinender, verzweifelter Gesichter. Der Lärm wuchs immer weiter.

»Kate!« riefen sie. Dann schien die Masse vorwärtszudrängen, als wollte sie die Treppe herunterwogen und sie mit ihrer Verzweiflung, ihrer gierigen Abhängigkeit, ihrem Lärm und ihrer hilflosen Gebrochenheit überschwemmen. Sie trat einen Schritt zurück.

»Kate! Gott sei Dank, daß du gekommen bist! Ach, Kate . . .«

Sie streckte die Hand nach hinten aus, um nach dem Türknauf zu tasten, drehte ihn, zog die Tür auf und floh die Treppe hinunter auf den Bürgersteig, wo sie fast über den Ehemann stolperte, der dort immer noch auf seine Frau wartete. Dann lief sie los.

Der Mann sah ihr nach. »Scheißweib!« schrie er laut.

*

Beatrice Bachelor saß in Leonards Zimmer im Korbsessel. Joss hatte sie mitgebracht. Joss war zu ihr in die Cardigan Street gekommen und hatte ihr erklärt, daß Leonard sie geschickt habe, sie zu holen.

»Wie ist dein Onkel denn so?« hatte sich Beatrice erkundigt.

»Er ist nicht mein Onkel.«

»Also, wie«, fragte Beatrice und zahlte Joss ihre Haarspalterei heim, »ist der Onkel des Liebhabers deiner Mutter denn so?«

»Dünn«, antwortete Joss. »Alt.«

»Und was die Persönlichkeit betrifft?«

»Keine Ahnung«, behauptete Joss. »Alt. Ein bißchen verrückt.«

»Wie abgedroschen! Und deine Konversation ist genauso abgedroschen. Äußerst borniert.«

Joss sah zu, wie Beatrice ihr Kopftuch knotete. Irgendwie machte es ihr nichts aus, wenn Beatrice sie so scharf tadelte, obwohl sie sich nicht vorstellen konnte, warum. Sie streichelte Cat, den Kater, der sich mit Krallen wie Rasiermesser an ihre Knie klammerte.

»Au!« sagte Joss.

»Es ist diese Trägheit des Verstandes, mit der ich nicht zurechtkomme«, sagte Beatrice. »Die Art, wie du dein Hirn einfach so mit raushängender Zunge rumfaulenzen läßt.«

Joss grinste. »Aber immerhin bringt Sie das in Wallung.«

»Wenn du dir ein so tiefhängendes Ziel setzen mußt, hast du es allerdings erreicht ...«

»He, nicht böse sein!« sagte Joss und schmiegte ihre Wange an Cats breitgestreiften Kopf. »Böse sein können Sie mit Onkel Leonard. Der liebt Streitgespräche.«

Leonard hegte nicht die geringste Absicht, sich mit Beatrice zu streiten. Er wollte sie vielmehr inspizieren. Er konnte sich nicht vorstellen, was für ein Mensch sie war, nachdem sie eine derartige Woge der Unruhe in der Richmond Villa ausgelöst hatte. Also bat er James, einen Kuchen zu holen, und versuchte Joss zu überreden, ein paar Sandwiches herzurichten.

»Mach sie doch selber.«

»Faule Göre! Wozu sind denn die Weiber da?«

Mühsam humpelte er in die Küche, fabrizierte eine krümelige, butterschmierige Masse und schaffte es, seine Jacke mit Marmelade zu bekleckern. Seine Sandwiches sahen aus wie ein Zelt, das über einer Menge Menschen zusammengebrochen war. Auch auf der Unterseite des Tellers klebte Marmelade.

»Verflixtes Kochen«, schimpfte Leonard, als er das Produkt seiner Bemühungen die Treppe hinauftrug.

»Haben Sie das Brot zuerst geschnitten oder bestrichen?« fragte Beatrice Bachelor, die ihren Rhombus von Sandwich betrachtete.

»Mal so, mal so«, antwortete Leonard. Und grinste sie an.

Eine Augenweide war sie nicht, soviel stand fest, und war es wohl auch nie gewesen. Sex mit ihr war vermutlich so, als ginge man mit 'nem Sack Golfschläger ins Bett. Leonards Erfahrungen mit dem Sex waren äußerst begrenzt, doch je älter er wurde, desto fester glaubte er daran, daß alles, was er sich wünschte, tatsächlich stattgefunden hatte – all die Abenteuer mit großbusigen Weibern, die wohlgeformte Beine und rauchige Stimmen hatten und genau wußten, wo's langging. Als er das letzte Mal mit der Eisenbahn gefahren war, hatte ihm gegenüber so eine gesessen, in ein dunkelblaues Kostüm mit Goldknöpfen gezwängt, das jeden Augenblick bersten zu wollen schien. Während der ganzen Fahrt hatte sie in einer Ausgabe von *Reader's Digest* gelesen und aus einer glänzenden Plastiktüte Milchschokoladentaler gegessen, während Leonard sie mit den Blicken verschlang und sie sich in ihrem Korsett mit Strapsen vorstellte. Beatrice würde niemals ein Korsett tragen.

»Ich hatte gehofft, Miss Bain kennenzulernen«, sagte Beatrice.

»Die ist zu ihrem Frauenhaus gefahren. Kommt wahrscheinlich erst zum Abendessen zurück.«

»Frauenhaus?«

»Für mißhandelte Frauen. Da hört sie denen zu. Und setzt die Kinder aufs Klo.«

»Wie lieb von ihr.«

Leonard versuchte in ein Sandwich zu beißen. Die Marmelade quoll zu beiden Seiten heraus und tropfte in kleinen, dunklen Klecksen auf seine Hose.

»Wissen Sie, daß sie James nicht heiraten will?«

»Sollte sie denn?«

Leonard runzelte die Stirn. »'türlich.«

»Weil das anständiger ist?«

»Nein«, sagte Leonard, der sich mit einem schmuddeligen Taschentuch die Hosenbeine rieb. »Nein. Weil sich die beiden nicht entspannen können, solange sie's nicht tun.«

»Ach so«, sagte Beatrice, lehnte sich bequem zurück und musterte Leonard. In ihren Augen ähnelte er einer Karikatur von Ronald Searle. »Ich bin noch nie verheiratet gewesen. Und Sie?«

»Niemals!«

»Dann verstehen wir alle beide vermutlich nicht viel davon.«

Leonard zeigte ein schwaches Grinsen. »Und wovon verstehen Sie etwas?«

»Vom Alter«, antwortete Beatrice.

Verblüfft schaute er sie an. Dann beugte er sich vor. »Und was halten Sie davon?«

Beatrice trank einen Schluck Tee. »Ich halte das Alter für heimtückisch.«

»Gar nichts, was vielleicht dafür spräche?«

»Nur sehr wenig.«

Leonard sank in sich zusammen. »Ich weiß«, sagte er. »Absolut scheußlich. Macht mir sogar manchmal Angst.« Er musterte sie. »Deswegen wollte ich, daß Sie kommen.«

Beatrice wartete. Sie beobachtete, wie sein Mund einen Moment lautlos arbeitete, und war dann überhaupt nicht erstaunt, als er sagte: »Ich möchte mit Ihnen über die Euthanasie reden.«

*

Später lauerte Leonard Kate in der Küche auf. Kate war gelaufen, endlos gelaufen, quer über die Port Meadow in ihrer düsteren, spätwinterlichen Trostlosigkeit, und war, als sie nach Hause kam, müde und gereizt. »Rate mal, wer zum Tee bei mir war«, sagte er.

»Die Queen«, antwortete Kate, die sich fragte, ob sie es schaffen würde, ein halbes Pfund Hackfleisch zu einem Essen zu verarbeiten, das a) für vier Personen ausreichen und b) alle davon überzeugen würde, es sei nicht wieder mal nur Hackfleisch.

»Nein.«

»Der Papst«, sagte Kate. »Marilyn Monroe.«

»Ziemlich warm«, antwortete Leonard. »Beatrice Bachelor.«

»Du gibst nie auf, nicht wahr?« fragte Kate müde. »Du gibst nie auf.«

»Die Sache ist die«, erklärte Leonard und beugte sich vor, »daß es nichts gibt, womit man sie aus der Fassung bringt. Gar nichts. Komische Alte. War mal Schulmeisterin.«

»Ich weiß.«

»Aber wieso in Teufels Namen regst du dich darüber auf, daß James zu einer komischen Alten freundlich ist?«

Kate sah ihn an.

»Eben deswegen«, antwortete sie.

*

James war von Natur aus nicht vertrauensselig. Zwar war er immer aufrichtig, neigte aber nicht dazu, viel von sich selbst zu erzählen. In seiner Freundschaft mit Hugh war immer er es gewesen, der zuhörte, bis auf sehr seltene Ausnahmen, wie etwa dem Tod seiner Frau, als er das Gefühl gehabt hatte, sehr oft und immer wieder von denselben Dingen sprechen zu müssen. Und so hatte er nun, völlig verwirrt und unglücklich über Kates Verhalten, überhaupt nicht viel zu sagen, nicht einmal zu Hugh. Was gab es da auch zu sagen, außer, daß er verwirrt und unglücklich war und daß er glaubte, Kate gehe es ebenso? Der einzige Mensch, mit dem er reden wollte, war Kate, und die wollte oder konnte nicht mit ihm reden. Sie fehlte ihm sehr. Er lag neben ihr im Bett und saß ihr gegenüber am Tisch, und sie fehlte ihm sehr.

»Ich liebe dich«, hatte er zu ihr gesagt und sie an einer Zimmertür aufzuhalten versucht. »Ich liebe dich. Ist das denn keine Beruhigung für dich? Ist das denn nicht genug für dich?«

Die Traurigkeit umhüllte James wie ein kaltes Tuch. Manchmal dachte er, es sei schlimmer als Traurigkeit, es sei Trauer. Und doch glaubte er, während er seine Artikel schrieb, seine Schüler unterrichtete, seinen täglichen Anteil häuslicher Pflichten erledigte, mit Leonard sprach und mit Joss zu sprechen versuchte, daß dieses Tuch nur für ihn sichtbar sei. Daher war es eine große Überraschung für ihn, als Hugh zu ihm in die Richmond Villa kam. Er ging mit ihm ins Arbeitszimmer.

Hugh strahlte. Er wanderte auf James' grünem Teppich auf

und ab und erzählte ihm von Rapswell und von seinem immensen Erfolg. Als nächstes stehe die Eröffnung eines Supermarktes bevor und gleich anschließend ein Fitneßcenter. Es sei alles einfach fabelhaft.

»Und nun ...«, sagte Hugh und blieb vor James stehen.

»Was?«

»Du.«

James wartete.

»Ich möchte, daß du mir hilfst, James. Ich brauche deine Hilfe bei diesem Euthanasieprojekt. Mein Produzent ist begeistert. Absolut begeistert. Beatrice ist einverstanden, im Fernsehen zu sprechen, und die Anwälte haben grünes Licht gegeben. Und rate mal, wer sonst noch. Rate, wer mich gestern angerufen hat!«

»Sag's mir.«

»Leonard.«

»Leonard?«

Hugh grinste. »Er ist bekehrt, behauptet er.«

»Der will doch bloß ins Fernsehen.«

»Ist das wichtig? Wirst du mir helfen? Wirst du Beatrice überreden, noch weiterzugehen? Andere Leute aufzutreiben, am liebsten einen Arzt?«

»Warum fragst du mich?« sagte James. »Das tust du doch sonst nicht. Warum diesmal?«

Hugh musterte ihn. Steckte beide Hände in die Taschen. »Weil Arbeit immer der beste Trost ist.«

»Ich brauche keinen Trost«, sagte James.

»Wirklich nicht?«

»Mir geht's gut.«

»Also, wenn dich die Sache nicht interessiert ...«

»Selbstverständlich interessiert sie mich. Es ist ein ... ein faszinierendes Thema ...«

»Freundschaft muß von beiden Seiten gepflegt werden, James. Man muß nehmen, aber auch geben. Es würde mir nützen, wenn ich dich dabeihätte, und es würde dir nützen, wenn du mit mir zusammenarbeiten würdest – und Kate.«

»Kate.«

Eine Weile herrschte Schweigen. Dann sagte Hugh: »Nun komm schon, Kumpel. Mach mit! Was hast du schon zu verlieren?«

*

Mark Hathaways Haus in Osney wirkte auf Kate bezaubernd, von einem fröhlichen Charme erfüllt. Es lag in der West Street an einem schmalen Kanal, und gegenüber am anderen Ufer dieses Kanals erstreckte sich bis zur St. Frideswide's Church eine dreieckige Rasenfläche. Alle Abmessungen des Hauses erschienen ihr so winzig, als sei es für Kinder entworfen. Mark hatte sich im ersten Stock eine Wohnung eingerichtet, während die beiden Erdgeschoßzimmer an indische Studenten aus Edinburgh und an ein junges Mädchen vermietet waren, das für ein Architektenteam in Oxford arbeitete.

Aus den beiden Schlafräumen hatte Mark ein Zimmer gemacht. Als Kate es betrat, schien von allen Seiten Licht hereinzuströmen und auf die schlichten, neuen, modernen Möbel, die leuchtendbunten Teppiche und die Bronzebüste eines Mannes zu fallen, der eine amerikanische Baseballmütze trug.

»Robespierre«, erklärte Mark. »Auf dem Markt für einen Zehner erstanden.«

An den Wänden hingen Poster von David Hockney, anspruchsvolle, düstere Schwarzweißfotos von Straßenszenen und Szenen mit menschlichen Gliedern, und alle Bücher standen in Regalen, die aussahen wie Käfige aus scharlachrot gestrichenem Stahl.

»Gefällt es Ihnen?« fragte Mark.

»O ja!« Langsam drehte sie sich um, genoß den Anblick der bunten lateinamerikanischen Stickereien, des glänzenden Holzbodens, sog die luftige Atmosphäre ein. »O ja, es ist bezaubernd. Hier kann man atmen.«

Es ist wie auf einem Balkon, dachte Kate, oder einem Schiff. Sie wanderte umher, berührte Stuhllehnen und Kissen und staunte.

»Es ist alles so hell.«

»Das kommt, weil wir im ersten Stock sind.«

»Ich hab noch nie ein Haus eingerichtet.« Das wurde Kate urplötzlich klar. »Nicht so wie das hier, meine ich, richtig von Grund auf. Immer hab ich die Sachen von anderen Leuten übernommen. Es schien mir nicht so wichtig zu sein . . .« Sie hielt inne und griff nach einem indianischen Kerzenhalter aus gebogenem Messing. »Es muß wundervoll sein, etwas zu haben, das man genauso einrichten kann, wie man es will, damit es einem ganz gehört.«

»Das ist es«, sagte er, während er sie aufmerksam beobachtete.

Kate stellte den Leuchter hin. »Das Dumme ist, ich bin zu chaotisch. Ich verbreite immer ein furchtbares Durcheinander. James . . .« Sie zögerte einen Moment, dann fuhr sie fort: »James hat mir einen Teller geschenkt mit der Aufschrift: ›Nur langweilige Frauen sind ordentlich.‹ Wenn ich jemals etwas Eigenes gehabt hätte – vielleicht wäre ich dann ordentlicher, würde ich ordentlicher sein wollen.«

»Wo haben Sie vor James gewohnt?«

»In einer Wohnung, zusammen mit vier anderen. Wir haben da nie etwas verändert.«

»Und warum nicht?«

»Weil es unwichtig war«, antwortete Kate. »Jedenfalls damals. Es schien keine Rolle zu spielen. Wichtig war ganz allein Joss . . .«

»Joss?«

»Meine Tochter. Ich hatte einen Freund aus Kanada. Als ich ihm mitteilte, daß ich schwanger sei, hat er Fersengeld gegeben.«

»Zu unterschiedlichen Zeiten im Leben sind unterschiedliche Dinge wichtig«, sagte Mark. »Meinen Sie nicht?«

Sie sah ihn an. »Als ich Joss bekam, war ich zweiundzwanzig.«

»Na schön, ich bin jünger als Sie, aber ich habe schon zehn Jahre Freiheit mehr als Sie hinter mir.«

»Ohne Joss könnte ich nicht mehr leben . . .«

»Das glaub ich Ihnen. Ich meine ja auch nur, daß Sie früher oder später ein Recht auf Ihre Freiheit haben.«

»Ein Recht«, wiederholte Kate. »Freiheit.« Sie nahm ein pinkscharlachfarbenes, mit groben Wollvögeln besticktes Kissen und drückte es an sich. »Dieses Zimmer wirkt frei.«

»Das ist es.«

»Manchmal«, sagte Kate, »manchmal ist man so zugepflastert mit Menschen, daß man keine Luft mehr kriegt. Ich hab immer gedacht, den Menschen zuhören, ihnen helfen, ist das mindeste, was man tun kann, das allermindeste, das heißt, wenn man selber okay ist. Im Augenblick aber ...« Ihre Stimme verklang. Sie schmiegte die Wange an das Kissen in ihren Armen.

»Wie gesagt ...«, Mark beobachtete sie, »... es gibt unterschiedliche Stadien. Man bleibt nicht ewig derselbe Mensch. Schließlich ist der Mensch organisch.« Er kam zu ihr herüber. »Man braucht die Dinge nicht immer einfach hinzunehmen, wissen Sie, man muß sie nicht demütig akzeptieren. Man kann zur handelnden Person werden, ein jeder hat das Recht, über sein Leben selbst zu bestimmen. Sechsunddreißig ist noch nicht alt. Und bestimmt nicht zu spät für einen neuen Anfang.«

Kate seufzte. Sie ließ das Kissen los und legte es zu seinen Kameraden auf das niedrige Sofa.

»Ich möchte mit Ihnen ins Bett gehen«, sagte Mark.

»Jetzt?«

»Ja, am liebsten.«

Sie starrte ihn an. Ihr absoluter Mangel an Koketterie bezauberte ihn.

»Ich werde keine Ansprüche auf Sie erheben«, sagte er. »Ich werde mich nicht zu den Menschen gesellen, die Sie zupflastern.« Er machte eine Armbewegung, die den Raum umfaßte. »Hier ist der Beweis: mein Leben, meine Identität.« Er streckte beide Hände nach ihr aus. Und er lachte.

»Komm mit«, sagte er zu Kate. »Wir werden bestimmt viel Spaß aneinander haben.«

Sie schüttelte den Kopf.

»Nein.«

»Mögen Sie mich nicht?«

Sie zögerte. O ja, sie verspürte schon ein gewisses Verlangen, aber sie wußte, daß es keine Wollust war.

»Doch, ich finde Sie attraktiv«, antwortete sie dann. »Ehrlich. Aber ...«

»Noch nicht?«

»Vielleicht.«

Er wandte sich ab, ballte die Fäuste. »Eine abgrundtiefe Enttäuschung.«

»Haben Sie mich deswegen hierher eingeladen?«

»Zum Teil«, sagte er, noch immer mit dem Rücken zu ihr. »Und weil ich wollte, daß Sie sehen, wie ich wohne.«

»Ich find's wundervoll. Und ich finde, daß Sie ... sich glücklich schätzen können.«

Er schüttelte sich ein wenig und drehte sich zu ihr um.

»Was möchten Sie denn statt dessen tun?«

»Mir den Rest von Osney ansehen.«

»Das dauert höchstens zehn Minuten.«

»In Ordnung«, sagte Kate. Sie fühlte sich unbehaglich, wollte möglichst schnell fort.

»Wissen Sie, was?« schlug Mark vor. »Sie machen einen kleinen Spaziergang, und ich mache Tee. Wenn Sie zurückkommen, wird der Tee fertig sein.«

»Wunderbar«, sagte Kate. »Großartig. Vielen Dank.«

Sie stieg die Treppe hinab. Unten im Flur sprach der indische Jungakademiker mit seinem starken schottischen Akzent in das Gemeinschaftstelefon. Kate drückte sich an ihm vorbei und trat auf die Straße hinaus, die Straße, die über ein ganzes Stück so reizvoll am Wasser entlangführte. Auf dem Wasser schwammen ein Teichhuhn und ein Bläßhuhn, und auf dem Rasendreieck am anderen Ufer lagen ein paar Schneeflocken. Auch Bäume standen dort.

Mit steigender Begeisterung und ungläubigem Staunen wanderte Kate durch Osneys fünf Sträßchen. Wie kommt es, fragte sie sich, daß ich mein ganzes Leben in Oxford verbracht und doch nicht gewußt habe, daß es gleich hinter dem Bahnhof diesen kleinen, von Wasser umgebenen Ort gibt, diese Gassen, in denen dicht an dicht Cottages aus Backstein und bemaltem Verputz stehen, mit ihrer irgendwie unverkennbar ausländischen

Atmosphäre, eine Insel von ganz eigenem Charakter, durch die stillen, olivgrünen Barrieren von Fluß und Kanal vor den Schulen und Fabriken der Umgebung geschützt? Sie kam an ein paar Pubs vorbei, einem geschlossenen Antiquitätenladen, einem kleinen Supermarkt, einem Milchmann, der mit seinem Wagen vorübertuckerte, und in den Vorderfenstern der Häuser, die direkt auf den schmalen Bürgersteig hinausgingen, standen Grünpflanzen, riesige Muscheln und ganze Herden von Tieren aus Messing und Porzellan. In der South Street winkte ihr ein Kind aus einem der oberen Fenster zu, in der East Street sah sie einen Mann, der einen Vogelkäfig und einen Brotlaib trug, und in der Swan Street, einer winzigen Sackgasse, an deren Ende eine weiße Brücke über das Wasser führte, begegnete sie einer exotischen Frau mit Brokathut, die einen fetten, flauschig-weißen Chow-Chow an einer purpurroten Lederleine führte. Strahlend kehrte Kate zur West Street zurück.

»Es ist so zauberhaft! Ich hatte ja keine Ahnung, daß es so zauberhaft ist!«

Mark hatte chinesischen Tee in einer Kanne mit Bambusgriff aufgegossen.

»Verglichen mit Jericho ist es hier wie in einer anderen Welt«, schwärmte Kate. »Das Wasser, das Licht, die Atmosphäre! In Jericho kann man nicht atmen . . .«

»Ich muß mich bei Ihnen entschuldigen«, sagte Mark und reichte ihr einen schmalen schwarzen Becher voll Tee.

»Vergessen Sie's.«

»Nein«, sagte er. »Ich hätte Sie nicht bitten dürfen, mit mir zu schlafen. Noch nicht. Und ich hätte nicht so reagieren dürfen, als Sie sich weigerten.«

»Schon gut«, sagte Kate. Ihr Blick wanderte zum Westfenster, zum Wasser und dem weißgesichtigen Bläßhuhn, das dort schwamm.

»Das Dumme ist . . .« Marks Stimme wurde leiser, ». . . ich habe furchtbare Angst, zurückgewiesen zu werden. Deswegen überstürze ich alles und kann's nicht ertragen, wenn ich mein Ziel nicht erreiche.«

»Ich habe Sie nicht zurückgewiesen«, sagte Kate, »ich habe Sie nur auf später vertröstet.«

»Ich weiß, ich weiß. Ich mache Ihnen ja auch keinen Vorwurf. Nur mir selbst mache ich Vorwürfe.«

Kate trank einen Schluck Tee.

»Lassen Sie's gut sein«, sagte sie. Seit Wochen hatte sie sich nicht mehr so wohl gefühlt. »Sehr guter Tee.«

»Werden Sie wiederkommen?«

»Selbstverständlich.«

Sie trat ans Ostfenster. Hinter den beiden winzigen Gärten war die Rückseite der Häuser in der Bridge Street zu sehen, und genau gegenüber, an einem Fenster im ersten Stock, hängte eine junge Frau Gardinen auf.

»Kommen Sie her, Mark«, sagte Kate. »Sehen Sie doch!«

Er kam und stellte sich neben sie. Kate zeigte zu der Frau hinüber.

»Ich wünschte«, sagte Kate unvermittelt, »ich wünschte, das da wäre ich.«

Siebentes Kapitel

Helen hatte es immer abgelehnt, sich im Mansfield House ein Büro einzurichten. Einer ihrer Grundsätze lautete, das Haus sei nicht nur das Heim der Bewohnerinnen, sondern falle auch in deren demokratische Verantwortung, deswegen solle es keinen besonderen Raum geben, in den sie mit ihren Problemen kommen könnten. »Ein Büro hindert die Frauen daran, selbständig zu handeln«, erklärte sie, »und das macht sie anfällig für die verführerische Methode, die Verantwortung weiterzuschieben.« Wenn sie sich im Mansfield House aufhielt, war sie gewöhnlich in der Küche, wo sie garantiert niemand allein antraf.

Es war eine große Küche, im rückwärtigen Flügel des Hauses gelegen, der in den verwilderten Garten ragte. An einer Wand waren die verschiedensten Kochgeräte nebeneinander aufgereiht, in der Mitte stand ein riesiger Tisch, und eine große Flügeltür aus Glas, deren unterer Teil bis in ein Meter Höhe mit Fingerabdrücken verschmiert war, führte auf ein Rechteck aus groben Pflastersteinen hinaus, auf dem ein einsamer schwarzer, vom Winterregen triefender Grill stand. Die Küche war eigentlich niemals leer, denn sie erfüllte alle Funktionen eines Gemeinschaftsraums.

Als Mrs. Cheng ins Mansfield House floh, hatte diese Küche sie eingeschüchtert. Der Brauch, ja, man könnte fast sagen, der »Stammesbrauch«, alles miteinander zu teilen, vom Kaffeepulver bis zu den Kindern, der Lärm, der unordentliche Tisch mit den überquellenden Aschenbechern und die niemals ausgefegten Ecken erfüllten sie mit Schrecken und verwirrten sie. Nachdem sie stets in einer streng, ja geradezu brutal kontrollierten Familienhierarchie über einer Garküche an der Iffley Road gelebt hatte, trieb sie anfangs im Meer dieser quirligen, formlosen Gemeinschaft hilflos umher. Das Putzen der Küche wurde zum Rettungsanker für sie, zu einer Planke, an die sie sich in den ersten paar Wochen klammerte, während sie sich fragte, ob sie nicht die eine Hölle gegen die nächste, wenn auch völlig andere eingetauscht habe.

»Laß nur«, sagten die anderen Frauen zu ihr, wenn sie energisch den Boden um ihre Füße herum schrubbte. »Hör doch auf. Laß das. Uns macht es nichts aus.«

Es war Kate, die begriff, was die Küche für Mrs. Cheng bedeutete, die erkannte, daß die fremdartigen Sitten ihres neuen Lebens für sie Gefahren bargen, die ihr fast so schrecklich erschienen wie die systematische Gewalttätigkeit ihres alten. Aus der Garküche war sie geflohen (indem sie vorgab, nach nebenan zum Zeitungsstand zu gehen und eine Wettzeitung für ihren Mann zu kaufen, dessen einzige Lektüre dieses Blatt war), weil sie fest überzeugt war, sonst binnen kurzem ganz einfach umgebracht zu werden. Ins Mansfield House war sie gegangen, weil sie einen Monat zuvor, als sie im Stadtzentrum an einer Bushaltestelle stand, ein zerrissenes, handgedrucktes Plakat des Frauenhauses gelesen hatte, das einfach über den glasgeschützten Fahrplan geklebt worden war. Diese beiden Entscheidungen hatten fast ihre ganze Kraft gekostet und ihr zugleich jedes Identitätsgefühl genommen. Indem sie die Küche des Frauenhauses so ordentlich und sauber hielt wie früher die Garküche und die Zimmer darüber, versuchte sie, eine vertraute Funktion übernehmend, sich verzweifelt ins Gedächtnis zu rufen, wer sie war.

Bevor Mrs. Cheng mit ihrem Schrubben und Polieren das ganze Mansfield House in den Wahnsinn trieb, bot Kate ihr die Möglichkeit, ihre unbändige Energie der Richmond Villa zugute kommen zu lassen. Es war kurz nach Leonards Einzug, und das Haus hatte sich bis dahin weder an seine Gegenwart gewöhnt noch an seine deprimierenden Unterhemden und -hosen im Wäschekorb, seine Mäkeleien über das Essen und seinen penetranten, beißenden Altersgeruch.

»Ich brauche Sie«, sagte Kate zu Mrs. Cheng, »ich brauche Ihre Hilfe. Jeder einzelne in diesem Haus verlangt etwas anderes, und damit werde ich nicht allein fertig.«

Natürlich war Mrs. Cheng auch zuvor schon gebraucht worden, aber als Sklavin und nicht als Mensch. Da sie keine Kinder hatte – einer der Gründe, die ihr Ehemann vorschob, um sie zu verprügeln –, lagen ihre Fürsorge-Instinkte brach. Anspruchsvoll wie ein verwöhntes Kind forderte Leonard diese sofort ein, im Grund aber war es Kate, die sie brauchte, Kate, die, wie Mrs. Cheng zu ihrem Erstaunen erkannte, dringend Unterstützung benötigte.

Außerdem wurde sie von Kate bezahlt. In ihrem ganzen über vierzigjährigen Leben war Mrs. Cheng niemals auch nur ein Penny für ihre Arbeit bezahlt worden. Den ersten Lohn von Kate trug sie eine Woche lang mit sich herum, fassungslos, selig und voll Angst, daß jemand ihn ihr wegnehmen könnte. James gelang es mit der Zeit, ihr behutsam zu erklären, wie man mit einem Sparkonto umging, aber auch nur, weil er es ihr als eine Möglichkeit schilderte, ihren Hamstervorrat in Sicherheit zu bringen. Ihre ersten Banknoten über den Schaltertisch der Sparkasse zu schieben, fiel ihr entsetzlich schwer. Denn wer garantierte ihr, daß sie sie jemals wiedersehen würde?

»Sie brauchen bloß zu fragen«, sagte das junge Mädchen lächelnd.

Mrs. Cheng streckte die Hand aus. »Geben«, sagte sie.

Das junge Mädchen gab Mrs. Cheng die Banknoten zurück. Mrs. Cheng hielt sie lange in der Hand, betrachtete sie und kämpfte mit sich. Dann schob sie sie wieder unter der Glasscheibe hindurch.

»Sie behalten«, wies sie das junge Mädchen an. »Sie heben sicher auf.«

Fünf Jahre später hätte Mrs. Chengs früheres Ich sie kaum wiedererkannt. Sie verfügte über ein eigenes Zimmer, einen soliden Sparbetrag (Sparen war zu ihrer Leidenschaft geworden) und die Begabung, mit Onkel Leonard umzugehen. Sie ging aufrecht, statt zu huschen, hatte ein wenig zugenommen und war Mitglied einer chinesischen Frauengruppe, die sich regelmäßig mittwochs und sonnabends traf. Das einzige, was sich nicht verändert hatte, war die Inbrunst ihrer Gefühle für Kate.

Kates gegenwärtige seelische Verfassung lastete wie ein Gewicht auf Mrs. Cheng. Wenn sie Kates Lebensbedingungen betrachtete, war es ihr völlig unverständlich, warum sie so litt, aber das tat ihrem Mitgefühl keinen Abbruch. Anfangs, als sich die Veränderung in Kate bemerkbar zu machen begann, hatte Mrs. Cheng ihr zu helfen versucht, indem sie die Richmond Villa noch eifriger putzte, schwere Möbelstücke von der Stelle rückte, um dahinter staubzuwischen, Fenster wienerte, durch die niemand sah, und die Toiletten mit so viel Chlorbleiche scheuerte, daß es im Haus wie in einem öffentlichen Schwimmbad roch. Doch blieben diese Bemühungen nicht nur unbemerkt – es sei denn, von Joss und Leonard, die sich bitter über die blitzblanke Ordnung in ihren Zimmern beschwerten –, sondern Kates Zustand schien sich dadurch auch nicht zu bessern. Nach einiger Zeit entschied Mrs. Cheng, daß etwas geschehen, eine ganz andere Methode angewandt werden müsse. Also ging sie ins Mansfield House, um Helen zu suchen und ihr, so gut sie es vermochte, klarzumachen, daß es Kate ... nun ja, nicht *gut*gehe.

Helen saß mit einem Kind auf den Knien am Küchentisch. Das Kind malte eifrig mit einem Filzschreiber auf einer alten Zeitung. Es keuchte beim Malen, seine Finger waren blau und grün verschmiert.

»Allein reden«, sagte Mrs. Cheng zu Helen.

»He«, antwortete Helen, »du kennst die Regeln.« Dabei tätschelte sie den Hocker neben sich. »Setz dich und erzähl.«

Mrs. Cheng bewunderte Helen, war aber nie so richtig warm mit ihr geworden. Dafür war Helen zu wuchtig, zu bunt in ihren auffallenden Bauernkleidern mit dem grellfarbigen Schmuck, zu ausholend in ihren Gesten und Manieren.

»Nein«, sagte Mrs. Cheng. »Kate.«

»Kate?«

Mrs. Cheng nickte. Helen blickte zu ihr hoch. Das Frauenhaus war ziemlich schockiert gewesen, als Kate ein paar Tage zuvor so plötzlich hinausgestürzt war. »Die war ja richtig in Panik«, hatte jemand gesagt, »als könnte sie's einfach nicht mehr aushalten.« In einer Wolke von Jasminöl erhob sich Helen und deponierte das Kind auf dem Stuhl, auf dem sie zuvor selbst gesessen hatte.

»Okay«, sagte sie zu Mrs. Cheng, »wir setzen uns draußen in meinen Wagen.«

*

»Ich habe einiges mit dir zu besprechen«, erklärte Helen. Sie hatte Kate zu einer französischen Zwiebelsuppe in einem Bistro bei der Markthalle eingeladen. Kate schien ihre Suppe nicht essen zu wollen, sondern schob die Croûtons darin herum wie ein Kind, das in der Badewanne mit Entchen spielt.

»Ich will«, begann Helen, »daß du aufhörst, dich so schuldig zu fühlen.«

Kate fand einen Zwiebelring und steckte ihren Löffel hindurch.

»Und ich will, daß du deine Suppe ißt.«

Kate knabberte an dem Zwiebelring.

»Hör zu«, sagte Helen. Sie stützte unter lautem Geklirr ihrer Armreifen die Ellbogen auf den Tisch und faltete die Hände. »Die Beziehung zwischen Mann und Frau befindet sich in einer Übergangsphase. Wir haben noch einen langen Weg vor uns, und immer, wenn die Dinge im Umbruch sind, haben die Menschen Angst und verlieren den Mut. Die Meinungen gehen weit auseinander. Viele ziehen sich auf den Status quo zurück, weil er, auch wenn sie ihn nicht mögen, wenigstens etwas ist, das sie kennen.«

Kate wartete. Aus langer Erfahrung wußte sie, daß man Helen ausreden lassen mußte, damit sie schneller zum springenden Punkt kam. Kate aß einen weiteren Zwiebelring und einen winzigen Bissen von einem Croûton.

»Ich glaube«, fuhr Helen fort, »daß deine Beziehung zu James an ein natürliches Ende gelangt ist. Und da James diese Tatsache nicht wahrhaben will, redet er sich ein, du hättest einfach eine sonderbare Phase, und sobald du wieder vernünftig wärst, würde alles wieder so sein wie zuvor. Du selbst willst aber auch nicht wahrhaben, daß es zu Ende ist, also suchst du Zuflucht in Schuldgefühlen. Da er dich weder verprügelt noch vergewaltigt oder seelisch grausam behandelt hat, fällst du in das uralte Klischeedenken zurück und hältst dich allein für schuldig, weil du keinen triftigen Grund hast, ihn zu verlassen.«

Kate griff zu ihrem Glas Mineralwasser und trank langsam, nachdenklich einen Schluck.

»Zumeist«, fuhr Helen fort, »ist es so, daß Frauen viel mehr in Beziehungen sehen als Männer. Aber aus ebendiesem Grund finden die Männer die Ehe oft weit einfacher als die Frauen, und das Verhältnis zwischen dir und James ist letztlich in allem, bis auf die Bezeichnung, eine Ehe. Tatsache ist, daß du einfach zuviel von dir gegeben hast, Kate. Du bist seelisch ausgelaugt. Wenn du bleibst, wird das Ganze nur noch schlimmer werden, und du wirst echten Schaden nehmen.«

Sie verstummte und begann hastig ihre Suppe zu essen. Kate merkte, daß es nun an ihr war, etwas zu sagen.

»Ich kümmere mich gern um andere Leute«, sagte sie lahm. »Wenigstens war das bis jetzt so.«

»Selbstverständlich. Genau darauf will ich ja hinaus. Du hast viel zuviel gegeben, und jetzt mußt du dafür bezahlen.«

»Aber James hat nie etwas von mir verlangt. Und er kümmert sich auch um mich.«

»Meine Güte.« Helen strich reichlich Butter auf ein Stück Weißbrot. »Du kannst tatsächlich nicht klar denken.«

»Doch, das kann ich. Ich bin traurig, aber klar denken kann ich immer noch.«

»Und was willst du jetzt anfangen?«

Kate zögerte. Helen lehnte sich zurück und beobachtete sie.

»Na?«

»Ich hab zwei Zimmer in Osney gefunden.«

Helen schwieg. Sie schob die Ärmel ihres grellbunten peruanischen Pullovers hoch, schüttelte sich die leopardengefleckten Plastikkämme aus den dicken, dunklen Haaren und steckte sie in einem leicht veränderten Winkel gleich anschließend wieder hinein.

»Hör zu, Kate. Gibt es einen anderen Mann?«

Kate schob ihre Suppe von sich. »Ich kenne einen Mann, aber ich bin nicht in ihn verliebt. Ich bin nur ein bißchen in die Art verliebt, wie er wohnt, wo er wohnt.«

»Mit Osney kannst du nicht viel falsch machen . . .«

»Sei nicht so ironisch«, sagte Kate auf einmal gereizt.

»Du könntest jederzeit im Mansfield House wohnen . . .«

»Nein, danke. Ich werde ganztags bei Christine arbeiten und in der Swan Street wohnen.«

»Mit Joss?«

»Selbstverständlich mit Joss!«

Helen musterte sie aufmerksam. »Dann werden wir dich im Mansfield House wohl nicht mehr so häufig zu sehen kriegen, wie?«

»Vorerst nicht. Jedenfalls nicht, bis ich mich weniger . . .« Sie hielt inne. Sie wollte Helen nichts von der Veränderung ihrer Gefühle für James erzählen, ihrem Zurückscheuen vor ihm.

Helen wartete. Kate schwieg. Nach einer Weile nahm Helen ihren riesigen bestickten Beutel vom Fußboden auf und tätschelte Kates Hand.

»Du tust genau das Richtige. Irgendwann muß man aufhören, sich selbst anzutreiben und zu tyrannisieren, denn ein anderer wird einem das nicht abnehmen.«

Kate sah sie offen an.

»Genau«, sagte sie.

*

Im Mansfield House saß eine Fremde in der Küche, eine blonde, gepflegte Fremde mit Brille, die erklärte, sie heiße Julia Hunter.

»Ich bin mit Kate Bain befreundet«, sagte sie.

»Sind Sie deswegen gekommen?« erkundigte sich Helen. Julia wirkte zutiefst und gefährlich konventionell auf sie, genau jene Art Frau, die Kate drängen würde, James zu heiraten, statt ihn zu verlassen.

»Nein«, antwortete Julia lächelnd, »aber von Kate wußte ich, wohin ich mich wenden muß. Ich arbeite für Midland Television.« Sie wartete einen Moment, dann fuhr sie mit einem Anflug bescheidenen Stolzes fort: »Wir produzieren eine Reihe mit dem Titel ›Night Life‹, für die ich Interviews mache.«

Alle Frauen in der Küche hörten auf, in ihren Töpfen zu rühren und wütend ihre Kinder anzuzischen. Alle sahen zu Helen und Julia hinüber.

»Fernsehen«, sagte jemand. Alle Blicke, mit denen ihre Kleidung taxiert worden war, richteten sich nun auf ihr Gesicht, während Julia ihre innere Panik – und ihr Mitleid – kaschierte, Mitleid angesichts des Unterschieds zwischen den Kindern in der Küche und ihren Zwillingen George und Edward, die ungefährdet und fröhlich an der Osterfeier ihres erstklassigen Kindergartens teilnahmen.

»Das Ziel unserer Sendereihe ist es«, erklärte Julia so behutsam wie möglich, »über all die Menschen zu berichten, deren Leben weitergeht, wenn die konventionelleren Leute von der Arbeit nach Hause gehen, weil bis zum folgenden Morgen alles für sie ruht.«

Irgend jemand lachte.

»Hier gibt's verdammt noch mal niemals Ruhe.«

»Woll'n Sie uns etwa beim Kinderbaden filmen?«

»Genau dann geht's mit dem Telefon los, nach sechs ...«

»Werden wir dafür bezahlt?« Helen musteret Julia kühl. »Wir haben hier alle kein Einkommen. Wir können es uns nicht leisten, irgend etwas umsonst zu tun, obwohl wir die Publicity gut gebrauchen könnten.«

Julia wollte entgegnen, das müsse ihr Produzent entscheiden, brachte dann aber nur ein »Selbstverständlich« heraus.

»Okay«, sagte Helen. Sie deutete auf die Frauen, die in der Küche standen. »Reden wir. Diskutieren wir darüber.«

*

Sehr viel später brachte Helen Julia zu ihrem Wagen. Während sie Julia zuhörte, hatte sich ihre Meinung ein wenig geändert: Sie hielt sie nicht mehr für eine Undercover-Agentin der Polizei, sondern begann Julias Nutzen für das Frauenhaus zu sehen.

»Sie kennen Kate, sagten Sie?« erkundigte sich Helen jetzt.

»Ja«, antwortete Julia, »unsere Männer sind seit Ewigkeiten eng befreundet.«

Helen musterte sie. Julia sah sogar noch jünger aus als Kate, obwohl das natürlich an ihren hellen, kindlichen Farben liegen mochte.

»Noch eine ...«

»Wie bitte?«

»Noch eine Kindfrau.«

Julia kramte die Wagenschlüssel aus ihrer Tasche. In ihren Augen hatte Hugh nicht die geringste Ähnlichkeit mit James, und ihre Gleichaltrigkeit war eher nebensächlich. So pflegte James sich zum Beispiel seit Jahren nicht mehr richtig, und das sah man ihm an.

»Eine impertinente und unnötige Bemerkung.«

»Wirklich?« meinte Helen gelassen.

Julia steckte den Schlüssel in die Autotür und drehte ihn um. Diese Helen, so voluminös, bohemienhaft und selbstsicher, war genau die Art Frau, an der Kate sich nicht störte, ja, die sie vielleicht sogar mochte. Julia schluckte. Vielleicht konnte man eine so fabelhafte Einrichtung wie das Mansfield House gar nicht leiten, wenn man nicht sehr bestimmend und berechnend war. Sie schenkte Helen das schönste Lächeln, das sie zustande brachte.

»Ich melde mich, wenn ich die Einzelheiten habe«, sagte sie über das Autodach hinweg.

»Und das Geld«, ergänzte Helen.

Sie sah Julias Wagen nach. Interessant. Was veranlaßte manche Frauen, sich Männer zu suchen, die ihre Väter sein konnten? Hat es vielleicht, fragte sich Helen, als sie die Treppenstufen zur Haustür wieder hinaufstieg, etwas damit zu tun, daß Frauen wie

Kate, wie diese Julia Hunter hoffen, sich dadurch immer als junge Mädchen fühlen zu können?

*

Julia holte die Zwillinge von ihrer Party ab. Sie waren hochrot vor Erregung, ihre Hemden waren, höchst unansehnlich, aus den Hosen gerutscht, und sie umklammerten bunte Tüten, auf denen Osterhasen mit knallgelbem Fell und großen Karnickelzähnen prangten.

»Mann!« schrie George, als er Julia sah.

»Ich hoffe, die beiden waren artig«, sagte sie besorgt zu Frederica MacBride, der Leiterin des Kindergartens. »Vollkommen«, antwortete Frederica, die das zu allen Müttern sagte, um ihnen nachdrücklich klarzumachen, daß bei *ihr* kein Kind je unartig war. Julia kniete nieder, um Edwards Hemd in die Hose zu stopfen, während er auf und ab hopste und ihr die Ostertüte über den Kopf schlug.

»Genug«, sagte Julia ruhig und sah ihn an.

Er stieß einen lauten Seufzer aus und ließ die Ostertüte sinken.

»Mann!« schrie George abermals und kam auf sie zugerannt. Julia schenkte auch ihm einen strengen Blick. »Mann«, sagte George ein wenig leiser, und dann flüsternd: »Mann!«

Auf der Heimfahrt fragte Julia die beiden, was sie auf der Party gespielt und was sie gegessen hätten. Würstchen und Kuchen, erklärten sie, und gespielt hätten sie die »Reise nach Jerusalem«, und dann hätten sie Ostereier gesucht. Sie erkundigte sich, ob ihnen die Party Spaß gemacht hätte, und sie antworteten ja. Dann stellte sie ihnen noch eine Menge weiterer Fragen, und sie antworteten mit »Ja, ja, ja«, weil sie in Wirklichkeit damit beschäftigt waren, sich trotz der Behinderung durch ihre Kindergurte und obwohl sie mit ihren großen blauen Augen den Rückspiegel fixierten, um zu sehen, ob Julia sie beobachtete, Hosen und Strumpfhosen auszuziehen. Als sie im Church Cottage ankamen, waren sie wieder einigermaßen bekleidet und merkwürdig zufrieden. Julia erlöste sie von ihren Sicherheitsgurten, und die beiden stürmten ins Haus, wo Hugh mit dem

Telefonhörer am Ohr, in den er hineinredete und -lachte, in der Küche umherwanderte. Er trug Jeans und ein pinkfarbenes Hemd mit aufgerollten Ärmeln, er rauchte, und seine Haare waren zerzaust. Als Julia hereinkam und ihn so selbstsicher und glücklich sah, stieg eine Woge von Liebe in ihr auf, gefolgt von dem angenehmen inneren Schweregefühl, das der Hoffnung entsprang, er werde später mit ihr schlafen.

Mit einer Hand versuchte Hugh erfolglos die Zwillinge abzuwehren. »Ich muß aufhören, die Bande ist wieder zu Hause. Sicher, sicher. Wunderbar. Also alles startklar? Schön. Ciao.« Er legte den Telefonhörer auf und griff sich die Jungens.

»He du, verbrenn mich nicht!« rief Edward und wich betont Hughs Zigarette aus.

»Tu ich aber, wenn ich's will.« Hugh gab ihm einen Kuß. »Ich tu alles, was ich will. Ich bin der Vater.«

Er warf einen Blick zu Julia hinüber. Ihre verstohlene Erregung war unverkennbar. Die Zwillinge immer noch auf dem Arm, ging er zu ihr und beugte sich vor, um ihr einen Kuß zu geben.

»Irgendwas, das mir gefallen könnte?«

Sie errötete und lachte.

»Aber Hugh ...«

»War's schön heute?« fragte er sie, immer noch dicht vor ihrem Gesicht.

»O ja. Die Frauen in Kates Frauenhaus sind einverstanden, sich filmen zu lassen. Es wird von einer höchst einschüchternden Frau geleitet, einer von diesen herrschsüchtigen, unabhängigen Frauen, die Männer für bedauernswert halten, aber es wird ein großartiger Stoff fürs Fernsehen.«

»Hast du mit ihr über Kate gesprochen?«

»Runter!« verlangte Edward energisch. Er löste sich von Hugh und rutschte zu Boden.

»Ich auch!« rief George und folgte ihm.

»Nein. Hätte ich das tun sollen?«

»James macht sich große Sorgen. Es scheint Kate gar nicht gutzugehen. Sie ist so in sich gekehrt.«

»Ach, du liebe Zeit«, sagte Julia, dachte dabei aber nicht an Kate. »War . . . war das ein positiver Anruf?«

»War es. Es ging um die endgültige Budgetkalkulation für die Sendung. Alles innerhalb des Limits.«

»Das ist gut . . .«

Hugh beugte sich zum Tisch hinüber und drückte seine Zigarette in einem mit einem blauen Hahn bemalten Aschenbecher aus, den sie im Urlaub in Portugal gekauft hatten. Dann nahm er Julia die Brille ab und zog sie in seine Arme.

»Gehe ich recht in der Annahme«, flüsterte er ihr ins Haar, »daß du kein Wort von dem hörst, was ich sage?«

Sie stieß ein leises Kichern aus.

»Weil du, nicht wahr, nur noch überlegst, wie lange du brauchst, die Zwillinge ins Bett zu bringen, damit ich . . .« Seine Hände wanderten an ihrem Rücken hinab zum Po.

»Hör auf!« sagte sie freudig erregt und wand sich.

Er schob ihr die Hand zwischen die Beine. ». . . damit ich dich endlich zu mir ins Bett kriege und dir die Seele aus dem Leib bumse?«

»Was?« fragte George.

»Mummy die Seele aus dem Leib bumse«, antwortete Hugh im leichten Gesprächston.

»Aber *Hugh*!« rief Julia, bezaubert und entgeistert.

»Ich kann Mummys Schlüpfer sehen!« verkündete George.

»Wirklich?« Edward hastete herbei.

Sie starrten neugierig hin.

»Ein schwarzer«, sagte Edward zu George.

Julia machte sich los und zog den Rock herunter. Sie war rot geworden und lachte.

Hugh blickte an sich selbst hinab. Er grinste. Dann sah er wieder Julia an.

»Nun komm schon«, sagte er, »diese beiden werden jetzt gleich das schnellste Bad des Jahrhunderts nehmen. Dabei kann ich wenigstens gebückt stehen.«

*

Joss lag in der frühen Frühlingsdämmerung auf ihrem Bett. Zum erstenmal in ihrem Leben war sie möglicherweise sehr nahe daran, wenigstens ein bißchen glücklich zu sein. Und da das ein Gefühl war, an das sie nicht gewöhnt war und das zu schätzen sie bislang eher abgelehnt hatte (da es ja weitaus cooler war, deprimiert zu sein), wußte sie nichts Rechtes damit anzufangen und lag im halbdunklen Zimmer, ausnahmsweise ohne Musik, um dieses Gefühl ein klein wenig zu genießen.

Das Seltsame, das wirklich Absurde, Sonderbare war, daß der Beginn, der erste Anlaß dieses wundervollen Gefühls Miss Bachelor war. Ohne Miss Bachelor hätte Garth niemals von Joss Notiz genommen, und Joss würde jetzt nicht auf ihrem Bett liegen, sich sein Gesicht vorstellen und sich schwören, nie wieder Nägel zu kauen. Als sie Miss Bachelor und ihre üblichen, gräßlichen Einkäufe nach Hause gebracht hatte, war das geschehen, wovor sie sich immer gefürchtet hatte: Einer aus ihrer Schule war aus dem Delikatessengeschäft in der Albert Street aufgetaucht, und zwar ausgerechnet dieser neue Amerikaner aus der Zehnten, dieser wirklich echt coole Boy, der aussah wie Tom Cruise. Joss wäre am liebsten im Boden versunken. Sie hätte Miss Bachelor ermorden können, um dann einfach selbst tot umzufallen, zu schrumpfen und durch ein Siel im Boden zu verschwinden.

Garth hatte im Laden ein Baguette geholt, das er wie ein Gewehr über der Schulter trug. Sekundenlang dachte Joss, er würde sie nicht sehen, und wenn doch, würde er sie nicht wiedererkennen, weil sie nur eine Schülerin von vielen aus derselben Klasse und ohnehin, wie sie ja wußte, häßlich war, ganz einfach häßlich. Aber er war vor ihnen stehengeblieben, hatte sein wunderschönes, breites, schneeweißes amerikanisches Lächeln gezeigt und gesagt: »Hi, du.«

Joss war purpurrot angelaufen. Sie konnte keinen klaren Gedanken fassen außer dem, daß sie diesen verdammten Korb mit dem Klopapier, den Keksen und den Suppendosen schleppte und daß Miss Bachelor einen braunen Mantel mit Gürtel trug, in dem sie so aussah, daß Joss sich schon schämte, auch nur neben ihr herzugehen.

»Guten Tag«, sagte Miss Bachelor.

Garths Lächeln strahlte immer noch. »Guten Tag«, antwortete er. »Darf ich dir den Korb abnehmen?« Sein amerikanischer Akzent war unüberhörbar. Joss wäre fast ohnmächtig umgefallen. Jetzt wandte er sich an Miss Bachelor. »Wir gehen in dieselbe Schule. Ich bin Garth Acheson.«

Miss Bachelor warf Joss einen Blick zu.

»Josephine?«

»Ich komm schon klar . . .«, flüsterte Joss.

»Bist du sicher?« fragte Garth.

»Das ist wirklich sehr freundlich von dir«, sagte Miss Bachelor, die Joss mit ihrem Blick durchbohrte, »aber ich glaube, Joss kann ihn schon bis zu meiner Haustür schaffen. Schließlich hat sie das schon oft getan.«

Garth streckte die Hand aus. »Dann hat's mich gefreut, Sie kennenzulernen, Ma'am.« Und zu Joss: »Bis morgen, Joss.«

Ihr Name! Er hatte ihren Namen genannt!

»Manieren hast du – wie eine streunende Katze«, sagte Miss Bachelor, als er verschwunden war. »Und zwar eine äußerst tapsige.«

Joss war das gleichgültig. Wie in Trance ging sie nach Hause, und am folgenden Tag begegnete sie Garth gleich wieder, als er aus dem Speisesaal kam. Er steuerte geradewegs auf sie zu und erklärte, er fände es großartig, daß sie der alten Lady helfe.

»Das hat mir gut an dir gefallen«, sagte er. »Wirklich sehr gut.«

Sie wagte einen winzigen Blick zu ihm empor. Er strahlte über ihr wie ein Gott.

»Und dein Stecker gefällt mir auch«, fuhr er fort. »Da steh ich drauf. Wenn man ein Mädchen mit Nasenstecker sieht, weiß man, daß man 'ne richtig ausgeflippte Schwester vor sich hat.«

»Meine Leute hassen das Ding«, sagte Joss.

»Ist doch klar«, meinte er. Dann machte er eine Pause und musterte sie mit einem langen Blick. »Du bist süß«, erklärte er und lud sie ein, mit ihm ins Kino zu gehen.

»Okay«, brachte sie mit vor Freude erstickter Stimme heraus.

Jetzt, als sie auf ihrem Bett lag, wirkte die Aussicht auf den Kinobesuch auf sie wie das Tor zum Paradies. Er war sechzehn. Sechzehn! Seit September war er an ihrer Schule und hatte noch kein Mädchen eingeladen, bis auf Sue Fingall, aber Sue Fingall wurde von allen eingeladen, die war so umwerfend, daß es kaum zählte. Jetzt hatte er sie, Joss Bain, eingeladen, und wenn sie nicht so felsenfest davon überzeugt gewesen wäre, daß sie körperlich abstoßend sei, hätte sie sich eingestehen können, daß sie glücklich war. So aber konnte sie sich nur auf diesen Abend freuen, diesen einzigen Abend, bevor er entdecken würde, wie langweilig und fies sie war, und unwiderruflich nichts mehr mit ihr würde zu tun haben wollen. Joss drehte sich auf die Seite und tastete unter dem Bett nach ihrer Schachtel mit den Zeitungsausschnitten. Sie zog sie auf den Teppich heraus und entnahm ihr die Fotos, die obenauf lagen, zwei auf beschichtetem Papier gedruckte Ausschnitte aus Zeitschriften. Sie betrachtete die jungen Mädchen auf den Fotos. Sie hatten langes, seidiges Haar und feste, geschmeidige Körper in kürzesten, eng anliegenden Kleidern. Joss seufzte. Ihr eigener Körper war nur dazu geeignet, unter Schichten von zerlöchertem Schwarz verborgen zu werden, Hemden und T-Shirts, Schicht um düstere Schicht, bis sie, wie Onkel Leonard sagte, wie eine Stadtstreicherin aussah. Panik überfiel sie. Hastig ließ sie die Fotos fallen. Der eine, einzige Abend ihres ganzen Lebens war nur noch vierundzwanzig Stunden entfernt, und sie hatte nichts *anzuziehen*!

*

Nebenan saß Leonard und wunderte sich über die Stille. Nach der Schule war sie zu ihm hereingekommen und hatte sich eher im Scherz mit ihm über den letzten Schokoladenkeks in seiner Blechdose gestritten – »Du mußt ihn mir geben, ich bin dein Gast.« »Du bist kein Gast, du bist eine Heimsuchung« –, und er hatte noch gedacht, daß sie heute ungewöhnlich hübsch aussah. Natürlich konnte niemand wirklich hübsch aussehen, der Haare wie eine Nagelbürste hatte, ständig eine finstere

Miene zog und Kanalarbeiterstiefel trug, aber dennoch fand Leonard, daß Joss ein bißchen hübscher aussah als sonst. Sogar gesagt hatte er es ihr, und sie hatte mit einem unverkennbar glücklichen Blick zu ihm aufgesehen, einem verträumten Blick, von innen her leuchtend.

Rauchte sie etwa irgendwas? Sollte ihn nicht wundern. Kate war so geistesabwesend in der letzten Zeit, daß sie für Joss so gut wie gar keine Mutter mehr war. Darüber machte sich Leonard Sorgen – genausosehr wie darüber, daß er bald kein Gebißreinigungspulver mehr haben würde, weil sich niemand im Haus mehr darum kümmerte, oder darüber, daß die Zeit zweifellos nicht mehr fern war, da seine hageren, alten Arme den Rest seines hageren, alten Körpers nicht mehr würden aus der Badewanne zu stemmen vermögen. Das einzige, was ihn im Augenblick von seinen Sorgen ablenken konnte, war das Fernsehprogramm. Es war faszinierend, seit Jahren hatte er sich für nichts mehr so sehr interessiert; aber er konnte sich auch nicht mehr erinnern, wann irgend jemand sich zuletzt so für ihn interessiert hatte, für das, was er dachte, für das, was er zu sagen hatte.

Dieser Hunter, der Freund von James, war stundenlang hier gewesen, mit Kamera und allem, was dazu gehörte, und einer Crew (deswegen waren keine Schokokekse mehr da), und zuvor hatte es endlose Diskussionen mit Beatrice und James gegeben und ein paar wundervolle Streitgespräche über Gott, für den Beatrice keine Zeit hatte, der aber, wie Leonard argwöhnte, irgendwo herumlungerte, integriert in die Struktur der Dinge, wie Cricket oder die Gesetze, eine Art Institution. Vor der Kamera hatten sie sich gestritten. Später hatte Beatrice verlangt, das müsse herausgeschnitten werden, aber Hugh hatte sie umstimmen können.

»Sie sind beide Naturtalente«, versicherte er ihnen immer wieder, »absolute Naturtalente.«

Auch mit einem Doktor redete Hugh und mit mehreren Leuten, auf die Beatrice ihn hingewiesen hatte. Erstaunlicherweise hatten sie fast keine Probleme, Leute vor die Kamera zu kriegen, nicht mal in den Altenheimen, wo sie die einleitenden

Aufnahmen machten, bei all diesen armen Alten, die dasaßen und dahinvegetierten, nach Pipi stanken und mit offenem, zahnlosem Mund auf den Fernseher starrten. Leonard erschauerte.

»Dann lieber den vergifteten Regenschirm«, hatte er vor laufender Kamera gesagt. »Zum Teufel mit den Ärzten. Ist doch schließlich *mein* Leben!«

»Sind Sie jemals dem Tode nahe gewesen?« hatte Hugh ihn gefragt. »Haben Sie vielleicht mal einen Unfall gehabt? Oder waren Sie im Krieg?«

Leonard hatte die Zähne gefletscht. »Dem Tod am nächsten bin ich jetzt. Und ich werde Ihnen was sagen. Es macht mir nichts aus, ihm ins Gesicht zu sehen, solange man mir zugesteht, daß ich den Stecker selbst rausziehe.«

»Ist das Ihr Ernst?« hatte Hugh ihn ohne Mikro gefragt.

Leonard hatte den Blick abgewandt. Er hatte sich in seine Bildschirmpersönlichkeit verliebt. »Ich meine alles ernst, was ich sage«, hatte er gemurmelt.

Dann waren die Juristen gekommen. Beatrice war wundervoll gewesen, einen anderen Ausdruck gab es nicht. Sie hatte Abschnitt 2 des Selbstmordgesetzes von 1961 zitiert und erklärt, daß sie selbst, wenn sie jetzt angeklagt würde, höchstens eine Bewährungsstrafe bekommen würde, weil sie ihrem Bruder auf sein eigenes Verlangen hin geholfen habe.

»Ich ermutige keinen Menschen, Selbstmord zu begehen«, hatte sie gesagt. »Ich setze mich nur für die Euthanasie ein.«

Früher einmal, hatte sie Leonard unter vier Augen erzählt, habe die Euthanasie-Gesellschaft eine Hilfsaktion für Möchtegern-Selbstmörder unterhalten und einen Mann mit Plastikbeutel und einer Schachtel Tabletten geschickt. Leonard hatte die Augen aufgerissen. Das hatte Hugh nicht in der Sendung haben wollen.

Leonard erhob sich aus seinem Sessel und schlich an die Wand, die das seine von Joss' Zimmer trennte. Er legte das Ohr an die Tapete. Kein Laut.

»Was zum Teufel machst du da?« erkundigte sich James von der offenen Tür her.

Leonard fuhr zusammen.

»Warum mußt du hinter Joss herspionieren?«

»Weil sie so gottverdammt ruhig ist. Kein Ton von ihrer infernalischen Musik.«

»Dafür solltest du dankbar sein.«

Leonard richtete sich auf und sah James an.

»Wo ist Kate?«

»Keine Ahnung.«

»Whisky?« fragte Leonard.

»Ich trinke viel zuviel . . .«

Leonard hinkte zu seiner Flaschensammlung hinüber.

»Reine Medizin.«

»Vorerst noch, nehme ich an.«

»Warum bist du raufgekommen?«

»Ehrlich gesagt, ich weiß es nicht«, antwortete James. »Unten war es einfach so leer.«

Leonard reichte James einen Becher.

»Verdammte Irrenanstalt«, sagte er. »Kate nie da, Joss totenstill, idiotische Woche. Was ist los?«

»Mit mir?«

»Nein.«

»Mit wem dann?«

Leonard nahm in seinem unbequemen Sessel Platz und sah James ruhig an.

»Ich verstehe«, sagte James. »Du meinst, mit Kate.«

Leonard wartete. Eine Zeitlang schwenkte James seinen Whisky im Glas, dann sagte er zögernd: »Mit Kate ist los, Leonard, daß ich auf einmal zu alt für sie geworden bin und sie nicht weiß, wie sie's mir beibringen soll.«

Achtes Kapitel

Die beiden Zimmer, die Kate in der Swan Street gefunden hatte, waren im Grunde nur anderthalb Zimmer. Sie gingen nach Norden hinaus, mit Blick auf die Gärten, die an den Kanal grenzten, und das kleinere, das schrankgroße, das Kate in Gedanken für Joss bestimmt hatte, verfügte nur über ein Fenstersegment, abgeschnitten durch eine Trennwand. Da es in diesem kleineren Zimmer höchstens Platz für ein Bett und einen Stuhl gab, hatte Mr. Winthrop unten, der Hausbesitzer, erklärt, er werde Kate für beide zusammen nur fünfundvierzig Pfund die Woche berechnen.

Mr. Winthrop hatte früher als Antiquar mit alten Landkarten und Drucken gehandelt und handelte auch heute noch ein wenig, vor allem aber reparierte er in einem winzigen, knarzenden Wintergarten auf der Rückseite des Hauses alte Uhren. Beim Arbeiten hörte er Big-Band-Musik, deren Saxophone sich mit dem heiseren Geräusch des elektrischen Heizlüfters mischten, den er, außer im Sommer, von morgens bis abends laufen ließ.

»Wer macht hier sauber?« erkundigte sich Kate bei Mr. Winthrop.

»Sie selbst«, antwortete er. »Wenn Sie Wert drauf legen.«

Andererseits waren die beiden Zimmer sehr fröhlich. Das Licht war zwar kalt, aber es gab reichlich davon, und ein früherer Mieter hatte die schrille Tapete fast ganz mit einer cremefarbenen Emulsion überpinselt. Die Möbel waren etwas schäbig, aber echt viktorianisch und solide, und es gab zwei bequeme Sessel. Kate saß in dem einen und versuchte sich Joss in dem anderen vorzustellen, während das elektrische Kaminfeuer gemütlich brannte und ein Krug mit Blumen auf dem Tisch stand. Joss alles zu erklären, war eine der beiden großen Hürden, die sie noch nehmen mußte. Die zweite war es, James zu informieren.

Mr. Winthrop sagte, er habe nichts dagegen, daß sie die Zimmer streiche und andere Gardinen aufhänge. Kate schmiedete Pläne und machte sich eine Liste. Sie stellte sich vor, wie sie mit Joss zusammen Farbe und Gardinenstoff einkaufte und sich Christines Nähmaschine auslieh. Joss konnte ihr Schrankzimmer in einer Farbe streichen, die ihr gefiel, und ihr Bett tagsüber in ein Sofa mit einem Berg indianischer Kissen verwandeln. Vielleicht würde sich Kate sogar auch einen Teppich für sie leisten und eine Messinglampe. Vielleicht würde die Lampe aber auch noch warten müssen. Kate ging zum Supermarkt in der Bridge Street und kaufte Putzzeug, einen Eimer und ein Paket blauweiße Papierwischtücher. Das Gefühl, neu anzufangen, erfüllte sie mit Begeisterung.

»Ich habe das Gefühl«, sagte sie ein bißchen verlegen zu Mark Hathaway, »daß ich endlich anfange, die Wahrheit zu sagen.«

Er erbot sich, ihr abends beim Streichen zu helfen.

»Sobald ich Joss alles erklärt habe.«

»Joss«, sagte er. Was Joss betraf, so fühlte er sich höchst unsicher. Konnte es ein größeres Hindernis für ein aufkeimendes Verhältnis geben als ein vierzehnjähriges Mädchen, ein Mädchen, das zu alt war, um es ins Bett zu schicken, und zu jung, um es in ein Oxford-College abzuschieben? »Ich hoffe, sie mag mich«, sagte er und meinte das Gegenteil.

»Selbstverständlich wird sie das«, sagte Kate. Sie musterte Mark. Äußerlich hatte er alles, was Joss bewunderte. Und garantiert würde sie seinen Geschmack, seinen modernen, frischen, modischen Geschmack mögen.

»Es ist wundervoll, daß du herziehst«, sagte Mark, »einfach wundervoll. Du siehst jetzt schon ganz anders aus, viel, viel glücklicher.«

»Das bin ich auch«, sagte Kate. Und das stimmte. Sie konnte kaum glauben, wie glücklich es sie auf eine schlichte, unkomplizierte Art und Weise machte, in der Swan Street die Fenster zu putzen und die Möbel zu polieren. Mark hatte ihr ein Poster geschenkt, die Reproduktion eines Aquarells von einem Korbsessel auf nacktem Boden vor einer Terrassentür, die sich auf eine dunstige, blaugoldene Landschaft öffnete. Kate war hingerissen davon; das Bild schien ihr ein Symbol zu sein, ein Symbol für ihr Gefühl, aus einer Art Gefangenschaft in eine Umgebung hinauszutreten, in der sie nicht nur frei war, sondern die auch ganz natürlich zu ihr paßte, zu ihrem Alter und ihrer Persönlichkeit. Nur wenn sie ernsthaft über James nachdachte, darüber, wie sein Leben ohne sie aussehen würde, verblaßte ihre gute Laune. Sie würde ihn verletzen müssen, aber, redete sie sich energisch ein, während sie den Teppich in der Swan Street ausbürstete, nicht so sehr, wie wenn ich bliebe.

*

Als sie eines Tages zu Fuß von einem ihrer verstohlenen Ausflüge in die Swan Street nach Jericho zurückkehrte, hielt ein Wagen neben ihr, und die Beifahrertür wurde geöffnet.

»Kate!« rief Julia lächelnd und lehnte sich vom Fahrersitz herüber. Statt eines Haarbands hatte sie ihre Sonnenbrille oben auf den Kopf geschoben. Kate blieb stehen und spähte in den Wagen hinein.

»Du siehst so anders aus ...«

»Kontaktlinsen«, erklärte Julia lachend. »Das neue Ich.«

»Hallo!« schrien die Zwillinge auf dem Rücksitz. »Hallo, Kate, hallo, Kate, hallo ...«

Kate lachte ihnen zu. Sie trugen gelbe Pullover. »Wie Entenküken seht ihr aus.«

»Steig ein«, sagte Julia, »ich fahr dich nach Hause.«

»Das ist nicht nötig, ehrlich, es sind nur noch zehn Minuten ...«

»Nun komm schon! Ich hab dich ewig nicht gesehen und muß dir unendlich viel erzählen.« Sie klopfte auf den Beifahrersitz. »Was machst du übrigens hier in der Hythebridge Street?«

»Einfach mal ein anderer Weg.« Mit gesenktem Kopf legte Kate den Sicherheitsgurt an.

Julia legte den Gang ein und reihte sich in den Verkehr ein. »Wir waren am Bahnhof. Nicht wahr, Jungens? Und was haben wir am Bahnhof gemacht?«

»Das Mädchen ist mit dem Zug gefahren«, antwortete George, »das blaue Mädchen. Du weißt schon.«

Julia warf Kate einen Blick zu. »Ich hab mich endlich entschlossen, eine Hilfe zu nehmen. Ich glaube, ich hab das perfekte Mädchen gefunden. Sie war sehr nett, nicht wahr, ihr beiden?«

»'n bißchen fett«, meinte Edward zweifelnd.

»Aber Dicke sind doch urgemütlich – oder?«

»Und sie hat so komische Haare.«

»Aber nicht *sehr* komisch . . .«

»Fette Haare.«

»Und einen blauen Pullover«, klärte George Kate auf.

»Und fette Haare.«

»Sie ist ein Goldstück«, sagte Julia zu Kate. »Eine Farmerstochter aus East Anglia. Ungeheuer tüchtig, mit Führerschein und allem. Sie war *soo* süß zu den Jungens! Nicht wahr, ihr beiden? Sie wird meine letzte Rettung sein, ehrlich, jetzt, wo ich immer mehr zu tun kriege und für Hugh auch alles sehr viel besser läuft. Ich meine, angenommen, die Zwillinge werden mal krank!«

Kate wandte sich um und musterte sie. Beide grinsten sie glücklich an. »Ich hab noch nie zwei Bengels gesehen, die gesünder aussahen.«

»Nein, aber nur mal angenommen. Im Kindergarten sind Windpocken aufgetaucht, Frederica ist außer sich, und meine beiden könnten die Krankheit inzwischen schon ausbrüten.«

»Überall Flecken«, piepste George mit weit aufgerissenen Augen.

»Sam hat auch Flecken, stimmt's?«

»In der Nase . . .«

»Und«, verkündete Edward ehrfürchtig, »in seinem *Po*!«

»O Gott«, stöhnte Kate. Dann zwinkerte sie ihnen zu. Sie kicherten.

»Ich hab per Annonce eine Hilfe gesucht«, erklärte Julia. »Dann hab ich die vier, die am besten klangen, zu mir bestellt, und diese war perfekt. Sandy heißt sie.«

»Sandy ist ein dämlicher Name«, sagte George verächtlich.

»Ist er nicht. Es ist ein hübscher Name. Die Abkürzung für Alexandra. Aber jetzt bist du dran, Kate. Also, was ist los?«

Bis zur Richmond Villa war es nur noch eine Minute.

»Gar nichts, verglichen mit Kontaktlinsen und Kindermädchen ...«

Julia lachte. »Ist das nicht albern? Fünfundzwanzig Jahre mit Brille, und jetzt, wo ich die Linsen hab, sage ich mir, ich muß verrückt gewesen sein, ständig diese Brille zu ertragen, aber Hugh sagt, sie fehlt ihm ...« Auf einmal klang sie richtig kokett.

Der Wagen wurde langsamer. »Kommt mit rein«, schlug Kate Julia vor und drehte sich zu den Zwillingen um. »Kommt mit rein und sagt Joss guten Tag.«

»Joss!« schrien sie unisono und zappelten in ihren Gurten. »Joss! Joss!«

»Wir sollten eigentlich nach Hause fahren«, sagte Julia. »Ich erwarte mehrere Anrufe ...«

»Nur schnell auf einen Tee?«

»Joss! Joss!«

»Na schön«, sagte Julia und schaltete den Motor aus. »Zehn Minuten. Wenn Sandy erst da ist, werd ich gar nicht mehr wissen, wohin mit all der phantastischen Freiheit!« Lächelnd sah sie die Freundin an. Ohne Brille wirkte sie außerordentlich hübsch. »Ist es nicht aufregend, wenn etwas Neues geschieht, wenn das Leben plötzlich gerade dann eine ganz neue Wendung nimmt, wenn du's am wenigsten erwartet hast?«

*

In der Richmond Villa war keine Joss. Die Küche war ebenso leer wie James' Arbeitszimmer, und im Wohnzimmer nachzusehen, hatte keinen Sinn, weil dort außer zu Weihnachten ohnehin nie jemand war. »Mein Salon«, nannte James das Zimmer. Auf dem Tisch in der Küche lagen ein paar Notizen, die mit Marmeladegläsern und Nähgarnrollen beschwert waren.

»Liebling«, hieß es auf James' Zettel, »bin mit Hugh bei seinem Anwalt. Gegen sechs zurück. Hoffe, Frauenhaus war nicht zu deprimierend.«

»Aber du warst doch gar nicht im Frauenhaus, nicht wahr?« sagte Julia, die den Zettel über Kates Schulter mitlas, verwundert. »Völlig falsche Richtung.«

»Bin im Kino«, lautete Joss' Nachricht. »Komme erst spät nach Hause.«

»Das hatte ich ganz vergessen«, sagte Kate. Sie wandte sich an die Zwillinge. »Tut mir leid, ihr beiden. Ich hatte vergessen, daß Joss sich mit ihrem neuen Freund einen Film ansehen wollte.«

»Mann!« sagte Julia. »Ein Freund!«

»Ein Amerikaner. Großartige Manieren. Ihr . . . Ihre erste Verabredung, nehme ich an.«

»Nicht zu glauben! Die kleine Joss.« Julia musterte die Zwillinge. »In zehn Jahren seid ihr dann wohl mit den Mädchen dran.«

»Kommt Joss bald?« fragte George erwartungsvoll.

»Ach, mein Liebling, es tut mir leid, aber sie kommt noch lange nicht. Ich hab's vergessen. Aber wartet, ich hole euch ein paar Kekse.«

»Sieh doch«, sagte Julia, »da ist noch ein Zettel.« Sie schob Kate einen Papierfetzen zu. Darauf stand:

»Bin zum Tee
Mit der alten B.B.
Famose Idee.
Quelle renommée!
PS: Per Taxi, olé!«

»Typisch Leonard«, sagte Kate kurz.

»Wer ist B.B.?«

Kate holte eine Dose aus dem Schrank, bückte sich und hielt sie den Zwillingen hin, damit sie sich einen Keks aussuchen konnten.

»Du weißt schon«, sagte sie, »die Heldin von Hughs neuer Sendung.«

»Ach so«, sagte Julia, »die. Die berühmte Miss Bachelor. Die muß ich unbedingt kennenlernen. Wie ist sie denn so?«

»Keine Ahnung.«

»Hast du sie denn noch nicht kennengelernt?«

»Nein.«

»Und warum nicht?«

»Es hat sich nicht ergeben.« Kate richtete sich wieder auf.

»Rosa«, stellte Edward befriedigt fest, als er die Füllung seines Kekses begutachtete.

»Tut mir leid«, sagte Kate, »nicht besonders gesund, die Dinger ...«

»Ach was, gelegentlich mal einen ist nicht weiter schlimm«, meinte Julia liebevoll. »Oder?« Sie sah sich in der Küche um. Auch abgesehen von der Unordnung machte sie einen trostlosen Eindruck, so als läge niemandem daran, sie behaglich zu machen. »Du kannst von Glück sagen, Kate, daß du deine persönlichen Interessen hast, wo die Familie so sehr mit ihren eigenen Problemen beschäftigt ist. Ehrlich gesagt, ich hatte immer gedacht, ich sei rundum glücklich als Mum und Hausfrau, aber jetzt, da mir diese neuen Chancen geboten werden, genieße ich es, ein bißchen rauszukommen. Mir tun die Frauen leid, die überhaupt nicht sie selbst sein können, dir nicht auch? Ich meine, was würdest du tun, Kate, wenn du dich richtig eingesperrt fühltest?«

*

Beim Abendessen nahm sich James insgeheim vor, Kate später beiseite zu nehmen und mit ihr über ihre Ängste zu sprechen. Er faßte diesen Entschluß ziemlich unvermittelt, weil sie so abgehärmt aussah, als sie ihm einen Teller mit einem ihrer seltsamen Currygerichte vorsetzte.

»Sehr gut«, sagte er, um sie zu ermutigen.

Onkel Leonard betrachtete seinen Teller stirnrunzelnd. Er fühlte sich wie ein Exhibitionist, weil er zum erstenmal seit über einem Jahr das Haus verlassen hatte. Überdies war es ihm gelungen, Beatrice Bachelors Schwägerin zu verärgern, indem er ihr ins Gesicht gesagt hatte, sie sehe aus wie die Gesundheit persönlich. Er schüttete sich scharfe Chilisauce über den Curry und verkündete, Joss werde in diesem Moment vermutlich in einem Parkhaus vergewaltigt.

Kate und James beachteten ihn nicht.

»Richtig hübsch sah sie aus, als sie ging«, berichtete James. »Ich hab sie gesehen.«

»Was hatte sie an?«

James überlegte. »Jeans, glaube ich. Und irgendwas Weißes? Die Gesamtwirkung war jedenfalls weit weniger düster als sonst. Und der Junge macht einen netten Eindruck.«

Kate sagte sich, sie hätte ebenfalls zu Hause sein müssen, um Joss in ihren Jeans und irgendwas Weißem zu bewundern.

»Er hat mich Sir genannt«, erzählte James. »Wirklich erstaunlich. Und er sah so sauber aus, als könnte man von ihm essen.«

»Typisch amerikanisch.«

»Eß ich nicht.« Leonard schob den Teller von sich.

James warf einen Blick darauf. »Du hast alles in flüssigem Feuer ersäuft, deswegen.«

»Kuchen. Vollgestopft mit Kuchen. Battenburg.« Er schob seinen Stuhl zurück. »Keinen Hunger mehr.«

»Dann laß es stehen.« Kate senkte den Kopf. Sie wurde von dem plötzlichen, heftigen Verlangen überfallen, in der Swan Street zu sein, weit entfernt von dieser Farce aus sinnlosem Gerede und bedeutungslosen Ritualen. Sie sah den Tisch am Fenster vor sich, den Blick an den im nachlassenden Tageslicht dunkler werdenden Gärten entlang und sehnte sich unendlich danach. Sie stieß die Gabel in den Berg Reis auf ihrem Teller; dann ließ sie sie fallen. »Ich fürchte, es schmeckt nicht besonders.«

James reichte Leonard seinen Stock.

»Du bist ein unhöflicher und undankbarer alter Mistkerl.«

»Genau das bin ich«, gab Leonard unbußfertig zurück und stemmte sich auf die Füße. »Old Beattie sagt, ich bin der typische alte Hagestolz.«

»Das ist kein Grund, auch noch stolz darauf zu sein.«

»Ha!« machte Leonard und hinkte zur Tür. Dann wandte er sich noch einmal um. »Tut mir leid«, sagte er zu Kate und schlurfte hinaus.

»Es tut mir sehr leid«, sagte auch James. »Ehrlich. Er ist einfach unausstehlich.«

Kate schüttelte den Kopf. Sie hatte furchtbare Angst, in Tränen auszubrechen. Sie wollte ihre Gabel nehmen, griff aber daneben, so daß die Gabel klappernd vom Teller rutschte und zu Boden fiel. James beugte sich über Kate und legte ihr den Arm um die Schultern.

»Julia war hier«, sagte Kate, um Zeit zu schinden. »Mit den Zwillingen. Sie hat Kontaktlinsen, und sie nehmen sich ein Kindermädchen ...«

»Komm mit«, sagte James. »Komm mit ins Arbeitszimmer. Da kannst du mir alles erzählen.«

*

»Du willst mich verlassen«, sagte er. »Nicht wahr?«

Kate saß im Drehsessel neben seinem Schreibtisch und blickte zu dem dicken, jungen Fürsten hinauf. »Ja«, antwortete sie.

James saß hinter ihr in seinem gewohnten Sessel, in dem er Zeitung zu lesen, zu unterrichten und zuweilen seinen Mittagsschlaf zu halten pflegte. »Könntest du mir erklären, warum?«

Sein Ton war vorsichtig, als müsse er sich sehr beherrschen. Kate hörte, wie er aufstand, dann hörte sie das Zischen von Gas, als er das Kaminfeuer anmachte, und das weiche Ploppen der entzündeten Flammen. »Sag's mir, Kate«, bat er sie. »Dreh dich um und sag's mir ehrlich.«

Sie schwang den Sessel herum. Er stand leicht gebeugt am Kamin und wartete.

»Ich habe mich verändert«, erklärte Kate.

»Ich frage mich«, erwiderte er, kehrte zu seinem Sessel zurück und setzte sich so, daß er ihr sein Profil zukehrte. »Ich frage mich, wer von uns sich verändert hat, du oder ich. Mir ist der Gedanke gekommen, daß ich zu alt für dich geworden bin. Ich meine ...« er blickte zu ihr hinüber, »... es ist wirklich nicht sehr lustig für dich, mit einem über sechzigjährigen Mann und einem schwierigen Greis zusammenzuleben. Ich hab mir gedacht, daß du hier vielleicht nicht mehr am richtigen Platz bist. Und Joss auch nicht.«

Kate schluckte. Nun, da James so nett zu ihr war, konnte sie ihm unmöglich alles erklären. Fast ohne es zu wollen, sagte sie: »Ich hab's so satt, ständig anderen Menschen zu helfen.«

»Ich weiß.«

»Wirklich?« Unvermittelt war Kate gereizt. »Wirklich? Mir scheint, daß intelligente Menschen wie du immer wieder den Fehler machen, zu denken, daß dumme Menschen wie ich weit dümmer seien, als wir wirklich sind.«

»So überheblich bin ich nun auch wieder nicht«, sagte er mit Nachdruck.

Kate antwortete nicht. Sie stellte die Füße auf den Sessel und schlang die Arme um ihre Knie.

»Liegt es an der Ordnung, die wir dir alle aufzwingen?« fragte James. »Sind es die Ansprüche? Sind es ...« Er hielt einen Moment inne, dann fragte er: »Hast du dich in einen anderen verliebt?«

»Nein«, sagte Kate.

»Bestimmt nicht?«

»Nur in ein Zimmer. Ich habe mich in ein Zimmer verliebt. Und ich möchte darin wohnen, weit weg von hier.«

»Ich verstehe«, sagte James. Er beugte sich vor. »Könnten wir uns über das Alter unterhalten?«

»Ich möchte niemandem weh tun«, sagte Kate. »Ich möchte keinen Schaden anrichten. Deswegen muß ich fort.«

»Fürchtest du, daß du mich später mal pflegen mußt?«

Sie senkte den Blick.

»Liebst du mich?« fragte James. »Liebst du mich noch, wenigstens ein bißchen?«

Sie blickte auf. »Ich weiß es nicht. Ich habe Angst vor dir.«

»Du hast Angst vor dir selbst«, sagte er. »Du siehst in mir, was du einmal werden wirst, und davor hast du Angst.«

»Aber dadurch wird es doch nicht weniger real für mich! Gefühle kann man nicht einfach wegreden!« rief sie.

Einen Moment verbarg er sein Gesicht in beiden Händen. »Ach, Katie«, sagte er leise.

Sie ließ ihre Knie los und packte die Armlehnen des Sessels. »Ich weiß, du hältst mich für verrückt und grausam und egoistisch. Aber du weißt doch, nicht wahr, wie es ist, wenn man das Gefühl hat, irgend etwas unbedingt tun zu müssen, ganz einfach ... ganz einfach, um sich selbst zu retten? Auch wenn man einem anderen damit weh tut?« Er sah sie unverwandt an. Fast schon weinend fuhr sie fort: »Ich kann's einfach nicht erklären, ich finde nicht die richtigen Worte, aber ich spüre, wenn ich nicht weggehe und mein eigenes Leben führe, werde ich keinen Sinn mehr in meinem Leben sehen, werde ich einfach daran zerbrechen, in tausend winzig kleine Stücke ...«

»Ein jüngeres Leben«, sagte James.

Sie atmete tief durch und nickte. Mit unsicherer Stimme, weil die Worte, die sie sagen wollte, keineswegs genau das ausdrückten, was sie empfand, sagte sie: »Ich versuche ... James, ich versuche zu tun, was ich als *richtig* empfinde.«

»Ich glaube, mit einem Teil meines Verstandes hatte ich so etwas erwartet«, sagte er leise. Er sah zu ihr hinüber. »Du hast sicher daran gedacht, wie Leonard und ich hier ohne dich weiterleben werden. Aber hast du auch an dich ohne mich gedacht?«

Leise keuchend hielt sie die Luft an. Ein flüchtiges Angstgefühl durchzuckte sie, wurde aber sofort von der tieferen, inzwischen vertrauten Angst davor verdrängt, in der Richmond Villa bleiben zu müssen.

»Leicht wird es nicht werden ...«

»O nein«, sagte er, »so leicht ist es bestimmt nicht, wenn man etwas haben will, das sich zu haben lohnt. Was ist mit Geld?«

»Ich werde ganztags bei Christine arbeiten.«

»Das ist doch viel zu anstrengend ...«

»Nein.«

»Ich möchte dir einen Scheck geben ...«

»Nein.«

»Bitte, Katie, erlaub mir, daß ich dir helfe, erlaub mir, daß ich ...«

»Nein!« schrie sie und hielt sich beide Ohren zu. »Nein! Ich muß endlich frei sein!«

Er stand auf. »Gewiß«, sagte er.

»Mrs. Cheng wird sich um euch kümmern«, sagte sie, »und Joss wird euch besuchen kommen. Wir sind nicht weit weg.«

»Joss!«

»Ja, natürlich! Joss kommt mit ...«

Flüchtig verzerrte sich seine Miene. Er streckte die Hand aus und berührte Kate ganz leicht an der Schulter.

»Selbstverständlich«, sagte er, »selbstverständlich wird Joss mit dir gehen.«

*

»Ich denke nicht daran«, sagte Joss.

Sie war so wütend auf Kate, daß sie kaum sprechen konnte. Sie stand vor ihr in der Küche, die Freude über den Abend mit ihrem neuen Freund war erloschen, und sie funkelte Kate aufgebracht an.

»Jossie ...«

»Ich will nicht«, sagte Joss. »Verstanden? Du kannst von mir aus jede verdammte Dummheit machen, die dir einfällt, aber du kannst mich nicht zwingen mitzuspielen. Ich komme nicht mit.«

»Aber du mußt«, erklärte Kate ihr liebevoll. »Du bist unter sechzehn, und du bist meine Tochter, also mußt du mitkommen und bei mir leben.«

»Hör zu«, sagte Joss. Sie hatte das Gefühl, daß ihr Geist, der während der letzten sechs Stunden so sehr von Glück erfüllt gewesen war, in tausend Scherben gesprungen sei und nicht mehr funktionieren könne. Sie gab sich große Mühe, ihren Standpunkt zu erklären. »Du hast vielleicht den Kopf verloren, aber du kannst mich nicht zwingen mitzukommen. Das kannst du nicht. Ich weiß nicht, wovon du sprichst, aber ich weiß, daß ich nicht mitkomme. Weil ich nämlich hierbleiben werde, bei James.« Sie hielt inne. Garth hatte gesagt, James sei in Ordnung. Sein Ton ließ erkennen, daß es etwas ganz Großartiges war, in Ordnung zu sein, und außerdem lag, in Ordnung oder nicht, Joss' Schlafzimmer in James' Haus, und das Schlafzimmer war ihr vertraut, wie ihr James vertraut war und Onkel Leonard. »Du bist verrückt«, sagte sie zu ihrer Mutter.

Kate versuchte es zu überhören. »Aber ohne mich würde es hier nicht mehr dasselbe für dich sein. Häuser ohne Mütter, ohne Frauen, sind eben ganz anders. Du kannst dir natürlich nicht vorstellen, wie es sein würde, aber ich versichere dir, daß dir die Atmosphäre hier nicht gefallen würde, wenn ich nicht mehr hier wäre.«

Joss triumphierte. »Alles ist besser als die Atmosphäre hier in der letzten Zeit, weil du so ekelhaft . . .«

»Sprich nicht in diesem Ton mit mir . . .«

»Und du nicht mit mir!« schrie Joss. »Und du nicht mit mir! Sprich nicht in diesem Ton mit mir! Hör auf, zu behaupten, ich müßte so was Beschissenes tun, nur weil du es so willst!«

Kate packte die Kante des Küchentischs. Sie konnte Joss nicht in die Augen sehen. »James würde nicht mit dir fertig werden, Jossie«, sagte sie. »Er würde es nicht schaffen, wirklich nicht!«

»Ich kann ihn ja fragen.«

»Na schön«, lenkte Kate müde ein, »geh ihn fragen. Du wirst feststellen, daß er genau dasselbe sagt wie ich. Es hat keinen Sinn, mich anzuschreien, du mußt es einfach akzeptieren. Mehr nicht. Einfach akzeptieren.«

*

James hörte, wie die Küchentür mit ohrenbetäubendem Knall ins Schloß fiel, dann kam das gedämpfte Geklapper der Bilder im Flur, die auf den Luftdruck reagierten, gefolgt von einer kurzen Stille. Er saß in seinem Arbeitszimmer im Sessel und beobachtete die geschlossene Tür zum Flur. Nach etwa zwanzig Sekunden drehte sich der Türknauf, die Tür wurde einen Spaltbreit geöffnet und dann angehalten.

»Joss?« fragte James.

Nichts geschah.

»Komm rein«, sagte er.

Ganz langsam drückte sie sich herein. Sie sah fürchterlich aus, das heißt, sie sah wohl so aus, wie sie sich fühlte.

»Komm her und setz dich.«

Kurz hinter der Türschwelle, vor einem Sessel, zögerte sie.

»Mum ist nicht verrückt«, sagte James, »und auch nicht böse. Sie ist eine junge Frau, und es ist absolut natürlich.«

Joss flüsterte etwas.

»Wie bitte?«

Jetzt blickte sie zum erstenmal zu ihm auf. Ihr Gesicht war kalkweiß. »Ich möchte hierbleiben ...«

»Jossie«, sagte er sanft, »das geht nicht. Du mußt bei deiner Mutter wohnen. Ich bin ja, juristisch gesehen, noch nicht einmal dein Stiefvater. Ich glaube, es wäre falsch, wenn du hierbliebest. Verstehst du das?«

»Nein«, antwortete Joss.

James beugte sich vor. »Du würdest Kate vermissen, das versichere ich dir. Heute abend bist du böse auf sie, aber wenn sich dein Zorn gelegt hat, wirst du feststellen, daß du ohne sie unglücklich bist.«

Auf einmal begann Joss zu weinen. »Zwing mich nicht, zwing mich nicht ...«

James wandte den Blick ab. Warum mußte Joss, normalerweise so widerborstig, unzugänglich und nicht selten alles andere als liebenswürdig, plötzlich so rührend sein?

»Ich weiß wirklich nicht, ob ich mit dir fertig werde, Joss.«

»Ich werde ganz bestimmt keine Schwierigkeiten machen«, beteuerte sie hilflos und brach in Tränen aus. »Ich werde alles tun, ehrlich ...«

James erhob sich. Er ging zu Joss hinüber und blieb unbeholfen neben ihr stehen. Er wünschte, es sei leicht und ganz natürlich, sie in die Arme zu nehmen.

»Es ist nicht meine Aufgabe, dich zu erziehen, Jossie. Gewiß, wir haben lange zusammengelebt, aber ich habe nie ein eigenes

Kind gehabt. Kate hatte immer die Verantwortung für dich, verstehst du?«

Joss murmelte etwas. Er beugte sich zu ihr hinab.

»Wie bitte?«

»Ich mag dich«, flüsterte Joss.

So liebevoll wie möglich sagte er: »Du solltest nicht versuchen, mich zu erpressen.«

»Bitte«, murmelte Joss. Sie hob den Kopf und sah ihn mit nassen, von dunklen Ringen verschmierter Wimperntusche umgebenen Augen an. »Bitte, bitte, bitte, bitte ...«

*

Sehr viel später lag Joss bei eingeschaltetem Licht im Bett unter ihrer Steppdecke. Im Haus war alles still. Kate lag in ihrem und James' Bett, während James im Gästezimmer schlief. Onkel Leonard hatte Radio gehört, den Apparat inzwischen aber ausgeschaltet, hatte am Waschbecken gegurgelt und war ebenalls still geworden. Joss meinte, vermutlich nie wieder schlafen zu können, so hellwach war sie noch immer. Schließlich hatte sie einen Handel mit James geschlossen. Sie durfte versuchsweise drei Monate bleiben. Zunächst hatte sie sechs Monate verlangt, aber da hatte er nein gesagt, und aus der Art, wie er nein sagte, konnte sie schließen, daß er, falls sie ihn weiter bedrängte, den ganzen Handel abblasen würde. Kate hatte grauenhaft ausgesehen, als er es ihr sagte. Sie war wütend auf James gewesen. Aber dann waren sie ins Arbeitszimmer gegangen, und Joss hatte gehört, wie Kate endlos weinte und James endlos redete. Das ging so lange, daß Joss ungeduldig wurde, sich einsam fühlte und zu Onkel Leonard hinaufging, der heute auch nicht so war wie sonst, sondern gräßlich und lächerlich – bemitleidenswert, traurig und zittrig, mit triefenden Augen.

»Es ist meine Schuld«, sagte er zu Joss. Seine Stimme brach. »Es ist meine Schuld. Ich habe zu ihr gesagt: ›Heirate ihn oder verschwinde!‹ Deswegen geht sie. Es ist alles meine Schuld.«

Joss schenkte ihm einen Whisky ein. Sie hatte den Becher halb gefüllt und kein Wasser zugegossen, deswegen keuchte und würgte er. »Entschuldige«, sagte Joss. Sie zitterte, und von dem Whiskygeruch wurde ihr übel.

»Sie will nicht heiraten«, erklärte Joss. »Sie will ganz einfach in diesem Zimmer wohnen.«

»Was für ein Zimmer?«

»Ein Zimmer in Osney. Ich soll mitkommen, aber ich will nicht mit. James sagt, ich kann hierbleiben.«

Leonard schniefte. »Du kannst nicht hierbleiben. Ein kleines Mädchen und zwei alte Knaben? Du kannst nicht bleiben.«

Joss' Stimme zitterte. »Aber ich muß. Ich will.« Sie kniete auf dem Kaminvorleger und blickte zu Leonard auf. »Ich *lebe* hier!«

Leonard blickte sie lange an. Sein Gesicht zuckte. Dann sagte er langsam: »Ja. Ja, ich glaube, das stimmt.«

Ich lebe hier, sagte Joss sich jetzt abermals, während sie an die Decke blickte, die von tausend Rissen durchzogen war. Hier hat Garth mich heute abend abgeholt. Ich wollte es nicht, ich wollte nicht, daß er es sah, aber er ist trotzdem gekommen und hat gesagt, es ist großartig. Und James sei in Ordnung, hat er gesagt. Mum war nicht da. Joss hielt den Atem an. Mum – würde auch in Zukunft nicht hier sein. »Du kannst sie jeden Tag besuchen«, hatte James gesagt. »Wenn du willst, kannst du auch über Nacht bleiben. Es ist ja nur ein paar Minuten zu Fuß bis dahin.« Auf einmal empfand Joss eine große Scheu vor James, auf einmal wirkte er so anders auf sie, gar nicht mehr so vertraut. Sie gähnte. Sie fragte sich, ob Onkel Leonard noch wach war und in diesem grausigen Pyjama, den er bis ans Kinn zuknöpfte, steif wie ein Ladestock im Bett lag. Sie beugte sich zu ihrer gemeinsamen Wand hinüber und klopfte. Stille. Sie klopfte noch einmal. Stille. Schade. Sie hätte, wie sie jetzt merkte, Onkel Leonard gern erzählt, daß Garth im Kino den Arm um sie gelegt und gesagt hatte: »Weißt du, was, Joss? Weißt du, was? Du bist eine richtige Wucht.« Bei dem Gedanken daran hätte sie fast laut aufgelacht. Eine Wucht! Nun ja, eines stand fest: Kate würde sie das bestimmt nicht erzählen.

*

Auch Beatrice Bachelor war noch wach. Sie lag allerdings nicht in ihrem Bett – darin hatte Cat es sich bequem gemacht –, sondern saß in ihrem Lehnsessel am Kamin. Eigentlich hatte sie noch nie gut schlafen können, im Augenblick jedoch, da sie so vieles hatte, worüber sie nachdenken mußte, wollte der Schlaf noch weniger kommen als sonst. Aber das störte sie nicht weiter. Schließlich gehörte sie, wie sie sich sagte, zu jener Sorte rational denkender Menschen, die nicht an nachts um drei herumgeisternde Gespenster und Alpträume glaubten.

Dennoch war sie beunruhigt. Keineswegs über die Fernsehsendung, denn sie war sich, was ihre Ansichten und ihre rechtliche Position betraf, absolut sicher, aber sie machte sich Sorgen über James' Hausbewohner. Keiner von ihnen hatte sich offen dazu bekannt, bestürzt oder unglücklich zu sein, aber so ein offenes Eingeständnis war auch kaum nötig. Es lag auf der Hand, daß alles auseinanderbrach, doch irgendwie mochte sich Beatrice' logischer und energischer Verstand ebensowenig damit befassen wie mit der präzisen Art ihrer Gefühle für James. Unerforschte Gewässer waren das, unerforschte und gefährliche Gewässer, in denen die Seekarte der Vernunft, auf die Beatrice sonst schwor, nicht sehr viel nützte.

Und alles drehte sich, wie es schien, um diese Person, die Beatrice noch nicht kennengelernt hatte, um diese junge Frau, Kate Bain. James hatte ihr ein Foto von Kate gezeigt, und Beatrice hatte darauf eine kleine, zierliche Frau mit scharf geschnittenem, anziehendem Gesicht, ein wenig schrägstehenden Augen und wilder Haarmähne gesehen. James hatte gesagt, ihre Haare seien rot, hellrot. Karotten, hatte Beatrice gedacht. Mit der Zeit war ihr klargeworden, daß Kate sie irgendwie mied, und Beatrice, die intellektuell so selbstsichere Beatrice, fühlte sich gesellschaftlich nicht sicher genug, um ein Zusammentreffen mit einem Menschen herbeizuzwingen, der es offenbar ablehnte, ihr zu begegnen. Dennoch wußte sie, daß sie es tun sollte, weil sie, die sonst die Intuition als dem akademischen Verstand entschieden unterlegen erachtete, intuitiv wußte, was mit Kate los war. Kate fühlte sich, wie sich Beatrice selbst –

wenn auch aus anderen Gründen - früher einmal gefühlt hatte, als sie ihre Eltern pflegte. Kate fühlte sich eindeutig als Opfer, und wenn man sich so fühlt, dachte Beatrice, glaubt man schließlich, nicht mehr über das eigene Leben bestimmen zu können, und das ist das schlimmste Gefühl, das man sich überhaupt vorstellen kann. Es ist auch einer der Gründe dafür, daß ich so fest von der Euthanasie überzeugt bin, weil man wenigstens zum Schluß darüber bestimmen *muß*.

Sie sah zu ihrem Bett hinüber. Cat hatte sich so tief unter die Steppdecke gekuschelt, daß nur noch die Spitze seines dicken, geringelten Schwanzes hervorlugte. Sanft hob und senkte sich die Steppdecke unter seinem zufriedenen Schlafatem.

»Kann Katzen nicht ausstehen«, hatte der alte Leonard an jenem Nachmittag gesagt und dann, zwanzig Minuten später, sehnsüchtig: »Ich wünschte, ich hätte eine Katze.«

Wünsche! Was wünschte sie sich nicht alles! Beatrice stand auf und betrachtete sich in dem unzulänglichen kleinen Spiegel hinter der Tür. Das Schlimme an der schrecklichen Hinfälligkeit des menschlichen Lebens war, daß man – so töricht! – bis zum Schluß das Wünschen nicht lassen konnte.

»Grace hat recht«, sagte Beatrice zu ihrem Spiegelbild mit dem grauen Zopf. »Ganz recht. Du bist ein törichtes altes Weib.«

Dann machte sie das Licht aus, drehte das Kaminfeuer klein und patschte mit nackten Füßen über den abgetretenen Teppich, um sich zu Cat unter die Daunendecke zu kuscheln.

Neuntes Kapitel

Sandy, das Kindermädchen, traf während der Osterfeiertage ein und erhielt im Church Cottage ein hübsches Zimmer mit eigenem Waschbecken und Blick auf den Garten sowie die Felder mit ihren Schafherden dahinter. Sie brachte nur sehr wenig Gepäck mit – ihre Garderobe schien ausschließlich aus Jeans und Sweatshirts zu bestehen – und war, nachdem man sie nach oben geführt hatte, innerhalb von zehn Minuten wieder unten, um in aller Ruhe den Geschirrspüler auszuräumen. Die Zwillinge, die am Küchentisch ihren Tee tranken, beobachteten aufmerksam ihr ausladendes Hinterteil, während sie sich über den Geschirrspüler beugte, und beschlossen instinktiv, mit ihrer Kooperationsbereitschaft eher zurückhaltend zu sein.

Julia war ängstlich darauf bedacht, vor Sandy geheimzuhalten, daß sie, bis auf Mrs. Phelps, die zweimal pro Woche vormittags aus dem Dorf kam, um ihr beim Putzen zu helfen, noch niemals zuvor eine Hausangestellte gehabt hatte. Julia und Mrs. Phelps stimmten in Fragen der Sauberkeit, die für beide gleichbedeutend war mit auf Hochglanz polierten Flächen, völlig überein; und außerdem war Mrs. Phelps eine begeisterte Anhängerin von Hugh und hatte bei den Zusammenkünften des dörflichen Mittwochsklubs ungeheuer an Prestige gewonnen, weil sie für eine Fernsehgröße arbeitete. Da Mrs. Phelps nicht redselig und außerdem stolz darauf war, daß sie sich niemals hinsetzte, war sie, was ihre Tüchtigkeit betraf, eine äußerst pflegeleichte Angestellte. Während Julia Sandy zusah, wie sie die sauberen Teller nach ihrer Anweisung im Schrank verstaute, hoffte und betete sie, das junge Mädchen möge sich als genauso pflegeleicht erweisen wie Mrs. Phelps.

Julia erläuterte Sandy den Speiseplan der Zwillinge. Anschließend erklärte sie ihr die Waschmaschine sowie die Notwendigkeit, alle Wollsachen mit flüssiger Seife zu waschen, und nannte ihr die Tage, an denen der Milchmann und der fliegende Fischhändler kamen. Sandy hörte ihr mit allen Anzeichen der Gutwilligkeit zu und forderte die Zwillinge dann auf: »Also kommt, Jungens. Zeit fürs Fernsehen.«

Die Zwillinge hielten den Atem an.

»Nur montags und donnerstags«, sagte Julia.

Sandy blickte sie ungläubig an. »Und was tun sie an den anderen Tagen?«

»Sie zeichnen, malen und spielen mit ihren Spielsachen, und im Sommer spielen sie im Garten.«

»Und was soll ich dabei tun?«

»Sie«, antwortete Julia energisch, »spielen mit.«

Sandy kratzte sich am Kopf. Dann grinste sie. »Okay«, sagte sie, »ich werd's mal probieren.«

Die Zwillinge rutschten von ihren Hockern und sahen sie an. Sie erwiderte ihren Blick. »Na gut . . .«, ihr gemütlicher Suffolk-Akzent verriet eine winzige Andeutung von Spott über die vornehmen Leute, ». . . gehn wir also spielen, ja?«

*

»Sie ist wundervoll«, berichtete Julia Hugh.

»Nicht gerade eine Schönheit . . .«

»Ist das so wichtig? Die Kinder finden sie einfach himmlisch. Du hättest sie im Bad hören sollen.«

Lächelnd sah er sie an. Sie waren gegenwärtig sehr glücklich miteinander, optimistisch und zuversichtlich. Er beugte sich auf dem Sofa zu ihr hinüber und biß sie zärtlich ins Ohrläppchen.

»Autsch!«

»Unsinn.«

»Ist es nicht herrlich«, schwärmte Julia, »daß wir beiden hier in aller Ruhe etwas trinken können, während Sandy oben die Schwerarbeit erledigt? Sie hat sich sogar erboten, das Abendessen zu machen. Ihre Mutter, behauptet sie, sei die Starköchin ihres örtlichen Frauenklubs, und sie habe von ihr gelernt.«

»Hurra!« sagte Hugh und betrachtete Julia bewundernd. Während der ersten Wochen mit den neuen Kontaktlinsen hatte ihm ihre Brille gefehlt – zumindest hatte es ihm gefehlt, sie ihr nicht abnehmen zu können, bevor er sie küßte –, nun aber liebte er ihr neues, freies Gesicht. Im Augenblick sah sie so hübsch aus, daß es fast schon an Schönheit grenzte. »Ich hab ein verdammtes Glück«, sagte er.

Julia errötete. Sie senkte den Blick auf ihr Champagnerglas. Den Champagner tranken sie zur Feier von Sandys Arbeitsbeginn und auf den Abschluß der höchst erfolgreichen Bearbeitung der Euthanasie-Sendung. »Offen gestanden, sie ist ein Hit«, sagte Hugh. Sie sollte Ende April gesendet werden, und Anfang Mai stand Hughs Vertrag zur Verlängerung an, die nun natürlich problemlos durchgehen würde. Darüber hinaus hatte die erste Staffel von ›Night Life‹ so vielen Leuten gefallen, daß Rob Shiner, Julias Produzent, inzwischen eine zweite plante. Im Grunde gab es Millionen von Anlässen zum Champagnertrinken. Natürlich hatten sie auch Sandy ein Glas angeboten, aber die hatte gesagt, nein danke, sie trinke nur Lagerbier. Als es Badezeit wurde, hatte Edward geweint, weil er nicht auf ihrem Knie sitzen und körperlich mit ihren Bauch- und Busenwülsten in Berührung kommen wollte, doch davon hatte Sandy Julia nichts gesagt. »Du wirst dich schon dran gewöhnen«, versicherte sie Edward. »Das mußte ich auch.«

»Armer James«, sagte Hugh unvermittelt.

»Ich weiß.«

»Kommt mir irgendwie ziemlich schäbig vor, daß wir hier Schampus trinken, während James ganz allein mit alldem fertig werden muß.«

»Ich nehme an, Joss hat unbedingt bleiben wollen. Man kann's ihr nicht übelnehmen, daß sie sich an das klammert, was ihr vertraut ist. Schließlich ist das Kind erst vierzehn.«

Hugh blickte stirnrunzelnd auf sein Glas. »Du kennst ja James. Läßt sich nichts anmerken, sagt kein Wort darüber, daß sein häusliches Leben die Hölle ist, aber was könnte es denn sonst sein? Hast du Kate gesehen?«

»Nein«, antwortete Julia vorsichtig. »Ich weiß nur, daß sie nicht mehr ins Mansfield House geht, denn als ich dort war, hatten die seit drei Wochen nichts mehr von ihr gehört.« Sie hielt inne. Sie wollte nicht sagen, daß sie Kate für verantwortungslos und selbstsüchtig hielt, weil Hugh James und alles, was mit James zusammenhing, immer so heftig verteidigte, und James persönlich hatte erstaunlicherweise offenbar kein schlechtes Wort über Kate gesagt.

Hugh grinste. »Einen Penny für deine Gedanken.«

»Hör auf ...«

»Verantwortungslos ist einer davon, stimmt's? Selbstsüchtig ein weiterer.« Er sprach in einem leicht spöttischen Ton, als karikiere er eine empörte Kleinstadt-Hausfrau. »Wie konnte sie nur die Kleine verlassen, und das auch noch ganz ohne Grund! Das sind diese Weiber von der Frauenbewegung, nichts anderes! Ich selbst bin immer stolz darauf gewesen, meinen Haushalt in Schuß zu halten.«

»Hör schon auf!« sagte Julia, aber sie lachte.

Hugh stellte sein Glas ab und drehte sich auf dem Sofa so herum, daß er den Kopf in Julias Schoß betten konnte. »Weißt du, was? Wir geben 'ne Party.«

»Eine Party?«

»Ja. Du weißt schon. Man sperrt möglichst viele Leute mit möglichst vielen Flaschen in ein Zimmer und läßt sie erst nach Mitternacht wieder raus.«

»Aber wir haben seit Ewigkeiten keine Party mehr gegeben ...«

»Wir sind auch seit Ewigkeiten nicht mehr so erfolgreich, glücklich und rundherum zufrieden gewesen.«

Julia lächelte auf ihn hinab. »Na schön.«

»Mit Ballons?«

»Nein. Und auch nicht mit Knallbonbons.«

»Hör mal, Liebling, warum sind wir so albern? Weil wir so glücklich sind?«

Julia beugte sich über ihn, um ihn zu küssen. Ihre Haare fielen wie ein seidiger Vorhang auf sein Gesicht. Er schob seine Zunge in ihren Mund.

»Du bist schrecklich ...«

»Ich weiß. Das magst du ja so sehr an mir. Laß uns James dazu einladen.«

Julia richtete sich auf. »James?«

»Ja. Warum denn nicht? Wird ihm guttun, dem armen Kerl, seine Probleme mal zu vergessen und auf eine Party zu gehen.«

*

Für James war jeder Tag wie eine Belastungsprobe, die qualvoll bestanden werden mußte, bevor er sich das kurze nächtliche Vergessen des Schlafs gönnen durfte. Es war nicht nur der Schmerz über Kates Verschwinden, sondern auch noch die zusätzliche verwaltungstechnische Bürde, die ihm dadurch zufiel. Er hatte sich daran gewöhnt, daß sie sich, so unzulänglich auch immer, um den Haushalt in der Richmond Villa kümmerte, und mußte nun bestürzt entdecken, wieviel dazu gehörte. Eine unerbittliche Folge von Mahlzeiten und Einkaufsfahrten sowie Berge schmutziger Wäsche überforderten ihn tagsüber und verfolgten ihn bei Nacht in seinen von Schlafmitteln ausgelösten Alpträumen.

Mit Kate hatte er seit fast einem Monat nicht mehr gesprochen. Einmal, als er die High Street entlangfuhr, hatte er sie zufällig aus der Markthalle kommen sehen. Sie hatte jung und sorglos gewirkt, bekleidet mit einer cremefarbenen Jacke, die er nicht kannte, einer schwarzen Hose und einer Menge Silberschmuck, und die spürbare Aura des Glücklichseins, die sie umgab, traf ihn in seinem tiefsten Herzen. Joss war sie einmal besuchen gegangen, wollte aber nichts davon erzählen, nur daß sie das Zimmer nicht mochte und daß sie Osney nicht mochte. Daß sie Mark Hathaway kennengelernt hatte und ihn – aus Prinzip – ebenfalls nicht mochte, verschwieg sie. Ohne den wohltätigen Einfluß von Garth Achesons beständigem, wenn auch unerklärlichem Interesse an Joss, dachte James, hätte er sie erwürgen mögen.

Sie war – und James kam zu der Vermutung, daß sie das immer gewesen war – nichts als ein unüberwindbares Hindernis im Haushalt, verursachte Unordnung und schmutzige Wäsche und aß unentwegt, nur nicht bei den Mahlzeiten. Die Tatsache, daß sie in Garth verknallt war, veranlaßte sie, das Badezimmer zu monopolisieren, sich stundenlang darin einzuschließen, um seltsame Riten zu vollführen – etwa, sich die Haare lila zu färben, was ihr nur sehr unvollkommen gelang, während sie es jedoch problemlos schaffte, Handtücher, Vorhänge und James' Zahnbürste mit Farbspritzern zu verzieren. Als Garth verständlicherweise gegen das Lila protestierte, wiederholte sie den Prozeß mit Henna und hinterließ das Badezimmer, als wäre es mit Tee ausgespült worden. Als James daraufhin die Geduld verlor und sie anschrie, schmollte Joss und kam, was ihr strengstens verboten war, erst um elf Uhr abends nach Hause. Nur noch zwei Monate, sagte sich James, während er ein spaghettiähnliches Gewirr von Socken und Strumpfhosen aus der Waschmaschine fischte. Nur noch acht Wochen, dann bin ich sie los.

Leonard dagegen konnte er nicht loswerden. Seit Kate nicht mehr da war, war Leonard quengelig. Er mäkelte, er protestierte und stocherte argwöhnisch im Essen herum.

»Was soll das sein?«

»Huhn.«

»Wär ich nicht drauf gekommen.«

»Genau die Art von Huhn, die ich dir, seit du hier bist, immer wieder gekocht habe.«

»Sieht aber nicht danach aus.«

»Riecht auch komisch«, sagte Joss.

»Geht doch zum Teufel, alle beide!« schrie James erbost.

Sie starrten ihn an.

»Kann ich Ketchup haben?« fragte Joss.

James seufzte. »Mir doch egal. Nimm dir, was du willst.«

»Böse«, stellte Joss fest, während sie sich Ketchup übers Essen spritzte.

Leonard sah ihr zu. »Gib mir auch was davon.«

James ging ins Arbeitszimmer und sank mit geschlossenen Augen in seinen Sessel. Kate, rief er stumm, o Kate, o Kate!

Dann öffnete er die Augen und betrachtete den Drehsessel neben seinem Schreibtisch, den Sessel, in dem sie am ersten Tag gesessen hatte, als sie in die Richmond Villa gekommen war, und dann wieder an dem Tag, als sie ihm gesagt hatte, jawohl, sie wolle ihn verlassen. Er konnte es ihr nicht übelnehmen, aber o Gott, wie konnte sie ihn in dieser schrecklichen, sinnlosen, elenden Öde, die die Zeit und das Leben für ihn darstellten, zurücklassen? Ich muß weitermachen, sagte sich James, aber ich mag nicht mehr, ich mag einfach nicht mehr. Wie auch, nachdem mir die große Liebe, der Halt meines Lebens genommen ist? Vielleicht ist dies die Strafe dafür, daß ich sie nicht genug zu schätzen gewußt, sie nicht genug geliebt, ihr nicht oft genug gesagt habe, daß ich sie liebe. Aber ich habe sie geliebt, liebe sie noch. Ich sehne mich nach dir, versicherte James der abwesenden Kate, ich möchte, daß du, wie früher, in meinen Armen bist, glücklich, hier zu sein. Als er den Kopf zur Seite wandte, fiel sein Blick auf ein Buch, das Miss Bachelor ihm geliehen hatte, eine Übersetzung von Pindars Oden. Vielleicht hatte Beatrice recht mit ihren Überzeugungen, im Augenblick schien es ihm jedenfalls so. Im Augenblick, dachte James, in diesem Augenblick will ich nur eines: sterben.

*

Kates Schuldgefühl – »deine Kette mit Kugel« nannte es Mark Hathaway – hatte eine Wandlung durchgemacht. Statt sich schuldig zu fühlen, weil sie andere Menschen und vor allem James unglücklich machte, fühlte sie sich nun schuldig, weil sie selbst so glücklich war. Es war, als hätte sie mit ihrem bisherigen Leben einen riesengroßen, ermüdenden Kreis geschlagen und wäre zu ihrem wahren Ich zurückgekehrt, zu dem Menschen, der selbständig entscheiden, planen und die Dinge auf das richtige Gleis bringen konnte, ohne sich dabei unter Druck zu fühlen. Selbst Joss' Abwesenheit beunruhigte sie nicht, denn es war klar, daß Joss und James einander nach der Probezeit in der Richmond Villa nur noch erleichtert Lebwohl sagen würden. Das einzige, was sie beunruhigte, war, daß sie, wie Mrs. Cheng ihr berichtete, einen Kummer verursacht hatte, der nicht weniger tief war als ihr neues Glück.

»Er zu alt dafür«, sagte Mrs. Cheng. »Er ganz erschöpft.«

»Wenn Joss erst hier ist, wird es ihm bessergehen . . .«

»Da immer noch der alte Teufel«, wandte Mrs. Cheng ein.

Kate sah sich im Zimmer um. »Ich kann nicht zurück.«

Mrs. Cheng schwieg; ihr Loyalitätsgefühl war schwer erschüttert. Welcher vernünftige Mensch würde den soliden Komfort und die Sicherheit der Richmond Villa für ein Zimmer in einem engen, kleinen Haus aufgeben, das den ganzen Tag von Glenn Miller oder den Four Freshmen widerhallte? Und doch sah Kate erstaunlicherweise besser, jünger, glücklicher aus. Ihre Augen leuchteten. Gewiß, ihr Zimmer war für Mrs. Chengs prüfenden Blick nicht unbedingt gut aufgeräumt, aber es wirkte wie das Zimmer eines Menschen, der sich darin wohl fühlt.

»Es gefällt mir hier«, sagte Kate.

Und das stimmte. Von dem Moment an, da sie in dem kleinen Abteil, das bald schon Joss gehören würde, die Augen aufschlug, bis zu dem Moment, da sie sie zu dem schwachen Geräusch des Spätverkehrs auf der Botley Road wieder schloß, liebte sie es. Sie ging gern zur Arbeit, sie arbeitete gern, sie liebte das Gefühl, daß sie das Geld, das sie damit verdiente, ausgeben konnte, wie sie wollte, so daß sie ein eigenes kleines Königreich zu bewohnen und zu regieren schien. Jede Woche schickte sie James einen Scheck für Joss, den er niemals bestätigte, doch sie argwöhnte, daß er ihn nicht für Joss ausgab, sondern für sie persönlich sparte.

Zweimal die Woche rief sie Joss, wie verabredet, von einer Telefonzelle aus an, und einmal die Woche trafen sie sich mittags zu ein paar Sandwiches oder zur Teezeit auf einen Doughnut. Joss wirkte seltsam fremd auf Kate, halb mürrisch, halb aufgekratzt. Kate konnte es kaum erwarten, bis die letzten beiden Probemonate um waren, damit sie ihre neu gewonnene Unabhängigkeit mit Joss teilen und ihr zeigen konnte, wie wichtig es war, frei zu sein und selber entscheiden zu können. Mark hatte für Kate das Zitat eines amerikanischen Professors über Abhängigkeit abgetippt: »Die fehlende Wahrnehmung der eigenen Macht und Bedeutung wirkt auf jeden Menschen destruktiv.«

Auch das gefiel Kate. Sie hatte den Zettel in eine Ecke des Spiegels in ihrem Zimmer gesteckt, des Spiegels, der ihr ein Gesicht zeigte, das sie verblüffender- und wunderbarerweise gern betrachtete. Mark hatte gesagt, allmählich beginne er sie zu lieben. Ob es ihr, erkundigte er sich, eventuell auch so gehe?

»Laß mir Zeit«, hatte sie geantwortet. »Laß mir Zeit, endlich einmal ganz einfach ich zu sein.«

*

Schließlich einigten sich Hugh und Julia auf eine Lunch-Party am Sonntag.

»Mehr *gravitas*«, erklärte Hugh.

Er beabsichtigte, jede Person, die in seinem Leben wichtig war, einzuladen, all seine ehemaligen Freunde vom Fernsehen, aber auch all jene, von denen seine Zukunft abhing. Dazu gehörten Maurice Hirshfeld mit seiner ewig erschöpften Ehefrau (aber nicht dessen gegenwärtiger männlicher Freund), Vivienne Penniman und sogar Kevin McKinley, der mit einer fabelhaft klingenden Frau, der Chefredakteurin einer Zeitschrift für Frauen im Berufsleben, verheiratet war. Julia schlug Rob Shiner vor, ihren eigenen Produzenten, und Helen und Frederica, die Leiterin des Kindergartens, den die Zwillinge besuchten – die obendrein regelmäßig die von Fanny McKinley herausgebrachte Frauenzeitschrift kaufte.

Insgesamt würden etwa zwanzig Gäste kommen, die Julia, wie sie sich überlegte, in zwei Gruppen unterbringen konnte, zehn in der Küche und zehn im Eßzimmer.

»Ach ja, und James!«

»Himmel, hätte ich fast vergessen. Selbstverständlich. Der arme James.«

Sandy verstand sich wahrhaftig aufs Kochen. Und Julia, die sich manches auf ihre eigenen Kochkünste zugute hielt, beteiligte sich bewußt an der Planung der Speisenfolge. Wie Sandy erklärte, mache sie ein ganz hervorragendes Hühnergericht mit Orangen und Estragon, und ihre Schokoladenbiskuitrolle habe bisher noch keiner verschmäht. Deswegen beschloß Julia, über die Tatsache hinwegzusehen, daß Sandy Edwards Fair-Isles-Pullover hatte einlaufen lassen und den Zwillingen ein paar Schachteln voll leuchtendbunter Kaubonbons im Eckladen gekauft hatte. Sandy backte eine Probebiskuitrolle, und Julia sagte sich, daß jemand, der so gut kochen und backen konnte, durchaus das Recht hatte, gelegentlich mal einen Pullover zu heiß zu waschen.

In der Woche vor der Lunch-Party stellte Julia Listen auf: eine Weinliste für Hugh, eine Einkaufsliste für sich selbst und eine Kochliste für Sandy. An drei Tagen und zwei Abenden arbeitete sie für Midland Television und entdeckte erstaunt, wie erleichtert und erfreut sie war, daß die Zwillinge beim Nachhausekommen bereits im Bett waren und daß das Abendessen bereits in Vorbereitung war. Gewiß, die Küche sah nicht immer so makellos sauber aus, wie sie es gern hatte, außerdem besaß Sandy eine mißliche Vorliebe dafür, die Wäsche in den Trockner zu stekken, statt sie im Garten auf die Leine zu hängen, und weigerte sich hartnäckig, die Unterwäsche zu bügeln und in Gegenwart der Kinder keine Schokolade zu essen, aber schließlich konnte man ja nicht alles haben, nicht wahr? Schließlich mußte jeder bereit sein, ein wenig zurückzustecken und zu lernen. Erst kürzlich hatte Julia etwas von Hugh gelernt. Hugh hatte gesagt, wenn man nicht das Gefühl habe, erfolgreich zu sein, sei das Leben unerträglich. Damals hatte Julia diesen Gedanken zurückgewiesen, jetzt aber, da sie selber so erfolgreich war, wußte sie, wie recht Hugh gehabt hatte.

James kam zu spät zur Party. Er hatte vergessen, daß es außer ihm selbst noch Leonard und Joss gab, die etwas essen wollten, und so war in letzter Minute eine kleine Panik entstanden, als Leonard ironisch sagte: »Um *mich* brauchst du dich nicht zu kümmern«, während Joss erklärte, sie wolle ohnehin weggehen. Dann fehlten die Manschettenknöpfe an seinem blauen Lieblingshemd – wen interessierte das schon? –, jemand rief an, um mit ihm einen Zeitungsartikel über die Theorie zu diskutieren, daß hinter der Grünenbewegung möglicherweise die Idee vom Verlorenen Paradies stehe – wen kümmerte das in diesem Moment? –, und dann begann eine hektische Suche nach den Autoschlüsseln. Als er schließlich zum Haus hinausstürzte und Leonard allein zurückließ, der grollend vor einem Topf mit gebackenen Bohnen stand und knurrte: »Woher, zum Teufel, soll ich wissen, wann diese verdammten Dinger gar sind!«, hatte James das Gefühl, daß ihm jegliche Art von Geselligkeit jetzt so sehr fehlte wie ein Loch im Kopf und er, wenn es nicht Hughs Party gewesen wäre, sofort abgesagt hätte.

Er fuhr zu schnell. Es war ein schöner Abend Ende April, und sobald er die Stadt hinter sich ließ, leuchteten die Hecken in jungem Grün. Allerdings fiel es ihm schwer, sie gebührend zu bewundern, denn er hatte seine Brille zwei Tage zuvor auf den Küchenboden fallen lassen und eines der Gläser war gesprungen, so daß alles, was er jetzt noch durch sie sah, einem Blick durch ein Kaleidoskop ähnelte. Beim Church Cottage angekommen, nahm er die Brille ab, weil er weder verwahrlost noch wie ein Halbidiot aussehen wollte. Als er aus dem Wagen stieg, den er auf dem Zufahrtsweg stehenließ, und ein Stück weiter vorn ein elegantes Paar Ende dreißig, Anfang vierzig entdeckte, stopfte er hastig seine flatternde, ungesicherte Manschette in den Jackenärmel zurück. Hätte er vielleicht doch lieber den Anzug anziehen sollen?

Das Church Cottage sah hinreißend aus. Die Osterglocken im Garten waren fast verblüht, aber ein riesiger, alter Prunusbaum mit grünlich-orientalischer Rinde trug einen großen Schirm aus blassen Blüten zwischen jungen, roten Blättern zur Schau. Der Kiesweg war geharkt, die Flechten an den Steinurnen voll Zwergtulpen waren kunstvoll eingetupft, und aus den Schornsteinen, die so gemütlich aus dem Reetdach ragten, kräuselte sich einladend Rauch. James betrachtete die Szene voller Verzweiflung und wäre am liebsten nach Hause gefahren.

Er gab sich die größte Mühe, langsam zu gehen, um nicht gleichzeitig mit dem eleganten Paar an die Haustür zu gelangen, aber die beiden setzten es sich plötzlich in den Kopf, auf ihn zu warten, und die Frau, unübersehbar städtisch und modisch in ihrer langen Wildlederjacke über dem kurzen Rock, wandte sich um, streckte ihm mit breitem Lächeln die Hand entgegen und erklärte, sie sei Fanny McKinley. Dann deutete sie auf den eher verschlossen wirkenden Mann neben sich und sagte, das sei natürlich Kevin.

»Natürlich«, wiederholte James leise und ergriff ihre schlanke, kühle Hand. Man erwartete offensichtlich eine Reaktion von ihm, aber ihm fiel nichts anderes ein, als einfältig zu sagen: »Schöner Tag heute.« Er fühlte sich, als hätte er in seinen Kleidern nicht nur geschlafen, sondern auch noch mehrere Alpträume überstanden.

Die Haustür ging auf, und da stand Hugh, munter und vergnügt, in einem Gingham-Hemd.

»Kevin! Wie schön, Sie zu sehen. Und die bezaubernde Fanny. Darf ich Sie küssen? Und James! Wie ich sehe, habt ihr euch schon bekannt gemacht. Kommt rein, kommt rein. Holt euch ein Glas und stürzt euch ins Getümmel.« Er nahm zwei Gläser Champagner von einem Tablett auf einem Tischchen in der Diele und reichte sie den McKinleys. »Mir nach, Männer! Auf sie mit Gebrüll!«

James nahm sich ebenfalls ein Glas und folgte ihnen. Das Wohnzimmer schien übervoll zu sein, nicht nur von Menschen, sondern auch von dem steten, durchdringenden Lärm einer Party, die sich allmählich von der Start- zur Reisegeschwindigkeit steigerte.

Julia, in Hose und fließendem, hellem Pullover, einfach zauberhaft, kam eilig zu ihm und küßte ihn mit so liebevoller Fürsorglichkeit, als wäre er gefallen und hätte sich das Knie aufgeschlagen. Sie duftete nach Maiglöckchen.

»Komm mit, ich möchte dir Frederica vorstellen.«

Frederica war dunkel und wirkte sehr farbenfroh in ihrem leuchtend fuchsienroten Pullover.

»Oh«, sagte sie zu James und sah ihn mit ihren strahlenden Augen an. »James Mallow! Ich liebe Ihre Artikel. Und stimme jedem einzelnen Wort zu, das Sie schreiben.«

»Wie schade«, meinte James. »Da kann ich ja nicht mit Ihnen diskutieren.«

»Ich wünschte, Sie würden mehr über Erziehung schreiben. Ich engagiere mich nämlich sehr für die Erziehung.«

»Leider verstehe ich nichts davon.«

Fredericas Ton wurde leiser. »Haben Sie keine Kinder?«

Urplötzlich wurde James von einem so unerwarteten und starken Heimweh nach Joss überfallen, daß es ihm die Kehle zuschnürte. »Kein einziges.«

Frederica war bestürzt. »Aber«, versuchte sie die Situation zu retten, »Sie sehen eigentlich ganz wie ein Vater aus.« Damit wandte sie sich an den Mann, der an ihrer anderen Seite stand. »Tut er doch, nicht?«

Der Mann war etwa in James' Alter, hager und gelblich, in einem grellrosa Hemd unter einem teuren Tweedjackett. Er zwinkerte James zu und reichte ihm die Hand. »Terence Gray. Uralter Freund von Hugh.«

»Ich ebenfalls«, antwortete James.

»Aber nicht vom Fernsehen – oder?«

»Nein. Ganz und gar nicht vom Fernsehen.«

Terence Gray nahm sein Champagnerglas zwischen die Hände und verdrehte die Augen. »Wie *klug* von Ihnen. Das Fernsehen war schon immer ein Irrenhaus, jetzt aber ist es die reinste Hölle.«

»Es hat einen ungeheuren Einfluß auf die Erziehung«, warf Frederica ein.

Terence sah sie an. »Wirklich, Schätzchen?« sagte er gedehnt. »Ich weiß genausowenig darüber wie unser Freund hier. Finden Sie, daß ich wie ein Vater aussehe? Das wär wirklich amüsant.«

»Ich finde, daß Sie wie ein Schauspieler aussehen«, sagte James.

»Wirklich? Ins Schwarze getroffen! Schauspieler, der sich zum freischaffenden Regisseur gemausert hat. Im nächsten Leben werde ich als hochbezahlter Angestellter mit chauffeurgesteuerter Limousine und Pensionsansprüchen zurückkehren.« Er senkte die Stimme und deutete auf Kevin McKinleys maßgeschneidert bekleideten Rücken in etwa einem Meter Entfernung. »Wie er.«

»Wer ist das?«

»Mein Lieber …« Terence Gray beugte sich vor und ließ seine gelblichen Zähne blitzen, »… der ist der Grund für diese Party. Er ist der neue Mann bei Midland Telly. Von Mr. McK. hängt Hughs gesamte Zukunft ab.«

Beim Lunch saß James in der Küche an einem wunderschön in Gelb und Weiß gedeckten Tisch, mit Osterglockensträußchen in der Mitte, zwischen Frederica und einer abgearbeitet wirkenden Frau, die sich als Zoë Hirshfeld vorstellte. Da James Frederica weder attraktiv noch interessant fand, beschloß er, sie einem weiteren von Hughs alten Freunden auf ihrer anderen Seite zu überlassen, einem schwer übergewichtigen Mann mit dunklen, fast bis zu den Schultern reichenden Haaren, der sich mit der Produktion von Comedy-Serien nationalen Ruhm erworben hatte. Gegenüber, auf der anderen Tischseite und zu weit entfernt für ein Gespräch, saß Kates Freundin Helen. Da sie James ansah, als sei er sowohl verachtens- als auch bedauernswert, beschloß er, ihr aus dem Weg zu gehen. Statt dessen blickte er auf seinen Teller hinab, auf dem eine kleine, goldbraune Teigtasche lag, die mit etwas weiß Gesprenkeltem gefüllt war.

»Ziegenkäse«, erklärte ihm seine Nachbarin.

Er wandte sich ihr zu. Sie war vermutlich etwa in seinem Alter und hatte das ausgetrocknete, verblaßte Äußere eines zu Tode erschöpften Nachtfalters. Gesicht, Haar und Kleidung waren bläßlich und bräunlich, und in ihren Augen war kein Fünkchen Leben.

»Wie elegant.«

»Wie dieses Haus«, sagte Zoë Hirshfeld. »Nicht wahr?«

»Wenn ein Cottage elegant sein kann …«

»Julia ist elegant.«

»Aber ja!«

Mit der Gabel stocherte sie in ihrer Teigtasche. »Und jung«, sagte sie.

»Ist Eleganz eine Frage des Alters?«

»*Alles* ist eine Frage des Alters. Und des Sex.« Sie schob sich einen Bissen Käse in den Mund und blickte James an. »Ich meine, sind Sie vielleicht glücklich?«

»Nein.«

»Na also! Aber ich wette, daß Sie in Julias Alter glücklich waren.«

»Ich glaube, schon.«

»Ich war glücklich«, sagte Zoë Hirshfeld. »Damals war ich erst seit zwei Jahren verheiratet und fand das Fernsehen wundervoll. Ich kann Erfahrung nicht ertragen, ich kann's nicht ertragen, was man alles lernen muß, und das Alter bringt Erfahrung, ob man's nun will oder nicht. Dem hier fehlt ein bißchen schwarzer Pfeffer.«

James sah auf seinen Teller hinab. Er war leer.

»Ich scheine das gar nicht bemerkt zu haben ...«

»Welche ist Ihre Frau?«

»Ich habe keine.«

»Hätte ich wissen müssen«, sagte Zoë. »Ich hätte gar nicht erst fragen sollen. Meinen Sie nicht, daß ich es hätte wissen sollen, nach all diesen Jahren Umgang mit den Leuten vom Fernsehen ...«

Der Nebel lichtete sich. »Ich bin nicht schwul«, sagte James.

Wieder musterte ihn Zoë. »Und warum haben Sie keine Frau?«

James brachte es nicht fertig, Kate zu erwähnen. »Ich hatte eine. Sie ist tot.«

Nach einer ganzen Weile erst löste Zoë den Blick von seinem Gesicht. »Ich freue mich darauf, Witwe zu sein«, sagte sie.

»Es würde Ihnen nicht gefallen.«

»Da täuschen Sie sich«, sagte sie. Dann senkte sie die Stimme. »Das ist der einzige Grund, warum ich durchhalte. Das wird meine Rache sein.«

*

Zutiefst bedrückt fuhr James nach Hause. Bis obenhin mit erstklassigem Essen und großzügig geschenkten Drinks angefüllt, fühlte er sich, nach seinem ersten Ausflug ins Gesellschaftsleben ohne Kate, nur noch niedergeschlagener. Beim Lunch war sein Tisch allmählich von Hughs alten Freunden mit Beschlag belegt worden, die beim Nachtisch eine Anekdote nach der anderen aus den alten Zeiten zum besten gegeben hatten, als das Fernsehen noch das Reservat der autonomen Amateure war. Sie hatten vor Lachen gebrüllt, sich Zigaretten angesteckt, allen Nachbarn Rauch ins Gesicht geblasen und mit albernen Schuljungensprüchen um sich geworfen, als Hugh mit einer Flasche Brandy und einer Hand voll Gläser kam. Frederica hatte tapfer zahllose Versuche gemacht, James mit dem unwiderstehlichen Thema Grundschulerziehung zu ködern, während Zoë unermüdlich das Essen auf ihrem Teller herumgeschoben und ihm erklärt hatte, das einzige, wofür es sich zu leben lohne, sei es, endlich mit jemandem abrechnen zu können, der einem das Leben kaputtgemacht hatte, bis James es schließlich nicht mehr aushalten konnte und mit seinem Kaffee ins Eßzimmer geflohen war. Dort war er von Fanny McKinley in Beschlag genommen worden, die endlos über den zukunftsträchtigen Markt für moderne Zeitschriften dozierte, während er dasaß, sie betrachtete und dachte, wie perfekt sie doch ist, wie eine geschnitzte, polierte Statue, ihren Augen fehlt jede Verletzlichkeit, jedwede Menschlichkeit, und das macht sie letztlich abstoßend.

»Na, hast du dich gut amüsiert?« fragte Hugh, als James sich verabschiedete.

»Großartig«, sagte James.

Hugh wirkte, wie er so vor übertriebener Bonhomie strahlte, absolut unnatürlich.

»Alles okay?«

»Ja«, sagte James.

»Ich melde mich«, sagte Hugh und tätschelte ihm die Schulter.

Es war eine Erleichterung, wieder im Wagen zu sitzen, die zersprungene Brille aufzusetzen und die Huntersche Kosmetikecke inmitten dieser ländlichen Gegend zu verlassen, um in sein geliebtes, häßliches Jericho zurückzukehren. Sekundenlang erwog er, nach Süden abzubiegen und einen Bogen um die Stadt bis nach Osney zu schlagen; dann sagte er sich, das sei das emotionale Äquivalent zum Stochern in einem schmerzenden Zahn, und fuhr weiter in Richtung Heimat. Als er zu Hause war, nahm er sich vor, eine Stunde in den Garten zu gehen und dort ein bißchen zu arbeiten. Früher hatte Kate das immer getan – Kate, die diesen Garten so sehr liebte.

Leonard hatte seine Bohnenkasserole eingetrocknet und ungespült auf dem Abtropfbrett zurückgelassen. Den schmutzigen Teller hatte er in einem Wust von Sonntagszeitungen auf dem Tisch stehenlassen, sich ein Glas Wein eingeschenkt und die Flasche nicht wieder verkorkt. Es war wirklich schwer zu entscheiden, wer von beiden tiefer in der Pubertät steckte, er oder Joss. Wie, fragte sich James, während er Wasser in die Kasserole laufen ließ und die zähen, verklebten Reste mit einem Holzlöffel loszustoßen versuchte, schaffen die Frauen es nur, ihre Familien zu ertragen? Kein Wunder, daß Hausfrauen gelegentlich lautstark nach Bezahlung verlangten; doch wer vermochte eine bestimmte Summe als adäquaten Lohn für die ständige Zermürbung der Nerven durch das Zusammenleben mit zwei Menschen wie Joss und Leonard zu nennen?

Er stieg hinauf zu Leonard. Leonard löste mit übertriebener Konzentration ein Kreuzworträtsel.

»Hättest du nicht wenigstens aufräumen können?«

Leonard nahm keine Notiz von ihm, sondern begann ganz leise zu summen.

»Wo ist Joss?«

Leonard witterte eine willkommene Ablenkung von seiner eigenen Schuld. »Noch nicht wieder da.«

»Was hat sie gesagt, wann sie zurückkommt?«

»Gar nichts.«

»Wenn das so weitergeht«, sagte James, »heißt es für sie, ab nach Osney, und dich verfrachte ich in ein Heim.«

Leonard ließ den Kopf hängen. Die Hand, die die Zeitung hielt, zitterte.

»Das meine ich ernst.«

Blinzelnd sah Leonard zu ihm auf. »Das würdest du nicht übers Herz bringen ...«

»Wenn du einen Funken Interesse für mein Herz hättest«, sagte James, »würdest du etwas tun, irgend etwas ganz Winziges wenigstens, das mir einen Hauch von Rücksichtnahme beweist. Den Tee kannst du dir selber holen.«

Damit ging er hinaus und schmetterte die Tür ins Schloß.

»Wollte ich sowieso«, murmelte Leonard seinem Kreuzworträtsel zu.

*

Um acht Uhr, dem äußersten Zeitlimit für den Sonntagabend, war Joss noch nicht zurück. Auch um neun war sie nicht wieder da, und nicht mal um zehn. Leonard schmollte und weigerte sich, zunächst an James' Besorgnis und dann an seinem Zorn teilzunehmen.

»Soll ich die Polizei anrufen?«

»Ist nicht dein Kind ...«

»Nein, aber ein Kind, das meiner Obhut anvertraut wurde.«

»Ruf Kate an.«

»Kate?«

»Ist schließlich ihr Kind. Ihr unerzogenes Kind.«

Zitternd vor Müdigkeit, Angst und innerer Aufruhr wählte James Mr. Winthrops Nummer in Osney.

»Ja?« meldete sich Mr. Winthrop, der laut schreien mußte, um den Lärm von Sam Donahues U.S. Navy Band zu übertönen.

»Könnte ich bitte mit Kate Bain sprechen?«
»Ist nicht da«, schrie Mr. Winthrop. »Ist auf 'ner Party.«
»Wissen Sie, wann sie zurückkommt?«
»Kann ich nicht sagen, weiß ich nicht.«
James legte den Hörer auf. Dann stützte er die Stirn aufs Telefon. So blieb er eine Weile mit geschlossenen Augen und geballten Fäusten sitzen. Schließlich hob er den Kopf, ging quer durchs Arbeitszimmer zum Schreibtisch, suchte ein Blatt Papier heraus und schrieb mit dicken Buchstaben darauf: »Tür verriegelt. Nicht klingeln. Geh nach Osney.«

Er nahm den Zettel und eine Heftzwecke, ging nach draußen und pinnte die Nachricht mitten auf die Haustür, wo sie nicht zu übersehen war. Dann ging er wieder hinein, schloß beide Riegel und legte auch die schwere, altmodische Sicherheitskette vor, die er seit dreißig Jahren kaum benutzt hatte.

*

Joss stand unsicher auf dem Bürgersteig. Es war halb zwei, und sie hatte nicht nur viel zuviel Rum-Cola getrunken, sondern auch an einem Joint gezogen, den ihr jemand gereicht hatte. Ihr war speiübel, sie war müde und brauchte nichts so dringend wie den Trost ihres eigenen Schlafzimmers.

Der Zettel war so kraß schwarz und weiß, daß er im Licht der Straßenlaterne mühelos, ohne daß sie die Treppe hinaufsteigen mußte, zu lesen war. Es schüchterte Joss ein wenig ein, James hatte ihn nicht einmal unterschrieben. Sie fing an zu wimmern und rieb sich mit dem mit Partygeruch geschwängerten Ärmel über die Augen. In Onkel Leonards Fenster brannte kein Licht, und der Ton des Zettels war so unnachsichtig, daß selbst Joss es nicht wagte, ein Steinchen an die Scheibe zu werfen, um ihn zu wecken.

Schniefend sackte sie auf dem Bürgersteig zusammen und lehnte sich an die Straßenlaterne. Sie konnte in das Haus zurückkehren, wo die Party stattgefunden hatte und das von einer wechselnden Klientel von Aussteigern aus Oxfords Privatschulen bewohnt wurde – Aussteigern, die mühsam ihre Mittelschichtherkunft zu kaschieren trachteten –, doch ohne Garth traute sie sich nicht hin, und Garth war zurück nach Hause zu seinen liberalen, akademischen Eltern in der Observatory Street gegangen. Gewiß, auch dorthin konnte sie gehen, nur hatte sie seine Eltern noch nicht kennengelernt, und Eltern konnten komisch reagieren, wenn man sie nachts um zwei zu wecken versuchte. Joss war nicht sicher, ob sie der Observatory Street gesellschaftlich gewachsen war.

»Geh nach Osney«, hieß es auf dem Zettel. Also, das würde sie ganz bestimmt nicht tun! Lieber würde sie über den Zaun neben dem Haus klettern, in den zerfallenen Schuppen einbrechen, wo der Rasenmäher und die Liegestühle aufbewahrt wurden, und die Nacht dort verbringen. Sie hatte zwar nichts dagegen, mit Kate auf neutralem Boden zusammenzutreffen, aber mit Kates sogenanntem neuen Leben wollte sie, verdammt noch mal, nichts zu tun haben. Sie war einmal hingegangen, weil ihre Mutter sie so bearbeitet hatte, aber noch mal würde sie das bestimmt nicht tun.

Sie stand auf. Sie fühlte sich furchtbar. Garth war ein bißchen . . . na ja, er hatte was versucht auf der Party, er hatte versucht, sie zu . . . Joss hatte gewußt, daß er es früher oder später tun würde, und eigentlich gedacht, es würde ihr gefallen, wenn er damit anfing, aber es hatte ihr nicht gefallen, und zugleich hatte sie viel zuviel Angst gehabt, ihm zu sagen, er solle aufhören. Sehr weit war er allerdings nicht gekommen, weil irgend jemand sie gestört hatte, und dann war er zu bekifft gewesen, um noch einmal von vorn anzufangen. Joss dachte an ihr Kopfkissen und die flauschige Steppdecke, die dort oben im Haus eingeschlossen waren, und langsam rollten ihr dicke Tränen des Selbstmitleids übers Gesicht und tropften auf ihre Jacke.

Stolpernd ging sie zum Zaun und suchte nach Möglichkeiten hinüberzuklettern. Er bestand aus senkrechten, übereinandergreifenden Latten und war vollkommen glatt, nirgendwo ein Riß oder eine Vertiefung. Joss lehnte sich an den Zaun und dachte: Ich werde einfach hierbleiben, ich werde bis morgen früh hierbleiben, es ist mir egal, mir ist alles egal. Doch da fiel ihr etwas ein. Sie richtete sich auf und überlegte einen Moment. Warum eigentlich nicht? Ich könnt's wenigstens versuchen. Joss zog ihre Jacke fester um sich, löste sich von dem Zaun und machte sich in rhythmischem Trab auf zur Cardigan Street, zu Miss Bachelor.

Zehntes Kapitel

Ich esse keinen Porridge zum Frühstück«, erklärte Joss.

»Heute aber doch«, sagte Miss Bachelor.

Joss seufzte. Sie wußte sehr gut, daß sie in einer Lage war, in der sie moralisch nicht das Recht hatte, gegen irgend etwas zu protestieren, aber sie hatte auch nicht die Kraft mehr dazu, nicht einmal gegen Porridge. Der Haferbrei lag wie ein graubrauner Teich in ihrem Suppenteller: ihre Strafe.

Sie hatte die Nacht auf dem Sofa im Wohnzimmer von Miss Bachelors Schwägerin verbracht – unter Cat und einem Berg von Häkeldecken. Miss Bachelor schien nicht überrascht zu sein, als sie kam, und bemerkenswert gelassen angesichts der Störung um kurz vor zwei Uhr nachts. Sie hatte Joss einen Becher scheußlichen, klumpigen Kakao gemacht.

»Ich verfüge nicht über Mutterinstinkte«, hatte sie Joss erklärt. »Wenn du etwa danach suchst, hättest du nach Osney gehen sollen.«

Joss hatte bleischwer geschlafen und war mit hämmernden Kopfschmerzen aufgewacht. Und nun noch Porridge! Was sie dringend brauchte, waren Gläser über Gläser kaltes, klarblaues Wasser und einen möglichst dunklen Platz, wo sie sich satt trinken konnte. Sie stocherte in ihrem Porridge herum und machte Seen und Buchten, damit die Milch hineinlaufen konnte.

»Wenn du das gegessen hast«, sagte Miss Bachelor, die sich Gelee auf ein Toastbrot-Dreieck strich, »werden wir gemeinsam zur Richmond Villa gehen.«

»Ich kann nicht«, murmelte Joss. Widerstrebend schob sie sich einen winzigen Löffel voll Porridge zwischen die Lippen und behielt ihn angewidert im Mund.

»Möchtest du weiterhin dort wohnen?«

Joss schluckte. Ihre Augen füllten sich mit Tränen. Im oberen Stockwerk dröhnten die Abflußrohre und kündeten davon, daß

Grace Bachelor ihre ausgedehnten Morgenwaschungen vollführte. »Ich wohne doch da.«

»Nicht unbedingt«, sagte Miss Bachelor.

Wieder nahm Joss einen Löffel Porridge. »O doch. James hat es mir erlaubt.«

»Nur vorübergehend. Wenn du dich nicht gut benimmst, wenn du selbstsüchtig bist und Probleme machst, wird er dich an die Luft setzen.«

»Tut er nicht.«

»Tut er doch. Du benimmst dich ausgesprochen kindisch.«

Joss fühlte sich kindisch. Sie schluckte einen weiteren Löffel Porridge und griff nach ihrer Teetasse, um ihn runterzuspülen.

»Wenn du nicht mehr guten Willen zeigst, wirst du vor die Tür gesetzt, und zwar mit Recht. James hat dir gegenüber keine Verpflichtungen. Du bist nicht seine Tochter, nicht einmal, wie du immer wieder behauptest, seine Stieftochter. Er ist nicht für dich verantwortlich.«

Joss hob den Kopf und sah Miss Bachelor an.

»Wenn du in der Richmond Villa bleiben willst«, fuhr Beatrice fort, »wirst du dir dein Bleiberecht verdienen müssen. Es gibt keine lohnende Verbindung auf dieser Welt, die man sich nicht so oder so verdienen muß.« Sie erhob sich. »Ich werde jetzt James anrufen und ihm sagen, daß du in Sicherheit bist und daß ich dich nach Hause bringen werde. Und wenn ich wiederkomme, wirst du dein Porridge gegessen haben. Sollte ich es jedoch im Mülleimer finden, werde ich dir ein Taxi nach Osney bestellen.«

Joss blickte sie etwas verschleiert an. Auf ihrem schneeweißen, müden Gesicht zeichnete sich eine unverkennbare Mischung aus Ärger und Erleichterung ab.

*

»Gott sei Dank!« sagte James.

»Sie haben sich sicher Sorgen gemacht.«

»Die ganze Nacht habe ich nicht geschlafen. Wie kann sie es

nur wagen! Wie kann sie es wagen, mich um meinen Nachtschlaf zu bringen! Tut es ihr denn überhaupt leid?«

»Ich glaube schon. Sie leidet natürlich an einem akuten Mangel an Ausdrucksmöglichkeit, aber ich spüre Angst und ein klein wenig Reue.«

»Ich weiß nicht recht...«, James nahm den Telefonhörer ans andere Ohr, »... ich weiß nicht recht, ob ich auf die Dauer mit ihr fertig werde. Nicht mit ihr *und* Leonard.«

»Dann müssen Sie sie wegschicken.«

»Aber das ist gar nicht so leicht, Beatrice. Ich fühle mich verantwortlich, ich habe das Gefühl, mit daran schuld zu sein, daß sie in dieser instabilen Situation steckt...«

»Unsinn!« sagte Miss Bachelor. »Sie ist ein eigenständiger Mensch und nicht einfach ein armes Opfer.«

»Aber sie ist so jung! Ich finde, ich sollte...«

»Hören Sie auf!« fiel Miss Bachelor ihm ins Wort. »Hören Sie endlich auf. Befreien Sie sich von diesem Schuldbewußtsein. Warum sollten Sie verpflichtet sein, die Situation zu klären?«

»Weil ich finde, daß jedes Kind ein Recht auf ein richtiges Familienleben hat. Und ich fühle mich schuldig.«

»Schuldig?« rief Beatrice.

James hielt den Hörer vom Ohr ab.

»Unsinn!« rief Beatrice. »Tun Sie doch nicht so, als seien Sie der erste! Auch Agamemnon hatte ein schreckliches Familienleben – schon vergessen? Dies ist nicht die Erbsünde.«

Damit knallte sie den Hörer auf die Gabel.

»Wer war das?« rief Leonard.

»Beatrice. Joss ist bei ihr...«

»Verdammt«, sagte Leonard, dem vor Erleichterung schwindelte.

»Sie sagt, meine Probleme seien nichts gegen die von Agamemnon...«

»Ha!« machte Leonard. Er brach in Lachen aus, sein keuchendes, knarzendes Lachen. James lehnte an der Küchenwand neben dem Telefon und schloß die Augen. In diesem Moment hätte er alles darum gegeben, offen, ungehindert und wundervoll wütend auf Kate sein zu können.

*

Kate summte vor sich hin, während sie die Tische im Pasta Please deckte. Unten in der Souterrainküche fluchte Benjie pausenlos in einen neuen Vorrat an Pizzaiola-Sauce hinein und kämpfte dabei gleichzeitig mit einem Kater vom Wochenende und seiner Abneigung gegen den Montag. Die beiden waren allein im Restaurant, denn Christine hatte sich freigenommen, um ihrem Sohn bei den regionalen Fechtausscheidungen zuzusehen. Kate hatte sich ihre telefonisch durchgegebenen Anweisungen gewissenhaft notiert. Während sie jetzt die Tische deckte und auf jeden eine Glasvase mit einer frischen Nelke stellte, redete sie sich ein, das Restaurant gehöre ihr.

Am Abend zuvor war sie auf einer phantastischen Party gewesen. Vor langer Zeit war sie gelegentlich zu phantastischen Partys gegangen, aber das war schon mindestens zehn Jahre her. Sie hatte vergessen, wie man sich auf so einer Party fühlt, wie hochgestimmt, frei und glücklich und wie luftig, nach dem vielen Tanzen. Nach der Party war sie mit Mark durch die stille Mitternacht von Oxford zu Fuß nach Hause gegangen, und beide hatten den Text des Songs gesungen, nach dem sie getanzt hatten. Richtig magisch hatte Oxford da auf sie gewirkt, voll schlafenden Lebens, das am Morgen wieder erwachen und die Straßen wie Sonnenlicht mit Energie erfüllen würde. Sie hatte Marks Hand gehalten und ihn gezwungen, mit ihr an den albern posierenden Schaufensterpuppen der Geschäfte vorbei durch die Queen Street zu laufen. Die modernsten dieser Puppen hatten keinen Kopf, sondern einen polierten Holzknauf wie Schneiderpuppen, und das hatte aus irgendeinem Grund ganz furchtbar komisch auf sie gewirkt.

»Sieh mich doch an«, hatte Mark durch die Schaufensterscheibe flehend zu einer von ihnen gesagt, »nur ein einziger Blick aus deinen bezaubernden Augen . . .«

Natürlich war er mit Kate in ihr Zimmer hinaufgegangen, das heißt, er hatte sich vor der Treppe die Schuhe ausgezogen und seine Schritte den ihren angepaßt.

»Meinst du, der alte Winthrop hat was dagegen?«

»Warum sollte er was dagegen haben? Du bezahlst schließlich Miete und kannst tun und lassen, was du willst . . .«

»Ich möchte hier keine Schwierigkeiten haben, wenn ich Joss herholen will. Ich möchte auch nicht den geringsten Anlaß dafür bieten.«

»Ach so«, hatte Mark daraufhin gesagt. »Joss.« Er hoffte immer noch, das Problem Joss würde sich einfach in Luft auflösen. Bei ihrer einzigen, kurzen Begegnung hatte er Joss höchst inakzeptabel gefunden und sie nicht recht einordnen können. Er mochte sich Kate nicht als Mutter vorstellen, er wollte sie als unabhängigen Geist sehen, als im Käfig gefangenen Vogel, den er befreit hatte. Befreit für sich, für Mark selbst.

Leider erwies sie sich als wenig willfährig, dieser Vogel zu sein. Ihm gegenüber war sie bezaubernd, unbeschwert, fröhlich, aber er war inzwischen so weit, daß er von ihr erwartete, sich zu einer gewissen Bindung zu bekennen, doch das schien sie nicht zu wollen, weder in Worten noch im Bett. Im Bett gab sie sich fügsam, aber Mark wollte mehr als das, weit mehr, sogar ein bißchen Gewalttätigkeit, die er insgeheim als Hingabe bezeichnete. »Vertrau mir«, sagte er zu Kate, während er sie weiter und weiter zu drängen versuchte. »Vertrau mir.« Aber das schien sie nicht zu tun. Einmal hatte er geschrien: »Denkst du etwa an den verdammten James?« Und sie hatte ihn erstaunt angesehen und geantwortet: »Natürlich nicht.« Aber da war er nicht ganz sicher. Gestern abend hatte er sich sehr bemüht, bedächtig und sanft zu sein, sich aber, wie üblich, nicht beherrschen und zurückhalten können. »Au!« hatte Kate einmal gesagt, und dann ein wenig später: »Nicht so schnell, nicht so schnell!«

Als Kate jetzt, beim Tischdecken daran dachte, beschloß sie, sich eine Woche ohne Sex mit Mark zu gönnen. Es war nicht so, daß sie Mark nicht attraktiv fand oder daß sie den Sex mit ihm nicht mochte (wirklich?), aber im Augenblick wollte sie einfach überhaupt keinen Sex, wollte nur friedlich und für sich allein leben. In dieser Woche mußte sie ohnehin viermal abends arbeiten und wollte an einem weiteren Abend mit Helen ins Kino gehen (eine unangenehme Aussicht, weil sie das Mansfield House im Stich gelassen hatte, aber sie mußte da durch, weil sonst für alle Zeiten etwas zwischen ihnen stehen würde), also hatte sie gar keine Zeit für Mark, denn zwei Abende von sieben für sich allein zu reklamieren, war wohl nicht zuviel. Und am achten Abend hatten sie und Mark ohnehin verabredet, sich zusammen in seiner Wohnung Hughs Euthanasie-Sendung anzusehen. Bis dahin, sagte sich Kate, will ich mein eigenes Leben leben, und dieser Gedanke war es, bei dem sie so fröhlich vor sich hinsummte.

An der Wendeltreppe zum Souterrain tauchte Benjies Kopf auf.

»Rate mal, was passiert ist, Katie!«

Kate kannte Benjie. Ohne sich von dem Tisch abzuwenden, an dem sie Servietten faltete und in Weingläser stellte, antwortete sie: »Du hast dich geschlechtsumwandeln lassen.«

»Leider nicht. Rate noch mal.«

»Lady Di hat dich angerufen . . .«

»Gib auf«, sagte Benjie. »Ich hab kein verdammtes Oregano mehr. *Oregano!* Ist das zu glauben?«

»Na und?«

»Ich hab keine Zeit, noch was zu kaufen, Katie-Liebling, meine zauberhafte, süße, geliebte, sexy Kate.«

»Ich verstehe.«

»Mindestens hundert Gramm. Gefriergetrocknet.«

»Du bist unfähig.«

»Nicht in allen Dingen«, sagte Benjie typischerweise. »Da brauchst du bloß die Jungens zu fragen.«

Damit verschwand er wieder nach unten. Kate holte sich Kleingeld aus der Portokasse und trat, immer noch summend, auf die Straße hinaus. Es war ein wunderschöner Tag mit einem hellen, sauberen blauen Himmel und Wattewölkchen, ein optimistischer Tag. Im Laufschritt machte sich Kate von der Nebenstraße aus, in der das Pasta Please lag, auf den Weg in Richtung Cornmarket Street.

Sie überquerte die Straße und lief durch die Arkaden des Clarendon Centre in die Queen Street, wo sie einen Moment auf dem Bürgersteig stehenblieb, um eine Lücke im Verkehr abzuwarten. Und dann sah sie sie. Sie standen auf dem gegenüberliegenden Bürgersteig und warteten ebenfalls auf eine Verkehrslücke, James und Joss, hoch beladen mit Lebensmitteltüten. Augenblicklich erstarb in Kate auch die letzte Spur von Fröhlichkeit. James und Joss standen nebeneinander, ohne sie zu sehen; keiner von beiden wirkte besonders glücklich oder erfreut darüber, zusammen zu sein, sondern sie sahen – und das zerriß ihr das Herz – ganz einfach gelangweilt aus, normal und natürlich, genau wie – o Gott, dachte Kate – genau wie alle anderen übellaunigen Väter und Töchter, die gemeinsam zum Einkaufen geschickt werden. Als sie sich anschickten, die Straße zu überqueren, streckte James trotz seiner Tüten automatisch beschützend die Hand nach Joss aus. Kate machte auf dem Absatz kehrt und floh.

*

Die Hunter-Zwillinge hockten in Julias Kleiderschrank. Da waren sie hineingeklettert, um sich vor Sandy zu verstecken, aber die Türen waren schwerer, als sie gedacht hatten, und hinter ihnen ins Schloß gefallen. Daß sie gefangen waren, beunruhigte sie nicht im geringsten, denn hier waren sie zusammen in der warmen, nach Mummy duftenden Dunkelheit, und da der Schrank in Julias und Hughs Schlafzimmer stand, erschien ihnen baldige Erlösung gewiß. Außerdem waren sie vorerst einmal voller Vergnügen damit beschäftigt, zu hören, wie Sandy herumlief und nach ihnen rief, die Köpfe in Julias Röcke und Hosenbeine zu stecken und sich unartig und wie ganz schrecklich böse Buben vorzukommen.

»Puh, puh, puh«, machte George, durch schwarzen Chiffon gedämpft.

Edward fiel aus einer Tweedjacke und kicherte haltlos.

»Dicke Sandy, dicke Sandy, dicke, dicke Sandywurst«, sang George ausgelassen.

Edward erstarrte. »Pssst!«

Schwere Schritte kamen den Flur entlang und hielten inne. Sogar Sandy mit ihrer gemütlich-unbekümmerten Unverfrorenheit zögerte, Julias Schlafzimmer zu betreten. Unendlich langsam ging die Tür auf. Die Zwillinge hielten den Atem an, und Edward, der auf dem Schrankboden lag, beobachtete durch einen Spalt unter der Tür, wie Sandys schwere, in Turnschuhen steckenden Füße unsicher über den blankgebohnerten Boden und die weißen Flokatis stapften. Vor dem Bett machten sie zögernd halt, dann wieder vor Julias Toilettentisch. Die Zwillinge hörten, wie Gegenstände aufgenommen und wieder hingestellt wurden, Töpfchen und Fläschchen, klick-klick auf der Glasscheibe, unter die Julia Fotos von ihnen in jeder Altersstufe geschoben hatte, angefangen bei der Zeit, als sie noch winzige Säuglinge in einer Puppenbadewanne gewesen waren, und immer weiter, bis jetzt. Sandy schien ziemlich lange zu brauchen, eine furchtbar lange Zeit, so lange, daß der Drang, zu lachen und zu pinkeln, ihre Muskeln zu verkrampfen drohte. Dann sagte Sandy: »Verdammte Blagen«, und ging hinaus.

George schlüpfte aus Julias Abendkleid und legte sich neben Edward. Die beiden hielten einander fest und schüttelten sich, und dann übermannte sie das Lachen wie eine riesige Woge und fegte jede Kontrolle über ihre Blasen davon. Sie pinkelten und lachten, bis sie sich ganz erleichtert hatten und das Pipi aus dem Kleiderschrank lief und draußen in kleinen Pfützen auf dem sauberen, blankgebohnerten Fußboden stand.

*

Sandy hatte keine Angst vor Julia. »Ich mußte auf die Toilette. Das ist alles. Mehr habe ich nicht getan. Drei Minuten.«

»Haben Sie überall gesucht? Wirklich überall?«

»'türlich hab ich das.«

»Auch in meinem Schlafzimmer?«

»Da geh ich nicht rein«, sagte Sandy empört.

Julia holte tief Luft. Sie wollte Sandy auf keinen Fall merken lassen, wie groß ihre Angst war, vor allem, als Sandy gelassen erklärte: »Ist doch nur ein Kinderstreich. Sobald die Hunger kriegen, kommen sie mit Sicherheit raus.«

So etwas hatte Julia noch nie erlebt. Sie selbst war niemals verlorengegangen und hatte auch noch nie einen wichtigen Menschen verloren. Die eigene Angst verängstigte sie noch mehr, und die Tatsache, daß sie einen so wunderschönen Tag hinter sich hatte, an dem alles perfekt gelaufen war, machte es nicht besser. Fanny McKinley hatte angerufen, um mit Julia ein Interview für ihre Zeitschrift zu vereinbaren, und Hugh hatte gehört, daß seine Sendung (die inzwischen den Titel »Ihre Wahl?« trug) gleichzeitig über alle privaten Sender laufen würde und daß die Presse überall herumzuschnuppern begann, und nun . . .

»Soll ich Teewasser aufsetzen?« fragte Sandy. »Ich werd ein bißchen Speck braten. Das werden sie riechen.«

»Nein«, sagte Julia, aber es klang, ohne daß sie es beabsichtigt hatte, wie ein Schrei.

Sandy starrte sie an.

»Ich geh nach oben«, sagte Julia. »Ich werde oben suchen. Wenn ich da bin, werden sie . . . werden sie sicher rauskommen.«

»Okay«, sagte Sandy ungerührt.

Julia ging zur Treppe und versuchte sich einzureden, daß Sandys Gleichgültigkeit nur Gelassenheit war.

»Kinder?« rief sie, während sie die Treppe hinauflief. »Kinder? Wo seid ihr?«

Sie hastete den Flur entlang, öffnete alle Türen und rief nach den Zwillingen, bis sie an die Schlafzimmertür kam.

»George! Edward! Wo seid ihr, meine Lieblinge?«

Sie ging hinein. Im Schlafzimmer war es still, so still, daß die Stille endgültig wirkte. Ich brauche Hugh, dachte Julia, ich schaff's nicht allein, ich brauche Hugh! Sie warf ihre Jacke aufs Bett und lief auf die andere Seite, wo das Telefon stand. Dabei trat sie in irgend etwas, sie sah zu Boden. Sie hatte in eine Pfütze auf dem Fußboden vor dem Kleiderschrank getreten, in eine Pfütze von ... Behutsam steckte sie den Finger hinein, und dann begannen drinnen im Schrank die übermüdeten Zwillinge mit den klatschnassen Hosen zu weinen.

*

Hugh fand es komisch. Er hielt Julia im Arm und lachte Tränen, lachte in ihre Haare hinein, um dann ins Kinderzimmer hinaufzugehen, nach den Zwillingen zu sehen und oben weiterzulachen.

»Sandy hatte völlig recht«, sagte er unklugerweise in Gegenwart von Sandy.

»Ich komme mir so töricht vor«, sagte Julia, als sie allein waren.

»Unsinn, mein Liebling, mein liebes, kleines, mütterliches Dummerchen.«

»Ich habe Sandy angeschrien.«

»Die ist so stark wie ein Ochse. Beschimpfungen prallen an ihr ab wie Kieselsteine. An deiner Stelle würde ich noch ein bißchen weiterschreien. Haben sie in deine Schuhe gepinkelt?«

»Nur in einen.«

»O Himmel!« Schon wieder bog sich Hugh vor Lachen. »O Himmel! Das ist phantastisch! Was für ein irrwitziges Indiz!«

»Ich hatte wirklich Angst. Ich wollte dich gerade anrufen.«

Er sah sie an. »Wirklich?«

»Ja.«

»Wie lieb von dir. Und wie abhängig. Das gefällt mir.«

»Mir hat es gar nicht behagt, daß Sandy überhaupt kein schlechtes Gewissen hatte«, sagte Julia. »Es hat mich erschreckt.«

»Aber ich dachte, du hättest gesagt, Sandy sei so wundervoll ...«

Julia zögerte. Das hatte sie wirklich gesagt, sie hatte Sandy für zuverlässig und tüchtig gehalten. Doch Sandys Miene in der Küche hatte ihr überhaupt nicht gefallen. Sie reckte das

Kinn. »Ich nehme an, sie hat genauso große Angst gehabt wie ich, und das hat sie geärgert, weil sie sich verantwortlich fühlte.«

»Liebling . . .«, Hugh nahm sie in den Arm und schmiegte seine Wange an die ihre, ». . . mein Liebling, es war kein Weltuntergang, oder? Also komm jetzt. Sie waren ja nicht mal weggelaufen.«

Julia richtete den Blick ihrer großen Augen auf ihn; dann legte sie den Kopf an seine Schulter. »Nein. Natürlich nicht.«

»Wir haben eine Glückssträhne«, sagte Hugh bestimmt. Dann ergriff er Julias Hand und führte sie in die Küche hinunter, wo der Tisch für zwei gedeckt war und neben der Pfeffermühle folgende Nachricht von Sandy stand: »Gefüllte Pfannkuchen unten im Backofen. Bin Darts spielen gegangen.« Auf dem Stapel Zeitungen auf dem Aga stand, ausgewaschen und zum Trocknen, wie ein Friedensangebot Julias Schuh, der Schuh, in den die Zwillinge gepinkelt hatten.

»Siehst du?« Triumphierend wies Hugh Julia darauf hin. »Da hast du's. Was willst du mehr?«

*

Leonard begann das Geschirr zu spülen. Es war nicht zu übersehen, daß sich die Atmosphäre in der Richmond Villa nach Joss' Rückkehr verändert hatte, und das Abwaschen, hatte er sich gedacht, sollte sein persönlicher Beitrag sein, da es eine weithin sichtbare Tätigkeit war und zugleich viel Raum für Pantomime bot. Also zog er sich mehrmals am Tag einen dreibeinigen Hocker zum Spülstein, damit er sitzen konnte, und veranstaltete ein ungeheures Spektakel mit Wasser und Seifenlauge, während er anschließend, Tag um Tag, alles mit demselben Geschirrtuch abtrocknete.

»Es gibt ausreichend frische Tücher . . .«

»Unnütze Verschwendung. Was hast du gegen das hier? Ich trockne doch nur saubere Sachen damit ab. Und die Bakterien sind alle unsere eigenen. Wenn du nicht mal deine eigenen Bakterien erträgst, kannst du mir leid tun.«

Am liebsten spülte er das Geschirr nachmittags und lauschte dabei einem Hörspiel. Dabei schrie er die Personen in dem Stück an und warf vor Wut zuweilen sogar das durchnäßte Geschirrtuch nach dem Radio. Mrs. Cheng, die es für sinnlos hielt, daß er spülte, weil er es so schlecht machte, daß alles nachgespült werden mußte, betrachtete das Radio als ihren Verbündeten, weil es einen so großen Teil von Leonards Schimpfkanonaden von ihr ablenkte. Mit ihren Staubtüchern und Bürsten huschte sie behende im Haus umher und hörte sich das Geschrei und Gepolter in der Küche mit derselben Indifferenz an, die sie allem und jedem entgegenbrachte, außer Kate. Nach ihrem ersten Besuch brachte sie es nicht fertig, ein zweites Mal nach Osney zu gehen. Es hatte sie entsetzt, zu sehen, wie glücklich Kate in einer Situation zu sein schien, die ihr selbst so völlig falsch und verrückt vorkam. Sie hatte das Gefühl, nicht mehr für sie tun zu können, als sich mit doppeltem Eifer um die Richmond Villa und vor allem um Joss' Zimmer zu kümmern. Sogar Mrs. Cheng hatte bemerkt, daß Joss in dieser letzten Woche weit weniger undankbar war als sonst und weit weniger entschlossen schien, sich auf die relative Ordnung in ihrem Schlafzimmer zu stürzen, die Mrs. Cheng geschaffen hatte, um sie erneut in ein Chaos zu verwandeln.

»Rühren Sie ihr Zimmer nicht an«, sagte James zu Mrs. Cheng. »Lassen Sie's so, wie es ist. Es ist ein Ausdruck von Anarchie, und dem kann man nur begegnen, indem man ihn ignoriert.«

Aber das brachte Mrs. Cheng nicht fertig. Der Gedanke an das, was sie hinter Joss' Zimmertür erwartete, reizte sie und trieb sie so lange, bis sie sich der Situation stellte und sich mit ihrem Drang zu Sauberkeit und Ordnung darüber hermachte. In den Schulferien war das sogar noch schwieriger, weil Joss ständig zu Hause war, und so öffnete Mrs. Cheng, als endlich der erste Schultag gekommen war, Joss' Zimmertür mit dem begeisterten, aufgestauten Eifer einer wahren Reformerin. Im Bett war deutlich ein Buckel zu sehen.

Mrs. Cheng ging zum Bett und spähte hinein. Joss hatte die Augen fest geschlossen. Mrs. Cheng stieß sie an.

»Warum du nicht in Schule?«

»Ich hatte Kopfschmerzen«, flüsterte Joss. »Da haben sie mir gesagt, ich kann nach Hause gehen. Miss Gale hat mich nach Hause geschickt.«

»Warum du hast Kopfschmerzen? Du hast Periode?«

»Nein«, sagte Joss, »nur einfach Kopfschmerzen.« Sie bohrte ihr Gesicht ins Kopfkissen.

Mrs. Cheng ging in die Küche hinunter. Onkel Leonard trocknete Gabeln ab und schrie dabei: »Nicht nachgeben, du Idiot, gib bloß nicht nach!« Er hörte eine für das Radio bearbeitete Fassung der »Forsyte Saga« auf Radio Four. Mrs. Cheng eilte durch die Küche und stellte den Apparat ab.

»Warum haben Sie das getan?«

»Haben Sie gehört, wie Joss nach Hause gekommen ist?«

»Nein. Joss ist in der Schule. Stellen Sie das wieder an. Ich hab noch nie so was Dämliches gesehen wie diesen Michael Mont ...«

»Sie ist oben. Hat Kopfschmerzen.«

»Joss?« Klappernd ließ Leonard eine Handvoll Gabeln fallen. »Der neueste Trick, nehme ich an. Verdammtes Gör. Schwänzt die Schule.«

»Sieht blaß aus«, sagte Mrs. Cheng.

Leonard griff nach seinem Stock. »Wird noch blasser aussehen, wenn ich sie mir vorgenommen habe.«

Mrs. Cheng beobachtete ihn. Leonard hinkte zur Küche hinaus, und gleich darauf hörte sie ihn langsam und mühselig die Treppe hinaufsteigen. Nach einer Weile hörte sie ein bißchen Geschrei; dann bewegten sich sein Stock und sein Schlurfen den Flur entlang zum Bad und wieder zurück. Anschließend kam er sehr schwerfällig herunter in die Küche.

»Hab ihr Aspirin gegeben.«

»Arzt angerufen?«

»Auf gar keinen Fall! Ärzte sind für Sterbende da und nicht für jugendliche Drückeberger.«

»Wo James?«

»Bibliothek. Will um sechs zurück sein. Und ich ...«, Leonard richtete sich auf und blickte mit hochnäsiger Miene auf Mrs. Cheng herunter, »... werde um sechs Uhr ausgehen. Und mir mit Miss Beatrice Bachelor im Fernseher ihrer Schwester ansehen, wie ich auf dem Bildschirm wirke. Ich nehme eine Flasche Sherry mit. Denn heute abend, meine litschigesichtige Bambussprosse, mein kleiner, asiatischer Dummkopf, heute abend ist mein großer Abend.«

Mrs. Cheng beachtete ihn nicht. »Wollen Joss doch nicht in Villa allein lassen?«

»Keineswegs«, sagte Leonard. »Ich bin mir meiner Verantwortung bewußt.«

Mrs. Cheng packte ihre Putzlappen weg und hängte den Besen hinter die Kellertür. Dann schlüpfte sie in ihren knallpinkfarbenen Regenmantel, den sie nach qualvollem Schwanken zwischen diesem und einem limettengrünen erstanden hatte, und ging zur Vordertür hinaus. Als sie fort war, griff Leonard zum Küchentelefon und beauftragte den nächstgelegenen Taxidienst, ihn um Viertel vor sechs abzuholen und in die Cardigan Street zu fahren.

*

Als James kurz nach sechs Uhr das Haus betrat, war alles still. Er stand im Flur und lauschte auf die vertrauten Geräusche von Leonards Radio und Joss' Rockmusik. Von beidem war nichts zu hören. Er ging durch den Flur zur Küche, wo die Ergebnisse von Leonards Geschirrspülerei in einem inzwischen vertrauten und inkonsequenten Durcheinander auf dem Tisch verstreut waren: Teetassen standen in Puddingschüsseln statt ineinander, große Teller balancierten auf kleinen Untertassen, Eßlöffel steckten in der Teekanne. Er legte seinen Aktenkoffer auf die Arbeitsplatte und öffnete den Schrank, der die Getränke enthielt. Es gab einen kleinen Rest Whisky, zwei Dosen Bier und eine halbe Flasche türkischen Rotwein, den einzigen, den Mr. Patel offenbar anzubieten hatte.

»Ein anderer Kunde hat gesagt, er sei sehr voll im Geschmack«, sagte Mr. Patel, der keinen Alkohol trank, obwohl er Christ war.

James goß den Whisky in ein Glas und füllte es mit Leitungswasser auf. Dann trug er es ins Arbeitszimmer. Leonard war in seiner Aufregung über »Ihre Wahl?« offenbar zeitig gegangen, und Joss war trotz der winzigen Konzessionen an ein etwas zivilisierteres Verhalten, die James in der letzten Woche an ihr bemerkt zu haben glaubte, ebenfalls nicht mehr im Haus, um ihre Hausaufgaben zu machen. Er trank einen Schluck Whisky. Es war schwer zu sagen, ob er wieder einmal deprimiert war wegen Joss oder schlichtweg resigniert hatte, keinen Pfifferling mehr darum gab, was mit ihr los war, und die Tage zählte, bis sie endlich nach Osney verschwand. Das Schlimme ist nur, dachte James, während er in sein Glas blickte, daß ein Teil von mir, den ich überhaupt nicht verstehe, partout nicht so empfinden möchte.

Er stellte das Glas auf einen Bücherstapel neben seinem Lehnsessel und zündete den Gaskamin an. Dann ging er nach oben, um das Jackett aus- und eine Strickjacke anzuziehen. Als er den oberen Flur erreichte, hörte er ein Weinen und schloß daraus, daß irgendwo eine Katze ins Haus geschlüpft und eingesperrt worden sein mußte. Er hielt inne, legte den Kopf schief und erkannte, daß die Katze in Wirklichkeit ein Mensch war und daß sich dieser Mensch hinter Joss' Zimmertür befand. Er stürzte vorwärts, stieß die Tür auf, und das Weinen steigerte sich zur herzzerreißenden Klage.

»Joss!«

Als sie seine Stimme hörte, fuhr sie hoch, eingemummelt in ihre Steppdecke, das Gesicht vom Weinen verzerrt.

»Mein Gott, Joss«, sagte James erschrocken. Er setzte sich auf ihre Bettkante, griff nach ihrem eingepackten Körper und zog sie zu sich auf die Knie. »Aber was ist denn, Joss, was ist denn nur?«

Sie klammerte sich an ihn. Ihre Arme, die nackt und mager aus einem grauen T-Shirt ragten, stahlen sich unter der Steppdecke hervor und umfingen ihn. Dann wandte sie ihm das heiße, nasse Gesicht zu und preßte es an seinen Hals.

»Ist es wegen Kate, ist es wegen Mum? Möchtest du zu Mum?«

»Nein!« rief Joss schluchzend und rieb ihr Gesicht hektisch an seinem Hals. »Nein!«

James löste eine Hand von ihr und drehte ihr Gesicht so herum, daß er sie ansehen konnte. »Joss«, fragte er sie liebevoll, »ist es wegen Garth?«

Sie warf ihm einen zutiefst verzweifelten Blick zu, dann flossen die Tränen wieder in Strömen. James bettete ihr Gesicht an seinen Hals und begann sie sanft zu wiegen, vor und zurück, vor und zurück, wie ein Baby, das Bauchschmerzen hat.

»Ach Joss, es tut mir ja so leid! Es tut mir so unendlich leid!«

»Unreif«, sagte Joss mit erstickter Stimme. »Unreif wär ich, hat er gesagt. Ein Kind, ein richtiges kleines Kind. Und langweilig, hat er gesagt.«

James hörte nicht auf, sie zu wiegen. Er merkte, daß er selbst einen Kloß im Hals hatte. Ein wenig unsicher sagte er: »Die Menschen sagen oft schlimme Dinge, Dinge, die eigentlich auf sie selbst zutreffen, weißt du.«

»Aber ich . . . ich hatte ihn *gern*!« stieß Joss fast schreiend hervor.

»Selbstverständlich hattest du ihn gern. Ich weiß. Aber es werden andere kommen . . .«

»Niemals«, sagte Joss.

»Aber Jossie, was für ein Unsinn! Nun komm schon. Putz dir die Nase.«

Sie richtete sich ein wenig auf und wischte sich mit dem Handrücken übers Gesicht.

»Sei nicht so garstig. Hier. Nimm mein Taschentuch.«

Das Telefon klingelte. Joss erstarrte.

»Telefon . . .«

»Laß nur«, sagte James. »Wer was Wichtiges hat, probiert es wieder. Aber so wichtig ist es bestimmt nicht. Nun komm schon, erzähl mir, was passiert ist.«

»Nach dem Lunch hat er das gesagt.« Joss' Stimme klang

ein wenig fester. »Vor allen anderen. Alle haben sie's gehört. Alle.«

»Dieser Feigling.«

Joss schüttelte den Kopf. »Ich wußte, daß es nicht lange halten konnte.«

»Beim nächstenmal wird's bessergehen.«

»Niemals!«

»Quatsch!« Er streckte die Hand aus und zerzauste ihr das kurze, feuchte Haar. »Nun komm schon, altes Haus. Irgendwie sitzen wir beide im selben Boot, nicht wahr?«

Sie machte keine Anstalten, von seinen Knien zu rutschen, sondern saß da, dick eingemummelt, schniefte und sah ihn an. Dann beugte sie sich vor und drückte ihm einen ungeschickten Kuß aufs Kinn. Er schluckte.

»Weißt du, was wir jetzt tun sollten?«

»Was denn?«

»Wir sollten runtergehen und zusehen, wie Onkel Leonard und Miss Bachelor über den Tod reden.« Sanft berührte er Joss' Wange. »So'n bißchen was Erheiterndes täte mir jetzt ganz gut. Dir auch?«

Joss beugte sich vor und schmiegte die Wange wieder an seine Brust; dann fing sie ganz zaghaft an zu kichern.

*

»Klasse«, sagte Mark Hathaway und drückte auf den Aus-Knopf seiner Fernbedienung. »Erstaunlich, wirklich eine erstaunliche alte Dame.«

Kate schwieg. Sie versuchte mit dem Gedanken fertig zu werden, daß sie Miss Bachelor eben zum erstenmal gesehen hatte – im Fernsehen. Miss Bachelor hatte überaus beeindrukkend gesprochen: klar, gelassen und zuweilen sogar humorvoll. »Ganz und gar nicht«, hatte sie Hugh, dem verborgenen Interviewpartner, mehrmals geantwortet und einmal sogar: »Absoluter Unsinn.«

»Was meinst du, Katie?«

»Ich bin ein bißchen sprachlos . . .«

Mark erhob sich vom Sofa und sagte scharf: »Das warst du schon, als du herkamst.«

Er hatte recht, das war sie gewesen. Sie hatte in der Richmond Villa anzurufen versucht, um mit Joss zu sprechen, aber das Telefon hatte endlos geläutet, und nicht mal Leonard hatte sich gemeldet. Aus irgendeinem Grund, für den sie keine logische Erklärung fand, hatte Kate das Gefühl gehabt, daß sie alle zu Hause waren, das Telefon hörten und in der Annahme, daß sie es sei, beschlossen, nicht dranzugehen. Ein derartiges Verhalten widersprach zwar allem, was sie über die drei wußte, doch das Gefühl blieb und peinigte sie wie Übelkeit. Als sie Mark ihr Herz ausschüttete, hatte er sich ebenso schweigend und wenig hilfreich verhalten wie zuvor, als sie ihm erzählte, daß sie James und Joss in der Queen Street gesehen habe. Er war offenbar böse auf sie, weil sie sich seit einer Woche weigerte, mit ihm zu schlafen. Während er umherging und Kaffee machte, betrachtete sie seine wundervoll elegante Kinnlinie und mußte sich eingestehen, daß sie verspannt und verbissen wirkte. Verdammt und zugenäht, dachte Kate, schon wieder beruhigende Worte, erklärende Worte, tröstende Worte.

»Ich nehme an«, sagte Mark, während er ihr einen Kaffeebecher reichte, »dein *Cordon sanitaire* ist noch in Funktion.«

»Wenn wir außerhalb des Bettes nicht zivilisiert miteinander umgehen können, warum sollte es im Bett besser sein?«

Voller Verachtung blickte er auf sie hinab. »Sex ist eine sehr wichtige Art der Kommunikation, falls dir das bisher nicht klargewesen sein sollte.«

Kate blickte in ihren Kaffeebecher. Er hatte, wie immer, ganz wundervollen Kaffee in seiner Cafetiere gemacht, und der Duft, der verlockend zu ihr aufstieg, schien sie auf einmal ebenso zu verhöhnen wie Marks Zimmer, weil sie offenbar unfähig war, ein echtes Kind ihrer Zeit zu sein.

»Nicht weiter wichtig.« Mark wandte sich ab. »Ich könnte ohnehin nicht mit einer Frau schlafen, die an nichts anderes denken kann als an ihr verdammtes Kind. Ein Kind, das sie freiwillig verlassen hat ...«

Kate schloß die Augen. In ihren Ohren hallte noch Hughs vertraute Stimme aus der Fernsehsendung nach, aber auch Beatrice Bachelors energischer Ton, vor allem als sie Hugh zurechtgewiesen hatte, weil er den Befürwortern der Euthanasie einen Anflug von Selbstdramatisierung unterstellte.

»Hier möchte ich Samuel Johnson bemühen«, hatte Miss Bachelor mit einiger Schärfe erwidert. »Jene, die keinen Schmerz empfinden, glauben nur selten, daß er empfunden wird, hat er einmal sinngemäß gesagt.«

Wieder blickte Kate zu Mark empor. Er hatte sich zu ihr umgedreht und blickte sie unverwandt an, forderte sie eindeutig heraus, auf seine Vorwürfe zu reagieren. Das Schlimme am Schmerz, dachte sie unvermittelt, ist nicht so sehr die Empfindungslosigkeit der Schmerzfreien, sondern vielmehr die große Unterschiedlichkeit der Verhaltensweisen unter den Leidenden. Sie zwang sich zu einem kleinen Lächeln und streckte die Hand aus. »Entschuldige«, sagte sie.

*

»Ich gratuliere«, sagte Kevin McKinley. Sein Schreibtisch war mit Zeitungsausschnitten übersät. »Fernseh-Todes-Show« hieß eine der Schlagzeilen, die Hugh verkehrt herum lesen konnte. »Fernsehsendung verteidigt unsere letzte Wahl.«

Kevin McKinley lächelte. Er hatte Hugh fast zwanzig Minuten warten lassen – »ich hab's nicht eilig, mit dem alten Knacker zu sprechen«, hatte er zu seiner Sekretärin gesagt – und beabsichtigte nicht, ihm einen Drink, ja nicht mal eine Tasse Kaffee anzubieten. »Ihre Wahl?« hatte Einschaltquoten von elf Millionen erreicht und in allen Zeitungen Schlagzeilen gemacht. Wären Miss Bachelor und Leonard Mallow nicht, seinem Rat folgend, anonym geblieben, würden sie jetzt von der gesamten Presse in Jericho belagert.

»Großartige alte Dame«, sagte Kevin.

Hugh nickte. Er platzte vor Stolz und Erleichterung und beherrschte sich mit jedem Nerv und Muskel, um anzudeuten, daß er an derartigen Erfolg durchaus gewöhnt sei.

»Die ITC wird uns vermutlich keine Schwierigkeiten machen. Die können immer behaupten, sie wären nicht unterrichtet worden, was natürlich auch stimmt. Ich hab's ihnen absichtlich nicht mitgeteilt.«

»Richtig.«

Wieder fiel Hughs Blick auf die Zeitungsausschnitte. Den einen, von dem er unbedingt wünschte, daß Kevin McKinley ihn sah, konnte er allerdings nicht entdecken. Es handelte sich um den Kommentar eines bekannten Journalisten, der sich auf die Medien spezialisiert hatte und nicht nur die Sendung selbst lobte, sondern vor allem Hughs Präsentation und seine Interviewtechnik. »Wenn Midland vernünftig ist«, schrieb der Journalist, »wird der Sender aus der unerwarteten Qualität eines bis dato leichtgewichtigen Moderators Kapital schlagen.« Hugh überlegte, wie er in Erfahrung bringen konnte, ob Kevin den Kommentar gelesen hatte.

»Haben Sie die ganze Presse gelesen?«

»Die wichtigsten Kritiken ...«

»Der *Telegraph* hat eine ganz ausgezeichnete Besprechung gebracht.«

Kevin stieß ein kurzes, bellendes Lachen aus. »Den *Telegraph* lese ich vielleicht, wenn ich im Rollstuhl sitze.« Er stand auf. Hugh hatte seine fünf Minuten gehabt. »Ich möchte Sie nicht aufhalten, Hugh.«

Hugh zögerte. Würde es denn kein weiteres Wort geben, kein Wort über eine Anschlußsendung, nicht mal eine ganz allgemein gehaltene, aufmunternde Bemerkung wie: Weiter so? Offensichtlich nicht. Hugh straffte die Schultern und lächelte breit.

»Immerhin schön, die Konkurrenz in Atem zu halten, nicht wahr?«

»Aber ja«, sagte Kevin.

Die Tür ging auf.

»Los Angeles am Apparat«, sagte Kevins Sekretärin.

»Ich bin sicher ...«, setzte Hugh an.

»Na, dann Wiedersehn ...«

»Wiedersehn«, sagte Hugh immer noch lächelnd. »Wiedersehn.«

Dann trat er auf den Korridor hinaus, und Kevin McKinleys Bürotür wurde so schnell hinter ihm ins Schloß gedrückt, daß sie ihn fast noch am Absatz erwischt hätte.

Elftes Kapitel

Kate hatte Joss gebeten, sich nach der Schule mit ihr in der Markthalle zu treffen. Diesen Treffpunkt hatte sie gewählt, weil er nur zwei Minuten vom Restaurant entfernt lag und weil dort viele Menschen waren. Nach ihrem letzten Telefongespräch mit Joss hatte sie instinktiv gewußt, daß es für beide besser wäre, wenn sie sich an einem belebten Ort träfen. Außerdem wollte Kate Joss etwas sagen. Sie wollte vorschlagen, Joss solle sofort nach Osney kommen, sie sollten doch nun, da Joss ihre Unabhängigkeitserklärung abgegeben und zwei Monate lang durchgehalten hatte, mit dieser Farce des Getrenntlebens endlich Schluß machen.

Sie werde sie bei dem kleinen Laden erwarten, hatte sie ihrer Tochter erklärt, der an Ort und Stelle diese riesigen amerikanischen Cookies backte, die man – noch warm und köstlich duftend – in einer aufregend unenglischen Papiertüte mitnehmen konnte. Joss verspätete sich. Kate schob die Hände in die Hosentaschen, lehnte sich an eine fensterlose Wand der Plätzchenbackstube und beobachtete die Passanten: Einheimische, die Kohlköpfe und pfundweise Würste kauften, und Touristen, die auf ihre lässig und ziellos interessierte Art vorüberschlenderten. Jedermann trug etwas, Tüten, Kameras, Plastikbeutel, zusammengefaltete Regenmäntel, Babys, Bücher, Zeitungen, in Papier gewickelte Blumen und ...

»Hi«, sagte Joss. Auch sie war schwer beladen. Über ihrer Schulter hing ihr schwarzer Schulbeutel, und in der einen Hand hielt sie eine Plastiktüte, aus der die hellgrünen Blätter einer Sellerieknolle sowie das Ende einer Salatgurke ragten. Joss trug ein pinkfarbenes Sweatshirt, was Kate nicht weniger verblüffte, als wenn ihre Tochter nackt gewesen wäre. Joss ließ zu, daß Kate ihr einen Kuß gab.

»Was ist das alles?« Kate deutete auf das Gemüse.

»Sellerie«, sagte Joss, »und eine Gurke.«

Kate rollte die Augen und grinste. »Das sehe ich selbst. Ich meine, warum schleppst du das alles mit dir rum?«

»Warum nicht?« sagte Joss. »James kann nicht alles allein einkaufen, und Onkel Leonard ist immer so gemein zu Mr. Patel, daß wir ihn da nicht reingehen lassen können.«

Mit einem kleinen Stich dachte Kate an Mr. Patels ausgesuchte Höflichkeit.

»Tee?« fragte sie Joss.

»Okay«, sagte Joss, »aber ich hab nicht viel Zeit.«

»Ich auch nicht ...«

Joss sah sie an. »Na ja, dann ist es ja gut.«

Als sie zusammen an dem winzigen Plastiktischchen standen, sagte Kate: »Du hast dich verändert.«

»Habe ich nicht ...«

»Hast du doch. Du siehst irgendwie freundlicher aus.«

»Herzlichen Dank!«

»Es tut gut, dich mal in Pink zu sehen.«

Verächtlich zupfte Joss an ihrem Sweatshirt. »Das gehört Angie. Wir haben getauscht.«

»Angie? Ich kenne keine Angie ...«

Joss biß ein riesiges Stück von ihrem Plätzchen ab und sagte zwischen Krümel und Zucker: »In meiner Schule.«

»Neu?«

»Nein.«

Kate beugte sich vor. »Und wie ist sie?«

»Schon okay.«

»Joss.«

»Ich hab's doch gesagt.« Joss leckte sich die Finger. »Sie geht in meine Schule, sie ist okay, und sie hat mit mir dies Sweatshirt getauscht.« Sie hielt inne; dann ergänzte sie: »Heute abend kommt sie zum Essen. Sie ist ein Veggie.«

»Sie kommt zum Essen? In die Richmond Villa?«

Joss blickte sie an. »Warum denn nicht?«

»Du hast noch nie jemanden nach Hause eingeladen ...«

»Kann sein, aber Angie kommt jetzt zu uns.«

»Was wird wohl Onkel Leonard zu einer Vegetarierin sagen?« fragte Kate tapfer.

»Ach«, sagte Joss wegwerfend, »den braucht man doch nicht zu beachten.«

»Joss«, sagte Kate, »Joss, ich wollte dich etwas fragen, ich wollte dir einen Vorschlag machen.«

Joss wandte den Blick ab.

»Es geht um dich und mich.«

Joss zog den Kopf ein. »Werd bloß nicht rührselig ...«

»Ich bin nicht rührselig, aber ich meine es ernst.«

»Das ist rührselig.« Joss schob ihren Eisenstuhl zurück.

»Bitte ...«

»Laß es, Mum«, sagte Joss, »laß es lieber.« Damit stand sie auf und begann ihre Siebensachen zusammenzusuchen.

»Joss, du mußt mich anhören!«

»Muß ich nicht. Ich muß gehen. Ehrlich.«

»Vermißt du mich denn nicht wenigstens ein bißchen?«

Joss sah sie entsetzt an. »Ich hab doch gesagt, du sollst nicht rührselig werden ...«

»Ich weiß überhaupt nicht mehr, was eigentlich los ist«, rief Kate. »Ich weiß nicht, was du tust, mit wem du dich triffst ... Was ist mit Garth?«

»Garth?« sagte Joss fast höhnisch.

»Jawohl, Garth. Triffst du dich noch mit ihm?«

»Mit dem doch nicht«, sagte Joss. »Von dem will ich überhaupt nichts mehr wissen.« Sie schulterte ihren Beutel.

»Was ist passiert?«

»Hab ich vergessen«, sagte Joss. Als sie noch einmal stehenblieb, um Kates Wange mit der Andeutung eines Kusses zu streifen, schlug der Beutel schwer gegen den Tisch.

»Vorsicht ...«

»Bis dann, Mum«, sagte Joss. »Laß es dir gutgehen.« Dann war sie fort.

*

»Er will Sie sprechen«, sagte die Sekretärin.

»Sind Sie sicher? Will er nicht meinen Mann sprechen, meinen Mann Hugh?«

»Nein«, antwortete die Sekretärin. Sie musterte Julias Kleidung, als wolle sie jedes einzelne Stück mit einem Preisschild auszeichnen. »Er hat gesagt, er wäre Ihnen dankbar, wenn Sie vor dem Lunch zehn Minuten Zeit für ihn hätten. Halb eins, hat er gesagt.«

»Selbstverständlich.«

Eine kleine Pause trat ein. Die Sekretärin, die, statt einfach anzurufen, zu Julia ins Büro gekommen war, weil sie hoffte, Rob Shiner zu begegnen, auf den sie ein Auge geworfen hatte, erwartete einen Dank. Aber Julia lächelte nur. Hochnäsige Ziege, dachte die Sekretärin und ging. Rob Shiners Bürotür stand offen, aber er war nicht da. Na und, sagte sich die Sekretärin, na und? Ist mir doch egal. Langsam schlenderte sie zum Lift zurück. Julia rief Hugh zu Hause an.

»Er will mich sprechen!«

»Kevin?«

»Ja. Vor dem Lunch! Er hat sogar seine Sekretärin zu mir geschickt, um mich zu bitten, vor dem Lunch zu ihm raufzukommen!«

Hugh schmatzte einen Kuß ins Telefon. »Halt die Ohren steif, mein Liebling.«

Kevin McKinleys Büro war unter Fannys Aufsicht so eingerichtet worden, daß es eine Atmosphäre von Macht und Informiertheit ausstrahlte. Es war mit elegant geformten Furniermöbeln ausgestattet, mit eindrucksvollen schwarzgoldenen, neoklassisch bedruckten Vorhängen sowie ganzen Batterien von Telefonen und Computer-Monitoren. Die einzigen Bilder waren Francis-Bacon-Drucke. Am Fenster warf eine riesige Feige in einer Terracotta-Urne gefleckte Schatten auf den Teppich.

»Wie schön, Sie wiederzusehen, Julia«, sagte Kevin und erhob sich hinter seinem modernen Ahornschreibtisch, um ihr die Hand zu reichen. Er lächelte. »Ich wollte Sie persönlich sprechen.«

Julia neigte grüßend den Kopf. Der Raum wirkte anregend und einschüchternd zugleich auf sie. Sie ergriff seine Hand und nahm in dem Sessel Platz, auf den er deutete.

»Ich habe mit Rob Shiner gesprochen. Und sehr viel Gutes gehört.«

Julia wartete. Unvermittelt mußte sie daran denken, wie sie in der Schule im Zimmer der Direktorin gesessen hatte und überzeugt gewesen war, zur Schulsprecherin ernannt zu werden, dann aber nur deren Stellvertreterin geworden war. Das war eine heilsame Lektion gewesen, die sie sich zu Herzen genommen hatte. Kevin McKinley würde ihr jetzt sagen, daß er mit ihrer Sendereihe »Night Life« zufrieden sei, daß er aber nicht über das Ziel hinausschießen wolle und darum ...

»Ich möchte Ihnen einen Vertrag anbieten, Julia. Zwei Jahre.«

Sie sah ihn ungläubig an.

»Sie scheinen aber nicht sehr erfreut zu sein.«

»O doch, das bin ich, das bin ich wirklich ...«

»Ich möchte mehr Dokumentarisches, verstehen Sie, und zwar aus dem Blickwinkel der Neunziger, einen behutsameren, ernsthafteren Ansatz. Und da passen Sie genau hinein.«

»Das ist wunderbar, ich bin überwältigt ...«

Er schenkte ihr ein angedeutetes Lächeln. »Freut mich.« Er machte eine kurze Pause, dann sagte er: »Wir können nämlich Hughs Vertrag nicht mehr verlängern. Aus Altersgründen. Aber so bleibt's wenigstens in der Familie, meinen Sie nicht?«

*

Hugh war sehr still, aber Julia glaubte nicht, daß er schlief. Sie selbst hatte das Gefühl, sie würde überhaupt nie mehr schlafen können. Es hatte bestimmt noch keinen schrecklicheren Abend für ein Ehepaar gegeben als diesen – nicht, weil sie gestritten hätten, sondern wegen der Qual. Es war eine Qual, die in Kevin McKinleys Büro begonnen hatte, während Julias Heimfahrt gewachsen und anschließend den ganzen Abend lang immer größer und größer geworden war, bis sie irgendwie ins Bett gefunden hatten, stumm, getrennt und zutiefst bedrückt.

»Soll ich ablehnen?« hatte Julia Hugh gefragt. »Soll ich das Angebot ablehnen?«

Hugh schüttelte den Kopf. »Das hilft auch nichts. Auch dann würde er mir den Vertrag nicht verlängern. Er will dich oder gar nichts. Nimm, was man dir bietet, Liebling.« Dabei hatte er sie nicht angesehen. »Nimm's dir nur.«

Vor einiger Zeit noch hatte Julia geglaubt, sie würde es sich nehmen können, wenn es sein mußte, und Hugh würde sie freundlich, aber energisch erklären, daß er diese Tatsache akzeptieren müsse. Sie erinnerte sich, wie sie vor dem Aga gesessen und gelassen und vernünftig ihre Zukunft geplant hatte. Das war ihr heute nicht mehr möglich, nicht etwa, weil sie ihr Denkvermögen verloren, sondern weil sie damals nicht berücksichtigt hatte, was für ein Gefühl es sein würde, Hugh so am Boden zerstört zu sehen. Sie hatte ein so furchtbar schlechtes Gewissen, daß sie nicht wußte, wie sie es ertragen sollte, aber der einzige Mensch, an den sie sich in ihrem Schmerz gern gewandt hätte – Hugh –, war auch gleichzeitig der, an den sie sich nicht wenden konnte. Er hatte weder geschrien noch geflucht, geweint oder sich sinnlos betrunken. Er hatte sogar versucht, zu Abend zu essen, und er hatte weiß Gott versucht, großmütig zu sein.

»Ich bin sehr stolz auf dich.«

»Bitte nicht . . .«

»Aber das bin ich, Julia! Das sind doch großartige Neuigkeiten.«

»Bitte . . .«

»Irgendwann ist für jeden mal Schluß.«

Sie wiederum war so verständnisvoll gewesen, wie sie nur konnte, so sanft und mitfühlend wie möglich. Das fiel ihr nicht schwer, weil sie tatsächlich so empfand; am liebsten hätte sie ihn in die Arme genommen, getröstet und bewundert. Aber das schien er nicht zu wollen. Er hatte sie nicht berührt und sich von ihr nicht berühren lassen, sondern sich eine Zigarette nach der anderen angesteckt und ins Leere geblickt. Julia hatte Kevin McKinleys Gründe für den Vertrag mit ihr zu analysieren, Hugh zu versichern versucht, er sei das Opfer einer lächerlichen Bosheit und durchaus kein Versager, aber Hugh hatte nichts davon hören wollen.

»Es ist doch Wahnsinn: Du hast elf Millionen Zuschauer, und ›Night Life‹ ist noch nicht *ein*mal gesendet worden!«

»Laß nur, Liebling.«

»Ich bin sicher, daß du verhandeln kannst. Ruf doch einfach mal Maurice an ...«

»Julia ...« Hugh sah sie an, »... es ist nichts mehr zu machen. Ich hab so was seit Jahren kommen sehen, und nun ist es soweit.«

»Aber du hast doch noch deine Supermärkte. Und das Fitneßstudio.«

Sein Gesicht zuckte. Lächelte er? »Allerdings. Die habe ich noch.«

»Ich liebe dich«, sagte sie später immer wieder zu ihm. »Ganz gleich, was du tust, ich liebe dich. Und brauche dich. Ohne dich schaffe ich's nicht. Als ich dachte, wir hätten die Zwillinge verloren, war mein erster Gedanke, dich anzurufen ...«

»Schschsch«, machte Hugh, nicht unfreundlich.

»Zwischen uns braucht sich doch nichts zu ändern, mit uns hat das alles doch nichts zu tun.«

Er sah sie an. Sein Blick war liebevoll, aber auch ein wenig abwägend. Auf einmal fühlte sie sich jung – jung, unsicher und ein winziges bißchen töricht. Sie streckte die Hand nach ihm aus. »Hugh?«

Er nahm ihre Hand und küßte sie. Dann legte er sie zurück und stand auf. »Ich werd mal nach den Zwillingen sehen.«

»Ich komme mit ...«

»Nein. Nein, ich gehe lieber allein.«

Er ging hinauf, während sie dasaß und auf den vollen Aschenbecher neben seinem Sessel starrte, auf das eingedrückte Polster, auf dem er gesessen hatte. Sie war so sehr von Liebe zu ihm und Schmerz um ihn erfüllt, daß sie es kaum ertragen konnte. Sie erhob sich, ging auf den Flur hinaus und sah die hübsche Treppe des Cottage empor. Die Tür zum Zimmer der Zwillinge war offen. Sie stand da, wartete und wartete, und dann trat Hugh auf den oberen Flur hinaus und sah sie da unten stehen und emporblicken.

»Bitte, beobachte mich nicht ständig«, sagte er leise.

»Aber ich mache mir Sorgen . . .«

»Das brauchst du nicht. Mir geht's gut.«

Sie schickte sich an, die Treppe hinaufzusteigen. »Das ist nicht wahr, das kann nicht stimmen, Hugh, ich bitte dich . . .«

Er beugte sich zu ihr hinab. »Ich werde jetzt ein Bad nehmen. Allein. Ich muß jetzt ganz einfach allein sein.«

»Selbstverständlich«, sagte sie, dankbar, daß sie wenigstens etwas für ihn tun konnte, und sei es nur, sich von ihm fernzuhalten.

Er verschwand im Bad und verschloß die Tür. Julia ging zu den Zwillingen ins Zimmer. Die beiden lagen wie immer einander zugewandt, und Edward hatte seine Steppdecke abgeworfen, so daß Julia sehen konnte, daß seine Schlafanzugjacke und -hose nicht zueinander paßten. Wie sie feststellte, war es ihr egal, sie bemerkte es zwar unwillkürlich, aber sie hatte nicht das Bedürfnis, nach den fehlenden passenden Teilen zu suchen. Zwischen den Betten ließ sie sich auf die Knie nieder.

»Armer Daddy«, flüsterte sie den schlafenden Jungen zu. »Unser lieber, armer Daddy.«

Hugh blieb fast eine halbe Stunde im Bad und ging, als er herauskam, direkt ins Bett. Julia folgte ihm, um ihn zu fragen, ob er einen Tee oder Whisky möge, aber er lächelte nur, schüttelte den Kopf, deckte sich zu und machte die Nachttischlampe aus: Es war offensichtlich, daß er allein bleiben wollte. Also hatte sie das Haus verschlossen, die Hintertür für Sandy unverriegelt gelassen, die Kissen aufgeschüttelt, die Krümel von den Tischen gefegt, die Lichter ausgemacht und war dann selbst ins Bad gestiegen.

Sie fragte sich, ob es ihr helfen würde, in der Wanne zu weinen, im Schutz des warmen Wasserdampfs zu schluchzen und zu klagen, mußte jedoch feststellen, daß sie gar nicht weinen konnte, nicht einmal dafür konnte sie sich ausreichend entspannen. Weil sie hoffte, in vertrauten Ritualen ein wenig Trost zu finden, und weil sie sich bisher in keiner Situation ihres Lebens so verzweifelt gefühlt hatte, wusch sie sich gewissenhaft, reinigte sich das Gesicht gründlich, putzte sich die Zähne und bürstete sich ausgiebig die Haare. Sie holte ein frisches Nachthemd heraus und zog es sich über den Kopf, dann ging sie ins Schlafzimmer und schlüpfte leise zu Hugh ins Bett. Zögernd streckte sie die Hand aus, um ihn zu berühren. Er regte sich nicht.

»Hugh«, sagte Julia so leise, daß es kaum noch ein Flüstern war. Schweigen. Sie tastete nach ihrer Nachttischlampe und schaltete sie aus, blieb ganz still neben ihm liegen und spürte seine und ihre Qual wie zwei identische Magnetfelder, die einander abstießen.

*

Sie saßen jetzt häufig in der Küche, wenn Joss aus der Schule kam, und manchmal hatte Miss Bachelor Sandwiches gemacht oder brachte ein paar wirklich fade Kekse zum Vorschein. Es ist so ein bißchen, dachte Joss, als ob Großeltern auf mich warten, nur daß normale Großeltern nach allem, was sie so gehört hatte, ihre Enkel nicht nach dem präzisen Inhalt der Schulstunden ausfragten oder ihnen erklärten, sie seien unbestreitbar dumm. Joss wollte keinen Tee – oder vielmehr, nicht *ihren* Tee –, aber sie mußte feststellen, daß es ihr durchaus gefiel, sie dort anzutreffen, wie sie mit Tassen, Untertassen und Töpfchen voll grausiger Fischpaste hantierten.

»Du bist doch sonst nie runtergekommen«, sagte Joss zu Leonard. Er hatte James überredet, ihm eine gelbe Strickweste zu kaufen – »für den verdammten Frühling, du Dummkopf« –, und sie schon am ersten Tag mit Suppe bekleckert, die er, da niemand wußte, wie man sie wieder entfernen sollte, kurzerhand kleben ließ.

»Ich bin nicht runtergekommen, weil ja verdammt noch mal nie jemand *zu Hause* war!«

Miss Bachelor kam fast jeden Tag. Sie hatte es übernommen,

die Türklinken zu putzen, im Garten zu arbeiten, zu jäten und James' Schülern, die furchtbare Angst vor ihr hatten, die Tür zu öffnen. Solange sie im Haus war, saß Leonard am Küchentisch oder, an schönen Tagen, auf einem Küchenstuhl unmittelbar neben der Hintertür und stritt sich mit ihr. Sie versuchte ihm kleinere Aufgaben zu übertragen, aber er weigerte sich hartnäkkig, irgendeine Handreichung zu tun, es sei denn, zu seinen eigenen Bedingungen. Viel lieber sah er zu, wie sie, auf einem gefalteten Handtuch kniend, die kleinen Rabatten jätete, während er ihr Beleidigungen zurief. Eines Tages aber ging er zu weit: Sie habe einen Arsch wie ein Kamel, sagte er. Da ging sie nach Hause und blieb drei Tage fort. Sie fehlte ihm sehr. Und ständig schimpfte er so fürchterlich auf sie, daß Joss schließlich merkte, was die Glocke geschlagen hatte, und in die Cardigan Street ging.

»Na, wird sie kommen?« fragte James, als Joss zurück nach Hause kam.

»Nie wieder, hat sie geschworen.«

»Aha«, sagte James. »Also wird sie morgen erscheinen.«

Hugh hatte ihnen ein Video von »Ihre Wahl?« geschenkt, das Leonard sich immer wieder ansehen wollte. Beatrice dagegen weigerte sich.

»Ich weiß, was ich denke, ich weiß, was ich gesagt habe, und ich habe weder den Wunsch noch das Bedürfnis, mich immer wieder daran zu erinnern.«

Joss stimmte ihr zu. Sie fand die Sendung unheimlich und langweilig. Sie hatte sie mit James zusammen angesehen, weil er sie sich ansehen wollte und sie sich dazu verpflichtet fühlte – nein, es war mehr als eine Verpflichtung, sie empfand eine große Zuneigung zu ihm und das Bedürfnis, dicht neben ihm zu sitzen und bei ihm zu sein, was immer er sich ansehen mochte. Wie sie feststellte, war sie mit vielem, was Beatrice sagte, einverstanden, aber nicht mal im Traum hätte sie daran gedacht, das zuzugeben.

»Nun sieh dich doch an«, sagte Leonard eines Tages zu ihr, »sieh dich bloß an. Wie 'ne richtige Vogelscheuche. Abstoßend.

Kann ich dir natürlich nicht übelnehmen, armes, verlassenes Waisenkind. Kaputtes Zuhause und so. Keiner, mit dem du dich identifizieren kannst.«

»Dummes Gewäsch«, sagte Miss Bachelor, die das Kreuzworträtsel in der *Times* löste. Leonard konnte es schwer ertragen, daß sie es soviel schneller schaffte als er.

Joss, die wie üblich in nachlässiger Haltung an den Kühlschrank gelehnt ihre Frühstücksflocken mit Schokoladengeschmack löffelte, wartete auf mehr. Leonard beugte sich zu Beatrice hinüber.

»Kein Gewäsch. Was soll sie von ihrer Mutter halten, wenn sie erst groß ist? Oder von ihrem nichtsnutzigen Vater? Oder von James? Was für einen Eindruck hat sie vom Familienleben? Kein Wunder, daß sie keinen Verstand und keine Manieren besitzt.«

Beatrice füllte sieben senkrecht aus. »Sie hat Verstand, und Manieren lernt sie. Und was das Zuhause betrifft ...« Sie hob den Kopf und sah Joss an. »Kinder schaffen sich ihr Zuhause selbst.«

Leonard schnaufte verächtlich. Joss hörte auf zu kauen.

»Sie war im Mutterleib zu Hause und mußte ihn verlassen. Wie ich vermute, war sie auch in ihrem Kinderwagen zu Hause und mußte ihn ebenfalls verlassen. Ich bin der Meinung, daß ihr Zuhause jetzt ihr Zimmer hier ist und ihre Schule, und wenn sie älter wird, wird sie sich je nach Bedarf immer wieder ein Zuhause schaffen. Die Gesellschaft wird ihr Zuhause sein.«

Joss dachte darüber nach. Leonard sagte: »Ihr Zuhause sollte bei ihrer Mutter sein.«

»Sollte es das?«

»Wäre doch verdammt noch mal nur natürlich ...«

»Was meinst du?« fragte Miss Bachelor Joss.

Joss war verlegen. »Ich möchte nichts dazu sagen ...«

»Natürlich nicht. Warum solltest du auch? Das ist nun wirklich deine Privatangelegenheit. Ich bin überzeugt, daß deine Mutter dir das auch sagen würde.«

»Meine Mutter . . .«

»Es tut mir leid«, sagte Miss Bachelor, »daß ich deine Mutter noch nicht kennengelernt habe.«

»Sie haben sie . . .«

»Nein. Ich kenne deine Mutter nicht.«

»Eine gute Frau«, sagte Leonard unvermittelt.

Beide blickten ihn an. Er sah auf einmal sehr traurig aus. Dann merkte er, wie sie ihn anschauten, und Joss erwartete schon, daß er sie beschimpfen würde, aber das tat er nicht. Er saß nur ganz still da und erwiderte ihren Blick. Beatrice nahm ihr Kreuzworträtsel wieder zur Hand, und Joss ging in die Speisekammer, um Kartoffeln zu holen, die sie bürsten und zum Abendessen backen wollte.

*

»Guten Abend, Sir«, sagte Garth Acheson zu James.

James kam mit einem Karton voller Lebensmittel aus Mr. Patels Laden. Er erwiderte Garths Gruß mit einem kurzen Nikken. Garth trug eine amerikanische Baseballjacke und sehr saubere Jeans, und auf seinem Gesicht lag ein Ausdruck nicht ganz vollkommener Selbstsicherheit.

»Darf ich Ihnen tragen helfen?«

»Nein, danke«, sagte James. Allein schon die gesunde Farbe von Achesons Gesicht kam ihm wie ein Zeichen von Unsensibilität vor.

»Sir«, sagte Garth, »dürfte ich wohl zu Ihnen kommen und Joss besuchen?«

»Ich glaube, nicht«, antwortete James.

»Würden Sie das nicht wollen?«

»Ich glaube nicht, daß Joss es will.«

»Es tut mir wirklich leid.« Garth ließ die Schultern hängen. »Ich wollte doch nicht . . .«

»Hör auf zu plärren«, fiel James ihm gereizt ins Wort. »Man kann einem Menschen nicht weh tun und sich dann über die unangenehmen Folgen beschweren.«

»Sie ist ein tolles Mädchen.«

»Das weiß ich. Wenn du mich jetzt entschuldigen würdest ... Ich muß nach Hause.«

Er ging davon, die Walton Street entlang. Garth lief ihm ein paar Schritte nach.

»Übrigens, ich habe Garth getroffen«, sagte James zu Joss, während er die Lebensmittel auspackte.

Sie hob den Kopf. »Was hat er gesagt?«

»Er möchte kommen und dich besuchen.«

»Mann!«

»Möchtest du denn, daß er kommt?«

Joss sah auf die Tüte mit Karotten hinab, die sie in der Hand hielt. »Nein. Aber ich hab nichts dagegen, daß er kommen möchte.«

James streckte den Arm über den Küchentisch aus und fuhr ihr durch die Haare. »So gefällst du mir.«

Joss versuchte sich wegzuducken. »Laß das!« sagte sie.

*

Es war Sandys freier Tag. Julia saß im Kinderzimmer auf dem Fußboden, während die Zwillinge ziellos auf ihr herumkletterten und quengelten. Sie hatten in letzter Zeit ziemlich viel gequengelt, sich an ihre Beine geklammert und lächerlich babyhafte Dinge getan, etwa einen Löffel zum Essen verlangt oder nicht rechtzeitig die Toilette erreicht, obwohl sie seit über einem Jahr durchaus an Gabeln und Toiletten gewöhnt waren. Zwar waren sie so blitzsauber wie immer, aber sie wirkten nicht mehr so robust wie sonst, und ihre Kleidungsstücke sahen bei Sandys Pflege reichlich abgetragen aus, ausgeblichen und fadenscheinig.

»Laß das«, sagte Julia müde, als Edwards Sandalenschnalle an ihr Bein stieß. »Bitte, sei vorsichtig.«

Edward kroch auf sie, blieb mit dem Daumen im Mund quer über ihren Knien liegen und drückte sie flach auf den Boden. George begann an ihren Schienbeinen entlang- und über Edward hinwegzukrabbeln.

»Tut weh«, sagte Edward langgezogen.

»Tut nicht weh«, sagte George prompt.

»Tut doch weh, tut weh, Mummy, tut weh, Mummy ...«

»Still«, sagte Julia. Sie schob George von sich und hob Edward von ihren Beinen auf den Boden. Dann rappelte sie sich auf und setzte sich aufs Sofa, auf dem sie sich in glücklicheren Tagen mit den Zwillingen zum Märchenerzählen zusammengekuschelt hatte. Unerbittlich krabbelten sie ihr quengelnd nach.

»Hört auf!« rief Julia auf einmal wütend. »Laßt mich in Ruhe! Hört endlich *auf*!«

Verdutzt hielten sie inne. Dann begann Edward von neuem, und Julia brach in Tränen aus.

»Nicht!« rief George verzweifelt. Mit gefährlich zitternder Unterlippe griff er nach ihr.

Julia schüttelte sich und schniefte hörbar. »Tut mir leid, meine Lieblinge, tut mir so leid ...« Beide musterten sie mißtrauisch. »Ich bin müde, Mummy ist furchtbar müde. Das ist alles.« Noch immer mit den Tränen kämpfend, blickte sie auf die beiden hinab und zwang sich zu einem angedeuteten Lächeln.

»Nicht weinen«, sagte George unsicher.

»Nein, natürlich nicht. Dumme Mummy.«

Sie sahen erleichtert aus. »Dumme Mummy!«

Julia erhob sich. »Kommt, wir machen uns einen Tee, ja? Wollen wir auch Toast machen?«

Das Telefon klingelte. Julia war mit einem Satz da. Das war Hugh, es mußte Hugh sein, der ihr, nachdem er seinen Supermarkt eröffnet hatte, sagen wollte, daß er fabelhaft gewesen und schon auf dem Heimweg sei.

»Mrs. Hunter?«

»Ja ...«

»Hier ist Vivienne Penniman, Julia.«

»Oh!« Julia lächelte in den Hörer. »Wie nett. Wie geht's Ihnen?«

»Danke, gut«, antwortete Vivienne. »Könnte ich vielleicht mit Hugh sprechen?«

»Hugh ist leider noch nicht zu Hause. Er mußte nach Coventry ...«

»Ich weiß.« Viviennes Stimme klang nicht besonders freundlich. »Gerade hat mich der Supermarkt angerufen. Deswegen wollte ich Hugh sprechen.«

»Ist was nicht in Ordnung mit ihm?« erkundigte sich Julia besorgt.

Eine winzige Pause folgte. »Sie brauchen sich keine Sorgen zu machen, meine Liebe«, sagte Vivienne jetzt ein wenig freundlicher, »nur ein kleines Verwaltungsproblem. Könnten Sie ihn bitten, mich anzurufen, wenn er nach Hause kommt?«

»Selbstverständlich.«

Sie legte den Hörer auf. Die Zwillinge zogen sich Stühle zu den Schränken, auf denen Brotkasten und Toaster standen.

»Geht mir nur ja nicht an das Brotmesser!«

Krachend stießen die Stühle zusammen, und George stimmte ein lautes Schmerzgeheul an, weil er sich die Finger geklemmt hatte.

»Au, au, au, au ...«

Edward versuchte die Stühle auseinanderzuziehen, bewegte sie aber in die falsche Richtung. George stieß einen durchdringenden Schrei aus. Als Julia um den Tisch hastete, hörte sie trotz des Gejammers das Knirschen von Autoreifen auf dem Kies draußen. Gott sei Dank, Hugh war zurück, Gott sei ...

»Bluuut!« brüllte George.

»Nein, kein Blut, Liebling, nur eine Quetschung, arme Fingerchen, nur gequetscht. Wir stecken sie in kaltes Wasser, dann ist gleich wieder alles besser.«

»Ich war's nicht!« jammerte Edward. »Ich war's nicht.«

»Das weiß ich, Liebling, das weiß ich. Es war ein Versehen.«

Langsam ging die Hintertür auf. Alle drei drehten sich erleichtert um. Da stand Hugh, wie ein Invalide von dem Fahrer gestützt, der ihn nach Coventry chauffiert hatte, und es war offensichtlich, daß Hugh nicht etwa krank, sondern sturzbetrunken war.

Zwölftes Kapitel

»Psst!« machte Benjie. Er stand auf einem Küchenhocker und hielt sich den Schädel.

»Was ist denn jetzt schon wieder los?« fragte Kate. Sie empfand eine eher verzweifelte Zuneigung zu Benjie, weil selbst seine widerborstige Art nicht ganz seine liebenswerte linkische Naivität verbergen konnte, doch seine ständige Beschäftigung mit sich selbst war äußerst anstrengend.

»Ich hab gestern 'ne Sause gemacht«, jammerte Benjie.

»O Gott, nicht schon wieder! Warum machen Sie bloß solche Dummheiten?«

»Ich hatte Geburtstag. Nie merken Sie sich meinen Geburtstag . . .«

»Ich wußte nicht, daß Sie Geburtstag hatten. Und warum betrinken Sie sich an Ihrem Geburtstag?«

Mit gekränkter Miene sah er sie an. »Ich betrinke mich immer an meinem Geburtstag.«

»Um so schlimmer.«

An ihr vorbei starrte er auf das breite Edelstahlmaul des Pizzaofens. »Tequila Slammer«, sagte er verträumt.

»Wie bitte?«

»Man gibt den Tequila hinein, fügt Limonade hinzu, knallt das Glas auf die Theke und trinkt das Ganze schnell, bevor es aufhört zu sprudeln. Dutzende davon hab ich getrunken. Dutzende.« Ganz langsam ließ er den Blick vom Pizzaofen zu Kate hinüberwandern. »Ihnen würden Tequila Slammer bestimmt schmecken.«

»Wie schmeckt er denn?«

»Keine Ahnung. Kann mich nicht erinnern. He«, sagte er, und sein verschwommener Blick wurde auf einmal scharf. »Sie sehen auch nicht gerade großartig aus.«

Kate füllte die hölzernen Pfeffermühlen nach. Da ihre Hände

nicht sehr ruhig waren, kullerten immer wieder Pfefferkörner über die Arbeitsplatte und auf den Fußboden. »Mir geht's gut. Ich hab nur nicht besonders geschlafen.«

»Ärger mit dem Loverboy?« fragte Benjie, für den Ärger stets in Gestalt von Alkohol oder Loverboys kam.

»Nein«, antwortete Kate, obwohl das nicht ganz stimmte. Mark war momentan stark damit beschäftigt, beleidigt, empfindlich und verletzt zu sein, und Kate konnte ihm nicht die Aufmerksamkeit widmen, die er verlangte, weil ihr eine andere, weit größere Sorge wichtiger war: die Sorge um Joss.

»Geld?«

»Eigentlich nicht«, sagte Kate. »Ich meine, ich mag zwar nicht daran denken, aber es hält mich nachts nicht wach.« Sie hielt inne. Im Grunde hatte es keinen Sinn, Benjie von Joss zu erzählen, denn ein Familienleben war für Benjie in etwa so gut vorstellbar wie ein Leben auf dem Mars, aber schaden konnte es eigentlich auch nicht. Außerdem wäre es schön, jemandem davon zu erzählen, jemand anderem als einer Frau mit unweigerlich weiblicher Einstellung zumal. Im Kino hatte sie das Thema Joss Helen gegenüber angeschnitten, und Helen hatte heftig reagiert. »Wenn du Joss nicht anders zu dir holen kannst, wirst du dir juristischen Beistand holen. Gleich morgen. Ehrlich, Kate, was nützt der ganze Kampf um die Freiheit, wenn du diese Freiheit nicht nützt und unabhängig *handelst*?« Kate hatte ihr zu erklären versucht, daß man Joss' eigene Wünsche berücksichtigen müsse und daß sie, Kate, irgendwie den Kontakt zu James verloren habe, aber das hatte Helen nur noch mehr gereizt. Das Schlimme war, daß Kate ihren Zorn nachfühlen konnte. Natürlich war sie bemitleidenswert und schwach, oder wenigstens wirkte sie sicherlich so, aber ebenso stark war ihr Gefühl, daß sie es niemals fertigbringen würde, wie Helen einfach ins Leben anderer Menschen einzugreifen und ihnen vorzuschreiben, was sie zu tun und was sie zu denken hatten. An jenem Abend hatten sich Helen und Kate mit einer mechanischen Freundlichkeit getrennt, die jede Herzlichkeit vermissen ließ.

»Ich habe meine Tochter gebeten, zu mir zu ziehen«, sagte

Kate jetzt, »und sie hat zwar nicht viel gesagt, aber sie hat mich abblitzen lassen.«

Durch die Zähne holte Benjie tief Luft. Dann stand er auf und begann, seinen schweren Kater vergessend, mit dem Ritual des erfahrenen Kochs seine Schneidbretter, Töpfe und Messer zusammenzusuchen.

»Sie ist also immer noch bei James?«

»Ja. Ich glaube ...« Kate hielt inne und fuhr dann tief bedrückt fort: »Ich glaube, es gefällt ihr dort jetzt recht gut. Ich glaube ...« Wieder unterbrach sie sich.

»Wie alt ist sie?«

»Vierzehn.«

»Ich vermute ...«, Benjie griff nach seinem Knoblauchzopf, »... sie will es Ihnen ganz einfach heimzahlen. Sie behauptet, daß es ihr dort gefällt, um Sie zu ärgern, um Ihnen Kummer zu machen.«

»James ist sehr lieb, wissen Sie.«

»Aber er ist zu alt, nicht wahr?«

»Nein«, sagte Kate, ohne nachzudenken, »er ist nicht sehr alt.«

»Ich hab ihn gesehen.« Benjie hackte geschickt und schnell. »Er hat graue Haare.«

»Joss kennt ihn, seit sie sechs Jahre alt war.«

»Ja, aber Sie kennt sie, seit sie geboren wurde. Sie versucht Sie nur auf die Palme zu bringen. Das hab ich auch ständig gemacht bei meiner Mum. Jetzt ist sie tot. Ich wünschte, ich hätte es nicht getan, aber als sie noch lebte, hab ich nie aufgehört, sie zu quälen. Nehmen Sie's mit ihr auf.« Er drehte sich von seinem Hackbrett zu ihr um und blickte ihr offen ins Gesicht. »Geben Sie bloß nicht klein bei, Kate. Gehn Sie hin und sprechen Sie mit den beiden. Auge in Auge. Jeder Mensch braucht seine Mum, egal, was er sagt.«

*

Der Maisonnenschein lag wie ein Segen auf dem Garten des Church Cottage. Auf den Beeten prangten, von Julia gepflanzt, leuchtende Farbtupfer, dicke Kissen von Narzissen und Stiefmütterchen, schlanke Reihen von Tulpen, Blütenstände von Rosmarin. Julia hatte den Garten nach Konsultation zahlloser Bücher bewußt als Bauerngarten angelegt. »Bloß nichts Künstliches«, hatte sie gesagt. Und Hugh hatte ihr zugestimmt, ohne ihr wirklich zuzuhören. Er war kein großer Gärtner, war nie einer gewesen. »Ich mag schöne, große Terrassen«, hatte er neckend zu Julia gesagt, »irgendwas, das man staubsaugen kann, statt es zu mähen. Irgendwas mit vielen ebenen Flächen, auf denen man seinen Drink abstellen kann.«

Jetzt saß er in einer geschützten Ecke, den Strohhut schräg über die Augen gezogen, und betrachtete Julias Garten. Der Garten war ausgesprochen hübsch, genau wie sie selbst, aber eben das war es, was er in seiner gegenwärtigen Stimmungslage als Vorwurf empfand. Da lag er vor ihm, bezaubernd und unschuldig, genauso, wie sie sich ihm gegenüber jetzt auch verhielt, verständnisvoll und nachsichtig, unschuldig an seiner Laune und dennoch automatisch ihr hilfloses Opfer. Kein Wort des Tadels hatte sie geäußert, nicht die leiseste Andeutung von Kritik an seinem Verhalten in Coventry, sondern angesichts von Vivienne Pennimans wütenden Schimpfkanonaden heldenhaft seine Partei ergriffen. Inzwischen hatte er ihr erzählt, daß sie zeitig in Coventry eingetroffen waren und daß er dem Fahrer erklärt hatte, er werde auf eine Stunde in die Kathedrale gehen, daß er statt dessen aber in einen Pub gegangen war, einen Whisky nach dem anderen gekippt und eigentlich gar keine Wirkung verspürt hatte, bis sie ihn im Supermarkt wie eine geballte Ladung traf. Hinzugekommen waren sein Zorn und die unerträgliche Enttäuschung über Midland Television. »Einfach unmöglich habe ich mich benommen«, sagte er zu Julia, »nur übergeben hab ich mich nicht. Das war aber auch alles.« Sie hatte dagesessen und ihm mit mitleidiger Miene zugehört. Als Vivienne später am Telefon erklärte, sie glaube kaum, Hugh im Moment weitere Engagements vermitteln zu können, hatten sich Julias Augen mit Tränen gefüllt, Tränen für Hugh. Den ganzen Abend, die ganze Nacht und alle folgenden Tage und Nächte hindurch war sie nichts als lieb zu ihm gewesen, bedingungslos und ununterbrochen. Und nun, als er ihren Garten betrachtete, während er abgeschlafft im Liegestuhl saß, glaubte Hugh ihre liebevolle Zuneigung nicht mehr ertragen, sie ganz einfach nicht mehr aushalten zu können.

Das war, wie er sehr wohl wußte, eine Nebenwirkung seines eigenen Schuldbewußtseins, seiner Scham. Je perfekter sie sich verhielt, desto schlechter schnitt im Vergleich sein eigenes Verhalten ab. Noch nie war sie so zärtlich zu ihm gewesen wie in der letzten Zeit, und er vermochte nicht zu sagen, ob das nur daran lag, daß er sich bis auf die Knochen blamiert hatte. In ihrer Liebe lag kein Triumph, keine Andeutung von Macht- oder Überlegenheitsgefühlen, falls sich überhaupt etwas geändert hatte, wirkte sie abhängiger, nachgiebiger, weniger selbstsicher. Angesichts dieser so unverhohlenen Liebe, dieser idealen Liebesroman-Liebe, kam er sich um so niederträchtiger vor, weil er diese Art vollkommener Zuwendung, dieses absolut wundervolle Verhalten, im Moment gar nicht wollte. Aber es war noch mehr als das. Er spürte, daß ihn die Perfektion ihres Verhaltens irgendwie verletzte, und er wurde zerfressen von Gewissensbissen wegen der eklatanten Ungerechtigkeit dieses Gefühls.

»Mr. Hunter!«

Er hob seine Hutkrempe ein wenig an und wandte den Kopf. In der offenen Küchentür stand Sandy, trocknete sich die Hände an einem Geschirrtuch und rief zu ihm hinüber. Sie schrie immer, denn sie kam niemals nah genug, um einfach etwas sagen zu können.

»Ja?«

»Telefon!«

Er rappelte sich auf. Selbst das Telefon wirkte auf ihn inzwischen bedrohlich statt wie ein möglicher Hoffnungsbote. Müde schlurfte er ins Wohnzimmer und nahm den Hörer.

»Hugh Hunter.«

»Hallo, Hugh. Ich bin's, Maurice . . .«

»Maurice!«

»Ich wollte Sie schon vor einer Woche anrufen, aber wir haben so furchtbar viel zu tun. Ich wollte Julia gratulieren, und Ihnen wollte ich sagen, wie leid es mir . . .«

»Schon gut«, fiel Hugh ihm ins Wort.

». . . keineswegs mein Wunsch, wissen Sie, aber natürlich besitze ich nicht soviel Einfluß, wie ich's gern hätte . . .«

»Ich freue mich für Julia«, sagte Hugh. »Sie hat es verdient. Was macht es schon, wer von uns beiden der Glückliche ist.«

»Wundervoll«, sagte Maurice erleichtert. »Ich wußte, Sie würden Verständnis haben. Ich habe gleich zu Kevin gesagt . . .«

»›Ihre Wahl?‹ scheint ihm gefallen zu haben . . .«

»O ja, er fand es hervorragend . . .«

»Deswegen verstehe ich nicht ganz . . .«

Eine kleine Pause trat ein. »*Anno domini*, Hugh. Ganz einfach. Der nächste bin ich.« Er stieß ein kurzes Lachen aus. »Im Herbst werde ich dem Club beitreten. Und was haben Sie für Pläne?«

»Pläne?«

»Warum verreisen Sie nicht ein bißchen?« fragte Maurice. »Gönnen sich eine Pause.«

»Julia hat soviel zu tun . . .«

Maurice, der in beiderseitigem Einverständnis seit neunzehn Jahren keinen Urlaub mit Zoë verbracht hatte, sagte: »Ich meine nicht mit Julia. Die hat, wie Sie ja selbst sagen, ohnehin zuviel zu tun. Warum verreisen Sie nicht mal allein?«

»Im Moment bin ich keine gute Gesellschaft für mich selbst«, sagte Hugh, der es plötzlich satt hatte, so zu tun, als fühle er sich durchaus wohl. Seine Stimme schwankte ein wenig. Maurice, der das bemerkte, beeilte sich, den Anruf zu beenden.

»Dann suchen Sie sich einen Freund. Dafür sind Freunde schließlich da. Suchen Sie sich einen Freund, reisen Sie los, amüsieren Sie sich, schaffen Sie sich eine neue Perspektive. Das Schlimme an unserer schönen Fernsehwelt ist, daß man in ihr den Wald vor lauter Bäumen nicht sieht. Wenn Sie zurück sind, treffen wir uns und trinken ein Glas. Kopf hoch, alter Junge. Und herzlichen Glückwunsch an Ihre bezaubernde Frau.«

Hugh legte den Hörer auf. Er zitterte, fröstelte und stand unsicher auf den Füßen. Im Zimmer war es dämmrig und kühl, doch durch die Fensterscheiben sah er den hellen, sonnigen Garten, den herzlosen Garten, so herzlos wie die ganze Welt, die nicht wußte, was es bedeutete, mit einundsechzig ausgemustert zu werden und die Tür vor der Nase zugeschlagen zu bekommen.

»Mr. Hunter?«

Er wandte den Kopf. »Ja?«

»Ich gehe jetzt die Zwillinge abholen. Und Mrs. Hunter läßt Sie fragen, ob Sie nach dem Lunch vielleicht etwa zwei Stunden auf sie aufpassen könnten, weil ich noch zum Einkaufen muß.«

*

Kate stand vor der Haustür der Richmond Villa und klingelte. James hatte versucht, sie zu bewegen, den Schlüssel zu behalten, aber sie hatte sich geweigert, weil sie fand, das gehöre sich nicht; schließlich beabsichtigte sie, das Kapitel ihres Lebens mit dem Titel »Richmond Villa« endgültig abzuschließen. Als sie anrief, um ihm zu sagen, sie wolle kommen und mit ihm sprechen, hatte James verwundert geklungen – verwundert, aber erfreut. »Bitte, komm doch am Dienstag«, hatte er geantwortet. »Komm auf einen Drink.« Dann hatte er eine Pause gemacht. »Leonard wird nicht hier sein. Er hat es sich angewöhnt, an den Dienstagen auszugehen – zum Bridgespielen, ausgerechnet! Beatrice fährt irgendwo mit ihm hin, per Taxi.«

An den Dienstagen blieb Joss, wie Kate wußte, länger in der Schule, weil sie einer Theatergruppe beigetreten war, eine Entwicklung, die sich aus ihrer Freundschaft mit Angie und einer gewissen Emma ergeben hatte, die Kate auch noch nicht kannte. Das kam Kate durchaus gelegen, denn wenn sie um etwa halb sechs in der Richmond Villa war, konnte sie alles mit James besprechen, bevor Joss um sechs Uhr nach Hause kam, und dann konnten sie beide mit Joss reden. Daß Joss anschließend mit ihr nach Hause kommen würde, wagte Kate nicht zu hoffen, doch der Gedanke an diese Möglichkeit war ihr mehrmals gekommen, bevor sie ihn endgültig ad acta legte.

Es war nicht leicht, so vor der Tür zu stehen, es war sogar schrecklich, und Kate war wie gelähmt vor banger Sorge. Seit fast drei Monaten hatte sie James nicht mehr gesehen, das heißt, nicht mehr mit ihm gesprochen, und inzwischen war mit ihr und ihren Gefühlen so vieles geschehen, daß sie glaubte, er sei für sie ein Fremder. Doch als er ihr die Tür öffnete, erschrak sie nicht über seine Fremdheit, sondern darüber, wie vertraut er ihr war. Er streckte die Hand aus, ergriff ihren Arm und zog sie lächelnd zu sich herein. »Katie«, sagte er und beugte sich zu ihr herunter, um sie auf die Wange zu küssen. Rasch wandte sie den Kopf ab, so daß seine Lippen nur ihre Haare streiften.

»Ach ja«, sagte James.

Kate blickte zu ihm auf und fragte mit strahlender Freundlichkeit: »Wie geht's dir?«

Er machte eine Handbewegung: »Wie du siehst.« Er sah noch genauso aus wie früher, weder dicker noch dünner, weder älter noch jünger. Er trug ein blaukariertes Hemd, das sie wiedererkannte (es hatte eine Stopfstelle am Ellbogen, erinnerte sie sich), und die rostbraune Cordhose, die sie ihm zwei Jahre zuvor zu Weihnachten geschenkt hatte. Hat er sich, fragte sie sich, absichtlich so angezogen?

»Bezaubernd siehst du aus«, sagte er.

Sie wandte den Kopf ab. Deswegen war sie nicht hergekommen, darauf war sie nicht gefaßt gewesen. Sie hatte nur über Joss reden wollen.

»Wann wird Joss aus der Schule kommen?«

»Gegen sechs«, antwortete James. Er ging an ihr vorbei, um ihr die Tür zum Arbeitszimmer zu öffnen, als sei sie eine Fremde. »Komm herein.«

Auch sein Arbeitszimmer hatte sich nicht verändert; es roch sogar noch genauso wie früher. Und es war dieser Geruch, der bei Kate eine höchst unerwünschte Sehnsucht auslöste. Rasch sah sie sich im Zimmer um: Sie wollte sich ablenken und die Sehnsucht ersticken. Der grasgrüne Teppich, der dickliche

Fürst, die ramponierten Sessel, die dicken Bücher- und Papierstapel – das alles war noch so wie vor elf Wochen. Das einzig Neue war eine Schale Pfingstrosen auf dem unordentlichen Tisch am Fenster zum Garten. Die hatte Joss von Garth Achesons Mutter bekommen, die sich des Namens Bluey erfreute und sie in ihrem Garten an der Observatory Street gezogen hatte.

»Gib sie deiner Mutter«, hatte Bluey gesagt. »Sie halten nicht lange, deswegen muß man sie möglichst intensiv genießen.«

Joss hatte sich nicht bemüßigt gefühlt, zu erklären, daß sie zu Hause keine Mutter habe, der sie sie geben könnte. Sie hatte sich einfach bei Bluey bedankt und den Pfingstrosenstrauß James geschenkt.

»Ich hab noch nie Blumen geschenkt gekriegt«, hatte James hocherfreut gesagt.

»Wirklich nicht?«

»Nein. Im allgemeinen kriegen Männer, glaube ich, keine Blumen. Jedenfalls in England nicht.«

»Na ja, ich brauch sie nicht«, hatte Joss großzügig gesagt. »Also kannst du sie ruhig nehmen.«

»Wie schön, die Blumen«, sagte Kate höflich wie ein Gast.

»Von der Mutter eines Freundes von Joss.«

»Angie?«

»Nein, nicht Angie. Garth.«

»Garth? Aber ich dachte, Garth hat ihr den Laufpaß gegeben.«

»Garth«, sagte James mit der Genugtuung dessen, der, wie Kate gereizt konstatierte, eingeweiht ist, »versucht sie wieder zu erobern. Sie behandelt ihn bewundernswert cool.« Er ging zu seinem Schreibtisch, auf dem ein kleines Tablett mit einer Flasche Weißwein und zwei Gläsern bereitstand. »Darf ich dir einschenken?«

»Danke«, sagte Kate und setzte sich in einen der beiden Sessel vor dem Kamin. Allmählich begann sie sich wohler zu fühlen, stärker, entschlossener. Irgend etwas an James' Verhalten, diese gewisse Anmaßung, die er an den Tag zu legen schien, erinnerte sie wieder an den Grund, warum sie ihn verlassen hatte.

»Weißt du . . .«, James reichte ihr ein Glas Wein, ». . . im Grunde beginne ich Joss jetzt erst richtig zu schätzen. Gern gehabt hab ich sie natürlich immer, aber inzwischen weiß ich sie richtig zu schätzen, im Ernst.«

Heiße Wut schoß in Kate empor. Wie konnte er es wagen? Wie konnte er sich so . . . so besitzergreifend benehmen? Sie trank einen Schluck Wein, riß sich zusammen und sagte kurz: »Deswegen bin ich hier.«

Er lächelte. Schien sie nicht zu verstehen. Er stand da, mit seinem Weinglas in der Hand, und blickte auf sie herunter. »Wie bitte?«

Sie erwiderte seinen Blick. »Ich bin hier, weil ich Joss mitnehmen will. Diese Farce ist lange genug gelaufen. Sie ist meine Tochter, und wir sollten endlich zusammenleben. Damit, daß sie hier bei dir bleibt, versucht sie mich nur zu provozieren, und du solltest sie darin nicht unterstützen.« Unvermittelt brach sie ab, weil sie die abgrundtiefe Bestürzung sah, die sich auf James' Miene abzeichnete. Er wandte sich ab und trat ans Fenster.

»Also?« fragte Kate.

Er schwieg. Sie konnte zwar jetzt sein Gesicht nicht mehr sehen, aber die Haltung seiner Schultern und seines Rückens drückte heftige Erregung aus. Mein Gott, er glaubt, er darf sie behalten, er glaubt, er kann mit mir um sie kämpfen! Meine Tochter, *meine*! Laut, hastig fuhr sie fort: »Ich werde dir nicht verbieten, sie zu sehen, James, sie kann so oft herkommen, wie sie will, aber so wie bis jetzt kann's einfach nicht weitergehen, es war dumm, eine dreimonatige Frist zu setzen, fast wie bei einem neuen Job. Sie hat ihren Kopf durchgesetzt, sie ist wie eine Erwachsene behandelt worden, also hat sie ihr Gesicht nicht verloren. Aber sie muß jetzt mit mir kommen, und da verlasse ich mich auf dich . . .«, heiliger Himmel, dachte Kate, ich klinge ja schon wie Helen, ». . . daß du es ihr leicht machst, damit sie nicht das Gefühl hat, sie wird wie ein Kind behandelt oder sie müßte sich zwischen uns entscheiden ...«

»Halt den Mund!« sagte James.

Kate sprang aus ihrem Sessel hoch. »Wie *kannst* du es wagen, so mit mir zu reden! Wir sprechen hier über *mein Kind*, James ...«

Er wandte sich um. »Ich streite mich nicht mit dir. Sie wird mir furchtbar fehlen, aber sie muß natürlich bei dir wohnen. Diesen Standpunkt habe ich von Anfang an vertreten, und ich vertrete ihn heute noch.«

»Dann ...«

»Kate«, sagte James und sah sie mit liebevollem Blick an, »ich hatte eigentlich gehofft, du wolltest mich aus einem ganz anderen Grund sprechen.«

Sie war entgeistert. »O Gott, nein!« stammelte sie. »Wie konntest du ... Nein, ich wollte nicht, ich will nicht ... James, ich kann einfach nicht ...«

»Nein«, sagte er, »das kann ich sehen. Ich hätte mir keine Hoffnungen machen sollen und werde versuchen, es auch nie wieder zu tun – um meinet- wie auch um deinetwillen.«

Kate sank auf die Armlehne des nächstbesten Sessels. »Ich hatte ja keine Ahnung! Ich fühle mich gräßlich, es tut mir so leid ...«

»Das muß es nicht.«

»Ich möchte dir nicht weh tun, das habe ich nie gewollt, es ist nur so, daß ich ...«

»Ich weiß«, sagte er. »Es wäre dir lieber, wenn ich dich nicht so sehr lieben und vermissen würde. Wenn es denn ein Trost für dich ist: Mir wäre es auch lieber. Aber nur keine Angst. Ich bin bisher damit fertiggeworden, also werde ich auch weiterhin damit fertigwerden – genauso wie du mit anderen Dingen.« Er stellte sein Weinglas auf das Tablett zurück. »Ich werde jetzt gehen, Kate. Ich möchte, daß du hier auf Joss wartest, und werde erst nach sieben Uhr zurückkommen. Sagen wir lieber, halb acht.« Er hielt inne; eigentlich wollte er noch hinzufügen: Sag Jossie, daß sie jederzeit kommen kann, aber er bremste sich rechtzeitig, weil er es für unfair hielt. Statt dessen ging er zu Kate hinüber, beugte sich hinab und küßte sie auf die Stirn. »Ich nehme einen Schlüssel mit«, sagte er zum Abschied. »Zieht einfach die Tür ins Schloß, wenn ihr geht.«

*

James ging und ging. Als er das Haus verließ, hatte er vorgehabt, einen der Pubs wie etwa den King's Arms aufzusuchen, der mit Sicherheit vollgestopft war mit lärmenden Studenten, bis halb acht zu trinken, dann nach Hause zurückzukehren und dort weiterzutrinken, bis es entweder nichts mehr gab oder er einfach umfiel. Aber der Abend war wunderschön, mit diesem besonderen Licht des späten Frühlings, das zugleich weich und kristallklar ist, und außerdem wollte James im Grunde nur ganz einfach betrunken *sein*, ohne sich dem langwierigen Prozeß des Sichbetrinkens unterziehen zu müssen. Er dachte an seinen gewohnten Lieblingsspaziergang am Kanal entlang, fand dann aber, der Fluß sei seiner Melancholie bekömmlicher, der Fluß, auf dem an einem schönen Maiabend wie heute noch immer die Universitäts-Rudercrews trainierten, angefeuert von ihrem Trainer, der mit dem Rad auf dem Treidelpfad neben ihnen herfuhr und ihnen durchs Megaphon Befehle zubrüllte. Der Anblick angestrengter, emotional unverfänglicher Körperertüchtigung, fand James, konnte ihm in seinem augenblicklichen Zustand nur guttun.

Es war ein langer Spaziergang, der ihn ins Stadtzentrum führte und durch das Gelände der Christ Church bis auf die Meadows, wo das schwindende Sonnenlicht sanft über dem Rasen und den breiten Wegen lag. Er ging langsam, gelähmt von seiner Trauer, und blieb immer wieder stehen, um eine Aussicht, irgendein Detail oder eine Silhouette vor dem Abendhimmel zu betrachten. Er hatte das Gefühl, gar nichts zu sehen, vom Puls des Lebens weit entfernt zu sein, weil er ganz einfach etwas verloren hatte.

Bewußt hatte er Joss eigentlich nie als zu ihm gehörig betrachtet. Er wußte, daß ihm das nicht zustand, und er wußte außerdem, was geschehen konnte, wenn man einen anderen Menschen als sein Eigentum betrachtete, wie er letztlich, mit sehr schmerzhaften Folgen, Kate als sein eigen betrachtet hatte. Zwischen ihm und Joss war jedoch in letzter Zeit etwas entstanden, das zwar noch keine wirkliche Vertrautheit war, das aber ganz entschieden existierte und ihnen beiden eindeutig gefiel. Das Zusammenleben mit ihr war seitdem keineswegs leichter, sie war weder höflicher noch rücksichtsvoller oder freundlicher, aber sie nahm jetzt Notiz von ihm, und diese Tatsache bewirkte, daß sie sich sowohl seiner als auch ihrer Rechte in ihrem Zusammenleben bewußt wurde. Sie war ihm gegenüber zugleich selbstbewußter und vertrauensvoller geworden, so, als müsse man ihm nicht automatisch mißtrauen, nur weil er ein Erwachsener war. Er fand, daß sie sehr tapfer war. Außerdem zeigte sie sich, obwohl sie in diesen Tagen ständig entweder von ihm, Leonard oder Beatrice zurechtgewiesen wurde, überraschend wenig rebellisch. So daß James, hätte ihm sein Gewissen nicht ständig gepredigt, daß sie bei ihrer Mutter leben müsse, sogar zu sagen gewagt hätte, sie sei glücklich.

Er wanderte den Treidelpfad entlang bis zu den modernen College-Bootshäusern. Bei einigen standen die Tore noch offen, während drinnen junge Leute hantierten oder draußen auf dem Betonboden saßen und plauderten.

»Mann, ich kann bis Freitag unmöglich das ganze Buch lesen, hab ich gesagt, aber er meinte . . .«

»Ich hab mich umgedreht, und da war dieses gräßliche Mädchen . . .«

»Es hat überhaupt keinen Sinn, mit einer so positiven Einstellung einen Aufsatz zu schreiben . . .«

»Irgend jemand Gummibärchen?«

»He, sieh dir das an! Alles schwabbelig. Kein Wunder, daß wir das Boot kaum vorwärtskriegen, wenn du an Bord bist . . .«

»Mann, du bist absolut präsokratisch . . .«

James ging weiter. Sie waren noch ziemlich jung, diese Kerle, kaum fünf oder sechs Jahre älter als Joss. Wenn Joss in ihrem Alter war, würde er fast siebzig, Kate über vierzig und Leonard vermutlich tot sein. Beim letzten Bootshaus blieb er stehen, setzte sich auf eine Bank und ließ die Füße über den sanft sich wiegenden Ponton baumeln, von dem die Ruderer in ihre Boote stiegen. Der Himmel wirkte sanft und mild, und vom anderen Ufer kamen die gedämpften Stimmen von Menschen herüber, Menschen, die auf dem anderen Treidelpfad spazierengingen, Menschen, die sich auf einen normalen Abend freuten, mit Abendessen, Kneipe und Nachrichten im Fernsehen. Nun gut, dachte James, die Ellbogen auf die Knie gestützt, den Blick über seine auf und ab wiegenden Füße hinweg auf den Fluß gerichtet, ich muß eben einfach weitermachen. Zweifellos wird etwas geschehen. Es wird Entwicklungen und Veränderungen geben, die ich nicht voraussehen kann, aber ich darf sie nicht steuern wollen, ja nicht einmal auf sie hoffen. Ich werde Joss wiedersehen, und immer werde ich Kate gehabt haben, selbst wenn ich sie jetzt nicht haben kann. Der Schmerz wird nicht nachlassen, das weiß ich von früher; aber man gewöhnt sich daran und lernt, damit zu leben.

Er stand auf und ließ sich einen Moment von dem sanften Wogen des Wassers unter dem Ponton hin und her wiegen. Dann stieg er ans Ufer hinauf und machte sich auf den Rückweg zur Richmond Villa.

Auf den letzten hundert Metern bis zum Haus hegte er eine höchst abwegige Hoffnung. Er dachte – plötzlich ganz unlogisch –, Joss hätte sich geweigert, mit Kate zu gehen, die beiden hätten sich wieder gestritten, und er würde sie in der Küche vorfinden, wo sie, trotzig und triumphierend, ihre Frühstücksflocken mampfte und dabei Rockmusik hörte. Aber als er den Schlüssel im Schloß drehte, wußte er, daß das Haus leer war. Zunächst ging er ins Arbeitszimmer; dann in die Küche, wo er feststellte, daß Kate die Weingläser gespült, umgekehrt auf dem Ablaufbrett zurückgelassen und die Weinflasche in den Kühlschrank zurückgestellt hatte. Auf dem Küchentisch standen nur noch die Marmeladen- und Honiggläser, die ihren Platz inzwischen ständig dort hatten. Er ging nach oben. Leonard war noch nicht zurück, würde auch frühestens um neun zurück sein, und seine Tür war geschlossen. Joss' Tür stand offen. James ging hinein. Es sah aus, als hätte sie in wilder Hast gepackt – sämtliche Schubladen standen offen, und überall hingen Kleidungsstücke heraus. James versuchte sich vorzustellen, wie das alles vor sich gegangen war: Hatte sie Kate angeschrien, war sie davongelaufen, oder hatte sie einfach resigniert? Wie er feststellte, hatte sie ihre Steppdecke mitgenommen und ihr Bett nackt und unpersönlich zurückgelassen, aber er vermochte nicht zu sagen, ob das ein schlechtes Zeichen war oder ein gutes, ob sie also endgültig ausgezogen war oder ob sie die Decke mitgenommen hatte, weil sie in ihrer neuen, fremden Umgebung Trost brauchte.

Hilflos wanderte James im Zimmer umher, packte T-Shirts und Pullover zurück, schloß die Schubladen, hob Socken, Höschen und Zeitschriften vom Fußboden auf, warf Stanniolpapier von Schokoladenriegeln in den bereits überquellenden Papierkorb. Als er begann, das Bett abzuziehen, konnte er es plötzlich nicht mehr ertragen. Es erinnerte ihn an den Abend, an dem Kate ihn endgültig verlassen hatte und er später in ihr gemeinsames Bett gekrochen war, um sein Gesicht wie benommen, töricht in ihr Kopfkissen zu drücken, das ihren Duft noch immer bewahrte. Um Joss' Zimmer sollte sich Mrs. Cheng kümmern. James ließ die schmutzige Wäsche fallen, die er im Arm hielt, ging hinaus und schloß die Tür hinter sich. Scheiß auf Joss! Scheiß auf Kate! Sie hätten ihm wenigstens eine Nachricht hinterlassen können.

Er ging in die Küche hinunter und öffnete den Schrank mit den Alkoholika. Dort stand noch immer der türkische Wein, sonst nichts. Irgend etwas an dem türkischen Wein erinnerte James an die Bottle-Parties in den Sechzigern, und diese Erinnerung war deprimierend. Er schloß die Schranktüren. Statt zu trinken, nahm er sich vor, etwas zu essen. Und den restlichen Weißwein dazu zu trinken. Dann würde Leonard nach Hause kommen und ihn wenigstens ein bißchen ablenken. James überlegte, wie er Leonard beibringen sollte, daß Joss sie verlassen hatte.

Er öffnete den Kühlschrank. Er enthielt ein trauriges Hühnergerippe, einen welken Kopfsalat und mehrere Schalen und Schüsseln mit nicht mehr inspirierenden Resten. Außerdem gab es ein paar von den idiotischen Joghurts, die Joss sich gekauft hatte, weißliches Zeug in Bechern mit kleinen Plastikfüßen. Da dies kein Abend für ein erbärmliches Sandwich war, würde er losgehen, um Fish and Chips und eine Flasche Stout zu kaufen. Er wollte sich gerade etwas Kleingeld aus dem Holzfäßchen auf der Arbeitsplatte holen, in dem das Haushaltsgeld aufbewahrt wurde, als es an der Haustür klingelte.

Verdammt, dachte James. Er warf einen Blick auf die Uhr. Viertel vor acht. Die Geisterstunde für Mormonen, Jehovas Zeugen und andere Pestilenzen. Er erinnerte sich, daß einer dieser Missionare Hugh einmal tiefernst gefragt hatte: »Kennen Sie Gott?« »Durch und durch«, hatte Hugh geantwortet. »Ich bin es selbst.« Und hatte die Tür wieder geschlossen. James ging durch den Flur und öffnete, seinen gewohnten Spruch »Heute nicht und auch nicht später« schon auf den Lippen, und da stand Hugh mit einer eleganten, dunklen Segeltuchtasche in der einen und einer in braunes Papier gewickelten Flasche in der anderen Hand.

*

Im schwindenden Licht saßen sie in James' Arbeitszimmer in den beiden Sesseln. Das Papier, in das die Fish and Chips eingewickelt gewesen waren, lag, stellenweise durchsichtig vor Fett, zwischen ihnen auf dem Boden. Die Whiskyflasche war halb leer. Oben, im Gästezimmer, das wie Leonards Zimmer nach vorne hinausging, lag Hughs Segeltuchtasche auf dem Bett, auf das er sie geworfen hatte.

»Du kannst nicht bleiben«, hatte James anfangs gesagt. »Du mußt nach Hause zurück. Zu Julia und den beiden Kleinen. Du kannst nicht einfach davonlaufen, weil sie sich wie ein Traum verhält.« Später jedoch hatte er in seinen Bücherregalen gekramt, um ein bestimmtes Buch zu suchen, und es schließlich auch gefunden: einen Band mit Sylvia Townsend Warners Briefen.

»Hör zu«, sagte er zu Hugh, als er die betreffende Seite aufgeschlagen hatte. »Hör dir das an. Geht es darum?« Dann hatte er die Stelle laut vorgelesen. »›Ich sage dies aus tiefstem Herzen, der schlimmste Schmerz, den man dem Menschen zufügen kann, der einen liebt, ist es, sich selbst von Kopf bis Fuß in eine glänzende Rüstung untadeligen Verhaltens zu kleiden.‹«

»Ja.« Hugh nickte. »Das ist es. Das ist es genau.«

»Gott sei Dank«, sagte James. »Gott sei Dank, daß du gekommen bist, und sei es auch nur für eine Nacht. Solange ich Joss hatte, hatte ich nicht nur sie, sondern in gewissem Sinne auch Kate. Ich hab gerade ziemlich tief in einem Sumpf von Selbstmitleid gesteckt, als du kamst, und wenn es eine Eigenschaft gibt, die ich verabscheue, dann dieses Selbstmitleid.«

Die beiden sahen einander lange an. Draußen auf der Straße hörten sie einen Wagen vorfahren.

»Leonard«, sagte James. »Leonard und Beatrice. Sie bringt ihn herein, trinkt eine Tasse Tee bei uns, und ich bringe sie dann zu Fuß nach Hause.«

Autotüren klappten, dann kamen Stimmen die Treppe herauf.

»Was ist passiert?« fragte Leonards Stimme. »Was ist mit ihr geschehen?«

Beatrice' Antwort kam prompt und energisch. »Was glauben Sie denn? Die Männer entscheiden sich unweigerlich für die bequemste Lösung. Er hat sie einfach abgelegt wie einen billigen Handschuh.«

»Er ist bestimmt in seinem Arbeitszimmer«, sagte Leonard. »Und trinkt.«

Die Tür wurde geöffnet; James und Hugh blickten auf, als die beiden alten Gesichter fragend hereinspähten.

»Was ist los?« fragte Leonard. »Was hat der hier zu suchen?«

James erhob sich und ging zu ihnen hinüber. »Es tut mir leid, aber ich muß euch mitteilen, daß Joss gegangen ist«, sagte er. »Doch ich freue mich, euch ebenfalls mitteilen zu können, daß Hugh gekommen ist.«

Dreizehntes Kapitel

Joss lag, die Finger in ihre Steppdecke gekrallt, in der nicht sehr tiefen Dunkelheit. Es war relativ ruhig, aber nicht so still wie in der Richmond Villa, wo ihr Zimmer zur Seite hinausging statt, wie hier, zur Vorderseite des Hauses. Sie wollte nicht an ihr Zimmer in der Richmond Villa denken, aber sein Bild lauerte in ihrem Kopf und ärgerte sie, weil es bewirkte, daß sie sich wie ein Baby vorkam und mit den Tränen kämpfen mußte. Dieses Zimmer war unheimlich. Wenn sie sich auf der linken Seite ihres Bettes aufsetzte, konnte sie mit den Händen die beiden Seitenwände berühren: Das Fenster war durch die Trennwand abgeteilt worden und viel zu hoch für seine Breite. Hinter der Trennwand lag Kate im größeren Zimmer auf dem Sofa und schlief.

Kate. Joss steckte in einem solchen Wirrwarr der Gefühle, daß sie nicht mehr wußte, ob Kate noch Mum war oder einfach Kate. Als sie Kate zu ihrem größten Erstaunen in der Richmond Villa beim Gläserspülen antraf, hatte sie sich urplötzlich danach gesehnt, wieder ihr Kind zu sein; da stand sie, ihre Mum, in der gewohnten und erwarteten Umgebung am Spülstein, wo sie das Geschirr abgewaschen hatte, seit Joss ein Kleinkind war. Kates Anblick hatte Joss aus dem Gleichgewicht gebracht, sie verletzlich und zugänglich gemacht, so daß sie, als Kate sagte, sie würden gemeinsam nach Osney gehen, zustimmend genickt und okay gesagt hatte – ohne Widerspruch und ohne Theater. Gemeinsam hatten sie ihre Sachen gepackt, Kate hatte nach einem Taxi telefoniert, und erst, als sie in den Wagen stiegen, war Joss ihre Steppdecke eingefallen.

»Aber die brauchst du nicht, Jossie, ich hab dir eine neue gekauft ...«

»Doch, ich brauch sie unbedingt«, hatte Joss in plötzlicher

Verzweiflung gesagt, »ich *muß* sie mitnehmen, ich muß ganz einfach . . .«

Also stürmte sie ins Haus zurück und die Treppe hinauf. In ihrem Zimmer sah es furchtbar aus, fast so, als wäre eingebrochen worden. Joss wurde von Panik ergriffen. Sie konnte nicht fort, sie konnte ihr Zimmer nicht verlassen und . . . und James, und Leonard, aber gleichzeitig wollte sie auch nicht, daß dieses Taxi Kate davontrug. Leise, unverständliche Töne von sich gebend, stand sie regungslos im Zimmer. Auf der Straße hörte sie das Taxi hupen. Joss keuchte. Sie holte tief Luft, nahm ihre Steppdecke und vergrub das Gesicht darin. »Hilfe«, sagte sie in die dämpfenden Falten hinein. »Hilfe.« Wieder hupte unten das Taxi. Ihre Steppdecke wie ein heißgeliebtes Tier umklammernd, flog Joss die Treppe hinab und zur Haustür hinaus.

»Du hast mir Angst eingejagt«, sagte Kate vorwurfsvoll. »Ich dachte schon, du hättest deine Meinung geändert. Ich dachte, du wolltest nun doch nicht mitkommen.«

In stummer Qual senkte Joss den Kopf und verbarg ihn wieder in ihrer Decke. Sie konnte Kate nicht ins Gesicht sehen, sie konnte überhaupt nichts ansehen, bis Kate – wie ihr schien, Stunden später – behutsam sagte: »Wir sind da.«

Kate hatte überall Blumen hingestellt, und in einer Tragetasche ihres Lieblingsgeschäfts wartete ein neues Sweatshirt mit schwarzer Kapuze auf Joss. »Wenn es dir nicht gefällt«, sagte Kate, »kannst du es umtauschen.« Dann waren sie, nachdem sie Joss' Bett gemacht hatten, eine Pizza essen gegangen, und Joss hatte ein bißchen Wein getrunken und sich etwas besser gefühlt, aber auf eine komische Art besser, schwindelig und ein wenig hysterisch. Sie lachten viel, und Kate sagte: »Ach Joss, wir werden es uns so richtig schön machen!« Bis Joss tatsächlich daran zu glauben begann. In dem Pizza-Restaurant waren mehrere Leute, die Kate kannten, sie kamen herüber und wurden Joss vorgestellt, und Joss fühlte sich geschmeichelt und zugleich verunsichert, weil Kate diese Leute damals in der Richmond Villa, als sie noch einfach Mum war, noch nicht gekannt und auch nicht so geredet hatte.

Der ganze Abend war eigentlich ganz okay, bis Joss allein in ihrem Bett lag, allein mit ihrer Steppdecke. Da begann sie sich Gedanken zu machen. Um wieviel würde ihr Schulweg länger sein, und welchen Bus mußte sie nehmen? Wie würde Angie hierherkommen können, und Emma, und was sollte sie an all den Abenden machen, an denen Kate im Pasta Please arbeitete und Joss mit dem widerlichen alten Mr. Winthrop allein ließ, der sie an etwas erinnerte, das in einer feuchten, dunklen Ecke vergessen worden und allmählich verschimmelt war? Und wo sollte sie hier ihre übrigen Sachen unterbringen, und wie konnte sie mal für sich allein bleiben, und was würden James und Leonard denken, wenn sie nach Hause kamen, und sie war nicht da? Unvermittelt fielen ihr die Joghurts in den kleinen Töpfchen mit Füßen ein, die sie sich gekauft hatte, Joghurts in all den Geschmacksrichtungen, die James haßte und sie liebte: Banane, Schokolade und Fondant. Der Gedanke an die Joghurts, die im Kühlschrank der Richmond Villa auf sie warteten, war zuviel für Joss. Ganz leise, eine Handvoll Steppdecke in den Mund gestopft, um das Geräusch zu dämpfen, begann sie zu weinen.

*

Kate hörte sie trotzdem. Das Sofa war nicht sehr bequem und selbst für Kate kaum lang genug, und die verschiedenen Spannungen des Abends waren ihrem Seelenfrieden nicht gerade förderlich gewesen. Das war seltsam, denn Kate hatte schließlich gekriegt, was sie wollte, hatte erreicht, was sie erreichen wollte, und zwar erstaunlich problemlos, aber das Endresultat wollte ihr trotzdem nicht recht gefallen. Da lag sie nun, in ihrem geliebten Zimmer, durch dessen Fenster sie die Kanalboote sah, über die sie sich jedesmal wieder freute, während Joss nur ein paar Meter von ihr entfernt warm zugedeckt in ihrem Bett lag. Es war genau wie früher, vor James, nur noch viel besser, und dennoch fehlte etwas. Vermutlich, dachte Kate, während sie sich wieder einmal herumwarf, um eine Lage zu finden, die ihr den Schlaf bringen würde, waren wir zu aufgeregt, und außerdem dürfen wir nichts überstürzen, müssen uns nach so langer Zeit allmählich daran gewöhnen, wieder zusammenzusein. Aber drei Monate sind keine sehr lange Zeit, und wir haben uns schließlich jede Woche gesehen . . . Sie lauschte. Joss weinte noch immer, wenn auch ein wenig ruhiger. Kate glitt vom Sofa und schlich zur Tür in der Trennwand hinüber.

»Jossie?«

Stille.

»Mach dir keine Sorgen, Jossie. Es wird alles gutgehen, weißt du, es ist jetzt nur ein kleiner Schock, weil du es nicht erwartet hast. Mehr nicht. Und mach dir keine Gedanken wegen der Schule. Für morgen habe ich dir ein Taxi bestellt, bis wir die Buslinien herausgesucht haben.« Sie hielt inne. »Ich finde es wundervoll, dich bei mir zu haben. Dich endlich wieder bei mir zu haben.«

»Ja«, sagte Joss kaum hörbar. Sie weinte nicht mehr.

»Schlaf gut. Zum Frühstück gibt's Croissants.«

Croissants, dachte Joss. Wieso Croissants? In der Richmond Villa hatte es die nur zu besonderen Anlässen gegeben, an Geburtstagen etwa – bis auf Onkel Leonards Geburtstag natürlich. Der hatte nur einmal ein Croissant probiert. »Elendes, verdammtes Ding«, hatte er geschimpft und auf den Regen von butterfettigen Krümeln auf seinem Hemd hinabgeschielt. »Paßt genau zu diesen perfiden Franzmännern.« Joss biß verzweifelt die Zähne zusammen. Sie wollte nicht an Onkel Leonard denken.

»Schlaf gut«, sagte Kate noch einmal, und ihre Stimme klang sehr liebevoll.

Joss holte tief Luft. »Du auch«, sagte sie.

*

»Ich dachte mir nur«, sagte Bluey Acheson, »ob Sie vielleicht ein paar von diesen hier brauchen könnten? Das sind Boston Bay Cookies.«

Mit breitem Lächeln offerierte sie James eine Schachtel. James hatte auf ihr Klingeln geöffnet, weil er dachte, es könne der Briefträger mit einem Päckchen sein, und nun stand dort diese fremde Frau.

»Ich bin Garths Mutter ...«

»Ach so.« James erwiderte ihr Lächeln. »Die edle Spenderin der Pfingstrosen.«

»Eben die.«

James öffnete die Tür ein bißchen weiter. »Bitte, kommen Sie herein.« Sie trat an ihm vorbei, eine gepflegte Gestalt in Jeans und einer scharlachroten Strickjacke. »Bei uns herrscht leider eine schreckliche Unordnung.«

»Ich muß Ihnen etwas gestehen«, sagte Bluey Acheson. Sie hatte glänzendes, glattes braunes Haar, das sie mit einem rot-blau-karierten Band zurückgebunden hatte. »Garth hat mir verraten, daß Sie hier ein bißchen in der Klemme stecken, und da Randy verreist ist, dachte ich mir, ich komme einfach mal vorbei ...«

»Randy?«

»Mein Mann«, erklärte Bluey Acheson ohne große Begeisterung. »Er ist Physiker. Deswegen sind wir in Oxford. Gegenwärtig muß er in Den Haag oder so eine Vorlesung halten.«

»Mrs. Acheson ...«

»Bluey, bitte.«

»Bluey. Ich fürchte, mein Onkel ist noch im Morgenrock.«

Und das war er. Er hockte vor den unaufgeräumten Resten des Frühstücks am Küchentisch und murmelte in sein Kreuzworträtsel hinein. Ihm gegenüber saß Hugh in einem Kaschmir-Polopullover mit hochgeschobenen Ärmeln, rauchte und schrieb dabei mit den bunten Filzstiften, die er in Joss' Zimmer gefunden hatte, einen bebilderten Brief an die Zwillinge. Die Küchentür zum Garten stand offen, um den warmen Maisonnenschein hereinzulassen, in dem Miss Bachelor, noch immer fest in ihren braunen Mantel gewickelt, die verwelkten Zweige der Forsythien abzwickte.

»Bitte mal herhören!« sagte James. »Ich möchte euch Mrs. Bluey Acheson vorstellen, Garths Mutter, die so freundlich ist, uns ein paar Plätzchen zu bringen.«

Bluey sah sie strahlend an. Hugh sprang auf und streckte die

Hand aus. »Sie passen nicht hierher, Mrs. Bluey Acheson, Sie wirken viel zu hygienisch.« Er deutete auf Leonard. »Erhebe dich, du ungepflegter alter Kerl!«

Leonard rührte sich nicht. Er musterte Bluey. Sie lächelte ihm zu. »Haben Sie Joss mitgebracht?« fragte er.

Ihr Gesicht wurde lang. »Nein, nur Plätzchen ...«

»Zehn Tage«, sagte Leonard vorwurfsvoll, als trage Bluey die Schuld daran, daß Joss nach Osney umgezogen war.

Bluey setzte sich. Leonard trug einen unübertroffen abstoßenden alten Morgenrock aus kariertem Wollstoff offen über dem Pyjama. Außerdem war er unrasiert. Doch Bluey sah ihn an, als glänze er nur so vor gepflegter Sauberkeit.

»Garth war bei Joss«, sagte sie. »Er ist mit ihr ins Kino gegangen. Ich glaube, es geht ihr gut.«

»Nein, tut es nicht!« rief Leonard empört. »Es hat ihr nicht gutzugehen!«

Bluey senkte den Blick. In Wirklichkeit hatte Garth nicht gesagt, daß es Joss gutgehe, sondern daß sie Heimweh nach der Richmond Villa habe, aber glaube, ihrer Mutter zuliebe in Osney bleiben zu müssen. »Wo ich auch bin, ich werde überall ein schlechtes Gewissen haben«, hatte sie zu Garth gesagt, woraufhin er – aber das hatte er Bluey nicht erzählt – ihre vorübergehende Verletzlichkeit auszunutzen und sie zu küssen versucht hatte, aber sie hatte ihm mit der Faust, die unglücklicherweise mit indianischen Ringen bewehrt war, eine kräftige Kopfnuß versetzt. »Meinen Sie nicht, daß sie bei ihrer Mutter leben sollte?« fragte Bluey jetzt.

Leonard wirkte niedergeschlagen und zugleich wütend. Erbost schüttelte er die Zeitung vor Blueys Nase. »Und was ist mit mir?«

James stellte einen Becher Kaffee vor Bluey auf den Tisch. »Sie dürfen es meinem Onkel nicht übelnehmen. Er gibt sich unhöflich und zornig, um zu verbergen, daß sein Herz weich wie ein Marshmallow ist.« Bluey lächelte. Sie trank einen Schluck Kaffee und sah sich in der Küche um, die fabelhaft unordentlich und, wie Bluey fand, ganz einfach wunderbar aussah: menschlich und phantasievoll. »Es gefällt mir hier«, sagte sie.

Hugh blickte sie an. »Das *kann* nicht wahr sein«, sagte er, während er, obwohl er es sich strikt verboten hatte, an den aufgeräumten Charme der Küche im Church Cottage dachte.

»Verglichen mit dem hier ist meine eigene Küche furchtbar langweilig«, sagte Bluey. »Keine Bücher, keine Stühle, keine ...« Sie stockte.

»Flaschen?« riet James.

Sie lachte. »Ausschließlich *praktische* Flaschen, wissen Sie. Olivenöl, Balsamico und alles, was mir das *Gourmet Magazine* so vorschreibt.«

James und Hugh rückten mit ihren Stühlen näher an sie heran. Im allgemeinen Chaos wirkte sie wie ein frisch gepflücktes Alpenveilchen.

James und Hugh beobachteten sie lächelnd: Sie war bezaubernd, eine hübsche, reizende Ablenkung, die wie ein Geschenk zur Haustür hereingeschneit war. Stöhnend und keuchend wie ein altes Nilpferd begann sich Leonard mühsam zu erheben. Er nahm seinen Stock und hinkte auf die Gartentür zu.

»Und was tun Sie, während Ihr Mann Physik lehrt?« fragte James.

Leonard schlurfte in den Garten hinaus. Als Beatrice ihn kommen hörte, wandte sie sich absichtlich nicht um, bis er ihr fast ins Ohr keuchte.

»Warum sind Sie nicht angezogen?«

»Verdammt noch mal, heute ist Sonnabend!« Er hämmerte mit dem Stock auf den Rasen, der gemäht werden mußte. »Die haben da so 'ne verdammte Frau zu Besuch.«

Nun wandte sich Beatrice, eine Handvoll trockener, raschelnder Blätter zwischen den Fingern, ganz zu ihm um. »Was soll das heißen?«

»Garths Mutter. Sieht aus wie 'ne Puppe. Hat uns Plätzchen mitgebracht.«

»Wie nett von ihr.«

»Nett?« rief Leonard empört. »Ha! Kaum spricht sich's rum,

daß in der Richmond Villa drei Männer allein leben, und bingo! – schon kommen die Weiber in Scharen gelaufen. Erst Sie, jetzt die.«

Beatrice errötete. »Wie grob Sie sich ausdrücken!« Sie konzentrierte sich wieder auf ihre Forsythien. Es war halb elf, und sie hatte gehofft, daß James ihr eine Tasse Kaffee bringen und, während sie ihn trank, ein wenig mit ihr plaudern würde, aber das hätte sie niemals zugegeben. Statt dessen sagte sie: »Warum ziehen Sie sich nicht endlich an? Sie sind unangemessen gekleidet.«

Aus dem Schatten heraus grinste er sie hämisch an.

»Ich soll Mrs. Acheson mit meinem *déshabillé* wohl nicht in Versuchung bringen, wie?«

Beatrice schnaufte verächtlich. Kichernd hinkte Leonard über den Rasen zurück. »Ich glaub«, brabbelte er vor sich hin, »die alte Kuh ist eifersüchtig. Muß sich in mich verliebt haben.« Er schlurfte durch die Küchentür. Bluey erzählte gerade eine Geschichte, über die James und Hugh herzlich lachten. Niemand beachtete Leonard. »Verdammte Idioten!« sagte er laut und humpelte an ihnen vorbei, um nach oben zu gehen und sich anzuziehen.

*

Kate blieb oben an der Wendeltreppe zur Souterrain-Küche des Pasta Please stehen, um Christine vorbeizulassen, die gerade heraufkam. Kate hatte die Hände voll schmutziger Teller, Christine trug zwei Teller voll Rigatoni in Tomatensauce mit Parmesan und Pinienkernen.

»Da unten ist jemand, der dich sprechen will«, sagte Christine mißbilligend. »Aber bitte, mach's kurz. Ich hab gesagt, daß du arbeiten mußt.«

»Wer?« fragte Kate, als sie aneinander vorbeigingen. »Ein Mann oder eine Frau?«

»Eine Frau natürlich«, sagte Christine verächtlich und rauschte von dannen.

Es war Julia. Sie stand an einer Wand, an die Christine sie

verbannt haben mußte, damit sie Benjie nicht in ein ablenkendes Gespräch verwickeln konnte. Julia war blaß und mager, wirkte jedoch, wie immer, äußerst gepflegt und ausgesucht gekleidet. Ihre Haare hatte sie zu einem perfekten, dicken Zopf geflochten.

»Julia!« sagte Kate, stellte die Teller auf der erstbesten Fläche ab und lief zu ihr hinüber.

Julia breitete die Arme aus. Bisher hatten sich bei Begrüßungen und Verabredungen kaum je ihre Wangen berührt, nun aber hielt Julia Kate so fest umarmt wie eine heißgeliebte Schwester.

»Ach Kate! Entschuldige bitte, daß ich hierherkomme, aber könnte ich mit dir reden?«

»Selbstverständlich...«

»Wann hast du Schluß? Wann ist die Mittagsschicht beendet?«

»So gegen halb vier könnte ich mich vermutlich freimachen. Und Joss wird erst...« Himmel, wie schön, das endlich wieder sagen zu können! »... gegen sechs nach Hause kommen.«

Christine kam die Wendeltreppe herab. Julias Blick wanderte zu ihr, konzentrierte sich aber gleich wieder auf Kate.

»Dann werd ich dich hier um halb vier abholen. Okay?«

»Natürlich.«

Julia drückte ihr einen Kuß auf die Wange. »Vielen Dank. Ich danke dir sehr. Ich werde draußen auf dich warten. Auf dem Bürgersteig.«

Als sie fort war, fragte Christine: »Kann es sein, daß ich die kenne?«

»Sie war ein- oder zweimal hier...«

»Nein, nein. Nicht von hier. Aus dem Fernsehen.«

»Aber ja«, sagte Kate. »Bestimmt hast du sie da gesehen. Sie moderiert ›Night Life‹.«

Da Christine Kopfschmerzen und am selben Tag abends noch eine Besprechung mit ihrem Steuerberater hatte, warf sie Kate einen finsteren Blick zu. »Und was will sie dann von dir?«

*

»Ich weiß nicht, was ich machen soll«, sagte Julia offen. »Ich weiß nicht, was ich jetzt anfangen soll.«

Sie saß mit Kate am Fenster eines großen Cafés in St. Giles und zerdrückte eine Zitronenscheibe auf dem Grund ihrer Teetasse.

»Er ist verzweifelt ohne die Zwillinge, sagt er, und er sagt, daß er mich liebt, aber er will nicht nach Hause kommen, weil mein Verhalten ihn in den Wahnsinn treibt.«

»Wie verhältst du dich denn?« fragte Kate. Sie mochte Julia gern, und sie tat ihr leid, und im Vergleich zu ihr fühlte sie sich ausnahmsweise einmal stark und kompetent.

»Ich möchte ihm helfen«, sagte Julia. »Ich liebe ihn, er fehlt mir, und ich möchte ihm helfen, mit dieser schrecklichen Ungerechtigkeit fertig zu werden. Und ...« Sie unterbrach sich.

Kate wartete. Sie trank einen Schluck warmen, starken Tee und beobachtete Julia, die schließlich, nach einem kurzen, inneren Kampf, fortfuhr: »Ich schaffe es ohne ihn einfach nicht, verstehst du? Ich dachte, ich könnte es, aber ich kann es nicht. Ohne ihn hat alles keinen Sinn mehr für mich. Ich brauche ihn. Das hab ich inzwischen festgestellt.«

»Hast du ihm das auch gesagt?«

»Er läßt mich nicht reden«, sagte Julia niedergeschlagen. Immer wieder hatte sie ihn angerufen, kurze, unbefriedigende Gespräche mit ihm geführt, und einmal hatte sie all ihren Mut zusammengenommen und war zur Richmond Villa gefahren, die von Menschen und Leben erfüllt zu sein schien und wo eine Amerikanerin in der Küche stand, die Leonard zeigte, wie man mit einer kleinen Plastikform echt amerikanische Hamburger macht. Leonard hatte so glücklich gewirkt wie ein Kind in der Sandkiste. James war liebenswürdig zu Julia gewesen, Hugh selbst freundlich, aber auf eine höfliche Art, und Julia hatte nichts erreicht.

»Ich hab ihn gebeten, nach Hause zu kommen«, sagte Julia jetzt und sah die Szene wieder vor sich. »Ich bin hingefahren und habe ihn rundheraus darum gebeten. Es war schwierig, mit ihm allein zu sprechen, weil da so viele Leute rumliefen, unter anderem eine mir völlig unbekannte Amerikanerin. Bitte komm nach Hause, habe ich ihn gebeten, und wenn nicht mir, dann wenigstens den Zwillingen zuliebe. Es sei noch zu früh, hat er geantwortet. Ich habe versucht, ihm von den Zwillingen zu erzählen, aber da hat er sich fürchterlich aufgeregt, und aufregen will ich ihn nun auf keinen Fall.«

Kate, die eigentlich etwas Mitfühlendes sagen wollte, fragte statt dessen aus Versehen: »Was für eine Amerikanerin?«

»Die Mutter von Joss' Freund, glaube ich. Wie James es ausdrückte, ist sie eine Frau, die ihr Leben der Wohltätigkeit verschrieben und sie alle zum Ziel ihrer milden Taten gemacht hat. Es schien ihr nichts auszumachen, daß er das sagte. Sie hat nur gelacht.«

Kate riß sich zusammen. »Und die Zwillinge? Wie geht's den Zwillingen?«

Julia schluckte. »Im Moment sind sie furchtbar schwierig. Immer wieder fragen sie, wann Daddy nach Hause kommt, und jedesmal, wenn das Telefon klingelt, rennen sie hin und schreien: ›Daddy, Daddy, Daddy!‹. Und sie haben auch wieder angefangen, ins Bett zu machen. Ich dachte immer, Sandy sei so fabelhaft . . .«

»Ist sie das nicht?«

»Ich glaube, daß sie mich ausnutzt, jetzt, da Hugh nicht mehr da ist.«

»Julia . . .« Kate beugte sich vor, ». . . kannst du arbeiten?«

»Die Arbeit ist eine Erleichterung«, sagte Julia ernst. »Sie ist das einzige, was noch normal für mich ist, was noch stimmt.«

»Dann hast du also genügend Geld . . .«

»O ja«, antwortete Julia. »Ich verdiene mehr, als Hugh jemals verdient hat.« Ihre Miene verzerrte sich flüchtig. »Ich schäme mich so. Ich habe immer gedacht, daß Geld so wichtig ist, daß es Sicherheit bedeutet, daß unser Lebensstil von der Tatsache abhängt, daß wir genug davon haben. Und jetzt, da ich genug habe, aber Hugh nicht mehr da ist, habe ich das Gefühl . . .« Wieder hielt sie unvermittelt inne.

»Er wird zurückkommen, weißt du«, sagte Kate leise.

Julia sah sie an. »Wird er das wirklich? Du solltest ihn und James einmal zusammen erleben.«

Kate blickte auf. Die beiden sahen einander an.

»Gibt es irgendwie . . . Ich meine, haben sie jemals . . .?«

»Nein«, sagte Julia, »ich glaube nicht. Aber die Art, wie sie einander lieben, ist auf eine gewisse Weise schlimmer als Sex, sie gibt ihnen mehr Halt, sie sind so wunderbare *Freunde.*« Sie breitete die Hände aus. Ihr großer, wunderschöner alter Verlobungsring von Hugh, ein Halbreif aus Opalen und winzigen Brillanten, glitzerte und glänzte. »Ich fühle mich ausgeschlossen. Kennst du das Gefühl? Hast du jemals das Gefühl gehabt, daß Hugh für James wichtiger ist als du?«

Kate überlegte. Wenn sie ganz ehrlich war, hatte sie sich nur zuletzt von James' Zuneigung zu Hugh gereizt gefühlt, aber da hatte sie ohnehin auf alles und jedes gereizt reagiert. »Eigentlich nicht.«

»Im Moment habe ich das Gefühl, daß ich nicht mithalten kann, daß ich überheblich und gouvernantenhaft geworden bin und keinen Humor habe. Mit mir verglichen ist James unendlich herzlich, gelassen und menschlich, und nie gibt er Hugh das Gefühl, er würde ihn jemals im Stich lassen. Ich selbst habe auch nicht das Gefühl, daß Hugh mich im Stich gelassen hat, aber er hat das Gefühl, daß er es getan hat, und das ist irgendwie meine Schuld. Es ist wie in einem Labyrinth.« Julia fischte ihre Zitronenscheibe heraus und warf sie in einen Aschenbecher. »Es ist, als irre man endlos in einem Labyrinth umher und gelange weder in die Mitte noch wieder hinaus.«

»Ich glaube, du solltest einfach abwarten.«

»Meinst du? Meinst du wirklich?«

»Ich hab's getan«, sagte Kate. »Ich habe endlos auf Joss gewartet, und plötzlich war der richtige Zeitpunkt zum Handeln gekommen, und da hab ich gehandelt. Eigentlich war es Benjie, der Koch im Pasta Please, der mich dazu gebracht hat, etwas zu tun. Genauso wird es auch bei dir ablaufen.«

»Meinst du?«

»Aber ja. Weißt du, du fehlst Hugh bestimmt. Er merkt es

vielleicht nicht, aber es ist so. Im Augenblick ist er zu verletzt, um etwas zu fühlen, aber das kommt schon, mit der Zeit.«

Julia ergriff Kates Hand. »Du bist ein so wundervoller Trost für mich. Wie kannst du so sicher sein?«

Ein Schatten huschte über Kates Gesicht. »Ich bin nicht stolz darauf, aber ich weiß hundertprozentig, daß ich James noch immer fehle. Hugh wird es genauso gehen. Und nun, da ich Joss bei mir habe . . .«

Julia lächelte. »Es ist wunderbar, daß du Joss wieder hast.«

»Ja«, sagte Kate. »Ja. Wunderbar ist das richtige Wort.«

*

James bat Mrs. Cheng, zusätzliche Stunden in der Richmond Villa zu arbeiten. Mr. Hunter werde sie bezahlen, erklärte er ihr. Mrs. Cheng mißbilligte Hugh. Beatrice Bachelor dagegen liebte sie, schon weil deren Alter Respekt verdiente, aber auch weil sie Mrs. Cheng höflich behandelte und sie bat, ein paar einfache Sachen auf kantonesisch zu sagen. Doch mit Hugh war das etwas anderes. Der machte dumme Witze, blieb viel zu lange mit James auf, und es gab viel zu viele leere Whiskyflaschen. Mrs. Cheng bügelte seine Hemden – die von weit besserer Qualität waren als die von James –, putzte sein Zimmer und staubte all seine Flaschen, Lotionen und Wässerchen im Badezimmer ab, aber das tat sie ausschließlich wegen des Geldes. Für Hugh würde sie keinen Extra-Handschlag tun, und sprechen würde sie auch nicht mit ihm.

»Verdammt unhöflich«, meinte Onkel Leonard.

»Sie müssen gerade sagen.«

»Was haben Sie eigentlich gegen den armen Hund?«

»Sollte nicht hier sein.«

»Und warum nicht?«

»Nicht richtig.« Mit dem Besen holte Mrs. Cheng Staubhexen unter Leonards Bett hervor. »Nicht richtig, so viele Männer. Kate sollte wieder hier sein. Joss sollte hier sein.«

»Aber wir haben jetzt doch Bluey«, wandte Leonard ein, um sie zu ärgern.

»Nicht dasselbe.«

»Nein.« Leonard dachte an Kate und Joss. »Ganz und gar nicht dasselbe.«

Mrs. Cheng hatte Frühjahrsputz in Joss' Zimmer gemacht. Sie hatte die Fenster geputzt, die Vorhänge gewaschen und mit einem Küchenmesser die Kaugummireste vom Teppich gekratzt. Sie hatte das Bett gemacht, auf dem nur die Steppdecke fehlte, und es mit einem sauberen, alten Laken bedeckt, damit es jederzeit für Joss bereit war. Immer, wenn sie Hugh nicht mehr ertragen konnte, zog sie sich für einen stillen Moment in Joss' Zimmer zurück. Obwohl sie keinen konkreten Grund für diese Vermutung hatte, glaubte sie manchmal, daß James es genauso machte. James hatte nur einmal mit ihr über dieses Problem gesprochen, und dann auch nur andeutungsweise, aber Mrs. Cheng hatte trotzdem verstanden, was er sagen wollte.

»Wenn sich die Dinge ändern«, hatte er gesagt, »muß man lernen, sich anzupassen, stimmt's? Und wenn man Glück hat, lernt man, glaube ich, diese Veränderung sogar zu schätzen oder sich wenigstens an sie zu gewöhnen.«

James, dachte Mrs. Cheng, hat sehr viel für sich. Wer würde einen solchen Mann verlassen? Ein freundlicher Mann, ein beständiger Mann, und klug. Ihr Vater war auch klug gewesen; er hatte ihr geraten, Mr. Cheng nicht zu heiraten, aber ihre Mutter hatte die Ehe wegen der Garküche gewollt. Ihr Vater war klug gewesen und schwach. Aber James Mallow, zu dieser Erkenntnis war Mrs. Cheng mit der Zeit gelangt, war klug und alles andere als schwach.

»James erwachsen«, erklärte sie Leonard und fegte eine Handvoll toter Fliegen aufs Kehrblech. »Er nicht verwöhntes, altes Baby wie Sie.«

*

Mark Hathaway merkte, daß er Gewicht verlor, nicht viel, wahrscheinlich nur ein paar Kilo, aber immerhin so viel, daß seine ausgesprochen teuren italienischen Jeans (er war extra nach London gefahren, um sie dort zu kaufen) nicht mehr mit derselben, perfekten Paßform an Taille und Hüften anlagen wie zuvor. Außerdem fand er, daß sein Gesicht schmaler aussah, aber es paßte zu seiner Stimmung, ein wenig abgehärmt und melancholisch zu wirken. Denn welcher normale Mann würde nicht abgehärmt und melancholisch aussehen, wenn so mit ihm umgesprungen wurde, wie Kate mit ihm umsprang?

Das Problem war allerdings, daß er sie liebte, davon war er fest überzeugt. Noch nie hatte eine Frau ihn so beschäftigt, es grenzte fast an Besessenheit. Er vermochte sich selbst nicht recht zu erklären, warum sie auf ihn eine so unwiderstehliche Anziehungskraft ausübte, denn wenn er rückhaltlos ehrlich war, mußte er zugeben, daß sie weder so intelligent noch so hübsch war wie fast alle anderen Freundinnen, die er gehabt hatte. Doch sie besaß eine Mischung aus Zerbrechlichkeit und robustem Selbstbewußtsein, die ungeheuer attraktiv wirkte, und dazu war sie sanft, verlor nur selten die Beherrschung und verfügte über die wundervolle Fähigkeit, Dinge so voller Glück und Freude zu genießen, daß er diese Dinge ebenfalls genoß. Außerdem war er auf eine etwas angeberische Art stolz darauf, sie aus dem sterilen Korsett einer ausgebrannten Verbindung gelöst und befreit zu haben. Daß sie den Blick ihrer über die Maßen anziehenden, schräg gestellten Augen niemals offen auf ihn gerichtet und sich bei ihm dafür bedankt hatte, wirkte äußerst frustrierend auf ihn.

Aber selbst das frustrierte ihn nicht so sehr wie Joss. Kate und er machten gerade die erste, schwierige Zeitspanne durch, die es in jeder Beziehung gab, und plötzlich kam, völlig überraschend für ihn, Joss daher. Es geschah selten, daß Joss an den Abenden, an denen Kate frei hatte, allein ausging, vielmehr war Kate an diesen Abenden immer nur mit Joss zusammen, weil sie das, wie sie immer wieder ausdrücklich betonte, unbedingt so wollte. Natürlich könne Mark auch dabeisein, er sei ihnen herzlich willkommen. Aber das war blanker Hohn, denn Joss und Mark hatten einander, ohne es auszusprechen, eindeutig klargemacht, daß es zwischen ihnen nichts Herzlicheres geben konnte als einen Waffenstillstand.

Es gab also keine andere Möglichkeit, wie Mark zu seiner Enttäuschung feststellte, als vor dem Pasta Please auf Kate zu warten wie ein billiger Bühneneingang-Liebhaber und sie nach Hause zu bringen. Weil er diese Spaziergänge unweigerlich mit der Behauptung einleitete, sie vernachlässige ihn, weigerte sie sich schließlich, überhaupt mit ihm zu sprechen, und in seinen Groll darüber, daß sie Joss ihm vorzog, mischte sich eine tiefe Angst, Kate ganz und gar zu verlieren. In dem Durcheinander der Gefühle, die in ihm brodelten, suchte er verzweifelt nach einem Zaubermittel, das den Spuk auflösen würde.

»Okay«, sagte er zu Kate und ergriff ihre Hand, »ich akzeptiere, daß du zuallererst Mutter sein mußt. Aber darf ich um Himmels willen fragen, was für uns danach kommt?«

Kate war unsicher. Sie wollte nicht, daß Joss auch nur den kleinsten Vorwand für das Gefühl hatte, das Leben in Osney sei langweilig oder sie werde ignoriert, aber sie wollte auch Mark Hathaway nicht den Laufpaß geben. Sie mochte ihn, sie war gern mit ihm zusammen, und er war etwas sehr Wichtiges für sie: ein Mensch, mit dem sie etwas verband und der dennoch nicht sofort von ihr abhängig wurde. »Ich möchte den Schwarm deiner Anhänger nicht vergrößern«, hatte er gesagt. Aber er hatte ihre Erfahrung bereichert, er hatte sie mit modernen Romanen bekannt gemacht, mit Musik, er war mit ihr in Jazzclubs, irische Pubs und eine Tapas-Bar in Bristol gegangen. All diese Dinge, seine Freunde, seine radikalen Ideen und Meinungen, hatten Kate das Gefühl gegeben, acht Jahre ihrer Jugend zurückerhalten zu haben. Und sie war nicht bereit, diese Quelle geistiger Anregungen und Freuden sowie das zunehmende Selbstwertgefühl, das daraus resultierte, jetzt gleich schon wieder aufzugeben.

»Joss«, sagte sie, »ist erst seit vierzehn Tagen bei mir. Wir fangen gerade an, uns zu verstehen. Ich bin überzeugt, daß ich einen großen Teil der positiven Entwicklung in unserem Verhältnis zueinander dir zu verdanken habe, denn ich bin jetzt sehr viel glücklicher, und das spürt sie. Könntest du nicht noch ein bißchen Geduld haben? In einem Monat wird sie fünfzehn, dann wird sie vermutlich öfter mit eigenen Freunden zusammensein wollen . . .«

Tatsächlich hatte Joss sie schon gefragt, ob sie auch mal woanders übernachten dürfe, zum Beispiel bei Angie, und Kate hatte gesagt, natürlich, obwohl sie mit Entsetzen feststellen mußte, wie sehr sie sich wünschte, nein sagen zu können. Dann war Angies Mutter ganz plötzlich ins Krankenhaus gekommen, der ganze Haushalt geriet durcheinander, und Joss blieb zu Hause. Zu Kates Erleichterung, ohne großes Theater zu machen. Das heißt, sie machte augenblicklich so gut wie gar kein Theater, und Kate wagte fast daran zu glauben, daß ihre Tochter glücklich sei.

»Hör zu.« Mark zog Kates Hand so zu sich herum, daß er sie in seinen beiden halten konnte. »Hör zu, das akzeptiere ich ja alles. Wirklich. Aber ich muß dich darauf hinweisen, daß es mich auch noch gibt. Also, wie sieht dein Terminplan für die Zukunft aus?«

»Ich weiß es nicht«, sagte Kate.

»Ein Monat? Zwei? Mein fünfunddreißigster Geburtstag?«

»Ich kann's nicht sagen. Ich wünschte, ich könnte es, aber ich kann's einfach nicht.«

»Aber *willst* du denn, daß es so weitergeht?«

»Nein«, sagte Kate aufrichtig.

»Aha. Wenigstens etwas.«

»Aber ich möchte mit ihr zusammen sein und mich möglichst gut mit ihr verstehen.«

»Und – mit mir?«

»Und mit dir.«

»Und wie beabsichtigst du dieses Problem zu lösen?«

»Warum muß *ich* das tun?«

»Weil es dein Problem ist und du es heraufbeschworen hast.«

Kate entzog ihm ihre Hand und marschierte vor ihm her. Urplötzlich erwachte der Wunsch in ihm, hinter ihr herzulaufen und sie zu schlagen. Hastig rammte er beide Hände in die engen Hüfttaschen seiner Jeans und setzte sich in Trab, bis er sie wieder eingeholt hatte.

»Kate? Entschuldige.«

»Du hast gesagt, du würdest niemals besitzergreifend sein. Du hast gesagt, du wärst ein selbständiger Mensch und du wärst frei ...«

»Das bin ich. Und ich bin keineswegs besitzergreifend.«

Sie blieb stehen und wandte sich um. Das Licht der Straßenlaterne färbte ihr Gesicht blaßgrün und ihre Haare bronzebraun; sie wirkte wie eine Nymphe oder wie eine Dryade.

»Ach, Kate«, sagte Mark, »hab doch Mitleid!«

Sie musterte ihn.

»Du fehlst mir«, sagte er, und seine Stimme brach ein wenig. Zum Teufel mit dem Charme, mit den Manieren – warum sollte sie nicht sehen, was sie ihm antat? »Ich liebe dich, ich bin verrückt nach dir. Ich weiß, da ist Joss, aber kannst du dir nicht – nur gelegentlich – mal vorstellen, was es für mich bedeutet, mich nach dir zu sehnen, an dich zu denken, Dinge zu planen, die wir zusammen tun könnten? Ich will das alles ja nicht sofort, Kate. Ich wünsche es mir nur möglichst bald. Du kannst doch nicht so herzlos sein und mir das verweigern!«

Sie tat einen winzigen Schritt nach vorn. Er nahm die Hände aus den Taschen und legte die Arme um sie. Dann neigte er den Kopf und küßte sie ganz ohne Eile. O Gott, dachte Kate, während sie sich in diesen Kuß fallenließ, oh, wie wunderbar! Und dann: Hilfe, nein, Joss wartet auf mich ... Hastig riß sie sich von ihm los.

»Was ist denn nun schon wieder?«

Am liebsten hätte sie geweint. »Joss«, sagte sie mit erstickter Stimme.

Er trat zurück. »Natürlich«, sagte er höflich und kalt. »Joss.«

»Ich *werde* eine Entscheidung treffen«, sagte Kate. Sie war völlig durcheinander. »Das verspreche ich dir. Ich werde dich nicht im Ungewissen lassen. Bald schon werde ich mir etwas ausdenken. Ehrlich ...«

»Gut«, sagte er.

Joss sah zu, wie sie an der Ecke der Swan Street stehenblieben, dann ließ sie den Vorhang zurückfallen, damit sie nicht sehen mußte, wie sie sich einen Abschiedskuß gaben, denn das wollte sie auf gar keinen Fall. Sie sah sich in dem Zimmer um, das sie für Kate aufgeräumt hatte, dann machte sie, wie gewöhnlich, das Bett für ihre Mutter auf dem Sofa. Anschließend ging sie zu ihrem eigenen Bett und zog ein rechteckiges Stück Pappe unter der Matratze hervor, das sie aus einer Schachtel Frühstücksflokken geschnitten hatte. Auf der Innenseite hatte sie ein Gitter aus lauter kleinen Quadraten gezeichnet. Manche davon waren ausgefüllt – etwa die Hälfte. Jetzt füllte Joss ein paar weitere aus. Fünfzehn Nächte waren es jetzt insgesamt, fünfzehn Nächte in der Swan Street.

Vierzehntes Kapitel

Als Randolph Acheson von seiner Vortragsreise durch Holland nach Hause zurückkehrte, stellte er fest, daß seine Frau Bluey einen neuen Freundeskreis gefunden hatte. Ein wenig erstaunt bemerkte er, daß sie alle zwischen zwanzig und vierzig Jahren älter zu sein schienen, doch im Grunde störte ihn das nicht weiter. Es war vielmehr eine Erleichterung für ihn, daß sie Freunde gefunden hatte, denn sie war von Natur aus sehr gesellig, schien aber bisher in Oxford gesellschaftlich keinen Anschluß finden zu können. Randolph fürchtete, der Grund dafür sei, daß Bluey ihre akademische Laufbahn abgebrochen hatte und ganz Oxford das sofort sah. Die junge, vielversprechende Meeresbiologin, die er vor siebzehn Jahren geheiratet hatte, hatte ihr Labor und ihre wissenschaftlichen Abhandlungen nach und nach gegen Kochbücher und Modekataloge eingetauscht. Obwohl sie es niemals offen zugab, argwöhnte Randolph jetzt, daß Bluey nie einen wahrhaft akademischen Verstand besessen und das College nur besucht hatte, weil alle jungen Mädchen ihres Alters und ihrer Gesellschaftsschicht in dem wohlhabenden Vorort von Chicago, in dem sie aufgewachsen war, aufs College gingen. Blueys eigentliches Interesse galt dem Backen, den Menschen und den Partys. Und je älter sie wurde, desto weniger stellte Randolph fest, schämte sie sich, das offen zuzugeben.

Diese neuen Freunde bedeuteten, daß sie viel ausging. Das berührte Randolph kaum, da er von Viertel nach acht Uhr morgens an im Labor war und häufig – wenn er in dem College zu Abend aß, an dem er arbeitete – erst gegen halb elf nach Hause kam. Seine Wäsche wurde immer noch perfekt gewaschen, der Vorrat an frischen Orangen zum Auspressen im Kühlschrank nahm niemals ab, und in dem kleinen Haus, das sie gemietet hatten, sammelten sich weder Staub noch welke Blumen. Der einzige Unterschied war, daß Bluey Randolph nicht mehr bat, mit ihr ins Kino, zum Essen oder nach London zu fahren. Alles in allem hatte Randolph das Gefühl, daß es für Bluey wunderbar war, ein Haus voll älterer englischer Exzentriker gefunden zu haben.

»Diese Leute sind wirklich klasse«, berichtete Garth seinem Vater. »Sie würden dir bestimmt gefallen. Irgendwie kommen sie mir vor wie aus einem Roman, so ganz anders als normal, weißt du.«

Auch Bluey war zu der Überzeugung gelangt, daß sie wie Figuren aus einem Roman wirkten, einem Roman, der in einem anderen, faszinierenden Zeitalter und einer anderen Gesellschaft spielte. Die Richmond Villa schlug sie in ihren Bann, mit ihren verschiedenen Schichten des Lebens, ihren Wänden voller Bücher und komischer Bilder, ihrer durchgesessenen Gemütlichkeit, ihrer Mißachtung jeglicher Mode. James, Leonard und Hugh in diesem Haus zu finden und dann noch Beatrice und Mrs. Cheng, war Bluey durchaus angemessen erschienen, als wäre sie zufällig auf das Klischee einer Lebensart gestoßen, die sie längst untergegangen glaubte, und hätte unverhofft entdeckt, daß sie doch noch atmete. Als sie dann immer mehr Zeit in der Richmond Villa verbrachte, lernte sie allmählich die Vorgeschichten ihrer neuen Freunde kennen und schloß sie in ihr Herz, weil sie entdeckte, daß jeder von ihnen im Leben auf unterschiedliche Art ebenso sehr gelitten hatte wie sie, die mit einem Mann verheiratet war, den die dahineilenden Jahre nur immer unpersönlicher, distanzierter und langweiliger zu machen schienen.

Zu ihrer großen Enttäuschung hatte sie miterleben müssen, wie entsetzt Randy war, als ihr Interesse für Meeresbiologie nach Garths Geburt allmählich nachließ und sie sich dafür häuslichen Dingen zuwandte, einfachen Dingen, die für sie neben dem, was ihr jetzt als kalte Sterilität der Wissenschaft erschien, eine warmherzige Realität repräsentierten. Sie wußte genau, daß Randy sie verachtete, weil sie Patchworkkissen anfertigte und Kochbücher las, und mehrere Jahre lang hatte sie sich eingeredet, daß ihr seine Meinung gleichgültig sei. Doch als sie merkte, daß James und Hugh ihre Fähigkeiten nicht nur bewunderten, sondern sogar daran interessiert waren, mußte sie sich eingestehen, daß er sie seelisch verhungern ließ und daß sie ganz furchtbar einsam war. Ein Nachmittag in der Küche der Richmond Villa, wo sie Blaubeer-Muffins backte und Myriaden von Hemdknöpfen annähte, während sich die Menschen um sie herum voller Dankbarkeit und Phantasie mit ihr unterhielten, war fast so, als trete man nach einer endlosen Zeit in Kälte und Regen in den warmen Sonnenschein hinaus.

Besonders wärmend war der Sonnenschein immer dann, wenn sich James in der Richmond Villa aufhielt. James hatte Bluey nichts von Kate erzählt, aber Hugh hatte es getan. Und er hatte von Joss gesprochen. Anfangs war Bluey der Meinung gewesen, Joss sei keine passende Freundin für Garth, der ein hübscher, wohlerzogener, anständiger Junge und in Blueys mütterlich stolzen Augen zu gut für eine mürrische kleine Schlampe wie Joss war. Aber wenn James Joss liebte, und Hugh versicherte Bluey, daß er das tat, dann mußte mehr an ihr dran sein, als auf den ersten Blick zu erkennen war. Bluey hätte Hugh gern gefragt, wie sehr James wohl seiner Meinung nach Kate noch immer liebe, aber das verbot ihr nun doch ihr Taktgefühl. Sie mußte sich mit dem Gedanken trösten, daß James, alles in allem, gesund und munter wirkte und keineswegs wie ein Mann, der unter Liebeskummer litt. Von Hugh konnte man das allerdings nicht behaupten. Der war wahnsinnig attraktiv, fand Bluey, wenn auch eigentlich zu charmant, um vertrauenswürdig zu sein, aber es war offensichtlich, daß er sich grämte. Bluey hatte seine hübsche, traurige Frau gesehen, und James hatte ihr von den bezaubernden Zwillingen erzählt. Also war nur zu erwarten, daß Hugh, verständlicherweise und wie es sich gehörte, mit der Zeit nach Hause zu Frau und Kindern zurückkehrte. Dann würde James allein in der Richmond Villa zurückbleiben und sich, da er nur noch Leonard zur Gesellschaft hatte, möglicherweise um so einsamer fühlen und um so dankbarer für jeden sein, der lieb zu ihm war.

Wie oft hatte er ihr schon gesagt, wie lieb sie war! »Sie sind lieb«, sagte er, wenn er den Waldorfsalat sah, den sie zum Abendessen gemacht hatte, einen frisch gestopften Pullover von Leonard oder einen Strauß Stiefmütterchen auf seinem Schreibtisch. »Ich habe ein schlechtes Gewissen, wenn ich sehe, wieviel Sie für uns tun.«

»Aber es macht mir Freude.«

»Das weiß ich. Und eben das finde ich ja so lieb.«

»Ich habe sonst nichts anderes zu tun. Ich habe keinen Job. Randy und Garth sind den ganzen Tag nicht zu Hause. Bin ich Ihnen etwa im Weg?«

»Ganz und gar nicht. Ich habe nur das Gefühl, daß dies ein ungerechter Handel ist, und deswegen mache ich mir Gedanken.«

Sie schenkte ihm einen klaren, offenen Blick. »Für mich ist es ein wundervoller Handel.«

»Dann danke ich Ihnen von Herzen.« James beugte sich vor und küßte sie auf die Wange. »Ehrlich und aufrichtig.«

Das einzige beunruhigende Element in der Richmond Villa war Miss Bachelor. Sie war zwar nicht immer da, doch wenn sie da war, flößte sie Bluey ein bißchen Angst ein. In ihrer Gegenwart fühlte sie sich so ähnlich wie in Randys Gegenwart, aber da war auch noch etwas anderes. Wäre Miss Bachelor nicht so alt gewesen, Bluey hätte geschworen, daß sie eine Schwäche für James hatte; aber Miss Bachelor war nicht nur zu alt, sondern auch zu intellektuell und vernünftig, um etwas so Gefühlsduseliges wie eine Schwäche für einen Mann zu haben. Und dennoch, wenn Bluey James betrachtete, sein freundliches, menschliches, erfahrenes Gesicht, seinen dichten, stets unordentlichen Haarschopf, seine Hände, seine Schulterhaltung und seine Ausstrahlung, die zu erkennen gab, daß er mit seinem Körper durchaus zufrieden war, begriff sie instinktiv, daß weder Alter noch Charakter jemals Einfluß auf eine gewisse Empfänglichkeit für romantische Schwächen haben konnten. Dieses seltsame Leben, dieses eigenartige, fremde Leben in Oxford, das auf Bluey bis vor kurzem so unerreichbar gewirkt hatte, war plötzlich nicht nur interessant geworden, sondern sogar begreifbar.

Ich gehöre wieder zur menschlichen Rasse, sagte sich Bluey, während sie sich vor ihrem Schlafzimmerspiegel die glänzenden Haare bürstete, ich bin wieder an das System angeschlossen. Ich bin verliebt.

*

Eine Woche vor ihrem fünfzehnten Geburtstag füllte Joss das letzte leere Quadrat auf ihrem Pappkalender aus. Dann schnitt sie den Kalender sauber in zahllose winzig kleine Teile, legte sie auf einen alten Farbdosendeckel, den sie im Flur in einem Haufen von Mr. Winthrops Müll gefunden hatte, und verbrannte sie. Anschließend setzte sie sich eher unkonzentriert vor ihre Bücher, um für die bevorstehenden Schulprüfungen zu lernen, und wartete auf Kate. Kate, die an diesem Abend nicht arbeitete, hatte gesagt, sie werde gegen fünf Uhr zu Hause sein und das Abendessen mitbringen, das hieß irgend etwas aus dem Restaurant. Joss aß gern Pasta, aber irgendwann hatte man mal genug davon, genau wie man von anderen Dingen genug haben konnte, mit denen man sich einem anderen Menschen zuliebe eine Zeitlang abfand. Über diese Art des Ausharrens hatte Joss im vergangenen Monat sehr viel gelernt und war zu der Schlußfolgerung gelangt, daß ein solches Opfer nur Sinn hatte, wenn man wußte, daß man damit ein Ziel erreichte.

Als Kate kurz nach fünf kam, warf sie sich in ihren bequemsten Sessel, streifte die Schuhe von den Füßen und stöhnte, es sei ein Nonstop-Tag gewesen, mit jeder Menge Touristen, darunter eine halbe Busladung Japaner, die allesamt genau dasselbe bestellt hätten, woraufhin Benjie fast aus der Haut gefahren sei. Joss machte Kate einen Tee.

»Gott segne dich«, sagte Kate dankbar, nahm den Becher entgegen und trank mit geschlossenen Augen. Joss beobachtete sie eine Weile. Sie hatte sich die Haare anders schneiden lassen, ein bißchen kürzer; es stand ihr gut. Vor diesem letzten gemeinsam verbrachten Monat hatte Joss Kate noch nie distanziert betrachtet, als Person statt als Mutter, jetzt aber tat sie das oft, sie konnte nicht anders, obwohl sie es eigentlich nicht gern tat, weil es ihr unbehaglich war. Emma hatte zu Joss gesagt, sie finde, daß Kate ziemlich »trendy« aussehe, und Joss war stolz, erfreut und beunruhigt gewesen, alles auf einmal.

»Mum . . .«

Kate öffnete die Augen.

»Ja?«

»Mum«, sagte Joss, setzte sich rittlings auf einen Stuhl und stützte sich auf die Lehne. »Mum, ich muß weg.«

»Ich wußte gar nicht, daß du ausgehen wolltest«, sagte Kate unbekümmert. »Wohin gehst du?«

»Ich gehe nicht aus«, sagte Joss ruhig. »Ich meine, ich muß nach Hause. In die Richmond Villa zurück.«

Kate starrte sie an. Vorsichtig stellte sie ihren Teebecher auf den Boden neben dem Sessel und beugte sich vor.

»Aber dies ist dein Zuhause, Joss.«

Joss zuckte nicht mit der Wimper. »Für dich«, sagte sie, »nicht für mich.«

Sie sahen einander unverwandt an.

»Fühlst du dich hier bei mir nicht wohl? Ich dachte, du bist gerne hier. Es hat jedenfalls so ausgesehen.«

Joss schwieg.

»Wir haben doch soviel Spaß gehabt!« rief Kate.

»Ja«, sagte Joss.

Kate packte die Armlehnen ihres Sessels und beugte sich noch weiter zu Joss hinüber. »Aber warum denn dann?«

Der Blick, mit dem Kate sie ansah, und der Ton ihrer Stimme gefielen Joss gar nicht, aber sie mußte weitermachen. Sie hatte gewußt, daß es nicht leicht werden würde, sie hatte erwartet, daß Kate es nicht einsehen, daß sie gekränkt sein und es persönlich nehmen würde. Also versuchte sie sich nicht aufzuregen und antwortete vorsichtig: »Ich muß einfach zurück. Es ist nicht deinetwegen, es hat nichts mit dir zu tun, aber ich kann so einfach nicht weiterleben.« Sie hielt inne und sagte schließlich nachdrücklich: »Es ist nicht echt.«

»Nicht echt?«

»Nein.«

»Daß Mutter und Tochter zusammen leben, zusammen essen, Spaß miteinander haben und zusammen ausgehen – das ist nicht echt?«

»Das ist echt«, sagte Joss beherzt, »aber das ist nicht die Wahrheit, stimmt's? Dein Leben hier ist nicht echt, du spielst diese Rolle nur ...«

»Ich spiele?«

»Jedenfalls lebst du nicht wirklich«, sagte Joss, erstaunt über sich selbst. »Du bringst einfach die Tage hinter dich.«

Beide schwiegen. Kate stand auf, drängte sich an Joss vorbei und trat ans Fenster. Joss hatte das Gefühl, daß sie sehr lange hinausblickte. Endlich kehrte sie zu ihrem Sessel zurück, setzte sich und sagte mit sehr beherrschter Stimme: »Du hast mit James gesprochen. Habe ich recht?«

»Nein«, sagte Joss, »auch nicht mit Onkel Leonard.«

»Warum redest du dann so? Sonst hast du doch nie so geredet.«

»Jetzt tu ich's eben«, sagte Joss. Sie holte tief Luft. »Ich hab mir einen Kalender gemacht. Mit achtundzwanzig Quadraten, für die Tage. Jeden Tag habe ich ein Kästchen ausgefüllt. Das letzte heute, damit ist der Monat voll. Ich hatte mir vorgenommen, einen Monat hierzubleiben, mit James oder Onkel Leonard nicht mal zu reden und nicht nach Jericho zu gehen, und das hab ich eingehalten. Aber jetzt will ich wieder nach Hause.«

Kate legte das Gesicht in beide Hände. Durch die Finger flüsterte sie: »Warum?«

»Weil es da mehr wie eine Familie ist.«

»Mit James?«

Joss vermochte nicht sofort zu antworten. »Es ist mein Zimmer und so«, sagte sie nach einer Pause, obwohl sie wußte, daß das nur ein Teil der Wahrheit war.

»Ich kann's einfach nicht glauben«, sagte Kate.

Joss sah sie offen an. »Warum kommst du nicht einfach mit?«

»O Gott, *nein* ...«

»Aber warum nicht? James würde sich bestimmt freuen, wenn du wiederkämst ...«

»Ich will aber nicht zurück. Ich bin endlich frei, verstehst du das nicht? Darum ging es mir doch nur. Ich dachte, das hättest du verstanden. In diesem letzten Monat, als wir so glücklich zusammen waren und du so lieb warst, da dachte ich, du hättest begriffen . . .«

»Nein«, fiel Joss ihr ins Wort. »Ich finde immer noch, daß du verrückt sein mußt.«

Kate ballte die Fäuste. Dieses Gespräch durfte nicht in Streit umschlagen.

»Würdest du denn bei mir bleiben, wenn ich eine andere Wohnung fände, eine, die du mit mir zusammen aussuchen könntest?«

Joss hätte fast den Mut verloren, damit hatte sie nicht gerechnet. Sie umklammerte die Stuhllehne. »Nein«, sagte sie.

»Ich verstehe. Dann ist also Jericho der einzige Ort, an dem du gnädigst mit mir zusammenleben würdest, Jericho, wo ich so unglücklich bin?«

»Ich bin hier unglücklich«, sagte Joss. »Warum kann ich nicht genauso wählen wie du?«

»Weil du noch ein Kind bist«, sagte Kate, ganz gegen ihre Absicht und ohne große Überzeugung.

»Komm mir nicht damit!« sagte Joss voller Verachtung.

»Geht es um Mark?«

Joss seufzte. »Nein.«

»Du magst ihn nicht . . .«

»Ich finde ihn widerlich, aber das ist nicht der Grund. Ich habe dir doch *erklärt*, warum.«

Kate stand auf. Sie wirkte so zerbrechlich und so tief verletzt, daß Joss bei ihrem Anblick Gewissensbisse bekam. »Du willst fort, weil ich es, obwohl ich deine Mutter bin, nicht fertigbringe, dir das Gefühl zu geben, daß du hier zu Hause bist.«

Joss schwieg. Sie hätte gern etwas Liebevolles gesagt, wußte aber nicht, wie sie das tun sollte, ohne daß es nach einer Entschuldigung klang, denn das wäre, wie ihr instinktiv klar wurde, tödlich gewesen. Also blickte sie auf den Teppich hinab, ein altes

Imitat mit türkischem Muster, und begann die steifen Blumen in der Borte zu zählen.

»Ach, Joss«, sagte Kate zutiefst bekümmert, »Jossie ...«

Neun, zehn, zählte Joss. Sie hätte so gern gesagt, es tut mir leid. Elf, zwölf, dreizehn, um die Ecke ...

»Was hat James, das ich nicht habe?«

Auf einmal stieg Zorn in Joss empor und löschte jedes weiche Gefühl aus. Sie sprang so heftig von ihrem Stuhl auf, daß er umkippte.

»Er verlangt nicht ständig was von mir!« schrie sie Kate an. »Er verlangt nichts von mir, und von dir hat er auch nichts verlangt!«

Dann stürzte sie zum Zimmer hinaus, die dunkle Treppe hinunter und auf die Haustür zu. Hinter der geschlossenen Tür zum Wintergarten hörte sie Mr. Winthrops Leidenschaft dieser Woche, Peggy Lee, singen. Joss riß die Haustür auf und knallte sie hinter sich so ohrenbetäubend laut ins Schloß, daß Peggy Lee zu stammeln begann und Mr. Winthrop aus seiner Höhle hervorkam, um Kate von unten herauf wüst zu beschimpfen.

*

Joss hatte Hugh vergessen. Nachdem sie ihr Taxi bezahlt und ihre Siebensachen mitsamt der Steppdecke die Außentreppe hinaufgewuchtet hatte, drückte sie in der Erwartung auf die Klingel, daß James ihr die Tür öffnen würde. Aber nicht James kam an die Tür, sondern Hugh, in hellblauem Hemd und weißer Hose. James, dachte Joss sofort verächtlich, hätte niemals weiße Hosen getragen, auf keinen Fall weiß, schon gar nicht in seinem Alter.

»Großer Gott!« sagte Hugh.

»Ich bin wieder da ...«

»Das sehe ich. Weiß Kate davon?«

»Sie hat mir das Geld fürs Taxi gegeben.«

»Hölle und Teufel, sie hat dich zurück*geschickt*?«

»Nein, hat sie nicht«, rief Joss, die jetzt ärgerlich wurde. »Sie wollte, daß ich bei ihr bleibe, aber ich wollte lieber hierher zurück.«

Hugh bückte sich nach den Beuteln und Taschen. »Dann solltest du wohl lieber reinkommen.«

»Ich *wohne* hier«, sagte Joss wütend.

»Ja, aber ich dachte, du wärst nicht mehr ...«

»Warum sind *Sie* immer noch hier?«

»Oh, mein Gott«, sagte Hugh, »ich glaube, das ist zuviel für mich.«

Mit ihrer Steppdecke als Polster drängte sich Joss an ihm vorbei in den Flur. »Wo ist James?«

»Nicht da.«

»Wo ist Onkel Leonard?«

»Im Garten. Trinkt Tee. Mit Beatrice.«

Joss ließ ihre Steppdecke fallen und lief durch den Flur und die Küche in den Garten hinaus. Onkel Leonard und Miss Bachelor saßen unter dem Weidenbaum an der Ecke der kleinen Rasenfläche. Onkel Leonard trug seinen Panamahut mit dem schwarzen Band und der zersplitterten Krempe.

»Ich bin wieder da!« rief Joss. »Ich bin wieder da!«

Beide blickten verwundert auf.

»Verdammt noch mal, was für eine unangenehme Überraschung!« sagte Leonard. Und streckte die zitternden, leberfleckigen Hände aus.

»Josephine!« rief Beatrice. »Wie erstaunlich!«

Joss lief quer über den Rasen und ließ sich vor ihren Füßen zu Boden fallen.

»Warum ist er immer noch hier?«

»Hugh? Keine Ahnung. Absolut lästig ...«

»Ist dies ein regelrechter Besuch, Josephine? Weiß deine Mutter ...«

»Wo ist James? Wann kommt James nach Hause?«

»Du siehst schlimmer aus denn je. Armes Kind. Warum willst du unbedingt zurückkommen? Ohne dich war's so schön friedlich ...«

»James ist auf einer Ausstellung für moderne Kunst – mit Mrs. Acheson ...«

»Bluey ...«

»Ein außergewöhnlicher Name.«

»Hübscher, kleiner Hintern, ganz anders als ...«

»Leonard!«

»Ich hab ehrlich versucht, da zu leben«, sagte Joss. »Wirklich, ganz ehrlich. Es war schön bei Mum, aber es war nicht ...«

Sie warteten.

»Wir haben nur so getan, als ob«, erklärte Joss.

Beatrice sah sie strahlend an. »Wir haben dich sehr vermißt.«

»Ich nicht.«

Joss wandte sich an Leonard. »Ich hab dich auch nicht vermißt.«

»Warum bist du zurückgekommen?«

»Ich bin vor Mr. Winthrop geflohen.«

»Wer ist Mr. Winthrop?«

»Mums Vermieter. Er riecht.« Grinsend sah sie Leonard an. »Fast so schlimm wie du.«

»Unverschämtheit!«

»Warum ist James mit Bluey ausgegangen? Sie ist verheiratet.«

Leonard und Beatrice tauschten einen Blick.

»Sie war sehr freundlich und ist eine außerordentlich begabte Hausfrau.«

»Ach ja?« Joss rappelte sich auf. »In welchem Zimmer ist er? Hoffentlich nicht in meinem ...«

»Hugh? Nein. Dein Zimmer hat Mrs. Cheng wie eine Löwin verteidigt.«

»Ich geh's mir ansehen. Mein Zimmer. Und dann ruf ich Garth und Angie an.« Hüpfend kehrte sie über den Rasen ins Haus zurück.

Die beiden sahen ihr nach. »Das liebe Kind«, sagte Beatrice in einem Ton, der ganz anders klang als sonst.

»Hören Sie auf«, sagte Leonard angewidert und sah Beatrice an. »Wenn Sie sentimental werden, Sie alte Idiotin, werd ich Ihnen in den Tee spucken.«

*

Julia saß im Wohnzimmer und las Hughs Brief zum achten oder neunten Mal. Es war kein sehr tröstlicher Brief, er steckte voller Vorwürfe, die, wie Julia fand, nur unzulänglich als Selbstbezichtigungen getarnt waren. Er schreibe nur, hieß es darin, weil sie ihn darum gebeten und gesagt habe, sie brauche etwas Greifbares, Dauerhafteres als diese unbefriedigenden Anrufe, nach denen sie immer so deprimiert sei.

»Du wärst weit weniger deprimiert«, schrieb Hugh, »wenn Du mich eine Zeitlang in Ruhe lassen würdest. Im Augenblick kann ich mich, wie Du es ausdrückst, nur schlecht benehmen, also wäre es weit weniger schmerzlich, wenn Du mich überhaupt nicht zu irgendeinem Benehmen provozieren würdest. Versteh mich nicht falsch – ich bin keineswegs glücklich hier. Ich befinde mich in einem Schwebezustand, mehr kann ich im Moment nicht verkraften, mehr kann ich jetzt nicht verkraften.«

So ging es weiter, den ganzen Brief lang: ausweichend und weitschweifig. Alles in allem lief es schlicht und einfach darauf hinaus, daß er sie, Julia, zurückwies – sie und damit alles, wofür sie stand, das Heim, das sie geschaffen, die Maßstäbe, die sie gesetzt hatte. Von dieser allumfassenden Zurückweisung ausgenommen waren natürlich allein die Zwillinge, und Julia dachte mit einer leichten Andeutung von Trotz, daß Hugh nicht einfach die Zwillinge genießen, alles andere aber, was dazu gehörte, das heißt sie selbst und ihr gemeinsames Leben, ablehnen konnte. Keine Sekunde bezweifelte sie, daß er die Kinder aufrichtig liebte und vermißte, aber je länger er fort war, desto unbestimmter wurde für ihn die Realität des Zusammenlebens mit den Zwillingen und desto stärker ihre Anziehungskraft als kleine, perfekte, verbotene Engelsgeschöpfe. In Wirklichkeit waren sie gerade jetzt alles andere als Engel, sondern ganz einfach fürchterlich. Sie hatten beschlossen, nicht einmal mehr Sandy zu gehorchen und statt dessen zu einer Art anarchischem Babyverhalten zurückzukehren, nicht mehr richtig zu sprechen, Bücher zu zerreißen und mit Essen um sich zu werfen. Je trauriger Julia wurde, desto schlimmer wurde ihr Benehmen.

In letzter Zeit befürchtete Julia sogar, daß Sandy kündigen würde, was dann, so unbefriedigend sie in so mancher Hinsicht auch sein mochte, eine weitere Umstellung in dem ohnehin so furchtbar gestörten Leben der Zwillinge bedeuten würde.

Julia legte den Brief aus der Hand und trank einen Schluck Wein aus dem Glas, das sie ins Wohnzimmer mitgebracht hatte. Als sie den Brief nach dem Frühstück, auf der Toilette eingeschlossen, zum erstenmal gelesen hatte, hatte sie bitterlich geweint und war von all den alten Ängsten und Kümmernissen geschüttelt worden. Nun aber, nachdem sie ihn immer wieder gelesen und den ganzen Tag gearbeitet hatte, fühlte sie sich weniger niedergeschmettert. Darüber dachte sie jetzt nach. Warum war das so? Schließlich hatte Hugh in seinem Brief nichts Neues geschrieben, sondern ihr nur wieder seine eigene Hilflosigkeit vor Augen geführt, diese Hilflosigkeit, die sie so gerührt und gepeinigt, ja ihr fast das Herz gebrochen hatte. Heute abend dagegen war sie nicht mehr gerührt. Sie betrachtete den Brief, nahm ihn aber nicht wieder zur Hand. Sie wollte ihn gar nicht wieder zur Hand nehmen, sondern ärgerte sich über seinen Anblick.

Sie ging in die Küche. Sandy hatte das Abendessen der Zwillinge nicht ordentlich weggeräumt, der Tisch war noch mit Krümeln, vereinzelten Erbsen und Milchpfützen bedeckt. Julia ging an den unordentlichen Resten vorbei zum Kühlschrank, um die Weißweinflasche herauszunehmen und sich das Glas noch einmal zu füllen. Sie überlegte, ob sie sich ein Ei kochen sollte, hatte aber keine Lust dazu. Abermals öffnete sie den Kühlschrank, fand den Rest eines Brie sowie eine Tomate und kehrte damit, ohne Teller, ins Wohnzimmer zurück. Auf dem Weg zu ihrem Sessel trat sie versehentlich auf Hughs Brief und empfand dabei ein winziges Aufflackern von Triumph. Ich glaube, sagte sie sich, während sie in den Brie biß, ich glaube, er tut sich jetzt genauso leid, wie er mir noch heute vormittag leid getan hat. Warum tut er mir jetzt nicht leid, warum empfinde ich nicht mehr so wie nach dem Frühstück auf dem Klo? Was ist es nur, dachte Julia, während Tomatensaft und -kerne über ihr

Kinn rannen, was ist es nur, das Würmer plötzlich veranlaßt, sich zu krümmen?

Sie bückte sich und legte sowohl den halb gegessenen Käse als auch die Tomate bewußt auf Hughs Brief. Dann ging sie zum Fenster und sah in ihren frühsommerlichen Garten hinaus, der blaugrau und blauschwarz in der Abenddämmerung lag. Sie beugte sich vor, bis ihre Stirn die Scheibe berührte. In der Mittagspause hatte sie eine Planungsbesprechung mit Rob Shiner über eine neue Idee von ihr gehabt – eine Sendung über drei Midlands-Kinder unterschiedlicher Herkunft, die fünf Jahre lang beobachtend begleitet werden sollten. Nach der Besprechung hatte Rob gesagt, kommen Sie doch auf ein Sandwich mit. Sie aßen ständig Sandwiches zusammen, Rob und Julia, und sie hatte dankbar zugestimmt, weil sie dadurch gehindert wurde, abermals Hughs Brief zu lesen. Beim Sandwich hatte Rob sie gefragt, ob sie mit ihm zu Abend essen würde.

»Zu Abend essen?«

»Ich glaube«, hatte Rob geantwortet, »Sie brauchen ein bißchen Aufmunterung.«

»Das ist sehr nett von Ihnen«, hatte Julia gesagt.

Rob hatte ihr Glas noch einmal mit Mineralwasser gefüllt. »Und selbstsüchtig. Ich möchte gern mit Ihnen zu Abend essen.« Er sah sie an. »So, wie Sie sich in letzter Zeit gehalten haben, ganz ohne zu jammern, gehören Sie für mich in die Kategorie der wundervollen Frauen, und mit wundervollen Frauen gehe ich gern zum Abendessen.«

Juli hatte gezögert. Ihre Gedanken waren so mit Hugh ausgefüllt, daß sie Zeit brauchte, um einen anderen Gang einzulegen und sich mit Rob zu beschäftigen. Sie musterte Rob. Er wirkte genauso wie immer, liebenswürdig, ein wenig ramponiert, mittelalterlich-modisch in seiner Lederjacke und den Jeans. »Ich bin weitgehend aus der Übung«, sagte sie.

»Hören Sie auf zu kokettieren.«

»Ich kokettiere nicht ...«

»Er hat Sie verlassen«, sagte Rob. »Er will nicht sagen, ob oder wann er zurückkommen wird. Wollen Sie wie eine Nonne leben, bis er sich herabläßt, sich zu entscheiden?«

Julia trank einen Schluck Wasser.

»Ich bin geschieden und ungebunden«, fuhr Rob fort. »Sie leben von Ihrem Mann getrennt. Wir sind freie Menschen. Ihr Selbstwertgefühl könnte ein bißchen Nahrung vertragen.«

Das waren die ausschlaggebenden Worte, erkannte Julia jetzt, als sie an der kühlen Glasscheibe lehnte, diese Bemerkung über ihr Selbstwertgefühl. Denn das hatte in den letzten Wochen stark gelitten und sich in Verzweiflung gewandelt, genau wie bei den Frauen im Mansfield House, die sie für »Night Life« interviewt hatte; die hatten gesagt (und sie hatte sie damals kaum begreifen können), daß man, wenn man jahrelang geschlagen würde, zu glauben anfange, zu etwas anderem tauge man nicht. Sie wiederum war zu der Überzeugung gelangt, daß Hugh im Recht war und daß sie ihm durch ihre Art, durch ihre Existenz allein, unrecht getan hatte und daher die Schuld an seinem seelischen Zustand trug. Aber was hatte sie eigentlich getan? Sie löste die Stirn von der Fensterscheibe und blickte stirnrunzelnd in den Garten hinaus. Sie war mitfühlend und hilfsbereit gewesen und hatte ihm gezeigt, daß sie fähig war, genug für die ganze Familie zu verdienen. Keinen einzigen Vorwurf hatte sie ihm gemacht, niemals, nicht einmal, als er sich im Supermarkt von Coventry so widerlich betrunken hatte, und nun, beim Lunch mit Rob Shiner, hatte sie auf einmal entdeckt, daß sie nichts dagegen hatte, gelegentlich einen anerkennenden Klaps auf die Schulter zu bekommen.

»Wenn ein Mann das getan hätte, was ich getan habe«, sagte Julia laut ins leere Wohnzimmer hinein, »wenn Hugh für mich getan hätte, was ich für ihn getan habe, wäre er ein Held. Da mir aber niemand sagen wird, daß ich eine Heldin bin, werde ich alles Lob, das ich kriegen kann, wie Brosamen vom Boden auflesen, und sei es von Rob Shiner.«

Sie bückte sich und hob den Brief an den beiden kürzeren Enden auf, so daß er eine Hängematte für die Käse- und Tomatenreste bildete, und trug ihn zum Mülleimer in der Küche.

Dann schrieb sie Sandy eine Notiz, in der sie sie ermahnte, die Küche aufzuräumen, bevor sie zu Bett gehe, und lehnte den Zettel deutlich sichtbar an den Milchkrug. Morgen wollte sie die Zwillinge selbst wecken, dann würde es ein anständiges Frühstück für sie geben, ohne Gekrümel, Milchverschütten und Nörgelei, und anschließend würde sie ins Studio fahren und Rob Shiner mitteilen, daß sie seine Einladung zum Dinner von Herzen gern annehme.

*

James lag, an seine Kopfkissen gelehnt, im Bett und las Boswells Bericht über seine Highland-Reise mit Samuel Johnson. Die beiden hatten gerade im Inveraray Castle zu Abend gegessen, wo die Duchess Boswell eine Abfuhr erteilt hatte und von Johnson hingerissen war. James selbst war zwar nicht hingerissen, fühlte sich aber seit Monaten zum erstenmal wieder wohl. Er hatte einen äußerst erfreulichen Nachmittag verbracht, und bei seiner Rückkehr hatte das Haus vor Rockmusik in seinen Grundfesten gebebt, während Joss in der Küche stand und Würstchen briet.

»Hi«, sagte sie, ohne ihn anzusehen.

»Jossie!«

Sie sagte etwas, das er nicht verstehen konnte. Er ging zum Radio, schaltete es aus, und Stille breitete sich in der Küche aus wie heißer Wasserdampf.

»Bist du zum Abendessen gekommen?«

»Ich bin zurückgekommen.«

»Du willst hierbleiben?«

»Ja.« Joss wendete die Würstchen, obwohl es nicht nötig war.

»Hast du ... dich mit Kate gestritten?«

»Ich hab's da nicht mehr ausgehalten.«

James kam um den Tisch herum und legte Joss den Arm um die Schultern. Sie erstarrte; dann entspannte sie sich.

»Ich dürfte zwar nicht sagen, daß ich mich freue, aber ich tu's trotzdem. Ich freue mich, daß du wieder da bist.«

»Ich auch«, sagte Joss, während sie hektisch die Würstchen wendete.

»Wie hast du's denn geplant: teils hier, teils bei Kate?«

»Nein«, sagte Joss. »Ich werde sie besuchen, wie zuvor, aber wohnen werde ich hier.« Sie beugte sich über die Arbeitsplatte neben dem Herd. »Ich hab zu ihr gesagt, sie soll doch mitkommen. Aber sie wollte nicht.«

Eine kleine Pause entstand. »Nein«, sagte James. Joss warf ihm einen kurzen Blick zu.

»Was soll das heißen?«

»Ich meine ... das ist vorbei ...«

»Vorbei?«

»Ich hatte sie gebeten zurückzukommen. Als sie dich abholen kam. Sie hat mir mehr als deutlich erklärt, daß sie das nicht tun werde, also lerne ich, versuche ich zu lernen, weiterzuleben, ohne derartige Hoffnungen zu nähren.«

»Himmel«, sagte Joss.

Die Tür zum Garten stand noch offen. Draußen war ein Poltern und Stolpern zu hören, dann stand Leonard im Türrahmen.

»Ah, da bist du ja! Na, was hältst du davon? Verflixtes Gör!«

Jetzt lag das verflixte Gör zu James' größter Genugtuung fest in seine Steppdecke gerollt in seinem Zimmer gegenüber. Ihre Rückkehr konnte natürlich nicht ganz problemlos verlaufen, denn notgedrungen würde es Diskussionen mit Kate geben, sie würden Arrangements treffen müssen; Tatsache aber blieb, daß Joss' flachgedrückte Zahnbürste wieder im Badezimmer stand und daß die Neun-Uhr-Nachrichten im Fernsehen wieder ständig gestört wurden, weil Joss und Leonard sich nicht über die Lautstärke einig werden konnten. Hugh war beim Abendessen relativ freundlich zu Joss gewesen und hatte nur gereizt reagiert, als James sich weigerte, detailliert über seinen Nachmittag mit Bluey Acheson zu berichten.

Es war ein sehr fröhlicher Nachmittag gewesen. In der Ausstellung für moderne Kunst – ihre Wahl, nicht die seine – waren sie durch ein zwölf Fuß hohes Kornfeld aus brüniertem Metall gewandert, das mit riesigen Schmetterlingen und Blumen aus Buntglas bestückt war. Bluey hatte es phantastisch gefunden, James war der Meinung, es sei dumm.

»Dummheit kann manchmal einfach hinreißend sein.«

»Nicht, wenn sie sich als ernsthafte Kunst tarnt.«

»Aber das tut dies nicht! Dies ist ein Spaß!«

»Dann ist es ein höchst prätentiöser Spaß!«

»Aber James!«

»Nur weil es Ihnen gefällt, muß es mir doch nicht auch gefallen – oder?«

»Ich verlange ja nicht, daß es Ihnen gefällt, ich möchte nur nicht, daß Sie es so einfach abtun.«

»Oh«, sagte James und ergriff ihre Hand, »wie ich diese kleinen, charmanten Streitgespräche liebe! Das hat mir gefehlt.«

Bluey entzog ihm ihre Hand nicht, sondern versuchte – erfolglos – zu verhindern, daß James sie wenige Minuten später losließ. Auch auf dem Rückweg in die Observatory Street versuchte er sie nicht noch einmal zu nehmen, sondern schritt, die Hände an seinem wegen der warmen Sonne über die Schultern gehängten Jackett, lächelnd, wohlwollend und, verdammt, dachte Bluey, wahnsinnig lieb und attraktiv neben ihr her.

Sie führte ihn durch ihr Häuschen in ihren kleinen Garten, bot ihm an der Mauer einen Platz an, damit er ihre Klematis bewundern konnte, und brachte ihm ein Glas mit geeistem Zitronentee. Sie erzählte ihm von ihrer Kindheit in Chicago, von ihrer College-Zeit, daß sie geheiratet hatte, weil all ihre Freundinnen heirateten (»Das klingt unwahrscheinlich altmodisch«, sagte James, und Bluey hatte ausgerufen: »Aber es stimmt! Das haben alle Mädchen getan, die so erzogen wurden wie ich. Der Feminismus hat uns nicht im geringsten berührt.«), und wie sie dann nach England gekommen war und alles so fremd gefunden hatte. Lächelnd sah sie James an.

»Sie wirken tatsächlich fremd auf mich. Obwohl wir beide Englisch sprechen.«

Er musterte sie nachdenklich. »Auf mich wirken Sie eigentlich gar nicht so fremd, nur außerordentlich frisch und neu.«

»Neu genug, um mir eine kleine Unverschämtheit gestatten zu dürfen?«

»Sie können's ja versuchen.«

»Würden Sie mir von Kate erzählen?«

»Aha«, sagte James. Er stellte sein Teeglas auf das weiße Tischchen neben seinem Stuhl. »Ich glaube, lieber nicht. Ich halte es zwar keineswegs für unverschämt, daß Sie mich danach fragen, aber ich befinde mich in einem Stadium der Rekonvaleszenz, in dem ich nicht daran erinnert werden möchte, daß ich krank bin.«

»Es tut mir leid, aber ich bin ganz einfach neugierig.« Sie sah James fragend an. »Und Sie sind gar nicht neugierig, was Randy betrifft?«

Er lachte. »Ach, du liebe Zeit«, antwortete er. »Tut mir leid, nein, das bin ich nicht. Ach, Bluey, Sie sind so lieb!« Dann beugte er sich vor, packte mit beiden Händen ihre Schultern und küßte sie auf den Mund.

Fünfzehntes Kapitel

Mr. Winthrop lag auf der Lauer. Er hatte Peggy Lee auf kleinste Lautstärke gedämpft, den elektrischen Heizlüfter abgestellt und die Tür zum Wintergarten angelehnt gelassen, damit er hörte, wenn Kate die Haustür aufschloß.

Mr. Winthrop hatte früher am Tag Besuch gehabt. Ein äußerst höflicher, solide gekeideter junger Nigerianer mit Brille hatte an seine Tür geklopft und sich erkundigt, ob Mr. Winthrop Zimmer zu vermieten habe. Mr. Winthrop hatte geantwortet, das sei schon möglich, er könne es nicht so genau sagen. Der junge Nigerianer hatte seinen Aktenkoffer geöffnet und Mr. Winthrop seine Papiere gezeigt: Er war ein Jurastudent, dessen Vorlesungen im nächsten Semester beginnen sollten, der aber schon zeitig nach Oxford gekommen war, um während des Sommers in den juristischen Bibliotheken zu arbeiten. In seiner Aktentasche lag, wie Mr. Winthrop bemerkte, eine Bibel, und insgesamt wirkte der junge Mann nicht nur gepflegt, sondern auch fleißig.

»Haben Sie Freunde?« wollte Mr. Winthrop wissen.

»Noch nicht«, antwortete der junge Nigerianer, »aber die werde ich wohl in der Kirche finden.«

Mit dem Schlüssel, den er für derartige Gelegenheiten hatte, zeigte Mr. Winthrop ihm Kates Zimmer.

»Fünfundfünfzig Pfund die Woche, Strom und Telefon extra«, erklärte Mr. Winthrop.

Der junge Nigerianer begutachtete Kates Zimmer, ihre Kissen, ihre Bilder, ihren Frühstücks-Kaffeebecher, der inmitten von Papieren, Büchern und einer leeren Milchflasche mit einer einzigen Lilie darin auf dem Tisch stand. »Ein schönes Zimmer«, sagte er. »Wann wird der gegenwärtige Bewohner ausziehen?«

»So bald wie möglich«, antwortete Mr. Winthrop. »Sie hat

mir sehr viel Ärger bereitet.« Dabei beobachtete er das glatte schwarze Gesicht hinter der funkelnden Brille. »Ich wünsche keinen Ärger. Keine Frauen, keine Kinder.«

Der junge Mann breitete seine dunklen, sauberen Hände aus. »Ich führe ein ruhiges Leben. Sie dürfen sich gern bei meinem College erkundigen.«

Mr. Winthrop dachte an die Bibel. »Kein Gesang? Kein Tamburin und Lobe-den-Herrn-Singsang?«

Der Nigerianer zeigte sich keine Spur gekränkt. Er lächelte. »Sehr ruhig«, sagte er nur.

Mr. Winthrop führte ihn wieder hinunter.

»Kommen Sie am Donnerstag wieder, dann kann ich Ihnen endgültig Bescheid sagen.«

»Vorauszahlung?« fragte der junge Mann.

Mr. Winthrop machte große Augen. Es kostete ihn unendliche Mühe, sich zu beherrschen. »Donnerstag ist früh genug«, sagte er.

Dann begleitete er den jungen Mann bis auf die Swan Street hinaus.

»Ich möchte«, sagte der junge Mann höflich, »der Dame keine Ungelegenheiten bereiten.«

Mr. Winthrop dachte an Kate und schnaufte verächtlich. »Keine Sorge«, sagte er, »das ist keine Dame.«

*

Nun, da Joss wieder in der Richmond Villa war, brachte sie nach der Schule oft Angie und Emma mit. Garth dagegen kam aus irgendeinem Grund nicht mehr. Insgeheim dachte Joss, es sei ihm peinlich, daß Bluey dort war und Onkel Leonard die Haare schnitt oder eine Hühnerpastete machte. Joss konnte Garths Gefühle verstehen, außerdem hatte sie eigene Pläne mit Bluey.

Ob Bluey kochte oder nicht, Joss übernahm wieder ihren Anteil an den Einkaufspflichten. Gewöhnlich schleppte sie dabei Angie und Emma mit, damit sie ihr tragen halfen und gleichzeitig als Publikum für ihre zunehmenden hausfraulichen

Fähigkeiten dienten. Zum Teil kauften die drei in den Supermärkten ein, zum Teil in der Markthalle, wo die Atmosphäre fröhlicher war und die Waren nicht unter Plastikfolien ersticken mußten. Wenn sie fertig waren, lud Joss die beiden anderen mit dem Geld aus dem Holzfäßchen in der Küche der Richmond Villa auf eine Coca-Cola oder ein Eis ein. Da das Fäßchen wegen Hughs Anwesenheit in der Villa im Moment ziemlich viel Geld enthielt, konnte es, wie Joss fand, durchaus für ein paar Dosen Cola oder italienische Eistüten herhalten.

Als sie eines Tages wieder gemeinsam unterwegs waren, sagte Angie plötzlich: »He, seht euch das Kind da an!«

Sie blieben stehen und drehten sich um. In einer Hamburger-Bar preßte ein kleiner Junge Nase und Zunge ans Glas des Fensters. Da sein Mund noch halb mit dem gefüllt war, was er aß, wirkte der Anblick fast grotesk. Joss kam er außerdem sonderbar vertraut vor. Sie reckte den Hals.

»He«, sagte sie, »das sind die Zwillinge!«

»Was für Zwillinge?«

»Hughs Zwillinge.« Sie machte kehrt und drückte den beiden anderen ihre Tragetaschen in die Hand. »Bringt das nach Hause. Ich muß mit den Zwillingen sprechen.«

»Verdammt . . .«, begann Angie ziemlich verärgert.

»Nun kommt schon«, sagte Joss. »Es dauert nicht lange. Seid nicht so eklig.«

Damit schoß sie über den Bürgersteig in die Hamburger-Bar. Dort saß Sandy an einem Fenstertisch, rauchte und las Zeitung. Neben ihr malte Edward mit einem Kartoffelchip in einem Teich Ketchup, während George das Fenster vollsabberte. Der Tisch war mit schmutzigen Tellern, Pappbechern und Spuren von Salz und Pfeffer übersät.

»Hallo, Zwillinge«, sagte Joss.

Edward drehte sich um und quietschte vor Freude. George löste sich vom Fenster und stürzte sich begeistert auf Joss.

»Ich bin Joss«, sagte Joss zu Sandy. »Die Zwillinge und ich, wir kennen uns.«

»Besser du als ich«, sagte Sandy.

»Joss!« kreischten die Zwillinge, »Joss, Joss, hallo, Joss, hallo, hallo!«

Joss fing sie auf und rutschte auf den am Boden fixierten Stuhl Sandy gegenüber.

»Bist du das Kindermädchen?«

»Ich bin Sandy«, antwortete Sandy. »Möchtest du Kaffee?«

»Lieber einen Milchshake«, sagte Joss. »Banane.«

»Ich auch«, riefen die Zwillinge sofort.

Sandy sah sie finster an. »Haltet den Mund«, sagte sie. Dann stemmte sie sich aus ihrem Stuhl. »Mrs. H. kann sich's wohl leisten, dich zum Milchshake einzuladen.«

Joss sah zu, wie sie zur Theke schlurfte. »Wißt ihr, was?« fragte sie die Zwillinge.

Die schmiegten sich an sie und warteten. Ihre Gesichter waren verschmutzt.

»Wißt ihr, wo euer Daddy ist?«

Sofort wurden sie munter. »Daddy? Unser Daddy?«

»Bei mir zu Hause ist er«, sagte Joss. »Er wohnt bei mir.«

Ihre Gesichter drückten Zweifel aus. »In deinem Haus?«

»Ja. Nur für eine Weile.«

»In dem Haus, wo du wohnst? Mit der Treppe vorn?«

»Genau in dem.«

Die beiden begannen zu kichern, ihre Augen blitzten wie die eines Eichhörnchens.

»In deinem Bett?«

»Keine Angst. Er hat ein eigenes Bett.«

»Unser Daddy? Der Daddy von uns?«

»Euer ganz persönlicher Daddy.«

Sandy kam mit einem hohen, mit einer schaumig-weißen Flüssigkeit gefüllten Glas und drei Strohhalmen zurück. Das Glas stellte sie auf den Tisch, die Strohhalme reichte sie Joss und den Zwillingen. »Hast du was dagegen, daß die mal kurz bei dir mittrinken?«

Edward kniete sich auf seinen Stuhl, um den Strohhalm möglichst tief ins Glas zu versenken. Beim Trinken sagte er: »Daddy ist in Joss' Haus.«

»Ich weiß«, sagte Sandy.

»Warum«, fragte Joss empört, »hast du nichts davon gesagt?«

»Ich wußte ja nicht, wer du warst, oder? Ich wußte nicht, was ich . . .«

»Kommt er bald wieder?« fragte George.

Joss trank einen großen Schluck Bananen-Milchshake. Es schmeckte genau, wie sie erwartet hatte, köstlich, kräftig, synthetisch. »Ja. Er wird bestimmt bald wiederkommen.«

»Sei vorsichtig«, sagte Sandy. »Du darfst sie nicht so aufregen.«

»Joss ist ein großes Mädchen«, sagte Edward.

»Ich bin fünfzehn.«

Sandy schnaufte ein wenig verächtlich. »Fünfzehn!«

»Unser Daddy heißt Hugh.«

»Ich weiß.«

»Können wir ihn besuchen?«

»Bald.« Urplötzlich war Joss auf der Hut. Die beiden waren schließlich noch Kleinkinder, die Ärmsten, fast noch Babys. »Aber ich werd ihm erzählen, daß ich euch getroffen habe. Und daß wir zusammen einen Milchshake getrunken haben.«

Plötzlich ließ George seinen Strohhalm fallen und begann vom Stuhl zu klettern, um kräftig an Joss' Ärmel zu ziehen. »Ich will mit.«

»Ich auch, Edward will auch mit«, sagte Edward verzweifelt.

»O Gott«, sagte Sandy, »da siehst du, was du angerichtet hast. Ihr könnt auf gar keinen Fall mit Joss gehen, ihr müßt nach Hause mitkommen, zu Mummy.«

Joss legte die Arme um die Zwillinge. Die beiden weinten jetzt; dicke, runde Tränen kullerten über die verschmierten rosigen Wangen.

»Ich bin noch nicht fertig«, zischelte Joss Sandy zu. »Ich weiß, was ich tue. Ich bin nur noch nicht fertig.«

*

Mark Hathaway korrigierte einen Stapel belangloser Aufsätze über Sylvia Plaths Lyrik. Mark bewunderte Sylvia Plath und war so stolz darauf, aufschlußreiche Vorlesungen über sie zu halten, daß er sich, wenn eine Klasse wie diese nicht darauf ansprang, trotzig einredete, er verschwende seine Kenntnisse an die zweit- und drittklassigen Studenten eines Colleges in der Provinz. Er nahm sich vor, nur die Hälfte der Aufsätze zu korrigieren und dann zum Lohn ein Glas Wein zu trinken, bevor er weiterarbeitete. Wenn er dann vor halb elf fertig war, wollte er noch zur Swan Street gehen und Kate besuchen.

Seit Joss nicht mehr da war, liefen die Dinge mit Kate weitaus befriedigender für ihn. Unmittelbar nachdem Joss sie verlassen hatte, war Kate überaus widerborstig und unzugänglich gewesen, aber Mark vermochte ohne Joss, seine Rivalin, geduldig und verständnisvoll abzuwarten, bis es Kate besserging. Nach fünf oder sechs Tagen war Kate in die West Street gekommen und, ohne sich direkt zu entschuldigen (was Mark lieber gewesen wäre), sehr lieb, anschmiegsam und zärtlich zu ihm gewesen. Am folgenden Abend hatte er nach der Arbeit auf sie gewartet und sie nach Hause gebracht. Im Hausflur hatten sie dann Mr. Winthrop getroffen.

»Wohin wollen Sie?« hatte der Mark gefragt.

Mark wollte ihm schon antworten, als Kate ihm zuvorkam. »Mit mir auf mein Zimmer, und das ist, weil ich Miete dafür bezahle, mein *ganz privates, eigenes* Zimmer.«

Es war eine äußerst gelungene Nacht geworden, eine der gelungensten Nächte, die sie jemals zusammen erlebt hatten, und Kate hatte nicht *ein*mal von Joss gesprochen. Danach hatte Mark das sichere Gefühl, daß ihre Beziehung in eine neue Phase eintrat, in eine Phase, in der sich Kate zum erstenmal ebenso intensiv für ihn interessierte wie er sich schon sehr lange für sie. Dieses Gefühl half ihm, sich wesentlich weniger darüber zu ärgern, daß sein so hervorragender Vortrag über Sylvia Plaths Lyrik in der vergangenen Woche auf unfruchtbaren Boden gefallen war.

Unter den neunten Aufsatz schrieb er: »Ich frage mich, ob Sie die Bildsprache bewußt mißverstanden haben.« Er hielt dies für eine elegante Zurechtweisung. Dann legte er den Füller mit der roten Tinte hin, fuhr sich mit den Fingern durchs

Haar und kippte seinen Stuhl nach hinten, bis er sich wohlig räkeln konnte. Als jemand an seine Tür klopfte, sehr leise und nicht vertraut, rief er, ohne sich zu rühren: »Herein!« Es war Kate.

Mark sprang auf. »Kate!«

Sie wirkte beunruhigt. »Tut mir leid, daß ich so bei dir reinplatze«, sagte sie.

»Warum?« sagte er. »Ich finde es wundervoll.« Er nahm sie in die Arme und küßte sie; dann schob er ihr die Baumwolljacke über Rücken und Arme herunter und führte sie zum Sofa.

»Ich bin aus meiner Wohnung geflogen«, sagte Kate.

»Wie bitte?«

»Der alte Winthrop hat mich rausgeschmissen. Ich hätte die Moral einer streunenden Katze, hat er gesagt, ich mache zuviel Krach, und er könne mehr Geld für das Zimmer kriegen.«

»Nur dieser letzte Grund trifft zu ...«

»Bis Freitag muß ich ausziehen.« Kate biß sich auf die Unterlippe. »Es war ein grauenhaftes Gespräch.«

Mark nahm ihre beiden Hände. »Arme Kate. Arme Katie. Es tut mir so leid!«

Sie sah ihn an. Seine Augen glänzten.

»Du siehst aber nicht aus, als ob es dir leid tut.«

»Nun ja, nein ...«

Sie wollte ihm ihre Hände entziehen, aber er hielt sie fest und lachte dabei.

»Findest du es etwa komisch, daß ich mich von einem widerlichen alten Kerl beleidigen lassen muß und keinen Platz zum Wohnen mehr haben werde?«

»Aber du hast einen Platz zum Wohnen.«

Kates Gedanken flogen panisch, instinktiv nach Jericho. »Du meinst doch nicht etwa ...«

»Ich meine, hier.«

»Hier?« rief Kate. Sie entriß ihm ihre Hände und warf sich auf dem Sofa herum, als sehe sie Marks Wohnung zum erstenmal. »Aber das ist deine Wohnung, ich meine, du hast sie für *dich* eingerichtet!«

»Wenn ich dich damals schon gekannt hätte, dann hätte ich sie vermutlich für dich eingerichtet.«

»Ach, Mark.« Kate sah ihn mit großen Augen an. »Das ist so lieb von dir, aber . . .«

»Was, aber?«

»Wird das Ganze dadurch . . . nicht ein bißchen sehr dauerhaft?«

»Aber sicher doch«, antwortete Mark grinsend. Dann sprang er auf. »Ich gehe dir einen Drink holen.«

»Ich brauche keinen Drink . . .«

»O doch, den brauchst du. Weil wir beiden jetzt feiern werden. Hör zu, hier ist jede Menge Platz. Für deine Kleider werd ich dir einen von diesen abgeschrägten Schränken kaufen und ihn da drüben einpassen, und wie du weißt, besitze ich bereits ein wunderschönes Doppelbett sowie mindestens zwei Löffel, zwei Becher und zwei Gläser.« Er sprang über die Rücklehne des Sofas und packte sie. »Katie«, sagte er strahlend, »ach, Kate, zieh doch zu mir, damit du *ständig* meine Geliebte sein kannst!«

»Und wo bleibt meine Unabhängigkeit?« fragte Kate leise.

»Sobald du die richtige Abhängigkeit gefunden hast, hat die Unabhängigkeit ihren Sinn verloren. Ich liebe dich, Kate, als ob du das nicht schon lange wüßtest.«

Wieder eilte er davon und kehrte mit zwei Gläsern Weißwein zurück. Kate nahm eines davon entgegen.

»Komm, schenk mir ein Lächeln!«

Sie gab sich die größte Mühe.

»Hoffnungslos«, sagte er. »Bist du nicht glücklich? Bist du nicht erleichtert?«

Sie trank einen Schluck Wein. Kate, dachte sie, du benimmst dich albern, was ist mit dir los? Das hier ist eine schöne Wohnung, ihr beiden versteht euch gut, nachdem Joss weggegangen ist, willst du nicht mehr allein leben, und wenn's nicht klappt, kannst du jederzeit verschwinden. Und außerdem, du dämliche, dusselige Kuh, was willst du sonst tun? Ich hasse das Leben ohne Joss, schrie sie innerlich, ich hasse es, ich hasse es, aber was soll ich tun? Wie soll ich sie halten, wenn ich sie nicht gehen lasse, auch wenn das klingt wie der Ratschlag der Briefkastentante einer kitschigen Frauenzeitschrift? Ich muß leben, ich brauche menschliche Wärme, menschlichen Kontakt, einen Menschen, dem ich etwas bedeute, und sei es noch so wenig oder auf eine noch so seltsame Weise. Sie trank noch einen Schluck und blickte zu Mark empor.

»Es ist lieb, daß du mir das anbietest«, sagte sie. »Ja, ich möchte gern hier wohnen. Ich möchte wirklich gern zu dir ziehen. Und ich werde mir die größte Mühe geben, Ordnung zu halten.«

*

»Hier ist Julia«, sagte Julia ins Telefon hinein. »Könnte ich bitte mit Joss sprechen?«

»Tut mir leid«, antwortete James, »aber sie ist zu einer Freundin gegangen ...«

»Es ist nämlich so: Sie hat in Oxford heute die Zwillinge getroffen. Eigentlich hätten sie gar nicht in Oxford sein dürfen, aber deswegen rufe ich nicht an. Ich wollte nur wissen, wie die beiden auf sie gewirkt haben, ob sie irgend etwas zu ihr gesagt haben. Sie sind im Augenblick furchtbar schwierig, irgendwie verständlich, aber ich brauche jede Hilfe, die ich kriegen kann, um zu begreifen, wie ...«

»Julia«, fiel ihr James sanft ins Wort, »ich werde ihr sagen, daß sie dich sofort anrufen soll, wenn sie kommt. Später, ja?«

Julias Ton veränderte sich. »Später bin ich leider nicht mehr hier. Kann ich morgen wieder anrufen? Es ist nämlich ... ich gehe heute abend zum Essen aus.«

*

Hugh lag rauchend auf seinem Bett. Das Fenster zur Straße stand offen, und von draußen drangen, von einem vereinzelten Auto abgesehen, nur die Geräusche häuslichen Lebens an einem Sommerabend herein, gedämpfte Stimmen, das Schnippen von Gartenscheren, Musik und das Zischen eines Rasensprengers. James hatte Hugh vorgeschlagen, auf einen Drink auszugehen, aber Hugh hatte zu seinem eigenen Erstaunen keine Lust dazu gehabt. Statt dessen hatte er den Wunsch verspürt, allein zu sein und Bilanz zu ziehen.

Außerdem fühlte er sich, und das beunruhigte ihn zutiefst, gedemütigt. Wenn er ehrlich war, mußte er zugeben, daß er Joss Bain nie so recht gemocht hatte, weil sie für ihn der Archetypus des aufmüpfigen Teenagers war, der sich nie grundsätzlich ändern würde. Als sie dann plötzlich wieder in ihrem inzwischen einem Herrenclub ähnelnden Haus aufgetaucht war, hatte er ihre Gegenwart anfangs verärgert und voller Intoleranz zur Kenntnis genommen, vor allem, da James und Leonard sich über ihre Rückkehr unerklärlicherweise zu freuen schienen. Im Laufe der Tage jedoch hatte Hugh trotz ihrer aller Ordnung hohnsprechenden Gewohnheiten im Badezimmer, trotz ihrer grauenhaften Musik und ihrem nachlässigen Mangel an weiblicher Anmut zugeben müssen, daß unter den übergroßen Jakken und viel zu engen Hosen eine beachtliche Persönlichkeit steckte, und zwar, weit mehr noch, eine Persönlichkeit, die – komisch, aber es gab keinen anderen Ausdruck dafür – wirklich und wahrhaftig *anständig* war.

Er drückte seine Zigarette aus und sagte sich, daß er sich nicht sofort eine weitere anstecken dürfe. Wie lange dauerte sofort? Zehn Minuten? Zwanzig? Hör auf, schalt sich Hugh, hör endlich auf. Um die Hände nicht benutzen zu können, faltete er sie hinter dem Kopf und kreuzte die Beine.

»Erwachsene können einander jeden Blödsinn antun, den sie wollen«, hatte Joss nach dem Abendessen zu ihm gesagt, »aber Kinder sollten sie damit verschonen, jedenfalls so kleine, hilflose Kinder.«

Sie hatte überhaupt keine Angst vor ihm gehabt, nicht die geringste. Sie hatte einfach auf ihn eingeredet, während sie abspülten.

»Immer wieder haben sie gefragt: ›Unser Daddy? Unser Daddy?‹ Sie hätten sie hören sollen, sie begreifen das einfach nicht. Wie sollten sie auch? Bis die beiden für sich selbst sorgen können, sollten sie für Sie an erster Stelle kommen. Mit mir ist das okay«, hatte sie, ein bißchen angeberisch, wie Hugh bemerkte, gesagt. »Ich bin alt genug, um zu tun, was ich will, aber die Zwillinge sind doch kleine Kinder. Und dieses Kindermädchen. Die ist zwar okay, aber es ist nur ein Job für sie, im Grunde ist es der egal, was in den beiden vorgeht. He, dieser Topf ist noch ganz schmutzig, sehen Sie ...«

Hugh hatte versucht, sich zu verteidigen. Er hatte versucht, die Autorität von Alter und Erfahrung ins Spiel zu bringen und Joss darauf hinzuweisen, wie wenig sie noch von den schwierigen, problematischen Angelegenheiten des menschlichen Herzens wissen könne. Er hatte gedacht, die Diskussion würde ein wenig leichter für ihn werden, wenn Joss die Selbstbeherrschung verlor. Aber sie ignorierte ihn einfach.

»Sie sind für mich nicht interessant. Und Julia auch nicht. Das ist allein Ihre Sache. Ich sorge mich ausschließlich um die Zwillinge. Und das würden Sie auch tun, wenn Sie sie gesehen hätten.«

Sie hatte, dachte Hugh, den Tunnelblick-Eifer einer echten Fanatikerin: bloß keine nebensächlichen Beweise akzeptieren, so relevant sie auch sein mögen, damit der Hauptpunkt nicht angefochten werden kann. Aber selbst dieser Gedanke war kein rechter Trost, zumal er es war, Hugh, der letztlich die Selbstbeherrschung verloren, die Spülbürste zu Boden geschleudert und wie ein Idiot geschrien hatte: »Und was schlägst du vor, du überhebliche kleine Besserwisserin?«

»Sie sollten nach Hause zurückkehren«, hatte sie geantwortet und war aus der Küche hinausmarschiert.

In diesem Moment war James hereingekommen und hatte auf seine typische Art, die einen verrückt machen konnte, ein paar tröstende Dinge gesagt, die gleichzeitig Hugh beruhigten und Joss vom Vorwurf des Sicheinmischens und der Unhöflichkeit befreiten. Aber selbst Hugh konnte erkennen, daß seine Worte nicht von Herzen kamen, daß James, würde man ihn an den Füßen aus einem hohen Fenster hängen und drohen, ihn fallen zu lassen, wenn er nicht die Wahrheit sagte, zweifellos bekennen würde, daß er so denke wie Joss. James hatte sich noch eine Weile in der Küche herumgetrieben und aufgeräumt oder wenigstens so getan. Schließlich hatte er den Vorschlag mit dem Drink gemacht, aber es hatte so geklungen, wie wenn man einem Kind, das sich das Knie aufgeschlagen hat, einen Dauerlutscher anbietet.

»Nein, danke«, hatte Hugh gesagt und war in sein Zimmer hinaufgegangen.

Da in der Richmond Villa immer recht früh zu Abend gegessen wurde, war es draußen noch relativ hell. Hugh haßte es, so früh zu essen, es konnte ihm auch niemand erklären, *warum* so früh gegessen wurde. James meinte, es könnte eine Angewohnheit aus der Zeit sein, als Joss noch sehr klein war. Oder vielleicht geschehe es aus Rücksicht auf Leonards uralte Verdauung. Es hatte nicht geklungen, als sei es ihm wichtig, aber für Hugh war es wichtig, weil er es für absolut unkultiviert hielt, das Essen, vor allem das Abendessen, nicht angemessen zu zelebrieren. Julia hatte immer ... Hugh löste seine Hände und griff nach den Zigaretten. Wenn er es recht bedachte, war man in der Richmond Villa wirklich nicht sehr kultiviert, das Leben hatte hier keine Ordnung, keine Eleganz, und selbst der Hauptattraktion des Hauses, James, mangelte es an Konzentration, vor allem jetzt, da Joss zurück und diese hübsche Amerikanerin da war, die aus und ein ging, um sozusagen ihr Diplom in Haushaltswissenschaften zu machen. O verdammt, dachte Hugh, als ihm plötzlich die Zwillinge einfielen, und er rollte sich vor Qual zu einem Ball zusammen, verdammt, verdammt, verdammt!

Leise wurde die Tür geöffnet.

»Alles in Ordnung?« fragte James.

»Natürlich nicht«, sagte Hugh. Er langte hinüber und drückte seine Zigarettenkippe im Aschenbecher aus.

James ging hinein und blickte auf ihn hinab. Ihm kam plötzlich in den Sinn, daß er dasselbe früher schon einmal getan hatte, vor über vierzig Jahren in Cambridge, und feststellen mußte, daß nicht nur Hugh den Hügel im Bett bildete, sondern auch noch ein junges Mädchen, das, wie James sich auf einmal lebhaft erinnerte, nichts am Leib trug als ein grünes Band um den Hals.

»Julia hat eben angerufen«, sagte James.

Hugh warf sich herum und stützte sich auf den Ellbogen. »Julia? Warum hast du mich nicht geholt?«

»Weil sie nicht mit dir sprechen wollte.«

»Großer Gott . . .«

»Sie wollte mit Joss sprechen. Die Zwillinge haben ihr erzählt, daß sie Joss getroffen haben. Und nun wollte sie hören, was Joss' Eindruck war.«

Hugh begann aus dem Bett zu klettern. »Ich werde sie zurückrufen . . .«

»Nein«, sagte James, »das kannst du nicht.«

»Wieso nicht?«

»Weil sie zum Abendessen ausgegangen ist.«

Hugh stand auf. »Zum Abendessen? Zu einem verdammten Abendessen? Mit wem?«

»Keine Ahnung.«

»Mit einem Mann?«

»Hat sie nicht gesagt.«

Die beiden Männer blickten sich an.

»Möchtest du«, fragte James, »jetzt vielleicht doch einen Drink?«

*

Ein Gast war unhöflich zu Kate gewesen. Er war nicht betrunken und, wie Benjie betonte, kein Sadist, sondern einfach ein Mann, der einen gräßlichen Tag hinter sich hatte und einen völlig unschuldigen Menschen suchte, an dem er seine Wut auslassen konnte. Kate hatte ihn, schneeweiß im Gesicht, stumm angehört; dann hatte sie schweigend die Teller und Schüsseln mit seinem Essen eingesammelt und sie in die Küche zurückgetragen. Und dann hatte sie mit Benjie zusammen gelauscht, während der Gast sich Christine vorknöpfte, sich weigerte, zu bezahlen, was er bestellt hatte, und zum Restaurant hinausstürmte.

Christine kam die Wendeltreppe herunter.

»Was hast du zu ihm gesagt?«

»Gar nichts.«

»Er hat behauptet, du hättest ihn beleidigt.«

»Ich habe überhaupt nichts gesagt.«

»Er hat gesagt, du hättest seine Bestellung versiebt und ihm nicht das gebracht, was er bestellt hat.«

»Ich habe kein Wort mehr mit ihm gesprochen, nachdem er bestellt hatte!« rief Kate. »Ich hab nur dagestanden und seine Bestellung aufgenommen, während er mich beschimpft, mich als dumm und unfähig und zu dämlich für diesen Job bezeichnet hat.«

Christine, die auch nicht den kleinsten Zwischenfall duldete, der ihrem Restaurant schaden konnte, mit dem sie sich, wie sie immer wieder betonte, voll identifizierte und das ihren Lebensunterhalt sicherte, sagte gereizt: »Na ja, vielleicht hat er ja recht.«

»He«, sagte Benjie. »Nur mit der Ruhe.«

»Ich habe ihm gebracht, was er bestellt hat«, rief Kate. »Sieh dir doch meinen Bestellzettel an!«

Christine verdrehte die Augen. »Hör *bitte* auf, hier herumzuschreien.«

»Hört auf«, sagte Benjie. Dann sah er Kate an. »Warum läßt du's nicht gut sein? Es gibt doch immer solche Idioten. Wir können von Glück sagen, daß wir nicht mehr von denen kriegen.«

»Kümmer du dich um deine eigenen Angelegenheiten«, sagte Christine.

Benjie schnitt eine Grimasse hinter ihrem Rücken und kehrte an seine Herde zurück. Christine deutete auf die Wendeltreppe. »Ich glaube, du hast noch viel zu tun.«

»Bestimmt nicht für Leute«, sagte Kate wütend, »die nicht für mich eintreten, wenn ich absolut schuldlos bin.«

»Wahr, nur allzu wahr«, sagte Christine. »Na los, beeil dich!«

Außer sich vor Zorn stieg Kate die Wendeltreppe empor. Die größte Genugtuung hätte es ihr jetzt bereitet, einfach hinauszugehen, zwischen den voll besetzten Tischen hindurch auf die Straße hinauszugehen und nie wieder zurückzukommen. Aber selbst im Sturm ihres Ärgers über Christines Ungerechtigkeit spürte Kate einen winzigen Hauch des Zweifels. Gewiß, sie war im Recht, aber sie war noch immer viel zu verletzlich. Also nahm sie ihren Bestellblock und ging zu dem Fenstertisch, an dem gerade ein junger Mann und eine junge Frau Platz genommen hatten, die ihre Jacken und Taschen einfach irgendwo auf den Boden geworfen hatten, statt sie am Kleiderständer aufzuhängen, das war etwas, was Christine haßte.

»Darf ich Ihre Sachen bitte aufhängen?«

Der junge Mann blickte von der Speisekarte auf und sah sie an. Er hatte rotblondes Haar, trug eine kleine, runde Brille und sah sie an, als sei sie kein Mensch, sondern nichts weiter als eine Kellnerin.

»Wie Sie wollen«, antwortete er achselzuckend.

Später sagte Benjie, er werde Kate nach Hause bringen.

»Es geht mir gut, wirklich. Ich komme sehr gut allein zurecht.«

»Ich werde dich trotzdem begleiten«, sagte Benjie und blieb auf dem Bürgersteig stehen, um sich eine Zigarette anzustecken. »Kümmer dich einfach nicht um Christine«, sagte er. »Susie hat das nie getan.«

»Ich bin nicht so hart wie Susie.«

Benjie ergriff ihren Arm. »Christine wird immer wild, wenn sie glaubt, einen Gast zu verlieren. Sie glaubt, es verbreitet sich sofort wie ein Lauffeuer in Oxford, daß ihr Restaurant beschissen ist. Mach dir keine Gedanken darüber, Katie. Es ist nur ein Job.«

»Aber seit Joss weg ist, ist es ein bißchen mehr als das ...«, sagte Kate.

»Vorsicht!« Benjie steuerte sie um eine abbiegende Gruppe von Radfahrern herum. »So darfst du nicht denken. Wenn du das tust, machst du dich von anderen Menschen abhängig. Ich zum Beispiel arbeite hier, damit ich mein Amüsement bezahlen kann. Kein Job, kein Amüsement. So einfach ist das.«

»Aber ich habe mich amüsiert ...«

»Selbstverständlich!«

»Ich werde zu Mark ziehen«, sagte Kate.

»Das kann doch nicht wahr sein!«

»Er hat eine wunderschöne Wohnung, und eigentlich kommen wir gut miteinander aus . . .«

Benjie ließ ihren Arm fallen. »Du solltest vorsichtig sein, du solltest wirklich ganz sicher sein.«

»Was meinst du damit?«

»Na ja, du hast mit James zusammengelebt, nicht wahr? Und das hat nicht geklappt, obwohl du James wirklich gut gekannt hast, obwohl du wußtest, daß er ein zuverlässiger Mensch ist. Aber diesen Mark, den kennst du erst seit ein paar Monaten. Ich glaube«, sagte Benjie und ergriff ihre Hand, »ich glaube, du solltest eine Weile allein bleiben. Das halte ich wirklich für weit besser.«

*

Das Zimmer in der Swan Street wirkte, als wüßte es, daß sie es verließ, als hätte es sich deswegen von ihr zurückgezogen und für Mr. Akwa bereit gemacht. Wie dem auch sei, seit Joss nicht mehr da war, war es ohnehin nicht mehr dasselbe, strahlte es für Kate Enttäuschung aus statt Zuversicht und Optimismus. Während der letzten Tage, wenn Kate sich mit einer etwas nervösen Erregung vorstellte, mit Mark Hathaway zusammenzuleben, hatte sie an sich eine gewisse Gleichgültigkeit der Swan Street gegenüber festgestellt, fast eine Abwehr. An diesem Abend fühlte sie sich in dem Zimmer ganz einfach unsicher, als biete es außer der rein physischen Sicherheit, die man in jedem Hotelzimmer fand, überhaupt keine Geborgenheit mehr für sie.

Kate setzte sich und zog sich die Schuhe aus. Nach einer Weile stand sie wieder auf, machte das Licht aus und blieb dort, in der vom Licht der Straße schwach erleuchteten Dunkelheit, regungslos sitzen. Benjie hatte natürlich recht. Man mußte die Elemente seines Lebens – den Job, die Bindungen, die Wohnung – ganz nüchtern so sehen, wie sie wirklich waren, und nicht so, wie man sie gern hätte. Sie war an das Pasta Please gewöhnt, sie mochte Benjie, und Christine hatte sie mal gemocht, aber das war auch alles. Die Swan Street hatte sie geliebt, aber damit war es vorbei. Und was Mark betraf ... Kate schloß die Augen. Versuchte sie Mark zu etwas zu machen, das er nicht war? Zu einem Joss-Mark, vielleicht sogar zu einem James-Mark? Wollte sie, wenn sie ganz und gar ehrlich war, mit Mark zusammenleben, weil er es so beschlossen hatte und weil sie es unendlich leid war, immer wieder Entscheidungen treffen zu müssen?

Darauf lief es letztlich doch hinaus mit der Freiheit, nicht wahr? Daß man Entscheidungen treffen mußte, eine nach der anderen, große und belanglose, tagein, tagaus: was man essen, anziehen, tun sollte, wen man lieben und wo man leben wollte, ob man auswandern sollte, ob man rote Schnürsenkel kaufen sollte oder braune. Und wenn man aufhörte, Entscheidungen zu treffen, weil man vor lauter Elend und Erschöpfung einfach nicht mehr konnte, und zu einem anderen Menschen – wie sie zu Mark – sagte, okay, übernimm du das Steuer, entscheide du für mich, dann gab man die Kontrolle über sich selbst, gab man einen Teil (wie groß war dieser Teil?) seiner Unabhängigkeit auf. Genau das ist es, was ich tue, dachte Kate, genau das ist es. Weil ich in puncto Joss verloren habe, lasse ich mich gehen und gebe auf. Ich muß, ja, ich sollte hier gar nicht wohnen oder arbeiten. Wenn ich erst einmal anfange, aufzugeben, werde ich immer tiefer sinken, weil ich alles als eine Strafe dafür ansehen werde, daß ich bei Joss versagt, daß ich es nicht verdient habe, sie bei mir zu haben, daß ich sie nicht hätte zu mir holen dürfen, daß ich für jeden dankbar sein sollte, der *mich* haben will. Sie machte die Augen auf. Das Zimmer verschwamm ein wenig, dann verfestigte es sich zu dem vertrauten Anblick mit Sesseln und Tisch, Stühlen, Lampe, Kissen. Sie tastete nach ihren Schuhen. Es war nach elf: spät, aber noch nicht zu spät.

*

»Was sagst du da?« fragte Mark. Er hatte gerade geduscht, als Kate hereinkam, und trug einen dunkelblauen Baumwoll-Bademantel, der wie ein kurzer Kimono geschnitten war. Seine Haare waren naß.

»Ich sagte, es tut mir sehr leid, daß ich dich enttäuschen muß, aber ich hab's mir anders überlegt und bin zu der Erkenntnis gekommen, daß ich doch nicht hier bei dir wohnen kann.«

»Wieso?«

»Weil es falsch wäre und unsere Beziehung kaputtmachen würde.«

»Falsch?«

»Ja.«

Er kam auf sie zu. »Inwiefern falsch?«

Es kostete mehr Courage, als sie gedacht hatte. »Weil ich keine Verpflichtungen eingehen möchte«, antwortete Kate. »Ich bin noch nicht bereit dazu, werde es möglicherweise niemals sein. Ich glaube, daß ich zugestimmt habe, hierherzuziehen, war nur eine Reaktion auf die Tatsache, daß ich Joss verloren habe. Ich finde, daß ich dir die Wahrheit schulde. Das ist nur fair.«

»Fair?« wiederholte er.

»Hör auf ...«

»Womit?«

»Diese kleinen Fragen zu stellen wie in einem amerikanischen Polizeifilm. Es tut mir wirklich aufrichtig leid, Mark, aber ich bin mir absolut sicher. Ich hätte nicht versprechen sollen hierherzuziehen, und es ...«

»Halt den Mund!«

»Aber Mark, ich will dir doch nur erklären ...«

»Du ziehst nicht zu mir, weil du mich nicht liebst«, sagte er. Dann schlug er zu.

Sie spürte den dumpfen Schlag gegen die eine Seite ihres Gesichts. Sie war hilflos überrascht, öffnete Mund und Augen, um etwas zu sagen, aber da schlug er sie abermals, diesmal auf die andere Wange, dann packte er sie bei den Schultern, schob sie stolpernd rückwärts bis zu der leeren Wand neben dem Bett und begann rhythmisch ihren Kopf dagegenzustoßen, bang, bang, bang. Ihre Augen öffneten und schlossen sich, ihr Atem ging in keuchenden Stößen, und sie sah sein Gesicht zwar ziemlich deutlich, aber meilenweit entfernt, finster und verbissen. Endlich riß er sie urplötzlich herum und schleuderte sie quer übers Bett, dasselbe Bett, in dem sie sich so oft geliebt hatten, schritt langsam zur gegenüberliegenden Wand, lehnte sich mit dem Rücken zu ihr dagegen und wartete stumm darauf, daß sie sich aufrappelte und ging.

Sechzehntes Kapitel

»Wo ist sie?« fragte Helen. Autoschlüssel und Beuteltasche in der Hand, stand sie in der Küche des Mansfield House.

»Wir haben sie in Pats Zimmer gelegt. Zu Pat und dem Baby. Mehr Platz hatten wir nicht frei.«

»Wann ist sie gekommen?« Langsam ließ Helen Tasche und Schlüssel zwischen die Cornflakes-Packungen und Spielsachen auf dem Tisch sinken.

Um Mitternacht, antworteten sie, oder kurz danach. Sie habe sie geweckt, berichteten Linda und Ruth. Sie hatten sie in ihrem Zimmer über der Haustür gehört und zunächst gedacht, es sei wieder mal Pats Freund, der sie die ganze Woche über bedroht hatte. Als Ruth zum Fenster hinaussah, entdeckte sie eine winkende Frau, eine Frau, die sie nicht kannte, weil sie selbst erst seit einem Monat im Mansfield House war, aber Linda hatte sie erkannt.

»Das ist Kate!« hatte Linda verblüfft gesagt. »Es ist Kate!« Und war sofort hinuntergelaufen, um sämtliche Ketten und Riegel zu öffnen und sie hereinzulassen. Sie waren mit ihr in die Küche gegangen, hatten ihr Tee gemacht, Ruth hatte ein wenig Arnikasalbe geholt und sie auf Kates Gesicht aufgetragen. Kate hatte nicht viel gesagt, nur furchtbar gezittert und, was absolut logisch klang, über Kopfschmerzen geklagt; deswegen hatten sie, als Pat herunterkam, um ihrem Baby ein Fläschchen zu machen, gefragt, ob sie für Kate eine Matratze in ihr Zimmer legen dürften.

»'türlich«, hatte Pat gähnend gesagt und Kate müde gemustert. »Wie ich sehe, brauche ich nicht erst zu fragen, was mit dir los ist.«

Sie hatten ihr Aspirin gegeben und wegen des Zitterns eine Wärmflasche, hatten sie auf den Fußboden von Pats winzigem Zimmerchen gebettet, während Pat ihr Baby fütterte und in den

Urlaubskatalogen las, die ihre Lieblingslektüre waren. Dann hatte sich Pat schlafen gelegt, während Kate Stunde um Stunde wachgelegen, auf Pats Atem und auf das leichte Schnaufen des Babys gelauscht und ins Leere geblickt hatte. Schließlich fiel sie in einen unruhigen, unnatürlichen, von bedrohlichen Bildern heimgesuchten Schlaf, dem selbst die qualvollste Schlaflosigkeit vorzuziehen war und in den das Geschrei von Pats Baby, das seine erste Mahlzeit des neuen Tages verlangte, dünn und verzweifelt wie die Schreie einer gefolterten Katze drang.

»Wer hat heute nach ihr gesehen?« fragte Helen scharf. Sie klang, als sei sie verärgert, als mache sie irgend jemandem in der Küche Vorwürfe.

Pat sortierte einen riesigen Plastikkorb voll Wäsche. Ohne aufzublicken, sagte sie: »Ich hab sie schlafen lassen. Jason hab ich für den Vormittag in Lindas Zimmer gestellt. Vor einer Stunde hat sie noch tief geschlafen.«

»Dann werde ich jetzt zu ihr hinaufgehen«, sagte Helen. »Könnte irgend jemand einen Tee machen, den ich ihr mitnehmen kann, ja?«

*

Kate lag mit geschlossenen Augen auf ihrer weniger schmerzenden Seite. Ihr Kopf dröhnte und pochte, und ihre Gesichtshaut fühlte sich an, als sei sie mehrere Nummern zu klein. Helen beugte sich über sie.

»Kate?«

Ganz langsam, stöhnend, drehte Kate sich um.

»Au!«

»Mein Gott, Katie!« Helen kniete sich neben sie auf den Fußboden. »Mein armes Liebchen. Was ist passiert?«

Kate machte die Augen wieder zu. »Mark«, sagte sie.

»Ich hab dir Tee mitgebracht. Warte, ich helf dir auf. Hat er nur dein Gesicht erwischt?«

»Nur mein Gesicht?«

Helen schob ihren Arm unter Kates Schultern, damit sie sich aufrichten konnte. »Erinnerst du dich an Linda? Zwei angeknackste Rippen und ein gebrochenes Handgelenk – plus ein Gesicht, wie du es hast.«

Kate fand es fast unmöglich, sich gerade hinzusetzen. Ihr Kopf fühlte sich an, als sei er ein weicher, schmerzender Ballon, der nur lose mit ihrem übrigen Körper verbunden war.

»Ging es um Sex?« fragte Helen. »Ist er einer von denen?«

»Nein«, sagte Kate, »ich hab ihm erklärt, daß ich's mir anders überlegt hätte und nun doch nicht bei ihm einziehen wollte. Mehr nicht.«

»Bei ihm einziehen?«

»Ich hatte Joss zu mir geholt, aber sie wollte nicht bleiben. Deswegen dachte ich, ich könnte vielleicht mit Mark zusammenleben.«

Helen stöhnte. Sie setzte sich neben Kate und reichte ihr den Teebecher. Kate nahm ihn und umklammerte ihn fest, damit ihre zitternden Hände nichts verschütteten.

»Halt mir bitte keinen Vortrag«, sagte Kate. Sie wollte Helen ansehen, aber ihr Hals war steif und ließ sich nicht drehen, und das Auge, das Helen am nächsten war, war so geschwollen, daß sie damit nicht richtig sehen konnte. »Weißt du noch, wie du mir gesagt hast, wir könnten uns glücklich schätzen, weil wir noch nie verprügelt worden sind? Also, jetzt kannst nur noch du dich glücklich schätzen.«

»Später werden wir dich zum Arzt bringen. John Pringle wird dich gründlich untersuchen.«

»Es sind nur Prellungen.«

»Kate!«

Kates Stimme wurde lauter. »Nicht die Prellungen tun mir weh! Das heißt, natürlich tun sie weh, aber nicht so schlimm wie das, was in meinem Kopf vorgeht!«

»Du mußt natürlich hierbleiben.«

»Ich muß zur Arbeit ...«

»Aber so kannst du nicht arbeiten, Kate!«

Jetzt fiel es Kate wieder ein. »Ich hab mich gestern abend mit Christine gestritten ...«

Helen hievte sich auf die Knie hoch. »Mit Christine werde ich sprechen. überlaß das nur mir. Willst du, daß jemand deine Sachen holt? Linda würde das bestimmt gern tun.«

»Ich weiß es nicht. Ich weiß überhaupt nicht, was ich will ...«

»Möchtest du zu mir in die Wohnung ziehen?«

Kate versuchte zu lächeln. »Nein. Nein, danke. Es ist besser, wenn ich hierbleibe, bei den anderen.«

Schwerfällig rappelte sich Helen auf. Trotz ihrer eigenen Probleme spürte Kate, daß Helen heute morgen nicht so selbstsicher wirkte wie sonst.

»Wir werden uns um deine Sachen kümmern, Kate. Und ich werde nach Jericho fahren und Joss informieren.«

»Joss!« Kate schrie es fast heraus.

»Selbstverständlich«, sagte Helen. »Selbstverständlich muß sie es erfahren.«

Kate verzog das Gesicht wie ein gescholtenes Kind. »O Gott«, weinte sie. »O Gott, was hab ich bloß angerichtet, was für einen beschissenen Mist hab ich da bloß gebaut!«

*

Leonard hatte sich beim Rasieren geschnitten. Da das inzwischen häufig geschah, hatte James sich erboten, ihn zu rasieren, Leonard damit jedoch nur in Rage gebracht. Mit einer wahren Schimpfkanonade hatte er sich einverstanden erklärt, daß zweimal pro Woche eine Pflegerin vom Health Centre kam, die ihn badete, aber die Unterstellung, er könne sich nicht mehr selber rasieren, war eine Beleidigung, die er nicht hinnehmen konnte. Er regte sich so auf, daß es James leid tat, überhaupt davon angefangen zu haben.

»Entschuldige, es tut mir leid. Ich hätte lieber den Mund halten sollen.«

»Verdammt noch mal, das hättest du! Verdammt noch mal! Kann sein, daß ich nicht mehr so sicher auf meinen Beinen bin – aber bin ich ein geiferndes altes Wrack?«

Das Ergebnis war, daß Leonard sich jeden Morgen, wenn er sich rasieren wollte, an James' Taktlosigkeit erinnerte, bis seine unsicheren Hände vor Wut noch stärker zitterten. Da seine dünne, alte Haut so leicht riß wie Seidenpapier, war das Waschbecken in seinem Schlafzimmer, wenn er endlich fertig war, mit Blut bespritzt und sein wutverzerrtes Gesicht mit Wattetupfern verziert.

»Wie Schneemann sehen Sie aus«, sagte Mrs. Cheng. Und das war kein Scherz, weil sie nie Scherze machte.

»Zum Teufel mit Ihnen!«

»Sie sollten Elektrorasierer nehmen . . .«

»Wenn ich einen Rat brauche, Sie schlitzäugiges Barbarenweib, werd ich es Sie wissen lassen!«

Joss stellte schweigend ein Desinfektionsmittel auf Leonards Waschtisch.

»Wozu soll das gut sein? Soll ich das etwa trinken?«

»Mir doch egal, was du damit machst«, sagte Joss, »aber wenn du das nicht auf dein Gesicht schmierst, wirst du mit Sicherheit verfaulen wie 'ne alte Tomate und furchtbar stinken.«

»Tomate«, murmelte Leonard aufgebracht, während er sich das Desinfektionsmittel auf Kinn und Wangen tupfte. Unwillkürlich zuckte er zusammen, weil es höllisch brannte. »Verdammte Backe! Tomate!« Er legte die Watte weg und musterte sein Gesicht. »Scheußlicher Anblick, elender, verdammter, widerlicher Anblick. Ins Jenseits befördern sollten sie dich«, redete er auf sich selber ein, »sollten sie wirklich. Wär das beste. Das oder B.B.s Freunde mit 'nem Plastiksack und 'ner Flasche von diesen verdammten Glückspillen vorbeischicken!«

Langsam, zwischendurch immer wieder ein bißchen verschnaufend, zog er sich an. Einmal hatte Mrs. Cheng versucht, ihm bei seinen Socken zu helfen, aber er hatte mit seinem langen, gelblichweißen, knochigen Fuß nach ihr getreten. Danach hatte sie es nie wieder versucht. Er zog seine Alt-Männer-Unterwäsche an, ein Wollhemd (»Was soll das heißen, Sommer? Was hat der Sommer damit zu tun, daß man bis ins Mark hinein friert?«), seine geräumige Cordhose, seine gelbe Strickweste, eine Strickjacke und schließlich, unter ausgiebigem Stöhnen und Keuchen, dicke, grüne Socken und schwere Stiefel.

Mühsam erhob er sich von der Bettkante und betrachtete sich

im Spiegel. Sein nackter Hals störte ihn. »Wie 'n alter Truthahn, wie ein *kranker*, alter Truthahn.« Er holte sich ein getupftes Halstuch und knotete es unbeholfen in den offenen Hemdkragen. »Zeig's ihnen, alter Knabe«, sagte er zu seinem Spiegelbild und bleckte angewidert die Zähne.

Dann hinkte er auf den Flur hinaus. Aus der Küche drang das Klappern und Rumoren von Mrs. Chengs allwöchentlicher Putzorgie herauf. Davon abgesehen, war es ganz still im Haus, weil James nach London gefahren war (allein? fragte sich Leonard), Hugh irgend etwas Geheimnisvolles zu erledigen hatte und Joss in der Schule ihre Französischprüfung absolvierte, das arme Luder. Ihm hatten sie ein Zungensandwich zum Lunch bereitgestellt sowie – auf seinen Wunsch – eins von diesen annehmbaren kleinen Desserts im Plastiktopf. Nach dem Essen wollte Beatrice auf eine Runde Bésigue zu ihm kommen. Kein Mensch unter siebzig verstand sich heutzutage noch auf Bésigue.

Sehr vorsichtig und langsam tastete er sich die Treppe hinab, indem er seinen Stock mit dem Gummipfropfen am unteren Ende jedesmal erst auf die nächste Stufe setzte, bevor er weiterging. Vielleicht kann ich im Garten ein bißchen gießen, überlegte er sich, die Petunien etwa, die Beatrice gepflanzt hat, damit ich, wenn sie sie heute nachmittag gießt, in Ruhe abwarten kann, bis sie fertig ist, um ihr dann zu sagen: »Die hab ich heute morgen schon gegossen, Sie altes blindes Huhn!« Vor sich hinkichernd erreichte er endlich den unteren Flur.

Es klingelte. »Unverschämtheit!« sagte Leonard und humpelte mühsam zur Haustür.

Draußen stand eine voluminöse, gutaussehende Frau, die in Leonards Augen gekleidet war wie der Anvil Chorus: nichts als Tücher, Schals und dicker Schmuck. »Sind Sie Mr. Mallow?« fragte sie.

»Ja«, antwortete er, »und ich kaufe nichts.«

Sie wirkte einschüchternd. »Ich bin Helen Ferguson«, sagte sie energisch. »Eine Freundin von Kate. Darf ich eintreten?«

»Warum?« fragte Leonard.

»Weil ich Ihnen etwas über Kate berichten muß, das nicht unbedingt die ganze Straße mithören sollte.«

Widerwillig verspürte Leonard Bewunderung in sich aufsteigen. Er trat einen Schritt zurück, um Helen – die, wie er voller Genugtuung feststellte, genau die Fülle besaß, auf die er immer geflogen war, wenn sie sich nur nicht in so eine Art Bettlaken gekleidet hätte – einzulassen und sie in James' Arbeitszimmer zu führen. Mit seinem Stock deutete er auf einen Sessel.

»Setzen Sie sich.«

Sie nahm Platz, in einer Wolke exotischer Düfte, die Leonard nicht zu identifizieren vermochte. Und dann musterte sie ihn gelassen.

»Mr. Mallow, ich führe das Mansfield House, das Frauenhaus, in dem Kate, wie Sie sich sicher erinnern werden, regelmäßig geholfen hat.«

»Und?« fragte Leonard.

*

Mrs. Chen führte Leonard an den Küchentisch. Er war bläulichweiß, und in seinem Gesicht arbeitete es.

»Ins Gesicht hat er sie geschlagen«, sagte Leonard. »Ihren Kopf gegen die Wand gestoßen hat er! Kate!«

»Ich hole Ihnen Brandy«, sagte Mrs. Cheng und ging zu dem Schrank, der den Alkohol enthielt. Ihr war selbst ein bißchen schwindlig, aber Leonards Anblick jagte ihr Angst ein. Sie trug die Brandyflasche zum Tisch und goß reichlich davon in ein Glas. Dann setzte sie sich und sah Leonard an.

»Nichts gebrochen?«

»Nein«, sagte er, »aber was muß bloß in ihr vorgehen!«

Unvermittelt ergriff er eine von Mrs. Chengs Händen. »Ich muß es sofort James erzählen. Und Joss. Joss!«

»Miss Bachelor Ihnen helfen!«

»Ja«, sagte er, »ja, natürlich.« Er trank einen Schluck Brandy und wischte sich mit dem Handrücken über die Augen. »Die Welt ist so schlecht«, murmelte er, »so furchtbar, furchtbar schlecht!«

Mrs. Cheng legte ihre Hand auf seine andere und drückte sie fest.

»Sie mir nicht erzählen«, sagte sie.

*

Julia wartete bis neun Uhr, bevor sie in der Richmond Villa anrief. Wenn sie Glück hatte, würde Hugh um neun die Fernsehnachrichten ansehen, und Joss würde ans Telefon gehen. Genauso war es. Joss antwortete mit einer ganz kleinen, fernen Stimme, die, wie Julia vermutete, Joss' Bedürfnis entsprach, Distanz zu halten.

»Joss? Hier ist Julia. Ich freue mich, daß ich dich erwische! Ich hab gehört, daß du die Zwillinge in Oxford getroffen hast, und wollte dich nur fragen, wie sie auf dich gewirkt haben.«

Eine kleine Pause entstand. Dann antwortete Joss: »Ach, gut.« Ihre Stimme klang dumpf, irgendwie leer.

»Tatsächlich? Also, das freut mich wirklich sehr, weil Sandy nämlich gesagt hat, daß sie sich furchtbar aufgeregt und auf dem ganzen Heimweg geweint haben.«

»Ach ja?«

»Ja. Sie hat gesagt, sie hätten sich aufgeregt, als ihr alle zusammen wart, aber ich konnte aus ihr nicht rauskriegen, warum sie sich so aufgeregt haben. Deswegen hätte ich gern gewußt, ob du mir ein bißchen mehr erzählen könntest.«

»Nein«, sagte Joss. »Tut mir leid.« Sie brach in Tränen aus.

»Aber was ist denn, Joss? Was hab ich gesagt? Was ist denn los?«

»Es ist wegen Mum«, antwortete Joss mit bebender Stimme. »Jemand hat sie verprügelt. Mark hat sie verprügelt. Ich hab sie besucht, und sie sieht ganz furchtbar aus, ganz *furchtbar*, aber sie sagt kaum was, und James ist nicht da, er kommt erst später ...«

»Großer Gott, Joss«, sagte Julia erschrocken, »du Armes, und die arme, arme Kate! Bist du allein? Wo ist sie denn?«

»Im Mansfield House«, sagte Joss. »Sie sagt, sie ist okay. Hugh ist hier. Onkel Leonard ist ins Bett gegangen, wir mußten den Arzt holen ...«

»Ich bin sofort da«, sagte Julia. »Sandy ist hier, und du solltest jetzt nicht allein sein.«

»Ich bin nicht allein, ich bin okay . . .« Sie brach ab. Sie war keineswegs okay. Sie war verzweifelt, sie fühlte sich schuldig und war verstört, weil sie nicht bei Kate bleiben wollte, obwohl Helen es ihr geraten hatte, weil sie nach Hause wollte, weit weg von all diesen kleinen Kindern und den Frauen und dem Zigarettenqualm und Kates gräßlichem, unkenntlichem Gesicht und ihren hoffnungsleeren Augen. »Ich hole Hugh«, sagte Joss voll hektischer Erregung zu Julia. »Er ist hier, ich werde ihn holen . . .«

»Julia?« meldete sich Hugh wenige Sekunden später. Er klang relativ normal, weder abwehrend noch melodramatisch.

»Ach, Hugh«, rief Julia, »was ist da bloß passiert? Was geht bei euch vor?«

»Es ist ziemlich übel«, sagte Hugh. »Kate ist von einem Liebhaber verprügelt und aus ihrer Wohnung rausgeschmissen worden. Im Augenblick hält sie sich in diesem Frauenhaus auf, in dem sie öfter geholfen hat und wo du gefilmt hast. Joss ist völlig durcheinander, Leonard mußte ins Bett gepackt werden, weil sein Blutdruck in den Himmel geschossen ist und er zu hyperventilieren anfing. Mrs. Cheng fuhrwerkt noch immer mit dem Staubsauger rum, weil sie behauptet, das lenkt sie ab, Miss Bachelor ist nach einer Dreiviertelflasche Sherry endlich nach Hause gegangen, und keiner weiß, wann James wiederkommt. Julia«, sagte Hugh, »im Grunde hab ich ja Verständnis für all diese Dinge, aber der heutige Abend ist einer von denen, die ich nicht unbedingt noch einmal erleben möchte.«

»Aha«, sagte Julia.

»Was soll das heißen – aha?«

»Ich meine, das hast du dir selbst zuzuschreiben«, sagte Julia. »Du erwartest, daß die gesamte Welt deinen Problemen Priorität verleiht, und bist am Boden zerstört, sobald ein anderer dasselbe versucht.«

»Julia!«

»Aber es stimmt doch – oder?«

Pause. Hugh war inzwischen eifrig bemüht, das Gespräch weiterzuführen, ohne einen Streit anzufangen. Diese energische Julia am anderen Ende der Leitung brachte ihn gänzlich aus der Fassung.

»Ich dachte vielleicht . . .«

»Ja?«

»Ob ich . . . ob ich nicht dich und die Zwillinge besuchen könnte. Am Samstag etwa?«

»Tut mir leid«, sagte Julia, »ich muß den ganzen Samstag arbeiten.«

»Sonntag?«

»Sonntag ist gut.«

»Zum Lunch?«

»Nach dem Mittagessen. Gegen drei.«

»Und wer kommt zum Mittagessen?«

»Niemand. Ich habe nur keine Lust, am Sonntagmittag zu kochen, nachdem ich am Tag zuvor bis spätabends gearbeitet habe.«

Hugh hätte sie gern gefragt, ob sie einen schönen Abend verbracht habe, und noch lieber hätte er erfahren, mit wem sie zum Essen ausgegangen war. Statt dessen sagte er: »Ich habe sehr viel nachgedacht, Julia . . .«

»Nicht jetzt«, sagte Julia energisch, »jetzt geht's nur noch um die arme Kate. Und um Joss. Ich habe mich erboten rüberzukommen. Soll ich?«

Hugh konnte es nicht ertragen, daß sie nicht *seinetwegen* kommen wollte. »Wir kommen schon klar«, sagte er angestrengt, »wir schaffen's schon. In den nächsten Tagen kann keiner was für Kate tun, und Joss wird's wieder gutgehen, sobald James zurück ist.«

»Ich werde James morgen vormittag anrufen«, sagte Julia. »Würdest du ihm das bitte ausrichten? Und wir sehen uns dann am Sonntag.«

»Ja«, antwortete Hugh. Julia konnte sich seine Miene genau vorstellen, als er das sagte. Sie bemühte sich um einen sachlichen Ton.

»Also dann, gute Nacht. Und grüß alle schön von mir. Ich denke an sie und fühle mit ihnen.«

Sie legte den Hörer auf, setzte sich an den Küchentisch und bettete den Kopf auf die Arme. Sie versuchte sich Kate vorzustellen und die Szene, wie sie zusammengeschlagen wurde; sie glaubte es Kate schuldig zu sein, möglichst authentisch mitfühlen zu können, was ihr zugestoßen war. Die arme Kate, die arme, hilflose, verletzte Kate, der sie soviel Mißtrauen entgegengebracht hatte, weil sie in ihren Augen ein allzu unorthodoxes, jedem Trend aufsitzendes Leben führte. Heute weiß ich es besser, dachte Julia, jetzt weiß ich so vieles, was ich vorher nicht gewußt habe, obwohl ich die Art und Weise, wie ich es hab lernen müssen, furchtbar finde. Das hatte sie auch beim Essen zu Rob Shiner gesagt, und er hatte erwidert, es gebe ein Zitat von William Blake, das in etwa das gleiche sage, ein Zitat über Weisheit, die auf einem schwachen Markt angeboten werde, wo niemand kaufen wolle, und Julia hatte gefunden, daß das eine wunderbare Umschreibung war.

Es war ein angenehmes Abendessen mit Rob Shiner gewesen, aber auch nicht mehr. Außerhalb seiner beruflichen Sphäre schien er weitaus weniger aufregend und viel langweiliger zu sein, fast so, als vermöge er in seiner Freizeit nicht das Adrenalin auszuschütten, das ihn während des Arbeitstages antrieb. Er hatte sie in ein sehr elegantes Restaurant geführt, ihr köstliche Dinge zum Essen und Trinken vorgesetzt, hatte ihr Komplimente gemacht und war freundlich und aufmerksam zu ihr gewesen; und letzten Endes furchtbar langweilig. Nicht *ein*mal hatte sie lachen müssen, und als er sie zum Abschied unweigerlich mit einigem Eifer zu küssen versuchte, war ihr schon gar nicht zum Lachen zumute gewesen. So war sie angefüllt mit guten Speisen und gutem Wein und voller düsterer Gedanken ins Bett gegangen, wo sie noch sehr lange wach gelegen und über William Blake nachgedacht hatte und darüber, daß nichts so traurig war wie eine abgrundtiefe Enttäuschung. Niemand, hatte sie gedacht und ihr Kopfkissen in eine Form geschüttelt, die dem Schlaf vielleicht förderlicher war, niemand scheint in der Enttäuschung das wesentliche Motiv für absurdes Verhalten zu sehen. Aber das ist sie. Die Enttäuschung spielt für die meisten von uns eine sehr wichtige Rolle, und Kate muß im Augenblick regelrecht von ihr verschlungen werden.

Sie hob den Kopf von den Armen und sah sich in der Küche um. Am Pinnbrett hinter der Tür hingen die letzten Gemälde der Zwillinge aus dem Kindergarten, lauter Schiffe, Flugzeuge und Lkws. »Im Augenblick malen sie keine Menschen«, hatte Frederica erklärt und dabei bedeutungsschwer die Augen gerollt. »Das verstehen Sie doch – oder? Ich werde auch nicht darauf bestehen, noch nicht. Begreifen Sie?«

Ich begreife mehr als das, dachte Julia. Allmählich beginne ich sogar zu glauben, daß ich mehr begreife als Menschen wie Frederica. Ich werde die Zwillinge bitten, für Hugh am Sonntag was zu malen. Ein Bild von *mir* für ihn zu malen.

Sie erhob sich, ging wieder zum Telefon und wählte. Am anderen Ende klingelte und klingelte es, bis endlich abgehoben wurde.

»Mansfield House«, meldete sich eine müde Stimme.

»Ist dort Linda?«

»Nein«, sagte die Stimme noch eine Spur erschöpfter, »hier ist Janice.«

»Mein Name ist Julia Hunter«, sagte Julia. »Ich wollte mich nach Kate Bain erkundigen.«

Janice seufzte. »Bleiben Sie dran. Ich sehe nach, ob ich sie finde.«

»Nein, nein!« rief Julia. »Das ist nicht nötig. Sagen Sie ihr nur, daß Julia sie herzlich grüßen läßt. Und sagen Sie ihr, daß ich sie liebe.«

*

James sagte, er werde bei Joss bleiben, bis sie eingeschlafen sei. Da es in ihrem Zimmer auf ihren Wunsch hin außer dem Bett und einer Kommode keine Möbel im konventionellen Sinn gab, machte er es sich, so gut es ging, auf ihrem Sitzsack bequem. Das war jedoch gar nicht so leicht. Der Inhalt des Sacks schien ihm widerspenstig und schwer zu fassen zu sein, er klumpte entweder zu steinharten Hügeln zusammen oder wich ihm aus, bis er praktisch auf dem Fußboden saß. Seinen Ärger darüber empfand er als eine durchaus passende Metapher für seine trübseligen Gefühle. Aber wenigstens, dachte er und betrachtete Joss' reglosen Körper im Bett, weiß ich jetzt, was ich für sie empfinde.

Denn alles andere, auch das, was absolut unkompliziert wirkte, hatte sich als kompliziert und heikel entpuppt. Er hatte einen bezaubernden Tag hinter sich – nun ja, mindestens neun Zehntel davon waren bezaubernd gewesen: Er hatte mit Bluey Acheson die Tate Gallery besucht – mit Bluey, die die Malerei der letzten vierzig Jahre tatsächlich *mochte* und ihm auch genau erklären konnte, warum –, war dann mit ihr in ein Restaurant gegangen, von dem sie gelesen hatte, und anschließend (auf seinen Vorschlag) ins Sir John Soane Museum, dessen klassische Hundehütte sie begeistert hatte. Bis dahin waren sie ganz unbeschwert miteinander umgegangen, heiter, liebenswürdig, fröhlich, mit genau der richtigen Dosis Flirt, um den Ausflug von anderen, die man vielleicht mit einer Tante, einem Patenonkel oder sonst jemandem unternahm, bei dem die Möglichkeit eines romantischen oder sexuellen Abenteuers ausgeschlossen war, aufs angenehmste zu unterscheiden. Erst als James auf der Heimfahrt im Zug von seiner Abendzeitung aufblickte, entdeckte er auf Blueys Gesicht einen unverkennbaren Ausdruck, ein stummes Geständnis und die Hoffnung, er möge ihr ersparen, es in Worte zu fassen. Da der Zug überfüllt war, hatte James ihr nur zugelächelt und sich mit gemischten Gefühlen wieder auf seine Zeitung konzentriert. Freude und Verzweiflung kämpften in ihm. Jubel und Ablehnung. Bluey beobachtete ihn und dachte: Er muß, er muß! Alle anderen um mich herum leben ihr Leben, warum also soll ich nicht auch das meine so leben, wie ich es will, von Liebe erfüllt?

Am Bahnhof in Oxford ergriff sie seinen Arm. Sie würden jetzt ein Taxi nehmen, sagte er.

Aber sie wollte nicht, daß der Tag schon zu Ende ging. »Können wir nicht zu Fuß gehen?«

Nein, antwortete er, das können wir nicht. Die Taxifahrt verlief in einer etwas angespannten Atmosphäre, und in der Observatory Street sagte Bluey mit einer ganz kleinen, traurigen Stimme, sie nehme an, er werde nicht zum Abendessen bleiben. Er lächelte ihr zu. Mitten auf dem Bürgersteig, wo die ganze Observatory Street sie sehen konnte, küßte er sie auf die Wange und sagte, heute abend nicht, aber das heiße nicht, daß er es nicht an einem anderen Abend wirklich gern täte. Feigling, sagte er zu sich selbst. »Es war wunderschön, heute«, sagte er zu Bluey, »es hat mir mehr Freude gemacht als irgend etwas anderes seit langer, langer Zeit.«

Also hatte Bluey tapfer gelächelt, war ins Haus gegangen, und James hatte sich auf den Heimweg gemacht, nur um nach fünfzig Metern von Garth eingeholt zu werden, der ihm nachlief und keuchend fragte: »Sir, Sir, darf ich Sie mal kurz sprechen, Sir?« »Selbstverständlich«, hatte James gesagt, aber dann hatte Garth nicht recht weitergewußt, und James, der das erkannte, hatte sich freundlich über den akademischen Ruhm seines Vaters geäußert und war dann mit ihm in ein indisches Restaurant an der Walton Street gegangen, um ein Lamm-Korma zu essen und mit ihm über die Zukunft der Welt, des Planeten und Garth Achesons zu diskutieren.

Er war erst nach zehn nach Hause gekommen, und eine halbe Stunde nachdem er gekommen war, verließ er das Haus wieder, um zum Mansfield House zu fahren. Er glaubte kaum, jemals im Leben körperlich wie seelisch über irgend etwas so erschrokken zu sein wie über – nun ja, nicht so sehr über Kates Anblick als über die Erkenntnis, wie es zu diesen Verletzungen gekommen sein mußte. Nur zehn Minuten hielt er sich, mit einem Becher Kaffee am Tisch sitzend, in der Küche auf. Kate saß ihm gegenüber. Sie hatte mühsam zu lächeln versucht und erklärt, daß sie sehr müde und zugleich furchtbar aufgedreht sei und daß der Arzt ihr deswegen für die nächsten drei Nächte drei Schlaftabletten gegeben habe. Nichts sei gebrochen, alles nur Prellungen.

James war den Tränen nahe gewesen. Ein furchtbarer Zorn,

eine wahrhaft unbändige Wut auf Mark Hathaway erfüllte ihn und dabei zugleich das Verlangen, Kate zu helfen, und das Gefühl der Hilflosigkeit.

Sehr sanft hatte er mit unsicherer Stimme gesagt: »Würdest du zu uns kommen? Damit wir uns um dich kümmern können? Damit Joss beruhigt sein kann?«

Kate hatte den Kopf geschüttelt und war zusammengezuckt. »Danke. Vielen Dank, James, aber das möchte ich nicht. Ich möchte hierbleiben, ich bin hier wirklich gut aufgehoben.«

»Bitte«, hatte er gesagt. Aber sie hatte davon nichts wissen wollen.

»Wirklich, es ist schon in Ordnung«, hatte sie gesagt. »Die Leute hier wissen, wie sie mit Frauen wie mir umgehen müssen. Sie kennen mich.«

Während er nun seltsam verrenkt auf Joss' Sitzsack hockte, hatte James wiederum das dringende Bedürfnis, Kate in die Richmond Villa zurückzuholen. Natürlich mußte sie herkommen! Wenn er, James, sie nicht hätte gehen lassen, ihr in einem nervösen Moment nicht sofort ihren Willen gelassen hätte, wäre sie dieser Art willkürlicher Brutalität nicht ausgesetzt gewesen. Das mußte er unbedingt gutmachen, das war er Kate schuldig, soviel war klar. Aber stimmte das wirklich? Hatte er, als er ihr am Küchentisch im Mansfield House gegenübersaß und sie betrachtete, lediglich den Anblick, den Beweis für ihre Qualen nicht ertragen können? Hatte er dabei Liebe für sie empfunden – oder Mitleid? Was war der Grund dafür, daß er wünschte, im anderen Schlafzimmer, gegenüber vom armen, alten Leonard, der in seinem Flanellpyjama vor lauter Schreck noch immer nicht richtig Luft bekam, möge Kate schlafen statt Hugh? Liebte er Kate noch immer, wirklich, wahrhaftig und aufrichtig, oder wurde er nur von schlechtem Gewissen und Mitleid geplagt? Mitleid, o Gott, dachte James, dieses schreckliche, sirenenhafte Mitleid. Ich darf Kate nicht durch mein Mitleid beleidigen.

Er lauschte. Joss' künstlich ruhiges Atmen war jetzt in natürliche kleine Schnaufer und Schnarcher übergegangen. Mühsam drehte sich James auf dem Sitzsack, bis er auf allen vieren landete, und stemmte sich schwerfällig auf die Füße. Dann stand er da und blickte auf sie hinab, auf ihren zerzausten Haarschopf, auf ihr armes, mit mehreren Steckern verunziertes rechtes Ohr, auf ihre immer noch kindliche Hand, die sich in ihre Steppdecke krampfte. Wenigstens weiß ich jetzt, was ich für dich empfinde, dachte James, daß ich für dich etwas Ähnliches empfinde wie für Leonard, nur daß es noch stärker ist. Sehr tiefe Liebe empfinde ich, meine Joss, und eine ebenso tiefe Verbitterung.

*

Um fünf Uhr morgens kam Cat durch Miss Bachelors offenes Fenster hereingeschlichen und brachte ihr eine Spitzmaus. Da diese jedoch noch nicht ganz tot war, spielte er noch ein bißchen mit ihr auf dem Bettvorleger und weckte Miss Bachelor erst später.

Beatrice machte Licht und blinzelte in die Gegend.

»Böser Cat!«

Cat war beleidigt. Die Spitzmaus, die vor Angst gestorben war oder auch nur so tat, lag mit geschlossenen Augen auf der Seite. Beatrice stieg aus dem Bett und ging hinunter, um Handfeger und Kehrblech zu holen. Als sie zurückkam, war Cat verschwunden und hatte seine Trophäe zurückgelassen. Beatrice fegte sie auf und warf sie aus dem Schlafzimmerfenster auf den betonierten Fußweg unten, wo Grace sie später am Morgen hoffentlich nicht sehen würde, bevor sie drauftrat.

Beatrice hatte Kopfschmerzen. Sie wußte genau, warum sie Kopfschmerzen hatte, und fand, daß sie nichts anderes verdient habe. Sie brachte Handfeger und Kehrblech wieder in den schäbigen Schrank hinunter, wo sie ihren Platz neben Teppichkehrer und Bügelbrett hatten, und ging in die Küche, um sich eine Kanne Tee zu machen, die sie ins Bett mit hinaufnehmen wollte. Der Himmel wurde allmählich hell, der Freitagshimmel. Das einzige, was ihr den Freitag erträglich machte, war das *Times Literary Supplement*.

Oben in ihrem Zimmer wartete Cat. Wo, schien er sie vorwurfsvoll zu fragen, ist meine Spitzmaus?

»Ich hab keine Zeit für deine Spielchen«, sagte Beatrice, stellte das Teetablett ab und stieg wieder ins Bett. »Du verwechselst Grausamkeit mit Spiel, und das wirft ein schlechtes Licht auf deine Intelligenz.«

Cat sprang zu ihr aufs Bett, kletterte über ihre Knie hinweg und schob seinen dicken Kopf energisch in ihre Hände.

»Hör auf«, sagte Beatrice. »Gib Ruhe.«

Er schob sich zwischen Steppdecke und Überdecke, rollte sich an ihren Beinen zusammen und schnurrte kräftig, schwer und zufrieden.

»Du bist ein guter Freund, das muß man dir lassen.« Beatrice schenkte sich Tee ein. »Du bist selbständig und charaktervoll, und du hast Humor. Ich sollte mich allmählich daran erinnern, Cat, daß ich früher einmal stolz darauf war, das alles ebenfalls zu sein.«

Die letzten sechs Monate waren für Beatrice die erlebnisreichsten seit vielen, vielen Jahren gewesen, und sie hatte sie nicht nur genossen, sondern sogar mit Freuden genossen. Es hatte damit angefangen, daß sie sich für ein Haus interessierte, für eine Lebensart, für eine Gruppe von Personen, für einen Mann; und schließlich hatte sie sich in das alles verliebt. Sie hatte sich den Luxus geleistet, Vergnügen, Anregung und gutes Essen zu suchen – hatte sich alldem in blinder Leidenschaft hingegeben, sagte sich Beatrice streng –, indem sie einfach zur Richmond Villa ging. In den letzten paar Monaten war sie fast ständig dort gewesen, beinah ebenso regelmäßig wie der Zeitungsjunge oder der Milchmann, weil sie sich einredete, sie sei dort unentbehrlich und begehrt. Nun ja, der gestrige Abend hatte das alles geändert. Der gestrige Abend, an dem sie von der armen Miss Bain gehört und zweifellos viel zuviel Sherry getrunken hatte, war wie ein Schlag ins Gesicht für sie gewesen, wie damals, als Kind, wenn sie für ihr törichtes Gekichere einen kräftigen Klaps erhielt. Es lag eine gewisse Unausweichlichkeit in den vergangenen sechs Monaten, in der unerbittlichen Folge der Ereignisse, die an jenem nassen Januarabend begonnen hatte, als James sie von ihrem Fahrrad stieß. Nun gut, sagte sich Beatrice, während sie ihren Tee trank und auf die Postkarten-Reproduktion über ihrem Bett blickte – auf der Dante das Schema des Universums auf die Stadt Florenz übertrug, wobei er eine aufgeschlagene Ausgabe der »Göttlichen Komödie« in der Hand hielt –, nun gut, Beatrice, jetzt wird es Zeit, daß du wieder auf dein Fahrrad steigst und davonfährst, irgendwelchen neuen Zielen entgegen.

Siebzehntes Kapitel

Am dritten Tag nach ihrer Ankunft zog Kate im Mansfield House zu Sonia und ihren Kindern in ein Zimmer im ersten Stock. Sonia war ebenso kaffeebraun und ruhig wie ihre Kinder, zwei kleine Mädchen, die kaum ein Wort sagten. Kate fühlte sich als Eindringling.

»Komm nur herein«, sagte Sonia und deutete auf ein Bett am Fenster. »Magst du das da? Dieses Frauenhaus, das ist das Beste, was mir je widerfahren ist. Ich lerne allmählich, in der Nähe anderer Frauen zu leben.«

Sonia hatte ihren Mann umgebracht, das erzählte sie Kate schon während der ersten Stunde. »Am besten, du weißt Bescheid, dann brauchen wir nicht mehr darüber zu reden. Ich hab ihn umgebracht, weil er gewalttätig wurde, aber ich hätte niemals bleiben dürfen, bis die Lage so furchtbar wurde.« Sie blickte zu ihren Töchtern hinüber. Es war unmöglich, zu erraten, was hinter ihren großen braunen, gläsernen Augen vorging. »Ich will nichts weiter, als ihnen Kraft geben, damit sie nie zulassen, daß jemand die Kontrolle über sie bekommt oder sie zerstört.« Dann sah sie Kate an. »Es ist gut, daß er nicht mehr lebt, sonst müßte ich mich wieder zwingen, zu ihm zurückzukehren.«

»Aber . . .«

»Es ist furchtbar, einen Menschen zu lieben«, sagte Sonia. Sie sprach beinahe zu ruhig, fast wie in Trance. »Ich werde nie wieder jemanden lieben. Nie wieder!«

Kate machte sich das Bett am Fenster zurecht. Sonias Töchter beobachteten sie schweigend.

»Vormittags«, fuhr Sonia fort, »putze ich in der Schule der beiden. Dann hast du das Zimmer für dich allein und kannst machen, was du willst.«

»Vielen Dank.«

»Als du noch herkamst, war ich neu hier. Ich kannte dich nicht, aber ich hab immer gedacht, daß ich genauso sein möchte wie du. Schönes Haus, netter Mann. Aber das denke ich jetzt nicht mehr. Ein wirklich schönes Leben kann man nur führen, wenn man frei ist. Das ist die einzige Möglichkeit, sich die Selbstachtung zu bewahren.«

Sonia hatte etwas höchst Deprimierendes an sich. Ihre Stimme klang ruhig und leise, und sie redete und redete. Wenn ihre Kinder den Mund aufmachten, sprachen sie im Flüsterton.

»Ich sage dir das nur«, wiederholte Sonia immer wieder, »damit wir nicht mehr davon reden müssen. Das ist alles. Ohne Selbstachtung kann man sich selbst nicht akzeptieren, kann man sich nicht als Frau akzeptieren, kann man seine Kinder nicht akzeptieren, gar nichts. Wie kann man Selbstachtung haben, wenn man so von einem Mann behandelt wird? Wie kann man sich von einem Mann fernhalten, wenn man ihn liebt? Die Liebe ist etwas Schreckliches. Sie ist eine Droge. Sie bewirkt, daß man einen Mann zufriedenstellen will. Wie kann man sich aber selbst zufriedenstellen, wenn man ständig versucht, einen Mann zufriedenzustellen? Wo bleibt die Selbstachtung, wenn du dich selbst nicht zufriedenstellst? Einen Mann lernt man erst kennen, wenn man ihm sagt, daß man ihn liebt. Wenn man einen Mann liebt, glaubt man, man könnte ihm helfen, ihn heilen. Aber so darf man nicht denken. Man kann machen, was man will – es hilft nichts. Ich werde niemals wieder so denken.«

Linda und Ruth waren in die Swan Street gefahren, um Kates Siebensachen zusammenzupacken. Dort hatten sie Mr. Akwa vorgefunden, der höflich sagte, er hoffe, es sei nicht seine Schuld, daß Kate so überstürzt ausgezogen sei. Linda sagte, er sei vermutlich der einzige Mann, der nicht daran schuld sei. Mr. Akwa verneigte sich und machte ein verständnisloses Gesicht. Einige Tage später erhielt Kate eine Karte von ihm, auf die mit Tesafilm ein Zehn-Pence-Stück geklebt war, das er unter dem Sessel gefunden hatte.

Da Kate viel zu viele Dinge besaß, um sie in ihrem Zimmer

mit Sonia und den Kindern unterzubringen, verstauten Linda und Ruth den Rest in Plastiksäcken im Keller. Keine von ihnen sagte: Vorläufig, oder: Nur vorübergehend. Und dafür war Kate ihnen zutiefst dankbar. Im Augenblick war es ihr unmöglich, über den nächsten halben Tag hinauszudenken oder über die nächste Nacht, in deren Dunkelheit monoton und ohne Unterbrechung Sonias Stimme auf sie eindrang.

»Ich sag dir das nur, damit wir nie wieder darüber reden müssen ...«

Kate ging zum Pasta Please. Christine fiel es offenbar sehr schwer, sie anzusehen, obwohl ihr Gesicht schon fast wieder verheilt war. Benjie schenkte ihr eine Flasche Wodka.

»Ich möchte, daß du die austrinkst«, sagte er zu Kate. »Danach kannst du dich hinsetzen und gründlich nachdenken.«

Christine erklärte, sie werde Kate den Job drei Wochen lang freihalten. Vorerst war Susie, die inzwischen schwanger war und darauf wartete, daß sich ihr Handelsvertreter überlegte, ob er seine Frau ihretwegen verlassen sollte, als Kates Vertretung eingesprungen. »Und wenn du dich in drei Wochen für etwas anderes entschieden hast«, sagte Christine, »kann sie aushelfen, bis ich Ersatz gefunden habe.« Sie war sehr nett zu Kate, aber auf eine etwas gereizte Art, als hätte sie längst gewußt, daß so etwas passieren würde. »Ich hoffe nur, daß du mit Mark jetzt Schluß gemacht hast.«

»Aber ja!«

Mark hatte Blumen in die Richmond Villa geschickt. Joss hatte sie in den Mülleimer gestopft.

»Und diesen Brief«, sagte Joss. »Ich hab ihn nicht mal geöffnet.«

»Den hättest du nicht wegwerfen dürfen«, sagte Kate.

Joss runzelte die Stirn. »Du kannst doch unmöglich je wieder was von ihm hören wollen!«

»Will ich auch nicht. Wenigstens will ich nie wieder was mit ihm zu tun haben. Aber ich will einen richtigen Schluß, eine richtige Erklärung. Und die hätte ich möglicherweise in diesem Brief gefunden.«

Am nächsten Tag brachte Joss ihr den verdreckten und zerknitterten Brief aus dem Mülleimer.

»Ich möchte Dich nur bitten«, hieß es darin, »nicht zu vergessen, daß ich Dich geliebt habe und immer noch liebe. Aber ich weiß, daß es für uns keine Zukunft gibt.«

Kate zerknüllte das Papier. »Du hattest ganz recht«, sagte sie zu Joss. »Der Mülleimer war noch zu gut dafür.«

Joss sah sich im Zimmer um. Die Kleider von Sonia und ihren Töchtern hingen an Drahtbügeln ringsum an den Wänden, weil sie den einzigen Schrank freundlicherweise für Kate geräumt hatten. Kate hatte das nicht gewollt, hatte sie sogar gebeten, es nicht zu tun. »Aber ich tu's gern«, hatte Sonia geantwortet. »Wie schon gesagt, ich lerne allmählich, mit Frauen zu leben.«

»Du kannst nicht hierbleiben«, sagte Joss.

»Helen hat mir ihre Wohnung angeboten.«

»Helen! Aber du kannst doch nicht mit Helen leben!«

»Das ist mir klar.«

Joss betrachtete ihre Mutter. Sie sah besser aus, viel besser, und die Prellungen begannen langsam zu verschwinden.

»Das Problem ist nur«, sagte Kate, »daß Helen ziemlich erschüttert ist. Ich will nicht, daß die anderen denken, ich wäre ihr Liebling, aber sie sieht mich immer wieder so an, als hätte sie das Gefühl, auch sie selbst sei gerade noch mal davongekommen.« Sie blickte zu Joss auf. »Mach keine zu große Sache aus dem, was passiert ist, Jossie. Es war wirklich nicht so schlimm, und wenn ich ehrlich bin, muß ich gestehen, daß ich's habe kommen sehen.«

Aber Joss wollte nichts davon hören. Sie legte Sonias Kindern ein paar Süßigkeiten aufs Kopfkissen, gab Kate einen recht flüchtigen Kuß und lief hinunter zu dem gebrauchten Fahrrad, das James ihr auf eine Anzeige in der *Oxford Mail* hin gekauft und das sie mit einem Vorhängeschloß gewissenhaft an einen Laternenpfahl gekettet hatte.

*

Als die Zwillinge Hugh sahen, brachten sie zunächst kein Wort heraus. Sie stürzten sich auf ihn und klammerten sich mit erregten, verzerrten Gesichtern an ihn, jeder an ein Bein, aber sagen konnten sie nichts. Auch Hugh mußte feststellen, daß er nicht viel sagen konnte. Seine Beine kamen ihm wie sperrige Beinschienen vor, und er stakste zum Rasen und ließ sich lang ins Gras fallen, damit er hinablangen, sie kitzeln und so dazu bringen konnte, ihn freizugeben.

»Du warst bei Joss im Haus!« rief George vorwurfsvoll.

»Das war ich«, sagte Hugh, »das war ich allerdings.«

Er hob erst George, dann Edward auf und drückte die beiden ganz fest an sich, während Edward immer nur verzweifelt wisperte: »Daddy, Daddy, Daddy, Daddy.«

»Nicht weinen«, sagte George.

»Ich weine nicht . . .«

»Tust du doch!«

Edward musterte ihn aufmerksam. »Tust du doch!«

»Weil ich mich so freue, euch wiederzusehen.«

»Wenn man sich freut, weint man nicht«, sagte Edward verächtlich.

»Manchmal schon, wenn man ganz furchtbar glücklich ist.«

»Wir haben bei Joss geweint«, sagte George. »Wir wollten mit zu ihr ins Haus.«

»Mögt ihr Joss?«

Beide wirkten auf einmal verlegen und nickten nur heftig.

»Ich auch«, sagte Hugh, »aber mit ein paar Vorbehalten. Meint ihr nicht, es wäre an der Zeit, daß ich einen Kuß bekomme?«

Ihre Gesichter waren heiß, feucht und weich. Mit kräftigen Händen klammerten sie sich an seinen Hals und küßten ihn und küßten ihn, und Hugh beschloß auf der Stelle, sich fortan wie ein italienischer Vater zu verhalten, der seine Söhne ständig küßt und streichelt, und nicht wie ein englischer, der sich davor eher scheut.

Julia kam mit einem Teetablett aus dem Haus. Die Zwillinge klammerten sich an Hugh und sahen ihr zu.

»Geht Mummy helfen«, sagte Hugh zu ihnen.

»Was helfen?« fragte Edward in seinem neu erworbenen verächtlichen Tonfall.

»Die Sachen vom Tablett nehmen und auf den Tisch stellen und ein Kissen für ihren Sessel holen.«

»Ich muß nicht ...«

»Ich will nicht ...«

Beide sahen ihn aufmerksam an.

»Davon hab ich in letzter Zeit reichlich gehört«, sagte Julia.

»Wenn ihr Mummy nicht helft, bringe ich euch wie Babys in euer Zimmer hinauf und stecke euch ins Bett.«

Trotzig krabbelten sie auf Julia zu, stellten sich jeder auf ein Bein und begannen mit den Teetassen zu klappern. George ließ eine Platte mit Keksen fallen.

»Heb das auf!«

Durchaus absichtlich trat er auf das Gebäck.

»Also gut.« Hugh beugte sich über George und packte seinen Arm. »Ab jetzt, ins Bett. Ungezogene Babys gehören ins Bett.«

George begann lauthals zu brüllen. Edward folgte seinem Beispiel. Julia sagte besorgt zu Hugh: »Vielleicht sollten sie irgendwo sein, wo sie dich sehen können ...«

»Sie können mich vom Fenster aus sehen.«

Energisch marschierte er, George unterm Arm und Edward hinter sich herziehend, über den Rasen. Sobald Julia außer Sichtweite war, hörten die Zwillinge auf zu weinen und begannen zu schniefen. Hugh brachte sie nach oben und setzte sie auf ihre Betten.

»Wirklich schade«, sagte Hugh ernst zu ihnen, und sein Herz tat dabei weh. »Sehr, sehr traurig.«

Beide wandten den Blick von ihm ab.

»Ich werde euch jetzt hier lassen, und wenn ihr brav seid, werde ich euch in zehn Minuten vom Garten aus zuwinken. Dann könnt ihr runterkommen, euch bei Mummy entschuldigen, und wir können noch mal von vorn anfangen.«

George steckte den Daumen in den Mund. Edward begann mit einer Haarsträhne über seinem Ohr zu spielen.

»Zehn Minuten«, wiederholte Hugh. Dann kehrte er in den Garten zurück.

»Ich hab ihnen erklärt, daß ich ihnen ein Zeichen gebe, wenn sie wieder runterkommen und sich entschuldigen können. Das gibt mir Zeit, mich als erster bei dir zu entschuldigen.«

»Nicht . . .«, sagte Julia. Sie trug Jeans, eine weiche, pinkfarbene Bluse, die sie schon besaß, seit Hugh sie kannte, und ihre Brille.

»Ich möchte so furchtbar gern wieder nach Hause kommen«, sagte Hugh.

Sie musterte ihn durch ihre Brille.

»Wirklich?«

»Wir gehören zusammen«, sagte Hugh. »Ich meine, nicht wegen der Zwillinge, *nicht einmal* wegen der Zwillinge, aber wir verstehen uns so gut, nicht wahr?«

Sie wählte einen Gartensessel in einiger Entfernung von ihm, hob ihre Haare mit beiden Händen an und ließ sie sauber und glatt über ihren Rücken fallen.

»Ich schäme mich sehr«, sagte Hugh. »Ich muß gestehen, daß meine Gefühle, als ich ging, aufrichtig und ernsthaft waren, jetzt aber empfinde ich nicht mehr so. In keiner Hinsicht. Ich hätte es niemals an dir auslassen dürfen.«

»Dein Brief . . .«

»Hoffentlich hast du ihn verbrannt.«

»Das habe ich. Warum hast du ihn geschrieben, wenn's dir gar nicht ernst damit war?«

»Ich hatte mich irgendwie verrannt, glaube ich. Jetzt kann ich mich wirklich nicht mehr erinnern, was ich damals empfunden habe. Julia, ich liebe dich. Ich liebe dich wirklich. Möchtest du nicht auch, daß ich zurückkomme?«

Eine ziemlich lange Pause entstand. Dann sagte sie: »Selbstverständlich möchte ich das.«

Er hielt den Atem an. »Ich war wütend auf dich, verstehst du?« sagte sie. »Wütend, und ich hatte genug von dir. Ich will nicht dafür bestraft werden, daß ich mich anständig verhalte, daß ich freundlich und verständnivoll bin. Verstehst du das?«

Er blickte zu Boden. »Ja.«

»Ich bin mit Rob Shiner zum Abendessen ausgegangen«, fuhr Julia fort. »Es war so langweilig! Und ich hab festgestellt, daß ich keinen Geschmack an Abenteuern finde. Aber ...«, sie schoß ihm einen funkelnden Blick zu, »... ich will auch nicht ausgenutzt werden, weil ich dir die Treue halte oder weil ich die Brötchen für uns verdiene. Ich muß dich darauf hinweisen, weil das für mich sehr wichtig ist. Ich liebe dich, und ich möchte deine Frau sein, aber ich werde mich nicht, verstehst du, ich *werde mich nicht* noch einmal dafür bestrafen lassen, daß ich dir eine gute und liebevolle Ehefrau bin. Kapiert?«

Hughs Gesicht war puterrot. »Ja«, sagte er so leise, daß sie es kaum hörte.

»Können wir jetzt runterkommen?« riefen die Zwillinge hinter dem Sicherheitsgitter ihres Fensters.

»Dürfen sie?«

»Ich liebe dich«, sagte Hugh. »Hast du das verstanden? Ist dir klar, daß ich dich wirklich, aufrichtig liebe?«

»Ja«, sagte Julia.

Hugh wandte sich zum Haus zurück.

»Ihr könnt jetzt kommen!«

»Vivienne Penniman hat angerufen. Und diese Leute von Rapswell. Sie veranstalten einen Country-and-Western-Abend ...«

»Ach.« Hugh winkte desinteressiert ab.

»Und ein Freund von Rob möchte mit dir über eine Idee für eine Serie über Tabus sprechen ...«

Quietschend wie kleine Schweinchen brachen die Zwillinge durch die Gartentür der Villa.

»Zunächst einmal«, sagte Hugh, »werden wir uns jetzt, da ich mehr zu Hause sein werde, dieser Sandy entledigen.« Lachend lief er den Zwillingen entgegen, um sie liebevoll aufzufangen. »Der mit den fetten Haaren!«

*

Kate lag in Sonias Zimmer auf ihrem Bett. Sonia war mit ihren Kindern und einer ganzen Gruppe weiterer Mütter und Kinder aus dem Mansfield House am Pool von Marston Ferry schwimmen gegangen. Es war ein heißer Nachmittag, die Luft war von einem ununterbrochenen Summen und Brummen erfüllt und so reglos, daß sich die dünnen blauen Vorhänge am Fenster kaum bewegten. Kate hatte angefangen, ein wenig zu gärtnern – der Garten war grausam verwahrlost –, aber Hitze und Kopfschmerzen hatten sie wieder ins Haus getrieben. Sie hatte zwei Glas Wasser getrunken, dann war sie in Sonias Zimmer hinaufgegangen – nichts würde es zu etwas anderem als Sonias Zimmer machen – und hatte sich mit geschlossenen Augen aufs Bett gelegt.

Gestern hatte Julia sie besucht. Es war schwierig gewesen, mit ihr zu reden, weil es nirgendwo einen Platz gab, wo keine lärmenden Kleinkinder herumtobten, Waschmaschinen dröhnten oder Diskussionen über die Frage im Gang waren, ob man die Polizei rufen solle, damit sie sich um Pats Freund kümmere. Julia hatte müde, aber glücklich gewirkt und ihr erzählt, daß Hugh nach Hause gekommen sei.

»Du hast mir gesagt, wenn ich nur warte, werde er kommen«, sagte Julia, die Kates Hände hielt. »Und du hast recht gehabt. Aber erst mußte ich mich ordentlich mit ihm streiten.«

Julia ist zauberhaft, hatte Kate gedacht, bildhübsch und sanft. Natürlich hatte sie auch gefragt, was Kate jetzt tun werde.

»Das wüßte ich selber gern, aber ich weiß es nicht. Weißt du, ich habe nie einen Beruf gehabt, immer nur Jobs. Ich will mich wirklich nicht beschweren, aber ich bin auch nicht so dumm, daß ich den Unterschied nicht erkenne.«

Julia hatte sich erboten, ihr einen Job beim Sender zu besorgen. Kate hatte gezögert. »Weißt du, ich kann nicht aus Oxford weg. Wegen Joss.«

»Ach, Kate . . .«

»Es ist komisch, nicht wahr? Alle scheinen sich zu James hingezogen zu fühlen: Joss, Miss Bachelor, Hugh und diese Amerikanerin.«

»Ich kenne James nicht besonders gut ...«

»Ich kenne Hugh auch kaum.«

Julia lachte. »Der ist nicht sehr kompliziert ...«

»Warum hab ich den Zauberkreis verlassen, Julia? Was hab ich da bloß getan?«

»Deinem Instinkt hast du gehorcht«, antwortete Julia. »Genau wie wir alle. Das gehört zu den Dingen, die ich in letzter Zeit gelernt habe. Früher hab ich gedacht, man braucht im Leben nichts weiter zu tun, als Entscheidungen zu treffen, dann wird man sich auch entsprechend verhalten. Aber es ist alles viel schwieriger, nicht wahr?«

»Sehr viel schwieriger«, sagte Kate.

Als Julia ging, sagte sie noch: »Vergiß das mit dem Job nicht. Denk drüber nach.«

Das Problem ist, dachte Kate, während sie mit geschlossenen Augen dalag, daß ich nicht so recht weiß, wo ich mit dem Nachdenken anfangen soll. Alles in mir scheint zu schlafen, auch der Instinkt. Alles, was ich im Augenblick weiß, ist, so unbedeutend das sein mag, daß ich Sonia nicht länger ertragen kann, daß ich sogar einen Anflug von Mitgefühl mit ihrem toten Ehemann empfinde. Durchaus möglich, daß das ein Anfang ist; vermutlich bedeutet das wenigstens, daß ich noch am Leben bin.

»Miss Bain?«

Kate schlug die Augen auf. An der Tür zu Sonias Zimmer stand eine ältere Frau, die eine Nickelbrille, ein braunes, bedrucktes Sommerkleid und über dem Arm eine schlaffe, braune Strickjacke trug. Sie war ein wenig außer Atem.

»Miss Bachelor!« rief Kate und sprang vom Bett.

»Ich möchte Sie nicht stören. Bitte, bleiben Sie liegen. Ich wollte mich nur vergewissern, wie's Ihnen geht.« Sie wechselte die Strickjacke vom rechten auf den linken Arm und streckte ihre freie Hand aus. »Wie geht's Ihnen? Wir haben uns noch nicht kennengelernt.«

Kate sah sich um. »Es gibt hier keine Sitzgelegenheit.«

»Und wie wär's mit dem Bett?«

»Wenn's Ihnen nichts ausmacht . . .«

»Warum sollte es mir etwas ausmachen?«

Kate hob die Hände an ihr Gesicht. »Ich . . . Ich weiß nicht, wie ich mich Ihnen gegenüber verhalten soll, ich war so . . . so . . .«

Beatrice setzte sich auf Sonias Bett. »Wir hätten uns schon längst kennenlernen sollen. Es wäre mir lieb, wenn Sie sich wieder hinlegen. Ich könnte mir vorstellen, daß Sie Kopfschmerzen haben.«

»Ein wenig . . .«

»Bitte«, sagte Beatrice, »wir müssen darauf verzichten, uns erst allmählich kennenzulernen. Wir müssen uns einfach kennen.«

Kate sank auf ihr Bett zurück. Sie rutschte rückwärts, bis sie an der Wand lehnte. Beatrice saß kerzengerade gegenüber.

»Miss Bain . . .«

»Kate.«

»Vielen Dank, Kate. Mein Gewissen ist durchaus nicht rein. Irgendwie habe ich das Gefühl – und das ist einer der Gründe dafür, daß ich zu Ihnen gekommen bin –, daß Sie die Richmond Villa auch meinetwegen verlassen haben, und es ist mir ein Bedürfnis, sicherzustellen, daß Ihre Rückkehr nicht von meiner ständigen Gegenwart dort verhindert wird. Also werde ich das Haus von nun an nicht mehr aufsuchen.«

Kate sah sie an.

»Habe ich recht?«

»Ja«, antwortete Kate. Auf einmal hatte sie das Bedürfnis, ihre Last loszuwerden, Aufrichtigkeit mit Aufrichtigkeit zu vergelten. »Ich war eifersüchtig auf Sie. Sie waren so intelligent und außergewöhnlich. Sie haben James' Phantasie beflügelt. Aber es war noch mehr als das.«

Beatrice' Miene war unergründlich. »Selbstverständlich. Sie hatten das Gefühl, die Kontrolle verloren zu haben.«

»Woher wissen Sie das? Das hatte ich tatsächlich, aber wie in aller Welt können Sie das wissen?«

»Weil ich auch ein Mensch bin«, sagte Beatrice mit der Andeutung eines Lächelns, »obwohl ich möglicherweise kaum wie einer aussehe. Ich weiß, wie schrecklich es ist, wenn die Möglichkeit, frei zu wählen, allmählich abnimmt. So wenig von allem, was wir tun, wird vom freien Willen bestimmt, obwohl wir uns ständig einreden, daß es genau umgekehrt sei. Das verleiht uns das Gefühl, überlegen zu sein. In Wirklichkeit sind wir weitgehend Opfer unserer Gene. Daher der Kampf, dieser niemals endende Kampf.«

Kate rutschte auf ihrem Bett nach vorn, bis sie sich zu Beatrice hinüberbeugen konnte. »Ich war war ja so dumm, so furchtbar dumm, weil ich Sie nicht kennenlernen wollte . . .«

»Man kann sich immer nur für das entscheiden, was man zum jeweiligen Zeitpunkt für richtig hält. Späte Einsicht ist eine Bedrohung für die Selbstachtung.«

»Sie dürfen nicht aufhören, in die Richmond Villa zu gehen«, sagte Kate plötzlich. »Die Menschen dort lieben Sie, Sie tun ihnen so gut. Joss liebt Sie, obwohl Sie sie ständig Josephine nennen.«

»Ich habe nichts übrig für absichtliche Androgynie«, sagte Beatrice. »Sie können stolz auf sie sein. Sie sind eine wundervolle Mutter.«

Kate zog den Kopf ein. »Ich will nicht, daß sie sich ängstigt vor dem, was passiert ist.«

»Aber natürlich muß sie sich ängstigen. Sie muß erkennen, daß es noch immer Männer gibt, die es nicht hinnehmen können, daß die Gesellschaft sich im Hinblick auf die Stellung der Frau weiterentwickelt hat. Aber Sie brauchen nicht zu befürchten, daß Josephine durch das, was Ihnen zugestoßen ist, Schaden genommen hat. Sie ist ein sehr resistenter Mensch. Und sie hängt sehr an Ihnen. Wenn möglich, würde ich an Ihrer Stelle ihren Wunsch, in der Richmond Villa zu leben, nicht allzu persönlich nehmen. Manchmal ist es eben zwei Menschen, die beide die Hauptrolle zu spielen trachten, absolut unmöglich zusammenzuleben.«

»Ach, Miss Bachelor«, sagte Kate impulsiv, »Sie sind ein unendlich großer Trost für mich!«

Beatrice wandte den Blick ab. Sie streckte eine Hand aus und strich über Sonias Tagesbettdecke. »Und wegen dieser bezaubernden, tüchtigen Amerikanerin brauchen Sie sich auch keine Gedanken zu machen.«

»Garths Mutter?«

»In der Tat.« Beatrice lächelte ganz leicht.

»Könnten Sie mir das näher erklären?«

»Nein.«

»Oh«, rief Kate, »aber Sie spannen mich auf die Folter!«

»Eigentlich möchte ich beruhigend auf Sie wirken.«

»Wie geht's Leonard?«

»Er ist furchtbar geschockt, Ihretwegen, aber jetzt geht es ihm besser. Ich möchte nur wissen, was ihm in jungen Jahren zugestoßen ist, daß er sich als Ungeheuer tarnt, während er im Grunde das Gegenteil ist! Das englische Schulsystem? Würden Sie«, fragte Beatrice, »mich einmal besuchen kommen?«

»In Ihrem Zimmer, mit all den Marien . . .«

»All den Marien?«

»Joss hat mir erzählt, Ihr Zimmer sei voll von Jesussen und Marien.«

»Oh.« Beatrice erhob sich. »Nur eines noch.« Sie blickte auf Kate hinab. »Sie sind ein eigenständiger Mensch, wissen Sie. Sie brauchen nicht unbedingt – nein, ganz und gar nicht – einen Mann, um die Gleichung zu vervollständigen, genausowenig wie ich mich, bloß weil ich keine Kinder habe, nur als ein halbes menschliches Wesen betrachte.« Sie reichte Kate die Hand. »Sie brauchen mich nicht hinauszubringen, ich kann den Weg durchaus allein finden. Kommen Sie mich bald besuchen. Und Kopf hoch!«

Kate stand auf und ergriff ihre Hand. Sie war mager und trocken, die Handflächen fühlten sich an wie leicht zerknittertes Seidenpapier.

»Angenommen«, sagte Kate, Beatrice' Hand haltend, »ich stelle fest, daß ich . . . etwas zerbrochen habe?«

»Dann kann man, sollte es tatsächlich der Fall sein, nichts mehr daran ändern. Aber Sie werden es nie erfahren, wenn Sie sich nicht die Mühe machen nachzufragen.« Damit zog Beatrice ihre Hand zurück und verließ Sonias Zimmer. Kate hörte noch, wie sie vorsichtig die Treppe hinabstieg.

*

Garth Acheson hatte nur wenig Trost aus seinem indischen Abendessen mit James gezogen. Daß James ein großartiger Kerl war, daran bestand kein Zweifel, aber gerade das machte für Garth alles noch schwerer, weil er, obwohl er es nicht wollte, durchaus begriff, wieso dieser großartige James so anziehend auf seine Mutter wirkte. Garth bewunderte seinen Vater sehr, doch daß sein Vater zugänglich sei, hätte er nicht sagen können. Das war er noch nie gewesen; er war eben nicht so ein Vater, mit dem man rumalbern konnte. Mit James, dachte Garth, kann man vermutlich sehr gut rumalbern, und auch mit diesem Hugh, der da gewohnt hat. Dabei waren beide um Jahre älter als Randy, also hing die Fähigkeit rumzualbern nicht vom Alter ab, sondern vom Temperament.

Garth verehrte seine Mutter. Er hatte von Anfang an gemerkt, daß ihr Oxford nicht sehr gefiel, und fand, daß Oxford einen Fehler machte, wenn es sie nicht akzeptierte. Deswegen war er James zwar sehr dankbar dafür, daß er ihr das gab, was die Stadt ihr verweigerte, hatte aber jetzt das Gefühl, daß James des Guten zuviel tat, und war nicht ganz sicher, ob er James das – sei es aus Unbeholfenheit oder Dummheit – ausreichend klargemacht hatte.

Daß Bluey es genoß, von James geschätzt zu werden, war nicht zu übersehen. Garth vermochte nicht zu glauben, daß sein Vater nichts bemerkt hatte, aber sein Vater achtete nicht so sehr auf menschliche Regungen wie auf praktische Dinge in Haus und Garten, wie etwa, daß Garths Laufschuhe im Flur herumlagen oder daß ein Wasserhahn tropfte. Garth hätte gern etwas zu Bluey gesagt, aber er traute sich nicht, nicht zuletzt, weil er unbedingt wollte, daß sie weiterhin so aussah wie im Moment. Der einzige Mensch, den man daraufhin ansprechen konnte, war Joss.

Aber Joss war keine so leichte Beute mehr wie früher. Garth vermochte kaum zu fassen, was in den letzten sechs Monaten mit ihr vorgegangen war. Es war wundervoll, aber es war auch ein bißchen unheimlich, und manchmal dachte er daran, wie er sie zum erstenmal wahrgenommen hatte – damals, als sie Miss Bachelors Einkaufstüten trug und nichts weiter war als ein dummes Kind. Ein kleines Kind. Jetzt war sie in der Schule ständig von Freunden umgeben und schien die Hälfte von ihnen täglich nach Hause mitzunehmen, unter anderen einen mageren, dunklen Jungen namens Nat Temple, der im Sport ganz einfach hoffnungslos war. Nat Temple schien sich neuerdings nie sehr weit von Joss entfernt aufzuhalten. Zweimal trugen sie, wie Garth bemerkte, die gleichen Sweatshirts. Aber Nat Temple oder nicht, Garth mußte Joss irgendwie allein erwischen, um mit ihr über das Problem Bluey und James zu sprechen.

*

»Ich habe deine Mutter besucht«, sagte Beatrice.

Joss, die ihre Prüfungen hinter sich hatte, lag in einem grauen Trikot, voluminösen orangefarbenen Shorts und ihren ewigen Stiefeln auf dem Rücken im Gras und las eine Zeitschrift. Rasch warf sie die Zeitschrift hin.

»He!«

»Du solltest diese sinnlosen Ausrufe unterlassen«, sagte Beatrice. »Sollte das jetzt Freude oder lediglich Überraschung ausdrücken?«

»Freude.« Joss richtete sich auf. »Sie ist super, nicht wahr?«

»Ja«, sagte Beatrice.

»Worüber haben Sie mit ihr gesprochen?«

»Über dich.«

»Über mich?«

»Ja. Über dich. Ich habe gesagt, sie könne stolz auf dich sein. Und daß ich dich für sehr resistent halte.«

»Was?«

»Schlag's nach«, sagte Beatrice. Sie war gekommen, um Leonard zu besuchen, aber der hatte Befehl, den Nachmittag zu ruhen, und war noch nicht wieder aufgestanden. »Sag mal«, fuhr Beatrice fort, »fühlst du dich verantwortlich für deine Mutter?«

Joss strich sich die Haare am Hinterkopf nach oben. »Gewissermaßen.«

»Nachdem ich sie jetzt kennengelernt habe, bin ich der Meinung, daß sie eine der seltenen Mütter ist, die das nicht wünschen.«

»Sie braucht Sicherheit«, sagte Joss. »Man muß ein bißchen auf sie aufpassen.«

»Du etwa?«

Joss begann einen ihrer Stiefel aufzuschnüren und zog Meter um Meter des dicken, schwarzen Schnürsenkels aus den Messingösen. Nach ein paar Minuten war die Öffnung groß genug, daß sie einen schwarz besockten Fuß herausziehen konnte. Joss entledigte sich der Socke und betrachtete ihren weißen, nackten Fuß.

»Igitt!«

»Hörst du mir zu?«

»Ich überlege«, sagte Joss. »Die Sache ist nur, daß sie unabhängig sein will und ich ebenfalls.«

»Es gibt so etwas wie Kompromisse.«

Joss begann die Zwischenräume zwischen ihren Zehen zu inspizieren.

»Hör auf damit, Josephine! So etwas tut man nicht vor anderen Leuten!«

»In manchen Dingen kann man keinen Kompromiß schließen«, sagte Joss, während sie sich wieder zurücklegte und ihren Fuß in der Luft schwenkte. Dann hob sie den gestiefelten und hielt sie, zum Vergleich, beide nebeneinander. »In der Frage, wo man wohnen will, kann man zum Beispiel keinen Kompromiß schließen.«

»Wirklich nicht?«

»Nein.«

»Und was macht man dann?«

»Einer muß dem anderen nachgeben«, sagte Joss, ließ die

Füße wieder sinken und lag lang ausgestreckt, so daß ihre Rippen sich wie kleine Hügelkämme unter dem Trikot abzeichneten.

»Josephine ...«

»Ich will nicht mehr darüber sprechen«, sagte Joss. »Durch Reden kann man nicht erreichen, daß irgendwelche Dinge nicht passieren.«

Jetzt erschien Leonard an der offenen Küchentür und winkte mit seinem Stock. Dann kam er zu Joss herübergehinkt und blickte auf sie hinab.

»Schlampe! Faulenzerin! Was meinst du, wie du aussiehst?«

»Modisch. Super-modisch.«

»Und wo ist dieser seltsame Freund von dir?«

»Läßt sich das Ohrläppchen durchstechen«, antwortete Joss. »Das andere.«

Mühsam ließ sich Leonard in dem Sessel neben Beatrice nieder. »Hugh ist noch mal gekommen, um den Rest seiner Sachen zu packen. Und ratet mal, was er mir mitgebracht hat! Eine Flasche Brandy. Einen Liter! Einen ganzen, verdammten Liter!«

Joss wälzte sich herum. »Und was krieg ich?«

»Habgieriges kleines Monster! Woher soll ich das wissen? Er und James planen einen Abschiedsschluck. Sentimentaler Blödsinn. Macht einen krank – oder?«

»Nein«, sagte Beatrice, »es stimmt mich zufrieden. Ich schäme mich nicht im geringsten meiner Freude an einem Happy-End.«

Joss begann kleine Grasklumpen auszuzupfen. »Ich auch nicht«, sagte sie.

*

Garth erwischte Joss schließlich, indem er ihr auf dem Schulweg auflauerte.

»Hi«, begrüßte sie ihn so lakonisch, als täte er das jeden Morgen.

»Ich muß mit dir sprechen«, sagte Garth. »Seit Tagen versuche ich dich allein zu erwischen, einfach nur, um mit dir zu reden.«

Joss kaute auf ihrem Kaugummi herum. Ohne innezuhalten, sagte sie: »Dann sprich.«

Garth zögerte. Sie hatten ungefähr vier Minuten bis zur Bushaltestelle, wo sie von Angie, Emma, Nat, Pete, Trudy und den anderen überfallen würden, also blieb ihm keine Zeit für ein behutsames Herantasten ans Thema. Er mußte einfach neben ihr einhertraben und es ihr rundheraus sagen.

»Es geht um meine Mutter. Um meine Mutter und James.«

»Ja«, sagte Joss, »ich weiß.« Damit trat sie kurz beiseite und spuckte ihr Kaugummi zielsicher in die Gosse.

»Ich mache mir Sorgen, Joss. Große Sorgen. Meine Mutter ist verheiratet, und . . .«

»Du brauchst dir keine Sorgen zu machen«, sagte Joss.

»Wirklich nicht? Aber sie machen zusammen Ausflüge, ich meine, dabei werden sie doch gesehen, und sie unternehmen alles mögliche zusammen . . .«

»Nicht mehr lange«, sagte Joss. Sie wandte sich um und schenkte ihm ein kurzes, glückliches Lächeln. »Nicht mehr lange, auf gar keinen Fall. Denn bald schon wird etwas passieren, damit das aufhört.«

Achtzehntes Kapitel

Hugh und James saßen an einem Tischchen auf dem Bürgersteig vor dem King's Arms. Da das Semester vorüber war und der Pub mehr von Touristen als von Studenten frequentiert wurde, herrschte eine weniger hektische Atmosphäre. Und wie sie es seit über vierzig Jahren getan hatten, tranken sie beide Bitterbier.

Hugh hatte James gesagt, er sei seine Rettung gewesen, und James hatte erwidert, dasselbe gelte auch umgekehrt.

»Ich bin entsetzt, wenn ich daran denke, wie dicht ich daran war, Frau und Kinder zu verlieren ...«

»In gewisser Weise«, sagte James, »habe ich meine Frau verloren. Andererseits aber auch eine Tochter gewonnen.«

»Du wirkst ziemlich unabhängig, James.«

»Wirklich?«

»Deshalb ziehst du uns alle an wie ein Magnet. Wir glauben, daß du das Geheimnis entdeckt hast, das Elixir. Deswegen meinen wir wohl, wenn wir kommen und in deiner Nähe leben, werden wir entdecken, wie du das machst.«

James trank einen Schluck Bier. »Als Kate damals ging, glaubte ich, sterben zu müssen. Der Wunsch war jedenfalls da.«

»Warum, zum Teufel, hast du nichts davon gesagt?«

»Weil es keinen Sinn hatte. Es gab nur einen Menschen, der mir hätte helfen können, und das war Kate.«

»Und nun?«

James hob den Kopf und blickte an Hugh vorbei zum Sheldonian Theatre hinüber, vor dessen Geländer eine Gruppe französischer Schulkinder bemüht war, für ein Foto eine Pyramide zu bilden.

»Alles verändert sich«, sagte James. »Das gehört vermutlich zum Heilungsprozeß. Bei dem Versuch, sich selbst zu heilen, dreht und wendet man seine Gefühle, und dann stellt man beunruhigt fest, daß der Versuch gelungen ist, jedenfalls zum Teil.«

»Du meinst, man kann trainieren, jemanden nicht mehr zu lieben?«

»Ich meine«, sagte James, »daß die Qual, selbst mehr zu lieben, als man geliebt wird, gelindert werden kann, wenn die Quelle, aus der sich diese Qual nährt, zum Versiegen gebracht wird. Beharrt man darauf, weiterhin zu lieben, ohne wiedergeliebt zu werden, wirkt das, wie ich meine, selbstsüchtig und unbeherrscht. Wenn der, den man liebt, einem deutlich erklärt, man tue ihm weh, wenn man nicht aufhöre, ihn weiterhin zu lieben – besteht dann die wahre, reine, großzügigste Liebe nicht eigentlich darin, sich zu beherrschen? Und kann man sich einen Vorwurf machen, wenn dieser Versuch wenigstens bis zu einem gewissen Grad gelingt?«

Hugh beugte sich vor. »Ich möchte, um meines eigenen Seelenfriedens willen, absolut sicher sein, daß du klarkommst. Du siehst zwar ganz gut aus, aber . . .«

»Ich komme klar«, sagte James. »Zwar finde ich es seltsam, daß ich manchmal sogar glücklich bin, und natürlich gibt es immer wieder Momente, da ich es nicht bin. Im Grunde aber habe ich . . .« Er hielt inne und sah Hugh an. »Vielleicht ist meine Unabhängigkeit ganz einfach Distanziertheit, diese typisch männliche Distanz, die auf Frauen so anziehend wirkt.«

»Weiber!«

Sie lächelten einander zu. Dann schoben sie ihre Stühle zurück, daß sie übers Pflaster scharrten, standen auf, nahmen ihre Jacketts und schlenderten gemeinsam zum Broad hinunter, wo Hugh seinen Wagen abgestellt hatte.

Eine junge Frau am benachbarten Tisch beobachtete sie. »Siehst du die beiden?«

Ihre Begleiterin nahm die Sonnenbrille ab und spähte hinüber.

»Was ist mit ihnen?«

»Ich hab sie beobachtet, und es ist richtig unheimlich, wie die miteinander geredet haben. Wie zwei Frauen. Aber ich glaube nicht, daß sie schwul sind. Ist das nicht merkwürdig? Ich glaube wirklich nicht, daß das Homos sind.«

Ihre Begleiterin setzte die Brille wieder auf. »Zu alt, würde ich sagen«, meinte sie.

*

Als Kate Beatrice besuchen ging, nahm sie einen Strauß dunkelblauer Iris und eine Packung Butterkuchen mit. Beatrice stellte die Blumen in einen braun glasierten Krug, so einen wie den, den Kates Mutter früher zum Custardmachen benutzt hatte.

»Die letzten Blumen, die ich bekam«, sagte Beatrice, »waren ebenfalls blau. Von James. Drei Hyazinthen in einem Blumentopf.«

»Ja«, sagte Kate, »ich erinnere mich.« Sie saß in einem von Beatrice' unbequemen Sesseln, während Cat auf dem Teppich zu ihren Füßen hockte, sie begutachtete und seine Chancen erwog, zurückgewiesen zu werden, falls er auf ihre Knie sprang.

»Werfen Sie ihn ruhig runter«, sagte Beatrice. »Er ist leider ziemlich verwöhnt.«

»Ich mag ihn. Er hat mich nur überrascht.«

Beatrice machte Tee mit Wasser aus dem elektrischen Wasserkessel, den sie zu diesem Zweck aus der Küche heraufgeholt hatte. »Darin ist er ein richtiger Profi. Er verwendet viele Gedanken und viel Energie darauf, meine Schwägerin zu überraschen, doch leider fürchte ich . . .«, Beatrice lächelte ihrer Teekanne zu, ». . . daß diese Überraschungen mit Absicht bösartig ausfallen.«

»Joss hat es mir erzählt. Joss hat mir erzählt, daß Sie und Ihre Schwägerin sich nicht sonderlich gut verstehen . . .«

»Ach ja . . .« Beatrice rührte in der Teekanne. »Ach ja, aber was sie Ihnen bestimmt nicht erzählt hat, ist, daß wir beide unsere kleine Fehde genießen. Sie besitzt die Macht der überlegenen finanziellen Position, und ich besitze die Macht einer überlegenen Intelligenz, kombiniert mit Cat. Wir sind einander durchaus gewachsen.« Sie nahm Kate gegenüber Platz. »Ich freue mich, sagen zu können, daß ich kaum noch Spuren der Verletzungen an Ihnen entdecken kann.«

Kate berührte ihr Gesicht. Fast mitfühlend hob Cat eine weiche Pfote und berührte es ebenfalls.

»Mein Gott, wie lieb!«

»Wohl kaum, fürchte ich«, sagte Beatrice. »Sein Charme ist immer wohlkalkuliert.«

»Ich wollte Ihnen etwas zeigen.« Über Cat hinweg bückte sich Kate zu ihrer Tasche hinunter, die sie neben ihre Füße auf den Boden gestellt hatte, und nahm einen gefalteten Zeitungsausschnitt heraus, den sie Beatrice reichte.

»St. Edmund's sucht eine Vize-Heimmutter. Für das Juniorhaus. Mit Kost und Logis.«

Beatrice nahm den Zeitungsausschnitt, faltete ihn auseinander und las.

»Ich würde gern mit Kindern zusammenleben«, sagte Kate, »und während der Ferien hätte ich frei. Zwar ist die Bezahlung nicht sehr gut, aber ich hab noch nie einen gut bezahlten Job gehabt, also wäre das kein Hindernis. Und ich bin genau in dem Alter, das da angegeben ist.« Sie zögerte. »Ich wüßte gern ... Ich wüßte gern, ob Sie mir vielleicht bei der Bewerbung helfen könnten und ... und ob Sie mir ein Empfehlungsschreiben geben würden ...«

Beatrice faltete den Ausschnitt wieder zusammen. Dann sah sie Kate an.

»Selbstverständlich werde ich das tun. Ich bezweifle zwar, daß Sie bei dem Bewerbungsschreiben Hilfe brauchen, doch wenn Sie meinen, Sie brauchen mich, werde ich Ihnen mit Freuden helfen. Aber Kate, ich dachte, Sie wollten ...«

Kate machte eine schnelle, abwehrende Bewegung mit beiden Händen. »Ja, ja, aber das hier ist meine Rückversicherung, es ist ...« Sie unterbrach sich. Dann sagte sie energisch: »Dieser Job ist das, worauf ich zurückgreifen werde, wenn ich feststellen muß, daß ich meine Brücken hinter mir abgebrochen habe.«

»Ich verstehe«, sagte Beatrice. Dann stand sie auf, um Tee einzuschenken. »Ich verstehe Sie sehr gut.«

*

Endlich hatte Bluey James für sich allein. Randy war zu einem zweitägigen Seminar in London, und Garth, der in dem Sohn eines Kollegen von Randy einen neuen Freund gefunden hatte, erhielt auf dem Platz in der Merton Street gerade seine allererste richtige Tennislektion. An den Dienstagabenden ging Leonard zu Beatrice, um mit ihr Bridge zu spielen, und Joss war, wie Bluey von Garth erfahren hatte, zu Angie gegangen, um ihr beim Streichen ihres Schlafzimmers zu helfen. Die Methode, die sie dabei anwenden wollten, nannte sich Colour-Washing, hatte Garth ihr erklärt, und das bedeute, die Farbe mit riesigen Pinseln in dicken, wäßrigen Streifen auf die Wände zu bringen. »Besonders geschickt stellt sie sich dabei wirklich nicht an«, sagte Garth, aber sein Ton war keineswegs kritisch, sondern sehnsüchtig und ein bißchen traurig.

Bluey hatte kalifornischen Chardonnay kaltgestellt und eine Schüssel voll Guacamole als Dip für die Mais-Chips gemacht. Sie hatte den Tisch im Garten mit einem pinkfarbenen Tuch bedeckt, auf dem der strohfarbene Wein und die blaßgrüne Guacamole wirklich sehr hübsch aussahen, dazu weißes Porzellan, Weingläser und drei Icebergrosen von der Kletterpflanze am Haus in einer kleiner viktorianischen Vase, die Bluey am Mittwoch an einem Antiquitätenstand auf dem Trödelmarkt gefunden hatte.

»Sie dürfen mir keinen Korb geben, Sie müssen unbedingt auf einen Drink kommen«, sagte Bluey zu James.

»Ich möchte Ihnen keinen Korb geben«, erwiderte James.

Sie hatte versucht, nichts daraus abzuleiten, diese sechs Wörter nicht auseinanderzunehmen, immer wieder hin und her zu wenden und neu zusammenzusetzen, um zu sehen, ob dabei nicht etwas Größeres, Bedeutungsvolleres herauskam. Wenn er sagte, er wolle ihr keinen Korb geben, so bedeutete das zweifellos, daß er sehr gern zu ihr kam, und das wiederum bedeutete zweifellos, daß er gern mit ihr allein sein wollte, und das wiederum ... Aber vielleicht hatte er ja auch nur gemeint, daß er sie nicht enttäuschen wolle, da dieser Besuch für sie sehr wichtig zu sein schien. Bedeutete das dann also, daß sein Besuch ihm nicht genausoviel bedeutete wie ihr? Ehrlich, sagte sich Bluey, ehrlich, du wirst dich noch selbst in den Wahnsinn treiben!

Als James eintraf, küßte er sie auf den Mund, aber nur ganz leicht. Mitgebracht hatte er ihr nichts, und obwohl es überhaupt keinen Grund gab, warum er das hätte tun sollen, war Bluey ein klein wenig enttäuscht. Und wäre es nur ein Zweiglein Geißblatt aus seinem Garten gewesen: gerade ein Zweiglein Geißblatt aus seinem Garten ... Er bewunderte ihren Garten.

»Ich habe viel von Beatrice gelernt. Es ist fast grotesk, daß sie ein so gutes Auge für Pflanzen hat, aber so ist es nun mal. Ich beginne sogar selbst allmählich zu denken, daß ich mich dafür interessieren könnte. Ganz zweifellos ein passender Zeitvertreib für einen so alten Mann wie mich.«

»Sie sind nicht alt«, sagte Bluey.

»Nun ja, aber ich bin sehr viel älter als Sie und sehr viel älter, als ich mal war, und dieser Prozeß schreitet leider unerbittlich fort.«

Er äußerte sich lobend über den Wein und die Guacamole und erkundigte sich nach dem Namen der Rosen in der Vase. Er erzählte Bluey von Hugh und Julia und wie Hugh mit den Zwillingen in die Richmond Villa gekommen war, um ihnen zu zeigen, wo er geschlafen hatte, und wie aufgeregt und ehrfürchtig die beiden gestaunt hatten – nicht darüber, daß sie dort waren, wo ihr Vater geschlafen hatte, sondern darüber, daß sie dort waren, wo Joss schlief. Joss hatte sie auf ihrem Bett rumspringen lassen und ihnen große Gläser Coca-Cola mit weißen Eiscremekugeln darauf gegeben, wonach sie regelrecht besoffen gewesen waren.

Er erzählte ihr von Leonard, der darauf gedrängt hatte, daß Mrs. Cheng eine Lohnerhöhung bekam, und wie Mrs. Cheng ihm ihre Dankbarkeit zu beweisen versuchte, indem sie Leonards Schubladen und Schränke ausmistete, woraufhin er sie fluchend aus dem Zimmer geworfen hatte, und von Joss' jüngster Bettelkampagne um einen Hund. Er erzählte ihr von einem neuen Schüler, den er hatte, der hochintelligent und eine Freude für jeden Lehrer war, von einem neuen Zeitungsartikel, den zu schreiben man ihn gebeten hatte, einen Artikel über die Frage, ob man nicht die Gesellschaft auffordern sollte, zum Gebot der Nächstenliebe zurückzukehren, statt sich um fernen und gefährdeten Amazonas-Dschungel oder die fernen, bedrohten Delphine des Yangtse zu kümmern. Und so fuhr er fort, bis Bluey es endlich nicht mehr ertragen konnte und laut ausrief: »Aber ich möchte mit *Ihnen* reden, James!«

Er sah sie an. »Meine liebe Bluey«, sagte er, »das weiß ich. Ich möchte ebenfalls mit Ihnen reden. Deswegen bin ich hier.«

»Ich liebe Sie«, sagte Bluey. »Ich weiß, es ist sinnlos, James. Aber ich liebe Sie nun mal.«

Er beugte sich vor und ergriff liebevoll ihre beiden Handgelenke. »Das weiß ich.«

»Aber Sie lieben mich nicht.«

»Nicht so, wie Sie es gern möchten. Ich bin nicht in Sie verliebt, und ich möchte auch nicht verliebt sein, Bluey, so hart das klingen mag.«

»In mich?«

»In niemanden.«

Sie überlegte; sie empfand keinen Schmerz. Was ist los, warum fühle ich mich nicht verletzt? »Ist es wegen Kate?« fragte sie. »Ist es noch zu früh?«

Er sah sie immer noch ruhig an. »Gewiß, das mit Kate ist noch nicht sehr lange her. Aber um ehrlich zu sein: Ich glaube, ich bin ganz einfach müde. Es gibt angeblich einen Zustand gebrochenen Herzens. Ich dagegen glaube, daß mein Herz ganz einfach müde ist. Ich habe es genossen, mit Ihnen zusammenzusein, ich hab Ihre Gesellschaft genossen, Sie machen mich fröhlich, und Sie sind bezaubernd, aber es scheint, daß ich ganz einfach keinen höheren emotionalen Gang einschalten kann.«

»Und das möchten Sie auuch nicht?«

»Nein«, sagte er, »das möchte ich nicht.«

Sie wartete darauf, daß er hinzusetzte, auch sie würde das bald schon von ihm nicht mehr wollen, aber das tat er nicht. Er ließ ihre Handgelenke los, um ihre Hände zu ergreifen, die er sehr liebevoll drückte, bevor er sie beide in ihren Schoß zurücklegte.

»Habe ich mich sehr töricht benommen?« fragte sie.

»Ganz und gar nicht.«

»Sind Sie heute abend gekommen, um das zu verhindern?«

Er lächelte. »Ich bin heute abend gekommen, um zu verhindern, daß Sie Luftschlösser bauen und sie mit absolut normalen alten Männern bevölkern, die Sie mit schimmernden Rüstungen bekleiden.«

»Ach, James«, sagte Bluey.

»Ich muß jetzt gehen. Sie haben mich sehr glücklich gemacht und mir unendlich gutgetan, und ...« Er hielt inne, dann fuhr er fort: »... ich denke, daß ich jetzt genug gesagt habe.«

Als er fort war, kehrte Bluey mit einem Tablett in den Garten zurück, belud es mit Gläsern, Schüsseln und der Weinflasche und trug alles in die Küche. Gewissenhaft räumte sie auf: Guacamole und Wein in den Kühlschrank, die Mais-Chips in eine luftdichte Büchse, die Gläser in die Spülmaschine. Dann setzte sie sich an die kleine Frühstückstheke, denn ganz plötzlich war er doch da, der Schmerz, und sie weinte und weinte in ihre verschränkten Arme.

*

Sandy, das Kindermädchen, nahm ihre Kündigung gelassen auf. Sie hatte sie längst kommen sehen, erst allmählich, während der Wochen, in denen Hugh nicht da war, und dann mit erschrekkendem Tempo, seit er zurück war. Also kam sie keineswegs überraschend. Sie hatte sich vorgestellt, daß Julia sie in der Küche aussprechen, eine für Julia charakteristische Reihe von Gründen auflisten würde, warum sie nicht zufriedenstellend arbeite, unter denen Edwards eingelaufener Fair-Isle-Pullover zweifellos ganz weit oben rangieren würde, und hatte das laszive, impertinente Verhalten, das sie während dieser Szene an den Tag legen würde, gewissenhaft eingeübt.

Aber es war nicht Julia, die mit ihr sprach, sondern Hugh. Und er stellte sie auch nicht in der Küche zur Rede, sondern rief sie in sein Arbeitszimmer, wo er ihr auf eine sehr freundliche, lächelnde Art, die sie ganz aus der Ruhe brachte, mitteilte, er sei überzeugt, daß sie sich in einem weniger isolierten Job, wo sie mehr Menschen ihres Alters treffen könne, wohler fühlen werde und daß er und Julia sie zum Ende des Monats entlassen würden, damit sie Zeit genug habe, sich eine neue Stellung zu suchen.

Sandy erwiderte Hughs Lächeln und versuchte, den höchst beunruhigenden Grad ihrer Verwirrung zu kaschieren. Es sei schon okay, sagte sie zu Hugh, während sie sich betont lässig an seinen Schreibtisch lehnte, sie werde auf der Stelle gehen, am Freitag. Eine Freundin im Pub habe ihr angeboten, zu ihr in ihre Wohnung in Cowley zu ziehen, und außerdem habe sie ohnehin nach einem anderen Job gesucht. Hugh, der ihr kein einziges Wort glaubte, antwortete ihr, er sei erfreut, das zu hören, und gab ihr einen Scheck über einen Monatslohn.

Sandy ging hinauf und betrachtete ihr Schlafzimmer. Es hatte ihr nie besonders gefallen, es war ganz einfach nicht das richtige Zimmer für einen Menschen ihrer Ausmaße. Die Zwillinge würden ihr eine Zeitlang fehlen, das mußte sie zugeben, aber Mr. Hunter hatte recht: Es war einsam nur mit den Kindern. Sein Gesichtsausdruck hatte ihr nicht gefallen, als sie sagte, sie habe einen anderen Job; aber wenigstens das mit der Wohnung in Cowley traf zu, na ja, wenigstens zum Teil.

Sie setzte sich auf ihr Bett und begutachtete den Scheck. Sie betrachtete Hughs Unterschrift: eine hübsche Unterschrift. Komischer Kauz, mit seinen ständigen Versuchen, jung zu bleiben, und mit seinen Witzchen, nur um völlig auszurasten, als er seinen Job verlor. Sandy nahm sich vor, niemals einen Job so ernst zu nehmen – nie! Sie würde gerade so viel verdienen, daß sie damit auskam, daß sie sich ein paar Drinks leisten und sich amüsieren konnte, jedenfalls vorerst. Möglicherweise würde sie letztlich nach Suffolk zurückkehren, aber erst später. Zunächst gab es alles mögliche zu tun, zum Beispiel heute abend in den Pub zu gehen, um mit Steph über dieses Angebot in Cowley zu reden und sich ein bißchen wegen Jobs umzuhören. Möglich, daß Steph ihr auch dabei helfen konnte. Vor ein paar Tagen hatte sie ihr gesagt, daß dieses italienische Restaurant, Pasta Please, eine neue Kellnerin suche. Steph sagte, es sei ein wirklich nettes Restaurant. Sandy glaubte, schon mal davon gehört zu haben, aber sie wußte nicht mehr, wo. Sie stand auf und betrachtete sich im Spiegel. Geschlecht, Rasse, Hautfarbe und Religion waren heutzutage keine Gründe mehr, aus denen ein Arbeitgeber einen Bewerber ablehnen konnte. Aber kann er mich, fragte sich Sandy, wegen Übergewichts ablehnen?

*

Garth Acheson hielt Tennis für ein sehr skurriles Spiel, aber er liebte es. Er liebte die vielen Dutzende von Tennisbällen, das komische, historisch anmutende alte Racket und die altmodische Zählweise. Er spielte, sooft sein Freund Matthew den Platz belegen konnte, und ging anschließend mit ihm nach Hause. Dann sahen sie gemeinsam fern, alberten mit Matthews Schwestern herum und kochten sich ausgefallene Mahlzeiten aus allem, was zufällig vorhanden war. Matthews Eltern waren alles andere als konventionell. Matthews Vater liebte alte Musik und baute als Hobby die entsprechenden Instrumente, während Matthews Mutter in ihrem ganzen Leben offensichtlich noch nie einen Blumenstrauß in einer Vase arrangiert oder einen Knopf angenäht hatte.

Wenn Garth nach einigen Stunden in Matthews Haus in die Observatory Street zurückkam, wirkte sein eigenes Zuhause unnatürlich sauber und ordentlich auf ihn. Matthews Mutter war vermutlich nicht viel älter als Bluey, legte aber keinen besonderen Wert auf ihre äußere Erscheinung und ließ sie einfach für sich selber sprechen. Einmal hatte Garth nach einem besonders fehlgeschlagenen kulinarischen Experiment mit Zwiebeln, Bananen und Currysauce auf der Suche nach

Alka-Seltzer den Badezimmerschrank in Matthews Haus geöffnet und festgestellt, daß das einzige Shampoo darin die Aufschrift »Für Hunde. Gegen Flöhe« trug. Bluey wusch sich alle drei Tage die Haare, und sie wusch sämtliche Kleidungsstücke der Familie, sobald sie sie abgelegt hatten.

Daher war es für ihn ein Schock, als er eines frühen Abends in die Observatory Street zurückkehrte und feststellen mußte, daß sein Bett nicht gemacht war, daß das Frühstücksgeschirr noch auf der Küchentheke stand und daß Bluey ohne Schuhe auf dem Sofa saß und sich etwas im Fernsehen ansah.

»Ma?« fragte Garth.

»Hallo, Liebling.«

»Bist du krank?«

»Nein.« Bluey streckte ihm die Hand entgegen. Sie war ein wenig blaß und hatte sich die Haare nicht so zurückgebunden wie sonst, aber davon abgesehen wirkte sie eigentlich ganz normal.

Garth ging hinüber und setzte sich zu ihr. Er nahm die Fernbedienung des Fernsehers und schaltete ihn ab.

»Ich hab fast den ganzen Tag mit Daddy verbracht«, sagte Bluey, »und als ich dann nach Hause kam, war ich einfach zu müde für die Hausarbeit, also hab ich mir gesagt, zum Teufel damit, jetzt werde ich fernsehen.«

Garth erstarrte. Wieso hatte sie den Tag mit Randy verbracht? Sie verbrachte doch sonst niemals Zeit mit Randy. Hatte sie ihm erklärt, daß sie ihn nicht mehr liebe, daß sie in James verliebt sei?

»Warum bist du bei Daddy gewesen?«

»Er hat mich angerufen. Gleich nach dem Frühstück«, antwortete Bluey traurig. »Das College will Daddy nicht mehr für ein zweites Jahr. Dem Austauschprogramm ist das Geld ausgegangen. Deren Mann kommt aus den Staaten zurück, also müssen wir ebenfalls heimkehren.«

»Oh, mein Gott!« sagte Garth.

»Randy regt sich so furchtbar auf«, sagte Bluey. »Er meint, wenn sie ihn wirklich für das zweite Jahr behalten wollten, hätten sie das Geld irgendwo auftreiben können. Er ist außer sich. Heute morgen ist er genau wie sonst ins Büro gegangen, und da haben sie's ihm gesagt. Einfach so. Dann hat er sich sofort das nächste Telefon gegriffen und mich angerufen.«

Garth ließ den Kopf hängen und blickte auf den Teppich zu seinen Füßen. Er konnte sich nicht vorstellen, daß sein Vater gedemütigt wurde, konnte sich einfach nicht vorstellen, daß man Randy kurzerhand vor die Tür gesetzt hatte. Randy war immer ein Mann gewesen, der unbeirrt weitermarschierte, egal, was kam, und falls er mal auf Hindernisse stieß, wußten diese Hindernisse verdammt gut, daß sie ihm aus dem Weg zu gehen hatten.

»Der arme Daddy.«

»Ich weiß«, sagte Bluey, »ich bin mit ihm spazierengegangen. Wohin, das weiß ich nicht mehr so genau, aber ich hab ihn einfach am Arm genommen, und er ist einfach mitgekommen. Irgendwo in einem Restaurant in der Nähe der Holywell Street haben wir zu Mittag gegessen, den Namen hab ich mir nicht gemerkt. Er hat immer wieder gesagt: ›Aber ich habe doch dich, Bluey, nicht wahr, ich habe dich!‹ So etwas hat er mir in den letzten zwanzig Jahren kein einziges Mal gesagt. Schließlich hab ich ihn ins Labor zurückgebracht. ›Du mußt dahin zurück, Liebling‹, hab ich gesagt, ›und denen zeigen, daß du noch lächeln kannst.‹ Er wollte nicht hin, ich mußte ihn fast mit Gewalt hinbringen. Es war so traurig, Garth, so furchtbar traurig. Er hat mir so unendlich leid getan.«

»Glaubst du, daß es wirklich am Geld liegt?«

»Keine Ahnung. Aber das zu wissen, würde uns auch nicht helfen. Ich glaube, wir können Oxford nur noch Lebwohl sagen und einfach heimreisen. Ich wollte ein besonders schönes Abendessen für Daddy kochen, aber zum erstenmal in meinem Leben konnte ich das nicht. Wir werden uns irgendwo was zu essen holen. Später, wenn Daddy nach Hause kommt.« Sie sah auf die Uhr. »Spätestens um sieben ist er hier, hat er gesagt.«

Garth wandte sich zu ihr um. »Ich dachte, du würdest mir etwas ganz anderes sagen.«

»Ja«, antwortete Bluey, »ich weiß.«

»Ich dachte, es wäre was mit James.«

Bluey schlüpfte wieder in ihre Schuhe. »Ich wollte ja, daß mit James was war, Garth. Aber er liebt mich nicht. Vielleicht war es richtig, daß er es mir gesagt hat. Vielleicht sind Daddy und ich ...«

Garth ergriff ihre Hand. Sie umklammerte die seine.

»Es wird Zeit, daß wir nach Hause zurückkehren«, sagte er.

Sie sah ihn an. Sie nickte. Er grinste sie an und wandte sich seitwärts, damit sie ihn in die Arme nehmen konnte.

»Fest steht«, sagte Garth dann, »fest steht, Ma, daß Joss mich auch nicht liebt.«

*

Kate machte sich zu einem Spaziergang über die Port Meadow auf, der ihre Nerven beruhigen sollte. Sie lief und lief immer weiter, und da es Mittagszeit war und ein ziemlich schöner Tag, waren außer ihr viele weitere Spaziergänger unterwegs, die sie beobachten konnte, und auf den Rasenflächen lagen Leute, die sich sonnten und ihre Bürokleidung hoch-, runter- oder auf eine Art auseinandergeschoben hatten, die der menschlichen Würde in Kates Augen irgendwie Abbruch tat. Außerdem sah sie Menschen mit Hunden. Einmal blieb Kate stehen, um zu beobachten, wie ein Mann auf seinen Hund einredete, der sich wie ein Kreisel ständig um sich selbst drehte.

»Was hattu denn? Was hattu denn?« fragte der Mann immer wieder. »Hattu Mäuslein? Oder Maulwurf? Oder Käfer? Was hattu da?«

Der Hund nahm keinerlei Notiz von dem Mann, und der Mann nahm keine Notiz von Kate. Nach einer Weile ließ sie die beiden hinter sich, wandte sich nach Süden und lief durch die langen Backsteinstraßen nach Jericho, an ocker- und bouillonfarbenen Terrassen mit gotischem Zierat und schweren Steinarchitraven, winzigen Gärten mit verkümmerten Sträuchern und vielen, vielen Fahrrädern vorbei.

Sie erwog, bei Mr. Patel vorbeizugehen und etwas zu kaufen – nicht so sehr, um etwas zu kaufen, als um Mr. Patel wiederzusehen, mit ihm zu plaudern und zu sehen, wie sein höfliches, dunkles Gesicht bei ihrem Anblick aufleuchtete. Letztlich brachte sie es aber doch nicht fertig und ging an seinem Geschäft vorbei, die Walton Street entlang, an den Säulen der Clarendon Press vorbei bis zu der Ecke, die sie so geliebt hatte, wo noch dieselben alten, aufgemalten Werbesprüche an den Mauern prangten: »Trinken Sie Lumleys Tee«, hieß es da, und »Feinster türkischer Kaffee, ¼-Pfund-Dose«. Sie hatte sich diese Dosen immer wie kleine rechteckige Behälter mit Bildern von Sultanen, Springbrunnen und verschleierten Damen am Ottomanischen Hof in Gold und Rot vorgestellt.

Die letzten zweihundert Meter legte sie sehr langsam zurück. Als sie die Richmond Villa erreichte, war die Sonne hinter den Wolken verschwunden, und ein stiller, hoher, grauer Himmel hielt den frühen Nachmittag in einer ruhigen Schwebe. Sich ein Herz fassend, stieg sie die Treppe hinauf und drückte auf die Klingel.

»Kate!« sagte James, als er ihr die Tür öffnete. Er schien nicht überrascht zu sein. »Wie schön.« Er trat beiseite, um sie einzulassen. Dann beugte er sich zu ihr herunter und küßte sie auf die Wange. »Ich hatte mir schon gedacht, daß du kommen würdest«, sagte er. »Es hat mein Gewissen belastet, daß wir noch nicht offiziell über Joss gesprochen haben.« Wieder beugte er sich herab und musterte ihr Gesicht. »Ich freue mich, zu sehen, daß es dir wieder bessergeht.«

Sie folgte ihm. In der Küche sah es so aus wie immer. Auf dem Tisch lagen ein zerbrochener Krug, eine Tube Kleber und die Tageszeitung.

»Den wollte ich gerade reparieren«, sagte James. »Ich hatte eigentlich nicht gedacht, daß er mir besonders gut gefällt, aber als er kaputt war, hab ich gemerkt, daß ich ihn doch mag. Trudy, Joss' Freundin, hat ihn zerbrochen, ein dummes Kind. Wollte uns zeigen, wie leicht es ist, mit einem Krug auf dem Kopf zu gehen.«

»Wo ist Leonard?«

»Ruht sich aus«, antwortete James. »Er macht jetzt immer ein

Mittagsschläfchen, es sei denn, es gibt ein Test-Match. Er wird sich sehr freuen, dich zu sehen. Möchtest du eine Tasse Kaffee?«

»Ich kann ihn machen . . .«

»Würdest du das tun? Nett von dir. Geht es dir auch wirklich besser?«

»Ja.« Kate füllte den Wasserkessel und stöpselte ihn ein. Dann kam sie an den Tisch zurück und sah zu, wie James versuchte, die Scherben des Krugs zusammenzufügen. »Paß auf. Dieses Stück kommt hierher. James . . .«

»Aber natürlich! Wie dumm von mir. Ja?«

»Ich war bei Beatrice. Wir haben Tee getrunken. Sie hatte mich im Mansfield House besucht.«

Sein Gesicht leuchtete auf. »Meine liebe Kate, wie wundervoll! Das freut mich sehr.«

»Ich habe irgendwie das Gefühl, mich entschuldigen zu müssen . . .«

»Es wäre mir lieber, du tätest es nicht.«

Kate trat zurück. Es war nicht leicht, neben ihm zu stehen, nicht leicht, ihn nicht zu berühren, aber sie durfte ihn nicht berühren, bevor sie . . .

»Wie findest du sie?«

»Genauso wie du«, sagte Kate. »Ich finde, sie ist ein echtes Original. Und sehr mutig.«

James beugte sich über seinen Krug. »Ihre Courage ist vorbildlich, findest du nicht auch? Völlig klaglos erträgt sie den ständigen Abnutzungseffekt des Lebens. Sie kann manchmal zornig werden, aber jammern tut sie nie.«

»Findest du, daß ich jammere?«

Unverständlicherweise und zu ihrer Bestürzung wirkte James verlegen. »Nein«, sagte er, »ich finde nicht, daß du jammerst.«

»James . . .«

Sie zögerte. Er fuhr fort, ein wenig zerstreut mit den Porzellanscherben zu hantieren – auf eine Art, die alles andere als ermutigend war. Einen Augenblick lang, den Bruchteil einer Sekunde lang verließ sie der Mut ganz und gar, doch es war vorüber, kaum daß es begonnen hatte. Es blieb ihr nichts anderes übrig, als fortzufahren. Sie mußte tun, was sie sich vorgenommen hatte, weswegen sie hergekommen war. Koste es, was es wolle. Sie würde es sich niemals verzeihen, wenn sie es nicht wenigstens versucht hätte, und außerdem konnte sie nicht weiterleben, solange eine unbeantwortete Frage ihr den Weg versperrte. Denn einen Weg gab es immer, selbst wenn es nicht der war, den man sich vorgestellt hatte. Ich werde nicht zurückblikken, dachte Kate, ich werde mich nicht mit dem »Hätte ich doch« und dem »Wäre es doch« herumschlagen ...

»James«, begann sie abermals, diesmal ein bißchen energischer. Sie ließ Wasserkessel, Kaffeebecher und Kaffeepulver stehen, kehrte an den Tisch zurück und setzte sich ihm gegenüber. Dann atmete sie tief durch und legte los.

»Ich bin gekommen«, sagte Kate, »um dich zu fragen, ob du mich heiraten willst.« Ihre Frage fiel in das Schweigen wie ein Stein in einen leeren Brunnen. Es war eigentlich nur ein winziges Schweigen, aber so vollständig, daß es ihr alles sagte, was sie wissen mußte.

Sie beugte sich vor. »James«, sagte sie, »James.«

Er blickte zu ihr auf. Sie versuchte zu lächeln. »Ich habe zu lange gewartet«, sagte sie. »Stimmt's?« Und wartete auf sein bestätigendes Nicken.

In einer wunderschönen alten Remise mitten auf dem englischen Land treffen sechs Menschen aufeinander. Alle sind an einem Wendepunkt ihres Lebens angelangt und sehnen sich nach einem neuen Zuhause. Auf der Suche nach dem ganz persönlichen Glück kommen sie sich näher ...

»Scharfsinniger Humor und Romantik ... Erica James schreibt wie eine Brise frischen Windes.«
Daily Mail

Erica James

Wo dein Zuhause ist

Roman